Le Furet

Conçu au Québec par et pour des francophones, *Le Furet* est un répertoire sélectif de 1 200 sites Web qui vous permettra de vous orienter rapidement à partir de vos domaines d'intérêt. À l'intention des novices, *Le Furet* comporte aussi une initiation à Internet et aux outils de recherche.

Avec cette édition imprimée, vous pouvez aussi obtenir un exemplaire du *Furet* (version 3.0) en version électronique, qu'il vous sera possible de consulter directement dans votre logiciel de navigation (Netscape, Internet Explorer ou autre). Voyez les directives à la fin du volume.

Marc-André Paiement

Le Furet
Carnet d'adresses Internet

TRÉCARRÉ

Données de catalogage avant publication (Canada)

Paiement, Marc-André, 1961-
      Le furet : carnet d'adresses Internet
      Éd. 2000
      Comprend un index.
      ISBN 2-89249-860-0
      1. Adresses Internet – Répertoires. 2. Sites Web – Répertoires. 3. Information
électronique – Répertoires. I Titre.
      ZA4201.P36 2000   025.04'025   C00-940022-2

Conception graphique : Cyclone Design Communications
Révision linguistique : Diane Martin

ISBN 2-89249-860-0

Dépôt légal – 2000

Bibliothèque nationale du Québec

Imprimé au Canada

Nous reconnaissons l'aide financière du gouvernement du Canada par l'entremise du Programme d'aide au développement de l'industrie de l'édition pour nos activités d'édition.

Éditions du Trécarré
Outremont (Québec) Canada

Sommaire

abonnement 🅂	⬤	image, musique et vidéo
actualités ◼	💾	logiciel
commerce 📊	🆁	référence
forum 👥	☰	répertoire
français 🅵		

Politique et société

Santé et médecine

Sciences et technologies

Sciences humaines

Mot de l'auteur

Cette nouvelle édition du répertoire *Le Furet*, la troisième à paraître aux Éditions du Trécarré, compte plus de 400 nouvelles inscriptions, au total près de 1 450 sites sélectionnés et commentés.

Pour l'édition 2000, mon objectif premier a été de donner au répertoire un caractère encore plus pratique pour l'ensemble des usagers : bien entendu, vous y trouverez des points de départ et des sites sélectionnés dans tous les domaines d'intérêt – arts, affaires, politique, sports ou loisirs – mais j'ai choisi de privilégier les ressources les plus généralement utiles, tels les ouvrages de référence, les annuaires et les cartes, les sites à teneur éducative, les outils de recherche, etc.

Avec l'arrivée du nouveau millénaire, le réseau Internet est devenu un outil indispensable pour l'éducation et le travail autant que pour les loisirs ou les communications. C'est donc avant tout pour ceux et celles qui désirent faire usage des immenses ressources d'information du réseau que nous avons conçu cette nouvelle édition du *Furet*.

En vous souhaitant une heureuse navigation !

Marc-André Paiement

Guide de navigation Internet

Qu'est-ce que le Web?

Inventé en 1992, le Web (ou World Wide Web ou WWW) s'est rapidement imposé comme zone centrale du réseau Internet. À l'origine, il ne contenait que du texte, mais, aujourd'hui, on y trouve aussi des images fixes ou animées, des bandes sonores ou vidéo et des applications interactives.

Souvent comparé à une encyclopédie, le Web est constitué de plus de 100 millions de pages entreposées dans des ordinateurs situés un peu partout sur la planète. Des pages parsemées de liens (mots soulignés ou mis en relief, icones ou images) sur lesquels il suffit de cliquer pour faire apparaître de nouvelles pages. C'est en naviguant d'un lieu ou d'une page à l'autre que l'on découvre ainsi les immenses territoires du Web.

Pas si vite...

Il faut parfois attendre quelques secondes ou même quelques minutes avant de recevoir toute l'information contenue sur une page d'un site Web, surtout aux heures de grande affluence ou si cette page comporte de nombreuses illustrations.

En septembre 1997, selon la quatrième enquête du Réseau interordinateur scientifique québécois (RISQ), la majorité des internautes du Québec naviguaient grâce à des modems fonctionnant à 28,8 Kbps ou 33,6 Kbps. À ce rythme, le transfert d'une image de taille moyenne (100 K) nécessite près de 40 secondes. Pas surprenant que les sites les plus fréquentés n'abusent guère des images!

Depuis la fin de 1995, le Web permet donc de combiner l'hypertexte (c'est ainsi que l'on appelle les liens établis entre deux pages) et le multimédia, c'est-à-dire l'utilisation de textes, d'images, de vidéo, etc. Au-delà de la comparaison avec une encyclopédie, il s'agit donc d'un nouveau médium de communication.

Autre composante primordiale du Web: l'interactivité. Non seulement vous choisissez vos destinations, mais vous pouvez également communiquer avec l'auteur d'un site ou d'autres usagers de passage. Ainsi, vous rencontrez souvent des pages sur lesquelles on vous invite à faire part de vos commentaires ou à participer à des discussions. Certains sites ne vivent d'ailleurs que par l'apport de la communauté, comme les romans interactifs, où les visiteurs rédigent un chapitre de l'histoire en cours. Enfin, certaines applications (des formulaires, des questionnaires ou carrément de petits programmes de jeux) réagissent instantanément et en fonction de vos actions ou de vos réponses.

Internet aujourd'hui: beaucoup de changements... et un peu de stabilité

Le réseau Internet est en perpétuelle construction ou, si vous préférez, en constante déconstruction. À tout moment, des sites apparaissent, d'autres disparaissent ou changent d'adresse et, bien sûr, ceux qui restent ne gardent leur popularité que s'ils évoluent régulièrement. Sans parler des nouveaux développements sur le plan technique. Pas une semaine sans un autre gadget!

Le Web continue ainsi de croître à une vitesse fulgurante. Pourtant, il est devenu depuis deux ans plus familier, plus stable, moins affolant. De plus en plus de «joueurs» ont maintenant trouvé leurs marques et font bon voisinage. Après une année ou deux d'apprentissage, les gouvernements, les entreprises, les médias et les sites d'éducation sont aujourd'hui bien installés sur le Web. Et, surtout, des dizaines de milliers d'usagers ont apprivoisé le Web et s'en servent désormais de façon quotidienne, presque banale.

En attendant (ou pas...) une bande passante beaucoup plus rapide, on bénéficie en quelque sorte d'une accalmie technologique. On réalise alors qu'Internet, ce ne sont pas que des changements perpétuels et des technologies de pointe, mais plutôt un immense territoire de contenus déjà bien structurés et d'accès facile.

Le cybercitoyen contre-attaque!

Puisque Internet est ouvert à tous les diffuseurs, il faut faire la part des choses entre les ressources institutionnelles diffusées par des universités, des médias ou des organismes officiels et celles des entreprises qui se branchent afin de promouvoir leurs produits, des associations ou des usagers qui lancent un site Web personnel.

Dans bien des cas, vous serez étonné de constater à quel point les sites personnels peuvent rivaliser d'intérêt avec de grands projets publics ou privés. C'est la force du Web : à côté des diffuseurs traditionnels, on y découvre des milliers d'experts ou d'amateurs passionnés de tous les domaines et dans toutes les langues qui partagent librement leurs connaissances, leurs opinions ou leurs questions.

La guerre des navigateurs

Pour naviguer sur le Web, vous devrez utiliser un logiciel de navigation comme Navigator (de Netscape) ou Internet Explorer (de Microsoft). De plus en plus performants, ceux-ci vous permettent d'accéder au Web, mais aussi au courrier électronique, aux groupes de nouvelles Usenet ou encore à la téléphonie et à la vidéoconférence.

À elles seules, les différentes versions de Netscape et d'Internet Explorer raflent près de 90 % de la faveur générale. Les deux logiciels possèdent des caractéristiques originales, mais les concepteurs de sites Web s'en tiennent le plus souvent aux technologies les plus compatibles. Vous pouvez donc choisir l'un ou l'autre sans inconvénient. Les deux sont offerts gratuitement sur les sites de Netscape et de Microsoft.

À signaler : quelques navigateurs moins connus proposent des fonctions plus spécialisées, oubliées par les deux grands, mais qui pourraient correspondre davantage à vos besoins. Ainsi, Tango, un logiciel conçu au Québec par Alis technologies, offre des interfaces en plus de 90 langues.

Liberté d'expression

Dans un réseau aussi touffu qu'Internet, vous vous en doutez bien, le meilleur comme le pire circule. C'est vrai, il y a du contenu pornographique ou raciste et des sites dans lesquels vous trouvez des recettes pour fabriquer des bombes ou des cocktails Molotov. Par ailleurs, des groupes extrémistes haineux ou des sectes profitent du réseau pour diffuser leurs principes et leurs théories. Mais, en général, ce matériel discutable est plus limité qu'on pourrait le croire.

En fait, pour vous donner une idée de son volume, les spécialistes s'entendent pour dire qu'environ 1 % du contenu qui circule sur Internet est de nature pornographique. De plus, pour chaque site ou forum haineux, vous en trouverez des dizaines dont la vocation est de lutter contre ce genre de propagande.

Pour protéger leurs enfants, certains usagers utilisent des logiciels destinés à filtrer le contenu des sites et des forums. Malheureusement, ces outils ont leurs limites. La plupart sont basés sur des mots clés ou sur des listes noires contenant les adresses interdites. Mais comme ils sont en anglais, certains sites francophones à ne pas ouvrir devant tous les yeux leur échappent. En revanche, ils en bloquent d'autres à cause de termes innocents en français, mais qui le sont nettement moins dans la langue de Shakespeare! Les plus connus de ces logiciels sont Cyber Patrol, Cybersitter, Net Nanny, SurfWatch et Cyber Snoop.

Vie privée

Pour beaucoup, la protection des renseignements personnels est un des principaux enjeux du Net. Il faut dire qu'actuellement la situation est loin d'être résolue. Ainsi, si le Québec s'est doté d'une législation stricte dans ce domaine, celle-ci s'avère sans effet au-delà des frontières. N'importe quel individu dont le serveur est situé à l'étranger (notamment aux États-Unis, véritable petit paradis de la déréglementation) peut exploiter les données qu'il recueille sur vous. Cela dit, un peu partout dans le monde, des spécialistes travaillent à mettre en place de nouvelles normes pour limiter la transmission de ce genre de données vers les pays dont la législation est plus coulante que la leur.

Sécurité

À un moment ou à un autre, comme à peu près tout le monde, vous recevrez par courrier électronique une mise en garde contre un virus. Dans la plupart des cas, il s'agit de canulars.

En revanche, il est bel et bien possible de télécharger des logiciels qui contiennent un virus destiné à endommager le contenu de votre disque dur. D'autres logiciels (encore plus rares) peuvent héberger un espion numérique chargé de s'infiltrer dans votre disque dur de telle sorte que votre ordinateur se connecte de lui-même sur Internet et renvoie certains de vos fichiers à la personne qui a créé cet espion.

Il se peut aussi que vous receviez des virus accrochés à l'intérieur de documents envoyés comme pièce jointe dans un courrier électronique. Une fois que vous avez ouvert ce document, il libère une commande qui vient parasiter un de vos logiciels (le plus souvent le traitement de texte Word).

La seule façon de vous protéger est de posséder un bon logiciel antivirus et de l'utiliser pour vérifier les documents reçus par courrier électronique et des logiciels téléchargés sur Internet.

Quant à la menace de pirates informatiques, sachez que vous n'avez pas grand-chose à craindre de ces derniers. Vu le temps et les moyens qu'ils doivent déployer pour pénétrer dans un ordinateur, ils s'attaquent le plus souvent à des cibles rentables !

Enfin, même si le commerce électronique est encore rare dans Internet, de plus en plus d'entreprises proposent des sites transactionnels. Les entreprises établies n'ont pas intérêt à décevoir leur clientèle sur le Web, mais soyez méfiant si l'offre est trop belle... pour être vraie. Une règle d'or : ne transmettez jamais votre numéro de carte de crédit sur un site qui n'est pas sécurisé. Néanmoins, selon des enquêtes récentes, il serait 1 000 fois plus risqué de donner sa carte à un serveur dans un restaurant que son numéro sur un serveur sécurisé !

Y a pas que le Web !

Le courrier électronique ou courriel

C'est le service le plus ancien, mais aussi le plus utile et le plus répandu. On estime en effet qu'une bonne part des 60 millions de personnes branchées sur Internet n'ont encore accès qu'au courrier électronique, comme c'est le cas sur la plus grande partie du continent africain. Fiable et rapide, il permet d'échanger avec une ou plusieurs personnes à la fois du texte, des images, du son, de la vidéo, des logiciels, etc.

Certains lui reprochent de pouvoir être intercepté, lu ou modifié par une tierce personne en cours de route. En fait, c'est à peu près aussi risqué qu'avec le service normal de la poste. Cela dit, pour éviter les indiscrétions, de plus en plus de personnes codent leurs messages importants à l'aide d'un logiciel de cryptographie (encodage) et en utilisant des clés de signature pour authentifier leurs messages électroniques.

La pièce jointe (*attachment*, en anglais) permet d'expédier des documents selon le format dans lequel ils ont été créés. Si, par exemple, vous faites parvenir à votre correspondant un texte composé avec le logiciel de traitement de texte Word, celui-ci peut l'ouvrir avec le même logiciel, y apporter des modifications et vous le retourner. Cette fonction permet également d'envoyer des logiciels entiers.

Même si Netscape et Explorer vous permettent d'envoyer et de recevoir du courrier électronique, faites l'essai d'un logiciel spécialisé, comme Eudora (sans doute le plus répandu). On peut en obtenir une version gratuite, Eudora Light, sur le site de la compagnie (www.eudora.com).

Et si on se parlait !

Les forums de discussion

Vous aimez les poissons rouges, le jazz ou la physique quantique ? L'un des quelque 30 000 forums de discussion du réseau Usenet vous permettra d'échanger sur votre sujet de prédilection avec des passionnés d'un peu partout dans le monde. Ces groupes constituent une sorte d'immense babillard électronique. On peut y afficher des messages, auxquels chacun peut répondre. Les réponses peuvent alors être suivies de commentaires, et ainsi de suite. À noter : la plupart de ces forums sont en anglais.

Les forums de discussion Usenet sont classés sous quelques grandes catégories :

alt.	forums créés par des usagers (non modérés)
can.	sujets canadiens
comp.	informatique
fr.	sujets français
misc.	divers
rec.	jeux, loisirs
sci.	sciences
soc.	société
qc.	sujets québécois

Pour accéder aux forums de discussion Usenet, on peut simplement utiliser Netscape, Internet Explorer ou, encore, un des logiciels spécialisés offerts gratuitement (Newswatcher pour Macintosh ou Trumpet Newsreader pour Windows). Si vous n'arrivez pas à vous connecter aux forums Usenet, demandez des instructions à votre fournisseur d'accès Internet.

Les FAQ (Frequently Asked Questions)

Il s'agit du regroupement des meilleures informations traitées dans un forum particulier. Présentées sous la forme de questions-réponses et compilées sous la supervision bénévole d'amateurs ou de spécialistes, les FAQ apportent des réponses à nos questions sur une foule de sujets, du judaïsme aux dernières découvertes en soins vétérinaires. Il s'agit là d'un exemple de la coopération remarquable qui fait la marque du réseau Internet.

Les listes de distribution

Les listes de distribution sont semblables aux forums, à ceci près que vous recevez tous les messages directement dans votre boîte aux lettres électronique. On compte plusieurs milliers de listes offrant un contenu exceptionnel. Les experts ont d'ailleurs tendance à délaisser les groupes de nouvelles au profit des listes, qui offrent une plus grande flexibilité et plus de discrétion. Quelques répertoires recensent les principales listes classées par sujets.

IRC

L'Internet Relay Chat offre la possibilité de communiquer en se regroupant dans des canaux organisés par thèmes. Surtout utilisés au départ pour commenter des événements de l'actualité en direct, les canaux IRC servent de plus en plus de clubs de rencontre. Un peu comme le réseau Usenet, l'IRC est composé de canaux (dont le nom indique généralement le sujet de discussion) auxquels vous vous branchez grâce à un logiciel spécialisé.

Les mondes virtuels

Il n'y a pas si longtemps, les discussions en direct avec d'autres usagers n'étaient possibles qu'en mode textuel. Désormais, de nouveaux logiciels, comme The Palace, permettent de poursuivre ces discussions en visualisant ses interlocuteurs grâce à des avatars (du mot sanskrit *avatâra*, désignant chacune des incarnations du dieu Visnu).

Un avatar peut prendre la forme d'une image, d'un dessin ou même d'un objet tridimensionnel. De plus, votre avatar peut se déplacer et évoluer dans un environnement créé de toutes pièces et même modifier cet environnement. Si vous pénétrez dans une forêt par exemple, vous pouvez y ajouter des arbres, des fleurs ou modifier son apparence afin d'y ajouter une touche de verdure.

Autres mondes virtuels, les Multi-User Dungeons (MUD) sont l'équivalent électronique des jeux de rôles. Cela dit, si le principe est le même, chacun d'entre eux a ses propres règlements et commandes. Quant aux Multi-User Object-Oriented Environments (MOO), contrairement aux précédents, fondés sur du texte, ils possèdent une interface graphique qui permet de participer à la création de mondes imaginaires dont les espaces (pièces, grottes, châteaux, etc.) sont construits et définis par les utilisateurs.

ICQ

Ce logiciel toujours plus populaire vous permet de vérifier si vos interlocuteurs sont connectés en même temps que vous. Dans ce cas, vous pouvez échanger du courrier électronique ou vous regrouper dans une zone de conférence en direct.

La téléphonie dans Internet : On se e-phone et on déjeune ?

Le téléphone, tel qu'on le connaît, est en voie de disparition, prédisent les gourous de la technologie. Avec un ordinateur équipé d'une carte de son et de haut-parleurs, et d'un logiciel comme Internet Phone (pour PC) ou Netphone (pour Mac), il est possible de se parler de n'importe où dans le monde, et ce, sans débourser des frais d'interurbains.

Les logiciels de téléphonie sont très simples à utiliser. Il vous suffit en général d'appeler l'adresse IP de votre interlocuteur. Cette adresse est composée de quatre séries de chiffres séparées par des points (ex. : 111.222.333.444) et apparaît dans les panneaux de configuration de votre logiciel de communication (Winsock ou Custom pour DOS/ Windows/OS2 ; MacTCP pour Macintosh).

En revanche, on est encore loin de la qualité et de la fiabilité du bon vieux téléphone ; l'établissement de la communication est parfois difficile et les phrases souvent saccadées. À moins d'avoir un lien RNIS à Internet (deux à trois fois plus rapide qu'un modem ordinaire), vous aurez du mal à tenir une conversation satisfaisante. Mais ce n'est qu'une question de temps avant que l'ordinateur vienne se colleter aux tout-puissants revendeurs d'appels interurbains.

La vidéoconférence à portée de clavier

Depuis déjà plusieurs années, il est possible de faire de la vidéoconférence par Internet grâce au logiciel CU-SeeMe mis au point à l'Université Cornell. Les dernières versions de Netscape et d'Internet Explorer offrent aussi des fonctions de vidéoconférence. Il ne faut pas se faire d'illusions sur la qualité des images ; toutefois, si vous utilisez un modem 28,8 Kbps, la voix et l'image demeurent saccadées. Mais c'est un début.

Les services plus anciens

D'autres zones plus anciennes d'Internet sont encore utilisées aujourd'hui, mais elles tendent à être remplacées par le Web, qui devient rapidement le guichet unique du réseau.

Les sites FTP : bazars et quincailleries

Les répertoires FTP (File Transfer Protocol) sont une mine inépuisable de logiciels, mais aussi de textes et d'images. En revanche, il est difficile de s'y retrouver. Aussi s'en sert-on de nos jours uniquement pour entreposer du matériel que les usagers peuvent ensuite récupérer par le biais du Web. Si vous désirez créer votre propre site, par contre, un logiciel FTP vous sera utile pour télécharger vos fichiers HTML sur l'ordinateur de votre fournisseur.

Les sites Gopher : des trésors anciens

Gopher constituait une révolution au moment de son invention. Il offrait à ses utilisateurs de faire pour la première fois des recherches dans des documents situés n'importe où dans Internet. Véritable réseau dans le réseau, Gopher permettait de passer d'un serveur à un autre. Mais sa gloire n'a duré que le temps de s'habituer au Web. L'engin de recherche Veronica permet cependant toujours d'effectuer des recherches dans l'espace Gopher.

Telnet : des tonnes de catalogues

La fonction Telnet permet de se connecter à un autre ordinateur et de le piloter comme si on était sur place. Ainsi, de Montréal, un Français peut se connecter par Telnet à Paris et gérer son courrier comme s'il n'avait jamais quitté sa ville d'attache.

Encore aujourd'hui, plusieurs bases de données ne sont accessibles que par Telnet, notamment des catalogues de bibliothèques publiques. Le grand inconvénient de Telnet, c'est sa lenteur et son interface en mode texte qui jure à côté du Web. Plusieurs bibliothèques (dont l'UQAM) offrent désormais un accès au catalogue directement sur le Web, mais pas la majorité. Pour se servir de Telnet, il faut disposer des logiciels NCSA Telnet (Macintosh) ou PC Telnet pour DOS/Windows.

Les logiciels de navigation

Partagiciels ou gratuiciels ?

Un gratuiciel (*freeware*) et un partagiciel (*shareware*), ce n'est pas la même chose. Le premier est offert gratuitement à quiconque en fait la demande. Le second, par contre, est mis à la disposition du public, mais pour examen seulement. En le téléchargeant, on s'engage auprès de son auteur à lui verser une somme, habituellement modique, dans le cas où l'on décide de conserver le logiciel après la période d'évaluation.

Les outils de base

Un logiciel de communication : sans lui, vous ne pouvez tout simplement pas accéder à Internet. C'est en effet ce logiciel qui vous permet de vous brancher sur votre fournisseur d'accès à Internet.

> Windows : Trumpet Winsock
>
> Macintosh : MacTCP et MacPPP

Un navigateur : véritable guichet unique, il donne accès au Web, mais aussi au courrier électronique et aux forums Usenet.

> Windows et Mac : Netscape Navigator (ou Communicator)
>
> Windows et Mac : Internet Explorer
>
> Windows : Tango

Un logiciel de courrier électronique : même si les navigateurs vous permettent déjà de recevoir et d'expédier du courrier électronique, optez pour un logiciel de courrier. Ses fonctions diverses deviennent rapidement indispensables.

> Windows et Mac : Eudora
>
> Windows : Pegasus Mail
>
> Mac : Claris E-mailer

Un logiciel de Telnet : la fonction Telnet permet de se connecter à un autre ordinateur et de le piloter comme si on était sur place.

> Windows : PC Telnet
>
> Mac : NCSA Telnet

Un lecteur de nouvelles : vous pouvez accéder aux forums Usenet par le biais de votre navigateur ou en vous servant d'un logiciel spécifique.

> Windows : Free Agent
>
> Mac : Newswatcher

D'autres logiciels à connaître

Antivirus : Pour faire la chasse aux virus dans les logiciels que vous téléchargez ou dans les documents que vous recevez en pièces jointes par courrier électronique.

> Windows : McAffee, Norton, etc.
>
> Mac : Norton, Sam ou Virex

Compression : Dans Internet, les documents ou logiciels envoyés par courrier ou téléchargés sur des sites sont le plus souvent compressés. Les délais de transfert en bénéficient énormément, puisque la compression permet de réduire de 30 % à 40 %, voire de 60 %, la taille des fichiers.

> Windows : Winzip
>
> Mac : Stuffit Expander et DropStuff, Zipit (format compatible avec Windows)

FTP – File Transfer Protocol : un logiciel vous permettant de vous connecter aux répertoires des serveurs FTP. Utile seulement si vous désirez publier votre propre site dans Internet.

> Windows : WS FTP
>
> Mac : Anarchie ou Fetch

Internet Relay Chat: pour goûter aux joies des discussions en direct sur les canaux du réseau IRC.

> Windows: mIRC
>
> Mac: Ircle, Homer

PGP – Pretty good privacy: pour crypter (encoder) vos messages électroniques.

> Windows et Mac: PGP

Je télécharge où ?

Pour vous procurer des logiciels de base ou des modules d'extension, vous pouvez évidemment vous rendre sur les sites des entreprises qui les ont créés. Très souvent, un site existe aussi avec le nom du logiciel lui-même, par exemple www.eudora.com ou www.winzip.com.

Pour mettre de l'ordre dans sa trousse de logiciels, le mieux est de visiter un des nombreux sites d'archives qu'on retrouve sur le Web. Sites spécialisés dans les logiciels francophones ou non, classement par types ou par plates-formes, évaluations, nouveautés... tout pour naviguer en tout confort! (Vous retrouverez ces adresses dans la section Informatique et Internet du *Furet*.)

Mettez de la vie dans votre navigateur

Des modules d'extension

Les modules d'extension (*plug-ins*) sont des programmes que vous greffez sur votre navigateur pour lui ajouter des fonctions multimédias. Grâce à ces petits logiciels d'appoint, vous pouvez écouter en direct un concert de votre groupe préféré, visionner un extrait du journal télévisé de la BBC, jouer à des jeux en ligne ou découvrir de l'animation sur les pages Web que vous visitez, etc.

Il existe plusieurs dizaines de ces extensions qu'il est possible de télécharger gratuitement. En voici quelques-unes:

• Acrobat Reader: le logiciel Acrobat (de la compagnie Adobe) permet de convertir un document imprimé en lui conservant toutes ses qualités graphiques. Les formulaires officiels et les rapports sont souvent offerts dans ce format dans Internet: pour les lire, vous devrez donc vous procurer le logiciel Acrobat Reader.

• Liquid Audio: un logiciel qui offre une qualité sonore digne d'un disque compact. D'ailleurs, les amateurs s'en servent pour télécharger de la musique et la reproduire ensuite sur des DC vierges (en oubliant la plupart du temps de payer des droits d'auteur, ce qui est illégal!).

• QuickTime et QuickTime VR: conçu par Apple, mais compatible avec Macintosh ou Windows. Le premier permet de visionner des extraits vidéo; le second, d'admirer des vues panoramiques de 360 degrés.

• RealPlayer: ce logiciel de Progressive Networks permet d'écouter en continu du son en direct ou en différé sur le Web, mais également de visionner des fichiers vidéo. Il s'agit d'un des modules d'extension les plus populaires auprès des concepteurs de sites Web et des usagers. Loin d'être parfait, il est cependant continuellement amélioré.

• ShockWave: une application produite par Macromédia. Avec elle, vous visionnez des animations et avez accès à de petites applications interactives.

• VDOLive: un des premiers modules d'extension qui permettaient de visionner de petites séquences animées. Il est maintenant moins utilisé que RealPlayer.

Des technologies émergentes

Java fait danser le Web

Grâce au nouveau langage de programmation Java, les concepteurs de sites Web peuvent désormais ajouter de petites applications à leurs pages, qu'il s'agisse de jeux interactifs ou de données financières actualisées à la seconde ! Bref, Java n'a pas son pareil pour animer le Web.

Néanmoins, malgré l'importance de cette technologie, on trouve encore peu d'applications dans les sites grand public et les différentes versions de Netscape et d'Explorer ne sont pas toutes compatibles avec la norme Java. Ainsi, le géant Microsoft n'a pas hésité à modifier les bases Java dans la dernière version de son navigateur Explorer, réduisant à néant les efforts de Suns Microsystems pour proposer un langage de programmation universel. Les deux entreprises sont aujourd'hui en procès, et la guerre ne fait que commencer !

Si votre navigateur n'est pas compatible avec Java, vous pouvez dans certains cas utiliser un moteur autonome pour accéder aux sites Java. Pour les ordinateurs Macintosh, Apple propose par exemple le logiciel MacOS Runtine for Java (ou MRJ), qui permet de télécharger des « applets » Java sans avoir à recourir à Netscape ou à Explorer.

Pousser, couler !

Comme bien des technologies émergentes sur le Web, la technologie du pousser (*push technology*) a fait couler beaucoup d'encre. Il faut dire qu'elle permet de naviguer d'une tout autre façon puisque les usagers d'Internet n'ont plus besoin d'aller chercher l'information. Dorénavant, celle-ci arrive dans leur ordinateur en fonction de leurs intérêts ou des sources qu'ils ont sélectionnées. Impressionnées, des millions de personnes ont téléchargé le logiciel PointCast, le premier à utiliser cette technologie. Dans leur dernière version, Netscape et Internet Explorer proposent aussi des fonctions basées sur la technologie du pousser.

Cela dit, bien des usagers qui essaient ces logiciels les abandonnent après quelques semaines ou mois d'utilisation. Eh oui ! les diffuseurs ont tendance à noyer leurs abonnés sous le poids d'informations inutiles. De plus, cette technologie, très gourmande, risque d'engorger le réseau. Après la ferveur des débuts, les experts voient maintenant le potentiel du *push technology* avant tout dans les entreprises (intranets).

VRML (Virtual Reality Modeling Language)

La réalité virtuelle reste encore l'affaire des spécialistes, mais on trouve dans Internet de nombreux sites et logiciels qui donnent un avant-goût des plaisirs à venir... Permettant de se déplacer dans des univers en trois dimensions, cette technologie aura certainement des répercussions déterminantes sur le Web comme dans les domaines scientifiques ou médicaux.

Créer sa page Web

Conteurs d'histoires, journalistes en herbe, dessinateurs, créateurs et patenteux de toutes sortes se sont lancés dans l'apprentissage du HTML (HyperText Markup Language), le langage du Web. Malgré son nom, le HTML n'est pas un langage de programmation. Il consiste en une série de codes qui indiquent à un logiciel comme Netscape comment afficher certains éléments graphiques. Il permet donc de créer ses propres pages Web et d'y insérer du contenu, des images, du texte, du son et à peu près tout ce que vous voulez... si vous savez programmer !

Plusieurs logiciels permettant de fabriquer des pages Web sont offerts en version partagicielle sur le réseau. La plupart sont très performants, mais ils exigent une connaissance des principaux codes HTML.

Les deux dernières versions de Netscape et d'Internet Explorer contiennent des éditeurs HTML dits WYSIWYG (*What you see is what you get*) qui viennent grandement faciliter la tâche des webmestres en herbe puisqu'ils permettent d'escamoter l'apprentissage des codes HTML.

Pour un site plus complexe, cependant, il vaut mieux utiliser un logiciel spécialisé comme les éditeurs québécois WebExpert ou HyperPage (pour les ordinateurs compatibles IBM seulement), FrontPage de Microsoft ou HomePage de Claris.

En somme, de nombreux manuels en ligne (ou non) permettent d'apprendre à « HTMLiser » en toute facilité. Vous trouverez notamment des outils pour apprendre à programmer en HTML dans la section Informatique et Internet du *Furet*. Et un bon conseil : lorsqu'une page Web vous plaît, jetez un coup d'œil au « code source ». Une bonne façon d'apprendre par l'exemple.

Il n'y a pas qu'Internet...

Les serveurs commerciaux

Des entreprises comme America Online (ou sa filiale canadienne), Compuserve, Infonie (en France) ou APC (international) offrent un accès à Internet, mais aussi des services d'information exclusifs. En général, l'abonnement de base comporte l'accès à Internet et quelques-uns des contenus exclusifs, mais la plupart sont facturés à la pièce.

Même si Internet et le Web lui-même attirent plus d'attention, la réussite de ces services à valeur ajoutée est indéniable. Aux États-Unis, par exemple, America Online est de loin le plus grand fournisseur d'accès à Internet, avec plus de 10 millions d'abonnés. La clé du succès ? Des forums de discussion modérés par des experts et des animateurs-vedettes. Chaque jour, des centaines de milliers d'Américains s'y retrouvent.

Les babillards électroniques locaux et régionaux (BBS : Bulletin Board Systems)

Avant l'explosion d'Internet, quelques pionniers se servaient déjà de leur modem pour communiquer avec d'autres branchés. Ils se retrouvaient sur des babillards électroniques. Si leur nombre a considérablement diminué, certains d'entre eux continuent de survivre. Ainsi, les réseaux francophones Agora, FrancophoNet et Francomédia sont accessibles dans toutes les villes du Québec.

Pour aussi peu que 30 $ ou 40 $ par année, l'abonnement est beaucoup moins coûteux que l'accès Internet, et on peut quand même envoyer ou recevoir du courrier en provenance des autres réseaux. Pour les francophones du Québec, il faut aussi mentionner que les forums de discussion sont en général beaucoup plus pertinents que l'immense fouillis anglophone de Usenet.

Les réseaux multijoueurs

Devant l'ampleur du phénomène, la majorité des éditeurs de jeux se doivent de proposer une version réseau pour leurs nouveautés ! Il faut dire que c'est autre chose d'affronter un ou des humains plutôt qu'une machine...

Pour entrer dans le jeu, trouver des adversaires à toute heure du jour ou de la nuit, créer des alliances et discuter en direct pendant vos parties, il vous en coûtera au minimum une dizaine de dollars par mois. À noter, toutefois : le très populaire réseau Kali se contente de 30 $ et, pour cette modique somme, vous êtes censé pouvoir jouer jusqu'à la fin de vos jours. Vous trouverez plusieurs réseaux multijoueurs accessibles par Internet, tels Kali, Total Entertainment Network, Dwango ou Mplayer.

Intranet et extranet

Si le commerce de détail est encore limité dans Internet, le commerce entre les entreprises elles-mêmes est en pleine explosion. Cependant, au lieu d'utiliser le Web public, celles-ci préfèrent se faire installer des réseaux internes (intranets) assurant la sécurité des communications et des transactions. Les intranets et extranets peuvent, bien sûr, être reliés à Internet puisqu'ils utilisent les mêmes protocoles, mais ces réseaux sont protégés des intrusions intempestives par des logiciels de sécurité très puissants (les *firewalls* ou coupe-feu).

Internet 2

D'après les chercheurs, qui sont pourtant les premiers à avoir ouvert Internet au grand public, le réseau actuel est trop engorgé pour être efficace ! Résultat : ils ont décidé de mettre en place des réseaux parallèles, appelés Internet II aux États-Unis ou CA*net 2 au Canada. Pour l'instant, seule la communauté universitaire y a accès. Une décision qui fait craindre à beaucoup l'arrivée d'un Net à deux vitesses...

Références utiles

Comprendre les adresses Internet

L'adresse électronique

Une adresse électronique est composée de deux sections reliées entre elles par le symbole @ (un signe typographique appelé arobas ou « a commercial »). On y retrouve le nom de l'usager d'une part, et le nom de l'ordinateur ou de l'entreprise qui lui fournit un accès au réseau Internet d'autre part. Il ne doit y avoir aucun espace entre les termes de l'adresse.

Usager@fournisseur.qc.ca se décortique comme suit : usager = le nom de l'usager ou de la boîte aux lettres que vous voulez rejoindre ; fournisseur = le nom de l'entreprise qui fournit l'accès à Internet à cet usager ; qc.ca = indique qu'il s'agit d'un fournisseur du Québec.

Les adresses URL

Les adresses qui apparaissent dans la fenêtre Location de votre navigateur portent le nom de URL (Uniform Resource Locator). Ce système permet de se déplacer dans les grandes zones d'Internet sans avoir à se soucier du type de ressources auquel on accède. En regardant les premières lettres de l'adresse (le segment qui précède les deux points), vous saurez néanmoins s'il s'agit d'un site Web, d'une adresse Gopher, etc.

- World Wide Web

  http ://www.iris.ca/

  Le site Web d'Iris Internet

- Gopher

  gopher ://gopher.umanitoba.ca : 2347/7

  L'adresse Gopher de Veronica, l'engin de recherche dans l'espace Gopher

- File Transfer Protocol

  ftp ://ftp2.netscape.com

  Le site FTP de Netscape

- Telnet

  telnet ://pac.carl.org

  La base de données Uncover

- Mailto

  mailto :gestionnaire@iris.ca

  Ce type d'URL permet d'envoyer du courrier électronique.

- Groupe de nouvelles

  news :mtl.general

  L'adresse d'un groupe de nouvelles appelée « mtl.general ».

Les adresses IP (Internet Protocole) et les noms de domaines

Chaque ordinateur relié au réseau doit disposer d'une adresse IP, qui lui est attribuée de façon permanente ou temporaire même si elle demeure le plus souvent invisible. Ainsi, lorsque vous vous connectez au réseau, votre fournisseur d'accès vous assigne une adresse IP temporaire. Cette adresse est composée de quatre nombres entre 0 et 255 séparés par des points (exemple : 205.151.56.3).

Pour faciliter la tâche des usagers, un comité de normalisation technique d'Internet a choisi d'attribuer aux ordinateurs des noms appelés noms de domaines. Ainsi, le domaine www.iris.ca désigne la compagnie iris Internet, située au Canada (ca). Lorsque vous demandez l'accès à un site selon son nom de domaine, des serveurs appelés DNS se chargent de traduire les adresses Internet en numéros IP utilisables par les ordinateurs.

Domaines assignés selon le type d'activité :

com :	entreprises commerciales
org :	organismes à but non lucratif
edu :	universités et collèges américains
net :	ressources globales du réseau (fournisseurs d'accès Internet)

Domaines assignés selon l'origine géographique :

qc.ca :	Québec
fr :	France
be :	Belgique
ch :	Suisse
uk :	Royaume-Uni

Les formats de fichiers

Dans Internet, vous pouvez télécharger ou recevoir toutes sortes de fichiers, mais encore faut-il avoir sur son ordinateur les logiciels nécessaires pour les ouvrir. Le tableau suivant vous présente les formats les plus utilisés et les logiciels correspondants.

FORMAT	EXTENSION	ÇA DONNE QUOI ?	PLATE-FORME	JE L'OUVRE AVEC QUOI ?
Hypertext Markup Language	.htm, .html	Hypertexte, page Web	Windows et Macintosh	Un navigateur ou un éditeur de pages Web
Portable Document Format	.pdf	Texte et images (mise en pages)	Windows et Macintosh	Adobe Acrobat Reader
Graphique Interchangeable Format	.gif	Image	Windows et Macintosh	Un navigateur ou un logiciel de graphisme numérique
Joint Photographers Experts Group	.jpg, .jpeg	Image	Windows et Macintosh	Un navigateur ou un logiciel de graphisme numérique
Wave	.wav	Son	Windows	Un navigateur ou un éditeur de son numérique

FORMAT	EXTENSION	ÇA DONNE QUOI?	PLATE-FORME	JE L'OUVRE AVEC QUOI?
Audio interchange File Format	.aif, .aiff	Son	Macintosh	Un navigateur ou un éditeur de son numérique
MIDI	.mid, .midi	Son	Windows et Macintosh	Un navigateur ou un éditeur de son numérique
Real Audio	.ra, .rpm	Son	Windows et Macintosh	RealPlayer
Audio Visual Interleaved	.avi	Vidéo	Windows	Windows 95
Quicktime	.mov	Vidéo	Windows et Macintosh	QuickTime
Moving Pictures Expert Group	.mpg, .mpeg	Vidéo	Windows et Macintosh	LViewPro, JPEGView, etc.
Zip	.zip	Compression	Windows et Macintosh	Winzip, PKunzipZipIt ou Stuffit Expander
Executable	.exe	Un logiciel	Windows	DOS, Windows
Self Extracting Archive	.sea	Un programme	Macintosh	Fichier autoextracteur

Guide des outils de recherche

Le premier saut dans le cyberespace produit parfois l'effet d'une douche froide. Le Web apparaît comme un méli-mélo désordonné, un ramassis d'informations classées n'importe comment et difficiles à trouver. De puissants outils de recherche – une quarantaine, en fait – permettent pourtant d'arriver rapidement à bon port. Il ne vous reste plus qu'à choisir les bons outils...

Selon Peter Morville (le concepteur du répertoire Argus Clearinghouse), les difficultés de la recherche dans Internet peuvent se résumer à un vieux dicton : Pour celui qui tient un marteau entre les mains, tous les problèmes ressemblent à des clous.

Dans Internet, les spécialistes de l'informatique ont donc attaqué les problèmes de la recherche avec des agents d'indexation automatisés et des processeurs ultrarapides. De leur côté, les bibliothécaires persistent à utiliser d'abord et avant tout leurs propres neurones... À dire vrai, chaque approche possède ses avantages et ses limites.

LES MOTEURS DE RECHERCHE PAR MOTS CLÉS

Ces outils participent tous au rêve ambitieux de dresser l'inventaire complet du contenu du Web. Chaque jour, leurs centaines de robots-surfeurs parcourent le réseau en sautant d'une page à l'autre au gré des liens hypertextes et enregistrent au passage les adresses et les textes manquants. Leur succès est fonction de leur force brute : plus la machine est rapide, plus l'index sera gros et plus il sera complet.

Cette même force constitue paradoxalement leur faiblesse, en particulier lorsque l'objet de recherche est trop large. Une recherche dans AltaVista avec le mot loi, par exemple, mène à des centaines de milliers d'entrées sur des sujets de tout acabit. Il faut donc retenir ceci : les moteurs de recherche par mot clé sont utiles uniquement lorsqu'on recherche un document ou une information très précise.

Malgré leur taille prodigieuse (plus de 50 millions de pages indexées dans certains cas), aucun des index automatisés du Web ne peut prétendre à l'exhaustivité. Cela tient à plusieurs raisons, mais surtout au fait que bon nombre de sites offrent des archives complètes, mais non sous forme de pages Web statiques que les moteurs de recherche peuvent déceler et indexer. Les articles sont plutôt conservés dans une base de données, et les pages Web sont générées sur demande seulement (*on the fly*).

LES RÉPERTOIRES GÉNÉRAUX ET SPÉCIALISÉS

Des répertoires d'adresses bien classées constituent le meilleur moyen de retrouver de l'information à partir d'un sujet plus large. Pour les recherches d'ordre général, on peut compter sur des répertoires comme Yahoo! ou La Toile du Québec.

Même si vous pouvez aussi y effectuer des recherches par mots clés (en plus de la navigation par sujets), il ne faut pas confondre les répertoires et les index automatiques. Avec AltaVista ou Lycos, vos mots clés sont recherchés dans le texte complet de toutes les pages indexées. Par contre, lorsque vous recherchez par mot clé dans un répertoire, seuls les titres des ressources inscrites, leur classement et une courte description sont pris en compte. Vous pouvez donc y utiliser des termes plus généraux sans vous retrouver avec des centaines de millions d'entrées non pertinentes.

Par ailleurs, les répertoires spécialisés constituent des ressources indispensables lorsqu'il est question d'effectuer des recherches sur des sujets précis. Souvent réalisées par des universitaires ou des amateurs passionnés, ces collections regroupent plusieurs milliers de sites, tous classés et annotés. Les métarépertoires (comme la Virtual Library, Argus Clearinghouse... ou *Le Furet*) essaient, pour leur part, de regrouper ces répertoires spécialisés.

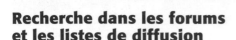

Recherche dans les forums et les listes de diffusion

On s'abonne à Internet pour y rechercher de l'information, mais on y reste parce qu'on y trouve des passionnés et des spécialistes en tous genres. Quelqu'un, quelque part dans Internet, s'intéresse au sujet qui nous intéresse et détient sûrement les réponses qui nous manquent. Il ne reste plus qu'à le trouver...

Première étape : les groupes de nouvelles

Pointez votre navigateur sur le site Liszt et vous pourrez accéder aux 30 000 groupes de nouvelles Internet à partir de menus hiérarchiques ou en effectuant une recherche par mots clés. Pratique si vous avez déjà une idée des groupes dans lesquels il se passe des choses intéressantes.

Si tel n'est pas le cas, vous devrez faire du dépistage à l'intérieur des textes complets parus dans les groupes. Pointez votre navigateur sur les engins de recherche DejaNews, AltaVista, InfoSeek ou Excite, qui recensent toutes les nouvelles parues dans les groupes au cours des semaines précédentes. Recherchez les textes qui relèvent les mots clés qui vous intéressent et vous y trouverez le ou les groupes qui traitent de votre sujet.

Seconde étape : les listes de distribution

Les listes charrient de l'information souvent plus pertinente et plus utile que les groupes de nouvelles. Les listes modérées offrent un contenu souvent de meilleure qualité. Elles sont tamisées par un modérateur qui s'assure que les intervenants s'en tiennent au thème de la liste. Un bon nombre de listes offrent un service de résumé (*digest*) distribué par courrier électronique et un service d'archives qu'on peut consulter librement.

Deux bons répertoires permettent de rechercher les listes par mots clés : Liszt, de loin le plus vaste index des listes de discussion dans Internet, et Publicly Accessible Mailing Lists, moins exhaustif, mais plus sélectif.

Répertoire sélectif par sujets

abonnement	◩	◉ image, musique et vidéo
actualités	▮	◪ logiciel
commerce	▮▮▮	ℝ référence
forum	▟▟	☰ répertoire
français	◪	

ACTUALITÉ ET MÉDIAS

Actualité en français : Canada, Québec

InfoExpress (Sympatico)
www2.sympatico.ca/nouvelles/
- actualité vue par l'agence PC
- forums et autres services de Sympatico
- liens vers les médias branchés

Pour faire rapidement le point sur ce qui se passe au Canada et dans le monde, le site de Sympatico (Bell) offre une bonne présentation des manchettes de la *Presse canadienne*. On y trouve aussi des liens vers d'autres services, notamment des forums animés quotidiennement.

Internest, le quotidien Internet
www.internest.qc.ca/
- point de départ bien conçu
- liens vers les manchettes d'actualité
- nouvelles régionales (est du Québec)

Usant du multi-fenêtrage, ce site d'intégration permet de parcourir rapidement les manchettes de l'actualité à partir de différentes sources québécoises, canadiennes et internationales. Également un média régional, Internest offre une couverture hebdomadaire de l'actualité dans l'est du Québec.

La Presse (édition Internet)
lapresse.infinit.net/
- minimum d'information quotidienne
- quelques dossiers
- à quand la phase II ?

Lancé au début de 1999, le site Internet de *La Presse* n'offre qu'un pâle reflet de l'édition imprimée (et vendue !). Quelques manchettes quotidiennes et une petite sélection de dossiers et de reportages dans les rubriques cyberpresse, économie, sports ou sortir, voilà tout pour l'instant !

La Voix de l'Est (Granby)
www.endirect.qc.ca/vde/
- perspective régionale
- manchettes, calendrier culturel, etc.
- petit mais intéressant

Le quotidien de Granby (en Estrie) propose un site simple et sans aucune prétention, mais offrant une bonne couverture de l'actualité régionale. La caricature du jour, le calendrier culturel et une liste des sites Web de la région viennent compléter le tout.

Le Devoir (édition Internet)
www.ledevoir.com/
- manchettes de la journée
- dossiers pour la recherche
- superbe complément au journal

Le site Web du *Devoir* n'inclut pas les textes complets de l'édition quotidienne, mais comporte un résumé des manchettes principales et, surtout, un très large choix d'articles et de dossiers parus dans les sections politique, culture, société, monde ou économie. Un site bien conçu et de navigation agréable.

Le Droit (Ottawa-Hull)

www.ledroit.com
- quotidien de la capitale fédérale
- bel ensemble d'information
- sélection d'articles et d'archives

Le journal *Le Droit* offre une excellente sélection quotidienne de ses pages, des manchettes aux chroniques, mais aussi le Carrefour W3, un excellent point de départ pour quiconque s'intéresse à la région de l'Outaouais.

Le Journal de Montréal

www.journaldemontreal.com/
- résumé des manchettes et photos du jour
- contenu intégral offert aux abonnés
- site bien conçu, mais lourd
  à télécharger

Dans son édition abrégée (gratuite), le *Journal de Montréal* offre un site plutôt maigre en information. Pour les abonnés de l'édition imprimée, toutefois, le contenu intégral est offert et ce, sans frais supplémentaires. À noter, les abonnés du *Journal de Québec* peuvent aussi se prévaloir de cette offre.

Le Matinternet

www.matin.qc.ca/indexcyra.html
- quotidien électronique québécois
- approche grand public
- manchettes, météo, sports, etc.

« Premier quotidien interactif québécois », le Matinternet propose un choix de man-

chettes (régionales, nationales et autres), les résultats sportifs, une section « showbiz », une abondance de chroniques et de débats plus ou moins vitrioliques, la météo et la loto... Sans oublier les petites annonces, le voxpop et la publicité !

Le Soleil de Québec

www.lesoleil.com/
- beaucoup de contenu quotidien
- archives énormes
- Québec 1, Montréal 0

Le Soleil de Québec a fait une entrée remarquée sur le Web, avec un site costaud qui propose une bonne sélection des contenus de la version imprimée et des archives contenant des milliers d'articles sur des sujets pratiques. La rubrique Film, par exemple, vaut le détour.

Les manchettes (Eureka)

www.eureka.cc/
- survol de la presse québécoise
- seulement les grands titres
- textes complets sur abonnement

Cedrom-Sni offre un service de recherche bien connu dans les archives des journaux et des magazines québécois (*Le Devoir, Le Soleil, Le Droit, L'actualité, Voir, Les Affaires, Commerce* et autres). Le volet public du site est limité aux manchettes de la journée et aux premières phrases de chaque article.

Planète Québec

planete.qc.ca/
- grand webzine québécois
- contenu renouvelé tous les jours
- style vivant, opinions bien tranchées

Planète Québec diffuse les communiqués de l'agence Telbec et toute une ribambelle de rubriques et de chroniques quotidiennes, de Gilles Proulx à Jean Lapointe en passant par Gérald Larose et Yves Michaud. Des opinions parfois outrancières, des blagues osées, du sport, les nouveautés d'Internet et une présentation alléchante.

Radio-Canada (bulletin national)

radio-canada.ca/nouvelles/

- manchettes nationales et internationales
- résumés, photos, quelques
  extraits vidéo
- consultation rapide et agréable

Radio-Canada offre un bulletin de nouvelles actualisé plusieurs fois par jour, illustré et accompagné d'extraits vidéo. Le site comporte aussi quelques dossiers plus étoffés et une bonne sélection de sites Web reliés à l'actualité, les «hyperliens de référence».

Radio-Canada en direct (audio)

radio-canada.ca/web/endirect/
premiere.ram

- radio en direct
- nécessite le logiciel RealAudio
- qualité sonore? À vous de juger...

Évidemment, la qualité sonore du format RealAudio ne vaut pas celle d'un bon poste de radio... Mais vous pouvez maintenant écouter en direct les émissions AM et FM de Radio-Canada partout dans le monde.

Salle des nouvelles (gouv. Québec)

www.mri.gouv.qc.ca/salle_des_nouvelles
/index.fr.html

- enfin des bonnes nouvelles!
- le Québec se porte comme un charme
- version anglophone aussi intéressante

Ceux et celles qui se plaignent que les médias ne traitent que de mauvaises nouvelles devraient trouver de quoi se rassurer sur ce site du ministère des Relations internationales du Québec. Cette salle des nouvelles offre un aperçu quotidien de l'actualité au Québec. Voir aussi la version anglophone.

Telbec

planete.qc.ca/telbec/

- communiqués de presse (Québec)
- gouvernement, éducation, santé, travail
- nouvelles du lendemain...

Pour les journalistes et pour qui apprécie l'information dans sa forme la plus dépouillée, l'agence Telbec propose un choix de manchettes quotidiennes dans les domaines de la santé, de l'éducation, du travail, etc. En général, il s'agit des communiqués émis par les gouvernements, les associations et les centrales syndicales. Les archives sont aussi disponibles.

TVA (Informations)

www.tva.ca/information.shtml

- manchettes d'actualité
- extraits vidéo
- bien conçu

Tout comme Radio-Canada, le réseau TVA offre une édition Internet de son bulletin de nouvelles réactualisé plusieurs fois par jour. Des textes courts agrémentés de quelques photos et d'extraits vidéo. De consultation rapide, le site comporte aussi des liens vers la section d'actualité sportive, la grille horaire et les sites d'autres émissions.

Actualité en français : France

AFP et Reuters (Yahoo ! France)

www.yahoo.fr/actualite/
- sélection de nouvelles internationales
- factuel et lapidaire
- tour du monde en 20 lignes...

Les dépêches de l'agence France-Presse, d'AFP et de Reuters sont disponibles sur le site de Yahoo ! France. Contrairement à l'édition américaine, cette sélection privilégie l'actualité française et européenne, mais la couverture des autres pays est aussi au programme (Afrique, Asie, Amérique latine).

France 2 : Info en ligne

www.france2.fr/sommaire-info.htm
- service télétexte de France 2
- textes courts (manchettes)
- remis à jour 16 heures sur 24

Des nouvelles courtes surtout sur l'actualité française et internationale, l'économie, le sport et la météo. Quelques commentaires aussi (section Zoom) sur les faits saillants du jour et des archives avec un moteur de recherche pour s'y retrouver.

L'Humanité

www.humanite.presse.fr/journal/index.html
- quotidien communiste français
- beaucoup d'information quotidienne...
- ... et analyses à n'en plus finir !

Un site bien garni que celui du quotidien du Parti communiste français. De l'information nationale et internationale en quantité, avec un biais qu'il ne nous est pas souvent donné de lire au Québec. Une information partisane, mais riche et fouillée.

Le journal Le Monde

www.lemonde.fr/
- plusieurs sections en consultation publique
- dossiers et dépêches de l'AFP
- journal complet : cinq francs

Le Monde offre un site d'information intéressant, comportant des articles de l'édition quotidienne et des dossiers fouillés. L'édition complète du quotidien est aussi offerte en mode électronique pour cinq francs. Dans ce cas, on peut télécharger le journal intégral en un seul fichier et le consulter ensuite en mode local.

Libération : Le quotidien

www.liberation.com/quotidien/index.html
- couverture quotidienne et dossiers
- contenus riches et diversifiés
- un must

Lancé à fond de train sur le Web, *Libération* propose un des plus beaux sites francophones. Du côté de l'actualité, on trouve chaque jour la Une ainsi qu'une sélection d'articles (les archives sont conservées une semaine). Dossiers et grands reportages bénéficient également d'une version « enrichie ». Enfin, les cahiers Multimédia et Livres valent le détour.

Radio France : France Info

www.radio-france.fr/france-info/
- information continue
- en direct avec RealAudio
- autres émissions disponibles

Écoutez les dernières nouvelles de Radio France en direct ou en différé. Vous pouvez aussi choisir parmi quelques-unes des chroniques maison disponibles pour téléchargement (multimédia, Internet, etc.).

Radio France Internationale (RFI)

www.rfi.fr/
- bulletins d'information chaque demi-heure
- format RealAudio ou Streamworks
- simple et efficace

Un site bien monté, avec juste ce qu'il faut d'infos générales sur RFI et surtout la possibilité d'écouter les bulletins d'information de l'heure et de la demie, remis à jour en permanence, une trentaine de minutes après leur diffusion en direct à Paris.

Canada anglais

Canada.com (Southam)

www.canada.com/newscafe/
- tous les journaux de Southam au Canada
- sélection de manchettes sur le site
- liens vers les textes complets

Le site parapluie de l'éditeur Southam se définit désormais comme outil de recherche canadien, mais voyez surtout la section News Café qui fournit des liens vers chacun des 17 quotidiens de Southam au Canada. Idéal pour suivre l'actualité de Vancouver, d'Edmonton ou de Halifax, en passant par *The Gazette* (Montréal) et *The Citizen* (Ottawa).

Canoe : Canada News

www.canoe.ca/CNEWS/home.html
- produit de Sun Media et BCE
- accès aux journaux canadiens de la chaîne
- actualité canadienne et autre

Sur le site de Canoë, on peut consulter les différents quotidiens de la chaîne Sun Media (Toronto, Calgary, Edmonton, Ottawa et autres). La page Cnews regroupe des nouvelles quotidiennes et aussi de nombreux dossiers.

CBC Radio News

www.radio.cbc.ca/news/
- 24 heures sur 24
- bulletins de nouvelles, transcriptions, etc.
- son de qualité « moyenne »...

La CBC exploite avec brio les possibilités de RealAudio, avec la diffusion *live* toute la journée de ses émissions musicales et des bulletins d'actualité mis à jour à toutes les heures. Sur le site, on trouve aussi la transcription écrite des bulletins radiophoniques et des renseignements sur la programmation.

The Gazette (Montréal)

www.montrealgazette.com/
- journal complet tous les jours
- actualité, politique, sports, éditorial
- relié aux journaux de la chaîne Southam

Le site du journal *The Gazette*, un des premiers quotidiens québécois dans Internet, offre un matériel abondant et bien présenté. Tous les jours, on y trouve un échantillon des manchettes, éditoriaux et commentaires qui enragent une bonne partie de la province... À ne pas manquer : les caricatures d'Aislin.

The Globe and Mail

www.globeandmail.ca/
- actualité quotidienne et dossiers
- toutes les sections du journal
- site hypercomplet et convivial

Également accessible sur le réseau PointCast, le quotidien « national » du Canada offre une couverture quotidienne détaillée de l'actualité canadienne et internationale. Le site comporte en outre une multitude de sections spécialisées et des forums de discussion.

The National Online

www.tv.cbc.ca/national/
- site de l'émission
- actualité nationale et internationale
- dossiers, liens, forums

La retranscription du bulletin national et des archives pour qui veut fouiller. Les reportages sont à surveiller, on y trouve en général des liens choisis sur le sujets de l'heure. Sur le site, un menu déroulant permet aussi de consulter les sites d'autres émissions télévisées de CBC.

The Ottawa Citizen Online

www.ottawacitizen.com/
- quotidien d'Ottawa
- nouvelles nationales et internationales
- beaucoup de matériel

Pas très fort sur les apparences, le site du *Citizen* est toutefois excellent là où ça compte : actualités internationale, nationale et locale sont au programme, mais aussi une tonne de nouvelles sportives, des liens régionaux et une prise de vue (remise à jour toutes les cinq minutes) de l'« activité » sur la colline parlementaire !

États-Unis

ABC News

www.abcnews.com/
- grosse pointure de la presse américaine
- manchettes, bulletins audio, vidéo
- monde, Washington, affaires, etc.

La chaîne ABC propose un site des plus costauds, où les manchettes sont complétées par des extraits vidéo et des transcriptions intégrales de reportages (de l'émission Nightline par exemple). On peut aussi écouter un bulletin radio remis à jour toutes les demi-heures.

Associated Press (Breaking News)

www.nytimes.com/aponline/
- sur le site du *New York Times*
- présentation rapide et claire
- mise à jour toute les 10 minutes

Le fil de presse de l'agence AP est remis à jour toutes les 10 minutes sur le site du *New York Times*. En plus de la section « Top Stories », on y trouve les dernières dépêches dans les sections affaires, sports et technologie. Un bulletin radio est aussi offert (RealAudio).

CNN Interactive

www.cnn.com/
- nouvelles en abondance
- textes brefs
- liens hypertextes

Le réseau CNN offre une converture quotidienne de l'actualité vue d'un œil américain. Il s'agit toujours de textes brefs, accompagnés dans certains cas de séquences vidéo. À noter : la section Custom News permet de créer une page d'accueil personnalisée à partir d'un éventail de sujets et de sources disponibles.

Le New York Times

nytimes.com/
- journal complet et gratuit
- tonnes de sections spéciales
- archives : certains services facturés

Après de nombreux changements de cap, le *New York Times* au grand complet est désormais offert sans frais sur le Web. Une partie des archives est aussi offerte gratuitement, mais en général les textes complets sont vendus à la pièce. Les sections thématiques (culture, technologie, etc.) valent le détour.

Le TIME daily

www.pathfinder.com/time/daily/
- édition quotidienne
- essentiel du magazine américain
- agréable à consulter

Le magazine *Time* produit une édition électronique quotidienne en plus d'un choix d'articles provenant du magazine et d'éditions spéciales. Les boulimiques d'information pourront parachever leur lecture grâce à un moteur de recherche débusquant la nouvelle parmi les milliers de pages de Pathfinder, le mégasite de Time Warner.

Miami Herald

www.miamiherald.com/
- un des meilleurs quotidiens américains
- couverture des Caraïbes et de l'Amérique latine
- capitale des vacanciers... et des réfugiés !

Véritable plaque tournante des Amériques, Miami possède un quotidien réputé, et pour cause : le *Miami Herald* offre en effet une très bonne couverture de l'actualité non seulement de l'Amérique du Nord, mais aussi des Caraïbes (Cuba, Haïti) et de l'Amérique du Sud.

MS NBC (Microsoft et NBC)

www.msnbc.com/news/default.asp
- monde vu par MSN et NBC
- personnalisez votre journal
- grosse machine américaine

Quand deux géants comme Microsoft et NBC s'associent, vous vous doutez bien qu'ils entendent en mettre plein la vue. Leur site commun d'information est énorme, à la fine pointe de la technologie et sans cesse nourri des dernières nouvelles.

PointCast Network

www.pointcast.com/
- technologie du « pousser » *(push)*
- actualité, bourse, météo, sport...
- version américaine ou canadienne

PointCast a fait sensation en exploitant avec brio la technologie «push». Dans la pratique, ce service convient mieux aux ordinateurs reliés de façon permanente à Internet, mais il vaut la peine de l'essayer. Sur le site, téléchargez votre logiciel et choisissez ensuite les sources d'information que vous désirez.

Reuters Top Stories (Yahoo News)

dailynews.yahoo.com/headlines/ts/
- actualité vue par les Américains
- textes complets
- bonne section internationale

Difficile de passer à côté des dépêches de Reuters et d'Associated Press. Complètes, mises à jour à la demie de chaque heure, elles sont reprises sur une bonne dizaine de sites. Yahoo! en donne une des meilleures présentations, simple et d'accès rapide.

The Christian Science Monitor

www.csmonitor.com/
- quotidien au complet
- dossiers et archives bien garnis
- critique, sans être irrévérencieux

Voilà un excellent exemple de ce qu'un média puissant et reconnu peut faire lorsqu'il se lance à fond dans l'aventure Internet. L'actualité du jour (nationale et internationale), des archives, mais surtout de très bons reportages.

The Online NewsHour (PBS)

www.pbs.org/newshour/
- pour tout savoir sur l'American Way of Life
- disponible en version texte
- *english only*

Texte intégral des questions et réponses entendues lors de la célèbre émission de la télévision publique américaine. Nombreux forums. Les grands débats de l'heure aux États-Unis : criminalité, racisme, drogue, politique, immigration, abus sexuels, etc. Une mine d'informations sur l'Oncle Sam !

The Washington Post

www.washingtonpost.com/
- grand journal et site magnifique
- contenus inépuisables
- archives du quotidien et de l'Associated Press.

Ce grand journal américain offre un site Web d'une qualité et d'une richesse sans égales. En plus des textes complets de l'édition courante et de ses archives, le site propose une multitude de sections complémentaires et de pointeurs choisis avec soin. Consultez l'index pour vous faire une idée de l'ensemble.

USA Today

www.usatoday.com/
- actualité du jour
- archives
- site énorme

Le plus grand quotidien national de nos voisins du Sud. Idéal pour suivre l'actualité américaine de façon globale ou pour avoir un point de vue américain sur l'actualité internationale. Beaucoup de contenu original.

International / autres régions

AFP : l'actualité par pays et régions

kmd.afp.com/go/francais/pays/
- toutes les dépêches de l'agence France-Presse
- recherche gratuite, textes complets facturés
- de l'Afghanistan au Zimbabwe

L'AFP offre sur ce site l'intégralité de ses dépêches récentes dans pratiquement tous les pays du monde. On peut consulter sans frais les listes de dépêches, mais les textes complets sont vendus à la pièce (système de paiement sécurisé).

Africa News on the Web

www.africanews.org/
- actualité en Afrique
- dossiers
- liens

Des reportages réalisés par l'équipe d'Africa News, mais aussi des articles tirés de publications et d'agences de presse africaines. Une couverture de l'actualité du continent africain par pays et autour de plusieurs thèmes : culture, économie, sciences et santé, États-Unis et Afrique, etc.

Agence panafricaine PANA

www.woya.com/news/french/pana/index.html
- résumé de l'actualité africaine
- détail par secteur et par pays
- sur le site carrefour Woya

Un très bon service de l'agence panafricaine d'information (PANA) qui diffuse ses dépêches récentes sur le site Woya. En plus d'un sommaire «continental», on y trouve des sections économie, politique, santé et sports, et surtout, le classement des dépêches provenant de 60 pays d'Afrique.

AlertNet (Reuter)
www.alertnet.org/

- site de la Fondation Reuters
- s'adresse aux spécialistes de l'aide humanitaire
- utile pour tous

Pour son volet philanthropique, Reuters mise sur son expertise en information. Le site fournit des nouvelles détaillées sur les crises humanitaires à travers le monde, mais aussi sur les enjeux politiques importants de pays en voie de développement ou en guerre. Un complément de qualité aux nouvelles des quotidiens.

BBC News
news.bbc.co.uk/

- information à la sauce britannique
- RealPlayer
- impressionnant!

Un site à la hauteur de la réputation de la BBC et qui, de plus, tire le meilleur parti du potentiel multimédia d'Internet. Écoutez chaque jour un résumé de l'actualité internationale ou, si vous préférez, visionnez carrément le journal télévisé de 21 h diffusé sur BBC One. Et ceux qui aiment mieux lire leurs journaux sont également bien servis!

Central Europe Online
www.centraleurope.com/

- quoi de nouveau à l'Est
- au quotidien
- actualité, culture, tourisme, etc.

Le rideau de fer a beau être de l'histoire ancienne, les médias occidentaux couvrent toujours bien peu les pays de l'Europe de l'Est. Ce n'est pas le cas d'European Internet Network, qui s'est donné pour vocation d'informer sur cette région du monde.

El Pais Digital (Espagne)
www.elpais.es/

- grand journal européen
- couverture internationale exceptionnelle
- politique, société, culture, économie

Quotidien espagnol de renommée, *El Pais* offre aussi un site Web de haute tenue. Articles complets, reportages et dossiers spéciaux, recherche par mot clé et forums de discussion, tout y est. Évidemment, un minimum de connaissance de la langue espagnole est requis. Mais c'est aussi un très bon site pour l'apprendre!

Inside China Today
www.insidechina.com/

- actualité internationale
- l'essentiel du jour en vidéo
- au-delà de la Chine continentale

Le dernier-né du European Internet Network qui étend ses ramifications toujours plus loin vers l'est. Un site pour avoir l'essentiel de l'actualité générale, économique et culturelle de la Chine, Hong-kong, Macao et Taiwan.

La Jornada (Mexique)
serpiente.dgsca.unam.mx/jornada/index.html

- très bon journal du Mexique
- contenus complets, archives, photos
- remettez-vous à l'espagnol

Un des plus grands journaux d'Amérique latine, *La Jornada* offre des contenus quotidiens très riches ainsi que son supplément culturel hebdomadaire. Archives complètes. Un site exceptionnel pour suivre l'actualité mexicaine, ou plutôt pour suivre l'actualité internationale avec les yeux de l'Amérique latine...

Maghreb Observateur

www.maghreb-observateur.qc.ca/
- revue d'opinion et d'analyse
- publiée six fois par an
- éditoriaux musclés

Cette revue d'analyse est publiée au Québec, mais distribuée aussi en Europe, en Algérie, au Maroc et en Tunisie. L'actualité politique et le dossier de la liberté de presse dans le monde arabe occupent une grande part de l'espace éditorial, mais la revue rend compte également de liens entre le Maghreb et les pays d'accueil.

OneWorld News Service

www.oneworld.org/news/news_top.html
- **actualité Nord-Sud en profondeur**
- **du Brésil aux squatters de Londres**
- **associé au** *New Internationalist*

Un grand carrefour d'information internationale, alimenté par des magazines comme *The New Internationalist*, des groupes populaires et des agences de développement. Une couverture intense de l'actualité Nord-Sud que les grands médias négligent souvent. Britannique, mais pas du tout royaliste...

Russia Today

www.russiatoday.com/
- **site du European Internet Network**
- **serveur un peu lent**
- **principaux événements de la journée en vidéo**

Un site idéal pour découvrir l'essentiel de l'actualité en Russie, dans les pays baltiques et dans ceux de l'ancienne fédération russe. Au programme : les grands titres, des nouvelles économiques, une revue de presse des médias à Moscou et Saint-Pétersbourg, etc. Il faut être patient aux heures de pointe, mais le site est agréable à parcourir.

The Times (Londres)

www.the-times.co.uk/
- **grand journal britannique**
- **site très bien réalisé**
- **enregistrement obligatoire, mais gratuit**

Le *Times* offre un excellent choix de nouvelles internationales, en plus d'une couverture détaillée de l'actualité politique, financière et culturelle du Royaume-Uni. Très généreux, les éditeurs offrent une montagne de textes complets des éditions de la semaine et du dimanche, auxquels s'ajoutent encore des suppléments littéraires et d'autres du monde de l'éducation (THESIS).

Magazines

Courrier International

www.courrierint.com/
- **actualité internationale**
- **articles choisis et traduits**
- **unique en son genre**

Courrier International propose chaque semaine une sélection d'articles provenant de la presse internationale (600 sources épluchées !), traduits et mis en contexte. Le site Web n'offre pas tous les contenus du magazine, mais on y trouve une revue de l'actualité au quotidien, des liens sur les sujets de l'heure et un choix d'articles venus de tous les horizons.

Disinformation

www.disinfo.com/

- contre-culture
- e-zine
- bien loin du *politically correct*

Un nouveau e-zine voué à la contre-culture. L'écrivain Williams S. Burroughs est un génie, la censure est inadmissible, la contre-culture et la « contre-intelligence » sont les seuls moyens d'ouvrir les yeux du bon peuple, les politiques et les médias nous mentent souvent, les fascistes et les scientistes toujours, etc. Une bouffée d'air frais et des heures de lecture rafraîchissante.

L'actualité

www.maclean-hunter-quebec.qc.ca/index.html

- grand magazine québécois
- incomplet, mais intéressant
- politique, société, culture, etc.

C'est bien peu par rapport au magazine imprimé (et payant !), mais le site de *L'actualité* vaut quand même une visite : on y trouve une sélection d'articles du dernier numéro, mais aussi le sommaire complet, l'agenda culturel, le courrier des lecteurs et quelques billets brefs. Pour les archives complètes, consultez plutôt le site de Cedrom-Sni (sur abonnement).

Le magazine LIFE

www.pathfinder.com/Life/lifehome.html

- actualité en images
- attrayant à l'œil
- pas beaucoup de textes...

Il s'agit d'un tour d'horizon du magazine photo par excellence, avec le sommaire du numéro en kiosque, quelques reportages et, bien entendu, beaucoup de photos. On le trouve sur le site de Pathfinder, du groupe Time-Warner.

Le Monde diplomatique

www.monde-diplomatique.fr/

- mensuel de haute voltige
- accès totalement public
- tous les articles en version intégrale

Prestigieux mensuel d'analyse politique, le Monde diplomatique est aussi le pionnier du Net parmi les journaux français. On peut consulter sans frais l'ensemble des articles parus depuis janvier 1994 et y faire des recherches par mot clé, par auteur ou par pays.

Le Nouvel Observateur

www.nouvelobs.com/

- tous les articles de l'édition courante
- archives
- également sur le site :
  Le Nouveau Cinéma

L'hebdomadaire français offre une édition Internet complète : éditorial et chroniques de la semaine, dossiers d'actualité et pages culturelles ; rien n'y manque pour suivre les « affaires » françaises et internationales.

Mother Jones

www.motherjones.com/mother_jones/

- contenu abondant et varié
- regard différent sur l'actualité
- suggestions de liens hypertextes

Un modèle du genre parmi les magazines progressistes et un site à sa mesure. On y trouve une information abondante et tout à fait différente de celle des médias américains traditionnels. Archives du magazine depuis 1993.

Newsweek.com

www.newsweek.com/

- hebdomadaire américain
- éditions courantes et archives complètes
- associé au Washington Post

Comme le *Time, Newsweek* offre sur le Web une couverture quotidienne de l'actualité, mais c'est surtout le magazine qui retient l'attention : les éditions courantes (américaine et internationale) sont en effet disponibles intégralement sur le site et on peut aussi effectuer des recherches par mot clé dans les archives.

Paris Match

www.parismatch.com/
- **images et mirages !**
- **chronique des mariages « intimes »**
- **site lourd, patience...**

Vous raffolez des têtes couronnées qui épousent de simples roturiers ? Les malheurs de Stéphanie de Monaco vous font pleurer ? Plongez alors dans le Net et retrouvez vos princesses virtuelles...

Sélection du Reader's Digest

www.selectionrd.ca/
- **édition canadienne-française**
- **un article par mois et quelques dossiers**
- **moins intéressant que la version imprimée**

Le « magazine le plus lu au monde » offre un site Web plutôt limité pour l'instant. Un bon point toutefois : l'index (qui remonte à 1995) permet de retracer des listes d'articles publiés sur un sujet donné. Et la boutique s'avère bien garnie : vous y trouverez des dossiers destinés à « vendre » les publications maison.

Slate

www.slate.com/
- **créature de Microsoft**
- **américain, iconoclaste et branché**
- **en partie sur abonnement**

Un magazine en ligne sympa, plein d'humour et bien peu *politically correct*. Nouvelles de la semaine, revue de presse de tout ce qui se publie aux États-Unis. On peut aussi recevoir le contenu du magazine via le courrier électronique. Pas trop bête et parfois méchant.

The Village Voice

www.villagevoice.com/
- **culture et société**
- **vu de New York...**
- **... et vendu partout !**

Hebdomadaire culturel à grand tirage, le Village Voice traite également des affaires politiques et sociales qui secouent la grosse Pomme américaine. L'agenda des spectacles et expositions est aussi sur le site, pratique si vous planifiez une petite escapade...

Utne Reader

www.utne.com/
- **où l'Agora prend tout son sens**
- **contenu abondant et varié**
- **des débats qui brassent...**

Ce complément électronique du mensuel *Utne Reader* contient plusieurs textes de cet excellent « Reader's Digest de la presse alternative », comme il se plaît à s'appeler lui-même. Le tout est bien présenté et la navigation y est agréable. À visiter : les débats très animés du Café Utne.

Voir en ligne

www.voir.ca/
- **incontournable**
- **des contenus dans tous les sens**
- **archives entièrement accessibles**

Tout le contenu de la version papier (éditions de Montréal et de Québec). Mais bien plus, Voir en ligne propose des dossiers inédits, des entrevues en RealAudio, des forums interactifs et des sections spéciales sur la musique et les zones multimédia du Net. Le graphisme vaut le détour, mais l'affichage n'est pas des plus rapides.

Recherche dans les périodiques

Archives de CNN

www.cnn.com/SEARCH/index.html

- pour des recherches rapides
- un outil très américain...
- gratuit

Cette interface permet de faire des recherches par mot clé dans les archives de CNN pour les derniers mois. Il faut toutefois se rappeler qu'on y trouve en majorité des textes courts (sauf pour les transcriptions d'entrevues) et, en priorité, des nouvelles américaines.

CARL : UnCover

uncweb.carl.org/

- 17 000 publications indexées
- accès directement sur le W3
- textes complets hors de prix

Faites des recherches parmi les 18 000 publications indexées par la Colorado Association of Research Libraries et obtenez gratuitement les titres, auteurs, sources et dates des articles contenant le mot clé de votre choix. Vous pouvez aussi commander les textes complets par télécopieur, mais à un prix exorbitant.

Electric Library

www.elibrary.com/

- recherche facile, rapide, agréable
- 10 $US par mois
- supermarché de la recherche online

Un service de recherche très intégrateur : 150 quotidiens et 800 magazines, principalement américains, sans parler des agences de presse, des encyclopédies, des photographies et des cartes du monde (20 000 images). À noter, l'abonnement annuel s'avère moins cher.

Eureka : actualité Québec

www.eureka.cc

- archives des périodiques québécois
- aussi des publications canadiennes
- excellent

CEDROM-Sni offre des archives complètes (depuis 1985) des grands quotidiens québécois et de quelques magazines du domaine des affaires. L'abonnement de base est de 10 $ par mois et chaque article coûte 2 $. Différents forfaits sont toutefois offerts pour les usagers qui consultent fréquemment le service.

Infomart Dialog

www.infomart.ca/

- sources canadiennes
- hors de prix pour un individu
- aussi offert sur CD-ROM

Un service de recherche professionnel qui rassemble les archives intégrales des journaux de la chaîne Southam et d'autres sources canadiennes, dont les transcriptions des téléjournaux de CBC et CTV. Plusieurs formules d'abonnement sont offertes, y compris le monitoring «sur mesure» destiné aux entreprises.

La base Repère (SDM)

repere.sdm.qc.ca/

- index des journaux et des périodiques francophones
- texte intégral depuis 1993 (revues québécoises)
- sur abonnement seulement

Référence bien connue qu'on peut consulter sans frais dans les bibliothèques du Québec, la base Repère est maintenant offerte directement sur le Web. Jusqu'à ce jour, l'abonnement est réservé aux organismes, mais au cours de l'année 1999, la SDM envisage d'offrir l'accès aux particuliers suivant une formule peu coûteuse.

Lexis-Nexis

www.lexis-nexis.com/

- destiné aux professionnels
- prestigieux...
- et cher

Le nec plus ultra, pour ceux qui peuvent se le permettre... Plus de 20 000 sources d'information spécialisée à l'usage des avocats, des comptables, des analystes financiers, etc. Près de 800 000 souscripteurs dans une soixantaine de pays. Une machine incroyable que 4 275 personnes s'occupent à faire rouler.

Recherche dans Pathfinder

pathfinder.com/cgi-bin/p_search

- contenu à revendre et gratuit
- textes complets
- rapide, efficace

Le point d'entrée dans les archives complètes de l'écurie Time Warner (*Time, Fortune, Money, People*, etc.). La recherche peut être effectuée simultanément dans l'ensemble des publications ou en spécifiant une seule ou plusieurs publications précises.

Répertoires des médias

AJR NewsLink

www.newslink.org/menu.html

- répertoire incontournable
- mise à jour régulière
- complet seulement pour les É.-U.

LE point de départ pour trouver des magazines, des journaux, des radio-diffuseurs, des zines étudiants et des sites sur le journalisme... Seul défaut : si ce n'est pas américain, c'est secondaire ! Ce répertoire présente aussi un site de la semaine et un palmarès.

Association des médias écrits communautaires (AMECQ)

www.amecq.qc.ca/

- répertoire des médias communautaires
- de toutes les régions du Québec
- sélection mensuelle d'articles

Le répertoire de cette association compte environ 85 journaux communautaires de toutes les régions du Québec et offre des liens vers les sites des médias actifs sur le Web. En complément, la section « Le Québec des régions » propose une sélection d'articles récents parus dans des journaux communautaires.

Canadian-based Publications Online

www.cs.cmu.edu/Web/Unofficial/Canadiana/CA-zines.html

- publications canadiennes
- immense
- officiellement bilingue...

Peut-être le répertoire le plus complet des publications canadiennes. Du *Nunatsiaq News* de l'Arctique oriental aux journaux étudiants québécois publiés sur le Net, on y trouve absolument de tout. Même le Journal de l'infanterie y figure, c'est vous dire. Contenu résolument canadien, c.-à-d. officiellement bilingue alors que dans les faits...

E-zine-list

www.meer.net/~johnl/e-zine-list/index.html

- Mecque des maniaques de revues
- recherche par mot clé
- liste des magazines maison

Près de 3 500 magazines maison (ou, en anglais, e-zines) sont répertoriés sur ce site du journaliste américain John Labovitz, tous classés par genre et par pays. On y trouve environ 350 publications sous la catégorie Humour, par exemple, et

63 sous Horreur... La mise à jour mensuelle est très bien faite.

Les journaux sur le Web
www.webdo.ch/base/
presse.web ?lieu=8&o=web
- bien classé et complet
- magazines et journaux confondus
- parfois un peu lent

Pas besoin de comprendre l'anglais pour trouver la publication qui vous intéresse. Il suffit de visiter cet excellent répertoire recensé par le magazine suisse *Webdo*. À chaque visite, on s'étonne du nombre de publications qui viennent s'ajouter à la liste.

MediaInfo Links
www.mediainfo.com/emedia/
- médias branchés
- du monde entier
- engin de recherche efficace

Probablement la liste la plus complète des médias sur le Net, avec plus de 10 000 sites de journaux, radios ou télévisions répertoriés. Une manne que vous n'aurez aucun mal à fouiller, grâce à des classements par type ou par région du monde.

Pathfinder (Time Warner)
www.pathfinder.com/
- mégasite parmi les mégasites
- des magazines à n'en plus finir
- *Time, People, Fortune*, etc.

La porte d'entrée des publications et des services de Time Warner, l'un des plus gros sites « média » de tout Internet. Accès public à plusieurs des services, dont les nouvelles et les archives de l'hebdomadaire *Time*. Surtout, une impressionnante collection de magazines bien connus, tous en ligne.

RealGuide (radio et vidéo)
www.timecast.com/
- radio et video dans Internet
- sites qui diffusent en direct
- informations sur le logiciel requis

Le concepteur de RealAudio et RealPlayer, Progressive Networks, offre un répertoire complet des sites utilisant ses technologies audio et video : bulletins de nouvelles radiophoniques, concerts rock, etc. Les logiciels nécessaires sont offerts sur place.

Télé-Québec
www.telequebec.qc.ca/
- à l'horaire cette semaine
- forums interactifs
- information complète
  sur la programmation

Un site bien sage, mais pratique, où l'on trouve des informations de base sur Télé-Québec, les émissions et les films à signaler, mais aussi une passerelle pour rejoindre les forums interactifs d'émissions comme Droit de parole, et d'autres sites Web d'émissions branchées.

The MIT List of Radio Stations on the Internet
wmbr.mit.edu/stations/list.html
- sites Web de 8 000 stations de radio
- indique les stations qui diffusent
  dans Internet
- anglais, français, espagnol, allemand, etc.

La meilleure liste des stations qui possèdent un site Web. Pas de commentaires, mais des liens vers les sites et un icone identifiant les stations qui diffusent en direct dans le Web (RealAudio). Recherche par pays, par ville ou province. On y trouve par exemple 300 sites canadiens et environ 60 mexicains.

Ressources : cartes, liens courants, etc. |

Maps in the News
www-map.lib.umn.edu/news.html
- endroits « chauds » de la planète
- Algérie, Bosnie, Kosovo...
- tour des crises en 80 cartes

L'Université du Minnesota entretient une page de liens directs vers des cartes géographiques pigées sur le Web en rapport avec l'actualité internationale. La liste n'est pas très complète, mais la mise à jour est effectuée fréquemment.

Radio-Canada : nos hyperliens de référence
radio-canada.ca/nouvelles/docu/index.htm
- signets de Radio-Canada
- liens pour suivre l'actualité
- mises à jour fréquentes

Les services de recherche de Radio-Canada offrent un point de départ qui colle aux thèmes de l'actualité et aux grands enjeux qui refont sans cesse surface dans les médias. Du bogue de l'an 2000 aux conflits internationaux, en passant par... la constitution !

World News Forecast
www.newsahead.com/
- événements annoncés
- par continents
- nouvelles avant tout le monde

Ce site offre une compilation pratique des événements politiques annoncés pour le prochain mois (sommets internationaux, rencontres bilatérales, etc.) et les dates prévues pour les prochains rebondissements dans les « affaires » en cours. N'hésitez plus à écrire vos articles à l'avance !

Ressources en journalisme |

Actualités-médias (Québec)
www.cem.ulaval.ca/
- résumé des nouvelles de l'industrie
- bien fait, court, mais suffisant
- organisme de recherche

Le Centre d'études sur les médias de l'Université Laval offre un résumé quotidien des nouvelles ayant trait aux médias québécois, canadiens et étrangers. Recherche par date ou par sujet : auditoire, câblo-distribution, journalisme, presse écrite, politique, publicité, télévision, satellites, etc. Idéal pour suivre de près l'industrie des télécommunications.

Fédération professionnelle des journalistes du Québec – Le 30
www.fpjq.org/
- information très complète
- extraits du magazine Le 30 et archives
- agenda et liens externes bien choisis

Une référence pour les journalistes, le site de la FPJQ vaut le détour pour toute personne curieuse de ce métier. Éthique et liberté de presse, conditions de travail, propriété des médias : l'organisme présente ses prises de position récentes, mais aussi des reportages extraits du magazine Le 30 (dernière édition) ainsi que des archives complètes.

Internet Sources for Journalists
www.synapse.net/~radio/welcome.html
- conçu pour des journalistes
- répertoire imposant
- ... mais terriblement laid

Ce mégarépertoire à l'intention des journalistes a été conçu dans une perspective radio-canadienne et pourtant, et pourtant... il n'est qu'en anglais. Le répertoire est très complet, mais la navigation est un peu ardue. Mise à jour régulière.

Journalism Net

www.journalismnet.com/
- répertoire de ressources
- mise à jour régulière
- destiné aux journalistes

Succédant à *Investigative Journalism on the Internet*, ce site est un excellent point de départ pour les journalistes qui commencent leur exploration du réseau. Créé par un journaliste montréalais, le guide présente les principaux outils de base et s'attarde en particulier aux ressources canadiennes.

Journalism (Virtual Library)

www.cais.com/makulow/vlj.html
- répertoire de ressources
- mis à jour
- pionnier du genre

Ce répertoire avantage les ressources d'ordre général et universitaire, ce qui est déjà beaucoup. Il a été mis sur pied par John Makulowich, le pionnier des ressources Internet destinées aux journalistes. Mise à jour régulière.

Le journaliste québécois

www.cam.org/~paslap/menu.html
- adresses utiles aux journalistes
- point de vue d'un pigiste d'expérience
- un peu trop de sections peut-être ?

Journaliste et grand explorateur d'Internet, Pascal Lapointe a monté ce site à l'intention de ses collègues et de tous ceux et celles que les médias intéressent. On y trouve plusieurs sections utiles, en particulier le répertoire des médias québécois sur le Net.

Reporter's Internet Guide

www.crl.com/~jshenry/rig.html
- répertoire de ressources
- conçu pour des journalistes
- mise à jour irrégulière

Un autre répertoire pour journalistes portant sur une foule de thèmes, mais surtout intéressant dans une perspective américaine. Le RIG doit d'abord être téléchargé pour être lu ensuite en mode local.

Reporters sans frontières

www.calvacom.fr/rsf/
- état de la liberté de presse
- politique internationale
- articles de fond

Les dernières nouvelles de cet organisme voué à la défense des journalistes et de la liberté de presse dans le monde. Il diffuse des communiqués (actions urgentes), un bulletin, le rapport annuel de RSF et un article pour chaque pays mis en cause.

The Freedom Forum

www.freedomforum.org/
- actualité... de la liberté
- ... à travers les crises actuelles
- brûlant

The Freedom Forum suit à la loupe les dossiers de la liberté de presse, de réunions et de religions définies dans la constitution américaine (premier amendement). Tout y passe, des attaques contre la presse en Algérie jusqu'aux dernières « entourloupettes » d'Intel et de Microsoft !

AFFAIRES ET ÉCONOMIE

Actualité : presse d'affaire en ligne

Business Headlines (Reuters)

www.yahoo.com/headlines/current/business/

- résumés et textes complets
- pas de recherche dans les archives
- mise à jour très régulière

Il s'agit du fil de presse de l'agence Reuters, section affaires : textes complets des dépêches et résumés quotidiens. Diffusé sur le site de Yahoo!, sa présentation est simple et rapide. Plusieurs éditions tous les jours.

Business Week

www.businessweek.com/

- magazine au complet
- recherche dans les archives : $ $ $
- affaires, finances, gestion, marketing, etc.

Après bien des retards, *Business Week* est enfin sur le Net, complètement gratuit du moins pour l'édition courante. La recherche dans les archives est également gratuite, mais seulement la recherche : les articles que vous désirez consulter, une fois trouvés, vous seront facturés quelques dollars chacun.

Business Wire

www.businesswire.com/

- fil de presse des entreprises
- archives de la dernière semaine
- inventions, transactions, fusions...

Le réseau BusinessWire diffuse en direct les communiqués des entreprises américaines, ainsi que canadiennes et étrangères. On peut consulter ces communiqués dès qu'ils sont rendus publics ; ou encore effectuer des recherches par secteur industriel ou compagnie.

Canada Corporate News

www.cdn-news.com/

- communiqués des entreprises canadiennes
- six derniers mois archivés
- bilingue, dans une certaine mesure

Communiqués de presse des entreprises publiques et des organismes du Canada, diffusés le jour même sur le site et archivés pendant six mois. Recherche par industrie ou par entreprise. Un service de livraison par courrier électronique est aussi offert gratuitement.

Canada NewsWire

www.cnw.ca/commence.html

- fil de presse pancanadien
- recherche selon divers critères
- communiqués du jour et archives

Communiqués de presse des entreprises et des institutions canadiennes, y compris le gouvernement du Québec. Sommaire et texte des communiqués de la journée, archives (depuis janvier 1995). Recherche par date, industrie, compagnie, etc. À noter, le service Portfolio permet de recevoir par courrier électronique une sélection personnalisée de dépêches.

Canadian Business Magazine

www.canbus.com/

- quelques articles du mensuel
- dossiers et archives
- répertoire Performance 2000

Une maigre sélection du numéro courant sur le site de ce magazine, mais aussi des dossiers sur les programmes de MBA au Canada ou sur le commerce électronique et enfin une compilation des plus grandes entreprises canadiennes classées selon le nombre d'employés, les revenus et divers ratios financiers.

Economedia

www.economedia.com/

- revue de presse économique
- chroniques, infos finances, répertoire, etc.
- nouveau média associé à La Toile du Québec

Un survol quotidien des faits saillants économiques. Les grands titres (fusions, alliances, etc.), les nouveaux rapports statistiques, les indices boursiers (XXM et TSE 300), etc. Une lecture rapide et efficace, mais la couverture est plus riche pour l'industrie des télécommunications et de l'informatique.

Financial Times (Londres)

www.ft.com

- contenu britannique pur et dur
- inscription requise, mais sans frais
- très bon survol quotidien

Le célèbre journal britannique offre un excellent résumé des principales nouvelles de la journée, le texte complet des articles de la une, ainsi qu'une large sélection de ses dossiers économiques, technologiques et culturels. On peut aussi y effectuer des recherches par mot clé.

Forbes

www.forbes.com/

- la devise du magazine ?
  The Capitalist Tool
- investissement, gestion, technologie
- ... et liste des milliardaires !

Un autre des mastodontes de la presse d'affaires, indispensable pour qui s'intéresse aux marchés financiers, au management, etc. Et pour les simples curieux, rien ne vaut la liste annuelle des 400 Américains les plus riches. Chacun d'entre eux a droit à une petite fiche descriptive, d'ailleurs. C'est bien la moindre des choses...

Fortune

pathfinder.com/fortune/

- magazine entier et archives
- totalement gratuit pour l'instant
- voir la table des matières sur place

Tous les textes du numéro courant (voyez la table des matières), les archives depuis septembre 1995, les fameuses listes annuelles (Fortune 500, Global 500) et des dossiers spéciaux.

Globe and Mail – Report on Business

www.theglobeandmail.com/manual/rob hub.html

- beaucoup de contenu tous les jours
- textes complets et résumés
- présentation intéressante et rapide

Le quotidien en ligne inclut les textes complets de la première page de son cahier affaires et un résumé des autres articles du cahier. De là, vous pouvez aussi consulter les autres sections du *Globe and Mail*.

NewsPage : l'actualité par industrie

www.newspage.com/
- actualité par secteur industriel
- mine d'information spécialisée
- accès gratuit à un certain nombre de textes

Des milliers d'articles sont quotidiennement classés par secteur industriel. L'accès
à tous les résumés et à une partie des textes
est gratuit. Pour le reste, vous devez vous
abonner (de 4 $ à 8 $ par mois). Un des
meilleurs services d'information d'Internet.

The Economist

www.economist.com/
- hebdomadaire britannique
- accès gratuit à une partie de l'édition courante
- ou le tout sur abonnement

Après mûre réflexion, les éditeurs se sont
enfin décidés à rendre une partie du
magazine accessible sans frais dans
Internet, *cover story* y compris, de même
que les résumés Politics This Week et
Business This Week. La recherche dans les
archives est également gratuite, mais les
textes complets sont facturés à la pièce.

The Financial Post

www.canoe.ca/FP/home.html
- quotidien financier de Toronto
- beaucoup de contenu tous les jours
- gratuit pour l'instant

Avec ses articles de la une au complet, des
dossiers spéciaux, l'éditorial, les chroniques
et les indicateurs économiques, le *Financial
Post* a fait une entrée remarquable sur le Net.

Wall Street Journal

www.wsj.com/
- textes complets, dossiers, etc.
- 15 premiers jours gratuits
- ensuite sur abonnement annuel

La version interactive du *Wall Street
Journal* comprend désormais tous les
textes de l'édition papier, des dossiers sur
plus de 9 000 entreprises publiques et une
couverture éditoriale quasi immédiate de
l'actualité financière. Coût : 50 $ par année
(30 $ si vous êtes abonné au journal).

Agenda, associations, événements

Associations d'industries et de professionnels (Strategis)

strategis.ic.gc.ca/scdt/bizmap/
frndoc/2.html
- associations nationales et internationales
- classement par secteur industriel
- lien vers les sites des associations

Un des nombreux répertoires utiles de la
Carte du commerce canadien offerte sur le
site Strategis (Industrie Canada). Il s'agit
d'une simple liste des sites Web
d'associations professionnelles et industrielles au Canada, mais encore une fois
l'information est complète et la présentation impeccable.

Chambers of Commerce Registry

www.worldchambers.com/
- répertoire des Chambres de commerce
- couverture internationale
- classement par pays, province ou État

Une initiative du World Chambers
Network (WCN), ce registre offre les
coordonnées de base (adresse, contact, site
Web) de milliers de Chambres de
commerce à travers le monde. Sans être
exhaustif, le répertoire compte par exemple
une quinzaine d'inscriptions pour le
Québec et environ 50 pour l'Italie.

Trade Show Central

www.tscentral.com/

- foires commerciales, séminaires et conférences
- tous les pays
- exhaustif

Un site remarquable pour se retrouver dans la jungle des expositions, congrès et autres événements qui ont lieu dans le monde entier. On peut procéder à des recherches par industrie et par pays, et on y trouve également une liste de 5 000 centres ou « palais » des congrès, dont celui de Montréal, avec des informations détaillées et des liens.

Annuaires, pages jaunes

Affaires Québec : annuaire commercial

www.affaires-quebec.com/

- base de données des entreprises québécoises
- 300 000 inscriptions
- recherche par raison sociale, région ou mot clé

Les visiteurs peuvent effectuer des recherches sur le site et consulter les listes d'entreprises inscrites pour une ville ou un domaine particulier. Par contre, la consultation des fiches détaillées est réservée aux membres (abonnement annuel à partir de 30 $). Très bien conçu, le site est aussi relié à un répertoire touristique du Québec.

Annuaire commercial du Québec (Sipnet)

www.sipnet.com/canweb/rgadmqc.htm

- recherche par domaine et localité
- 125 000 inscriptions
- utile dans certains cas

Dans la plupart des cas, le site Canada 411 est le plus efficace pour retracer l'adresse ou le numéro de téléphone d'une entreprise au Québec ou au Canada. Par contre, d'autres annuaires sont parfois avantageux pour certains types de recherche : par exemple, l'annuaire Sipnet permet d'afficher des listes d'entreprises par domaine et municipalité.

Canada 411 – Entreprises

canada411.sympatico.ca/francais/entreprise.html

- pages jaunes de l'annuaire téléphonique
- entreprises canadiennes
- plus de 10 millions d'entrées

Tapez le nom d'une entreprise et la région ou la ville où elle est située, et le robot chercheur se chargera de vous trouver son numéro de téléphone et son adresse postale. Pratique avant tout, un service bien conçu.

États-Unis : Big Yellow (NYNEX)

www.bigyellow.com/

- bottin des entreprises américaines
- recherche par nom, type, région
- adresse et numéro de téléphone

Seize millions d'entreprises américaines sont inscrites dans ce bottin interactif du géant américain des télécommunications NYNEX. Le module de recherche permet de retrouver les adresses et les numéros de téléphone des entreprises par nom, par type ou par région.

États-Unis : les pages jaunes francophones

www.france.com/pages_jaunes/index.html

- entreprises américaines...
- qui parlent français
- inscription gratuite

Le premier annuaire national des professions libérales, des entreprises et des commerces américains qui œuvrent dans la langue de Molière. Un service pour retracer les gens d'affaires francophones qui ont choisi de vivre au soleil.

Europages : annuaire européen des affaires

www.europages.com/home-fr.html
- 30 pays européens
- 500 000 entreprises
- liens vers les pages jaunes nationales

Europages offre divers répertoires utiles et une base d'informations économiques. L'annuaire lui-même propose un classement par secteur industriel précis de quelque 500 000 entreprises européennes, avec les coordonnées de base de chacune d'entre elles (adresse postale, téléphone), le nombre d'employés et le type d'activité.

France Télécom : les pages jaunes

www.pagesjaunes.fr/
- pages jaunes de France
- aussi pages blanches, adresses e-mail
- rues commerçantes, marques, etc.

France Télécom offre une interface de recherche sur le Web dans tous ses annuaires d'abonnés individuels, commerciaux et professionnels. Les pages Pro, par exemple, répertorient 600 000 firmes orientées vers le service aux entreprises (*business to business* comme on dit… en France!).

Pages Jaunes Canada

www.PagesJaunesCanada.com/search/main.cgi?lang=_F
- recherche par secteur d'activité précis
- tout le Canada
- adresses postales et numéros de téléphone

Un autre service de recherche dans les pages jaunes, similaire au site Canada 411

il est vrai, mais qui permet la recherche par type d'entreprise, des fabricants d'abat-jour aux spécialistes en zoothérapie.

Québec-Téléphone : pages jaunes

pagesjaunesqctel.com/annuaire.html
- pages jaunes du nord-est québécois
- abonnés de Québec Téléphone
- Beauce, Bas – Saint-Laurent, Gaspésie, Côte-Nord…

Québec Téléphone dessert les villes et villages du nord-est québécois, Baie-Comeau et Sept-Îles, Rimouski, Gaspé, Matane, etc. Pour toute cette région, l'annuaire comprend à peine 29 inscriptions dans la catégorie «Bureau – ameublement et matériel – détaillants», mais 144 courtiers d'assurance et 906 restaurants!

Bourses et investissement

Barron's Online

www.barrons.com/
- site du magazine américain
- contenu imposant
- contrariant, paraît-il…

La devise de ce célèbre magazine américain des investisseurs? *Market surveillance for the financial elite*, rien de moins… Mais le site est gratuit, et s'adresse en fait à tous ceux et celles qui s'intéressent aux marchés financiers, aux investissements et aux fonds mutuels, etc.

BigCharts

www.canada.bigcharts.com/
- graphiques générés sur demande
- modifiez les paramètres, faites des comparaisons
- indices boursiers, cotes, etc.

Le grand luxe en matière de graphiques boursiers, et de plus totalement gratuit. Les actions d'à peu près toutes les Bourses nord-américaines sont incluses (NYSE, NASDAQ, OTC, AMEX, TSE, VSE, MSE, ASE, WSE) et le site offre aussi un sommaire des principaux indices et faits saillants de la journée.

Bloomberg

www.bloomberg.com/

- **actualité quotidienne**
- **site immense et très sobre**
- **professionnels de la pire espèce**

Le site d'information financière de Bloomberg L.P. est l'un des plus complets et des plus costauds d'Internet : on y trouve tous les jours une abondante couverture de toutes les régions du monde, des manchettes et des analyses étoffées. Plus pratique pour le commun des mortels, voyez la page des taux de change, remise à jour pratiquement en temps réel.

Bourse de Montréal

www.bdm.org/

- **cotes boursières**
- **sommaire quotidien**
- **information générale**

Un site bien fourni. On y trouve les cotes boursières (options, contrats à terme, actions des sociétés inscrites), le sommaire de l'activité quotidienne, les indices canadiens du marché (XXM, etc.) et des informations générales sur la Bourse et son nouveau parquet virtuel. Contient aussi une petite sélection de signets financiers.

Briefing (Charter Media)

www.briefing.com/

- **analyses et commentaires quotidiens**
- **marché américain vu de très près**
- **nouvelle firme mais vieux « pros »**

Un excellent bulletin d'analyse et de synthèse. Résumé de l'activité boursière,

évolution des indicateurs, principaux mouvements... Tout est là, y compris les faits saillants en matière économique et politique de la journée. L'information quotidienne de base est de consultation gratuite, le reste sur abonnement (7 $ par mois).

CNN Financial News

www.cnnfn.com/

- **CNN et affaires : un lien naturel**
- **tout est gratuit, quantités illimitées**
- **manchettes et archives**

L'actualité financière d'heure en heure et des archives à n'en plus finir (transcription des émissions financières du réseau). À signaler, la section Bridge News où on retrouve les faits saillants de la journée sur les places financières internationales (New York, Londres, Tokyo) avec, en plus, le détail des transactions pour l'ensemble des Bourses d'Europe, d'Asie et d'Amérique.

Investor's Business Daily

www.investors.com/

- **édition électronique tous les jours**
- **gratuit en période d'essai**
- **profitez-en pendant que ça dure...**

Après quelques mois d'essai avec un logiciel maison, ce réputé journal est désormais entièrement disponible sur le Web, y compris ses archives. Dépêchez-vous : la totalité des contenus est présentement accessible sans aucuns frais (seule l'inscription est nécessaire).

L'Actualité financière (Bourse de Montréal)

www.bmo.com/fondsm/

- **indices boursiers et notes économiques**
- **informations diverses sur les fonds**
- **contenu utile, mais pas très jojo**

Le *journal sur les fonds* (de son vrai nom) inclut les indices boursiers, les nouvelles économiques du jour, un résumé hebdomadaire et une manne d'information sur les services de la banque. Un beau geste à signaler : la liste des autres fournisseurs de services financiers présents sur le Web.

Le Web Financier
www.webfin.com/
- carrefour d'information financière
- perspective québécoise
- cotes, indices, graphiques, options, etc.

Excellent site intégrateur, le Web Financier offre des passerelles vers les meilleures sources de données et d'analyses financières, un choix de nouvelles quotidiennes et des forums de discussion animés. On y trouve aussi des liens bien choisis (courtiers, banques, bourses et organismes réglementaires) et un glossaire pratique du « jargon » financier.

Morgan Stanley : Global Economic Forum
www.ms.com/GEF/index.html
- analyses quotidiennes approfondies
- présentation rébarbative mais claire
- sans frais (en période d'essai)

Les analyses quotidiennes de Morgan Stanley. Information du monde entier, commentaires costauds... On peut aussi consulter les bulletins des derniers mois (archives) et quelques dossiers spéciaux de haute volée. Un délice pour les pros de la finance.

Morningstar Mutual Funds
www.investools.com/cgi-bin/
Library/msmf.pl
- lecture de chevet pour millionnaires
- 1 500 fonds mutuels sélectionnés
- rapports mis à jour toute les deux semaines

Cette célèbre publication sur les fonds mutuels offre des rapports détaillés d'une

page (très denses !) sur un groupe sélect de 1 500 fonds mutuels que les analystes scrutent à la loupe. Tous ces rapports sont accessibles en format Acrobat, au coût de 5 $ l'unité. L'outil de recherche est très efficace (utilisation de critères multiples).

News Alert
www.newsalert.com/
- actualité financière américaine passée au peigne fin
- nouvelles spécialisées par industrie
- très intégrateur

Un très bon site d'information financière, qui intègre les indicateurs quotidiens des marchés et des cotations en temps réel, mais aussi les communiqués et analyses diffusés par un large éventail de sources spécialisées et de fils de presse. Certains services sont réservés aux abonnés, mais la portion publique du site n'est pas à dédaigner.

PC Quote
www.pcquote.com/
- cotations en temps réel disponibles
- pour professionnels et particuliers
- États-Unis et Canada

Ce serveur américain propose un large éventail de services. Les cotes en temps réel, voire en continu, sont disponibles pour toutes les Bourses nord-américaines, sur le site ou par le truchement d'un logiciel maison. Comme sur les autres sites, l'abonnement est requis uniquement pour les services de transactions online ou les cotations en temps réel.

Placements Épargne Canada
www.cis-pec.gc.ca/french/
- titres actuels du gouvernement du Canada
- différentes émissions, taux d'intérêt, etc.
- calculez la valeur à terme de vos obligations

Tout sur les Obligations d'épargne du Canada (OEC), les différents types d'obligations et leurs avantages, les taux d'intérêt offerts par chaque émission particulière, etc. Et en prime, une petite calculatrice interactive de la valeur de vos obligations à une date que vous indiquez. Ça donne une idée...

Placements Québec

www.placementsqc.gouv.qc.ca/
- tous les produits d'épargne du gouvernement
- taux en vigueur
- comment adhérer

Placements Québec commercialise toute l'année une gamme étendue de produits d'épargne offerts dans les banques, caisses populaires et autres institutions financières. Le site offre des renseignements de base sur les différents types d'obligations ou de REER et les taux en vigueur pour les séries émises au cours des dernières années.

Prix des commodités

cnnfn.com/markets/commodities.html
- via CNN
- bois d'œuvre, métaux, pétrole...
- délai de 20 minutes

Un simple tableau des prix courants auxquels se négocient les commodités sur les marchés internationaux. Métaux précieux, produits pétroliers, bois d'œuvre, animaux d'élevage, etc. Les valeurs proviennent des Bourses de New York (COMEX et NYMEX), Chicago (CME) et Londres (IPE). Pour le London Metal Exchange (aluminium, cuivre, etc.), voyez nickelalloy.com/.

Quote.Com

www.quote.com/
- très intégrateur
- large gamme de services avec ou sans frais
- Reuter ou Market News sur abonnement

Un des « gros » serveurs financiers américains. L'information gratuite est abondante, mais on peut, en s'abonnant (de 10 $ à 40 $ par mois), accéder aussi aux services d'information de Reuter, Business Wire ou Market News (qui couvre l'ensemble des compagnies canadiennes inscrites en Bourse).

Silicon Investor

www.techstocks.com/
- paradis des investisseurs
- 120 000 membres
- et 8 millions de rumeurs !

Le plus grand forum financier aux États-Unis et un des « sites phénomènes » du Net. Tous les jours, des dizaines de milliers d'analystes et d'investisseurs y expriment leurs opinions sur des centaines d'entreprises de technologie, mais aussi de tous les secteurs économiques. Résultat ? Un site démesuré et fascinant.

TéléCote Web

www.telequote.com/
- information très complète
- Bourses canadiennes et américaines
- sur abonnement seulement

Un des rares serveurs francophones du domaine, TéléCote Web offre un service sophistiqué, mais sur abonnement seulement (15 $ par mois et plus). Actions, options, indices, sur plus de 40 Bourses, incluant tous les marchés boursiers au Canada et aux États-Unis. Données en différé ou en temps réel (facturation à la pièce), graphiques détaillés, tout pour satisfaire les boulimiques d'information financière !

Telenium : Bourses canadiennes
www.telenium.ca/

- toutes les Bourses canadiennes
- cotations en différé (15 minutes)
- listes alphabétiques ou recherche par sigle

Un nouveau serveur qui regroupe les Bourses de Montréal et de Toronto, de l'Alberta, de Winnipeg (marché des commodités) et de Vancouver. Une particularité de ce site : il permet de consulter l'information par ordre alphabétique, comme dans les pages financières d'un journal. Pour chaque titre, on retrouve les cotes courantes et un tableau des fluctuations récentes.

The Fund Library (Canada)
www.fundlibrary.com/

- fonds mutuels au Canada
- manne d'information spécialisée
- rendements et prix quotidiens

Carrefour d'information sur les fonds mutuels au Canada. Inclut un répertoire des firmes et la description détaillée de leurs produits, les indicateurs de rendement quotidiens, un commentaire mensuel, et enfin toute une panoplie d'informations complémentaires.

The Motley Fool
www.fool.com/

- original et réputé
- forum pour investisseurs
- « éduquer, amuser et enrichir »...

Site qui a fait parler de lui, The Motley Fool est devenu un véritable point de ralliement des investisseurs individuels, qui y puisent des conseils pratiques et une montagne d'information quotidienne sur l'évolution des titres, mais aussi et surtout des forums de discussion animés, où chacun y va de ses commentaires et spéculations.

Commerce électronique

Bénéfice.Net
www.benefice.net/

- actualité d'Internet du point de vue des producteurs
- nouvelles de l'industrie
- perspective du Québec

Le magazine *Bénéfice.Net* se définit comme le média des cyber-entrepreneurs. Le site n'offre pas tous les contenus de la version imprimée, mais on y trouve des manchettes quotidiennes, un agenda de l'industrie et plusieurs répertoires de sites spécialisés (producteurs et éditeurs de logiciels au Québec, cafés électroniques, concepteurs, agences de marketing, centres de recherche, etc.).

Clés du commerce électronique
vianet.infinit.net/

- actualité du commerce électronique
- bulletin spécialisé en français
- nouvelles brèves, dossiers, liens utiles

Deux vieux routiers du journalisme québécois se sont associés pour créer cette publication spécialisée. Malgré des moyens limités, ce bulletin est mis à jour fréquemment et offre une bonne couverture des progrès dans le domaine du commerce électronique. On trouve aussi des informations de base s'adressant aux entreprises et aux consommateurs.

Le Guide de la vente au détail sur Internet (Strategis)
strategis.ic.gc.ca/SSGF/ir01581f.html

- guide proposé par Industrie Canada
- données sur le marché
- et modèles de réussite

Un des multiples volets utiles du site Strategis, ce guide s'adresse aux détaillants qui désirent se lancer sur Internet. Il offre en effet une bonne dose d'information sur le nouveau cyber-marché. On y trouve en particulier des exemples d'approches commerciales réalisées au Canada ou ailleurs.

Meta News : recherche d'information et marketing Internet

www.metanews.net/

• les grands acteurs et la scène Internet
• bulletin d'actualité livré deux fois par semaine
• France, États-Unis et Québec

Excellent répertoire pour tout ce qui touche au commerce électronique et à la publicité sur le Web (études, mesures d'audience, régies), MetaNews suit aussi de très près l'évolution des grands portails du Net, les principaux navigateurs et logiciels. Le site est édité à Paris, mais couvre aussi – abondamment – l'actualité américaine et québécoise.

Paiement sur Internet

www.er.uqam.ca/nobel/m237636/paiement/intro.html

• étude universitaire
• accessible
• fait le tour de la question

Laurent Caprani a effectué en 1996 une excellente étude sur le paiement électronique dans le cadre d'une maîtrise à l'Université du Québec à Montréal. Si le commerce sur Internet et les systèmes de paiement électronique vous intéressent, jetez-y un coup d'œil. Instructif!

Droit commercial, normes et standards

Conseil canadien des normes

www.scc.ca/indexf.html

• infos sur les normes ISO 9000 et 14000
• liste des organismes registraires accrédités
• liens vers d'autres sites

Le site offre des renseignements de base sur les normes ISO 9000 (gestion de la qualité) et ISO 14000 (environnement) ainsi que la liste des organismes registraires accrédités au Canada. Des liens sont aussi établis avec les sites d'autres organismes nationaux et internationaux de normalisation.

Country Commercial Guides (US State Department)

www.state.gov/www/about_state/business/com_guides/1998/

• études commerciales de l'Oncle Sam
• environnement, économie, marchés...
• ... et facteurs politiques

Préparés par les ambassades et autres agences américaines, ces guides commerciaux sont remis à jour chaque année et offerts sans frais sur le site du département d'État. Il s'agit d'un survol des conditions économiques, politiques ou environnementales de chaque pays. Utile pour les études de marché.

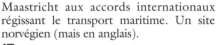

Licences, lois et règlements – Canada (Strategis)

strategis.ic.gc.ca/sc_mrksv/frndoc/homepage.html

- propriété intellectuelle au Canada
- lois et règlements
  pour les corporations
- bases de données fédérales
  et liens externes

Un autre site très complet de Strategis où l'on peut consulter directement les bases fédérales de brevets et marques de commerce, mais aussi la réglementation sur les droits d'auteur, les lobbyistes, etc. De plus, des liens sont établis avec les sites d'information traitant de la concurrence, des normes et des standards.

Répertoire ISO Québec

www.strategia.qc.ca/iso/index.html

- base de données des entreprises
  certifiées
- recherche par secteur d'activité
  ou mot clé
- ressources ISO disponibles
  sur Internet

La firme Strategia Communications offre un répertoire de plus de 350 entreprises québécoises certifiées ISO avec des liens directs vers leur site Web. Le répertoire inclut également des liens vers les organismes registraires de systèmes Qualité au Canada et d'autres ressources internationales.

Trade Law Library

itl.irv.uit.no/trade_law/nav/conventions.html

- traités et conventions internationales
- accès aux agences et aux textes
  intégraux
- documentation classée par sujet

Partie d'un vaste projet lié au droit commercial, cette page procure un accès à la plupart des traités commerciaux en vigueur : des textes complets de l'Alena et du traité de Maastricht aux accords internationaux régissant le transport maritime. Un site norvégien (mais en anglais).

Emploi, marché du travail

Canada Employment Weekly

www.mediacorp2.com/

- 1 000 nouveaux emplois par semaine
- sur abonnement seulement
- 50 $ pour 3 mois (12 numéros)

Ce magazine offre une compilation d'un millier de nouveaux emplois offerts au Canada chaque semaine, avec une description du poste et des compétences requises, les informations pour soumettre sa candidature et la date limite. Il s'agit la plupart du temps de postes à temps plein offerts dans l'Ouest canadien et en Ontario.

Canada : Guichet emplois

jb-ge.hrdc-drhc.gc.ca/

- recherche dans les listes
  d'emplois offerts
- marché du travail, assurance-emploi, etc.
- avis au ministère : le serveur est trop
  lent. Réduisez le taux de chômage !

Le gouvernement fédéral propose un outil de recherche très bien conçu dans les banques d'emploi du Développement des ressources humaines. Les chercheurs d'emplois et employeurs ont tout intérêt à visiter les autres sections du site, dont le Service de placement électronique et l'information sur les programmes de soutien du revenu.

Clubs de recherche d'emploi du Québec

www.cre.qc.ca/

- 38 clubs répartis à travers le Québec
- méthode qui a fait ses preuves
- taux de placement de 75 %

Depuis leurs débuts en 1984, les clubs de recherche d'emploi du Québec ont aidé plus de 30 000 personnes à réintégrer le marché du travail. Le site offre une bonne information de base sur la philosophie des clubs, les programmes et les conditions d'adhésion. De plus, on y trouve la liste des clubs de chaque région du Québec avec un lien vers leurs sites.

Emploi.org (France)

www.emploi.org/

- répertoire des sites et des forums
- perspective de la France
- un bon point de départ

Ce serveur comporte un bon répertoire commenté des sites Web et des forums Usenet relatifs à l'emploi. La plupart des ressources s'adressent aux travailleurs français ou européens, mais prenez le temps de parcourir la liste si vous cherchez un poste à l'étranger : plusieurs grands sites internationaux y figurent. En prime, des conseils sur la préparation d'un CV « online ».

HeadHunter.Net

www.headhunter.net/

- 250 000 emplois offerts
- mais 95 % aux États-Unis
- quelques centaines à Montréal, 50 à Paris...

Un des « monstres » américains du genre, HeadHunter.Net offre une gigantesque base de données publique, où le nombre de postes affichés récemment (moins de 45 jours) avoisine le quart de million... Les secteurs les plus représentés ? Technologie (50 %), administration, génie, ventes et marketing.

IDclic

idclic.collegebdeb.qc.ca

- marché du travail au Québec
- vie étudiante
- pour les 15-23 ans

Un carrefour incontournable pour qui veut faire le grand saut « étude-travail » sans passer par la case chômage ! Vous y trouverez notamment un conseiller virtuel en orientation, qui vous proposera des pistes personnalisées si vous vous demandez quels métiers ont de l'avenir ou quelle formation entreprendre.

Info-Emploi Canada

www.info-emploi.ca/cwn/francais/main.html

- site canadien
- ressources en emploi
- bilingue

Un regroupement d'organisations canadiennes a ouvert ce remarquable site afin de rendre accessibles les ressources d'Internet en matière d'emploi. Couvre toutes les régions du Canada et tous les sujets, depuis l'information générale sur le marché du travail jusqu'aux banques d'emplois des gouvernements et les ressources diverses pour chercheurs.

Job Search Engine

www.Job-Search-Engine.com/

- recherche parallèle dans plusieurs babillards
- inclut des emplois offerts au Canada
- efficace et rapide

Un robot-chercheur grâce auquel vous pouvez retracer d'un seul coup les emplois offerts dans un secteur sur une dizaine de babillards américains ou internationaux. Si vous cherchez un emploi au Québec, seuls quelques-uns des sites sont pertinents, mais permettent malgré tout de dénicher des centaines d'offres.

Job Searching – Canada (About)

jobsearchcanada.miningco.com/index.htm

- bon répertoire
- babillards, guides, magazines, etc.
- quelques sites en français

Une section du métarépertoire About (anciennement connu comme Mining Co.), entretenue dans ce cas-ci par un conseiller en emploi de Vancouver. La recherche a visiblement été bien faite et le site offre un excellent choix de ressources sur le marché du travail. Le volet francophone est plus limité, cependant, mais comporte malgré tout des pointeurs utiles.

La Presse : Carrières

lapresse.monster.ca/
- emplois annoncés dans *La Presse*
- pratique et facile à utiliser
- transmettez directement votre CV

Base de données d'emplois du journal *La Presse* où on peut également afficher son CV. Une fois repérés les postes qui vous intéressent, il vous est possible de poser votre candidature directement par ce réseau. Un excellent service pratique.

Le Guide Riley

www.rileyguide.com/
- recherche d'emploi sur Internet
- conseils de base et choix de ressources
- américain, mais ratisse large

Margaret Riley, auteure d'un livre traitant de la recherche d'emploi sur Internet, entretient ce site bourré d'informations sur le sujet. Le répertoire est axé sur les États-Unis, mais une bonne partie de l'information est d'intérêt général.

Les Affaires/Carrières

carrieres.lesaffaires.com/
- section Carrières du *Journal Les Affaires*
- domaines professionnels, management
- des « jobs » de président...

Le *Journal Les Affaires* offre sur le Web un accès direct à sa base de données d'emplois disponibles. Dans l'ensemble, il s'agit évidemment de postes de cadres ou s'adres-sant aux professionnels de l'administration (actuaires, comptables, consultants, etc.).

Placement étudiant du Québec

www.placement-etudiant.mic.gouv.qc.ca/
- renseignements sur les programmes
- formulaire d'inscription en ligne
- guide de recherche d'emplois et liens

Chaque année, de mars à juin, le gouvernement du Québec sollicite les entreprises pour leur offrir les services des étudiants et le bureau de placement assure aussi la dotation des emplois d'été dans les ministères. Le site offre en outre des informations sur les stages en coopération internationale, dans les services agricoles ou encore comme travailleur autonome.

Qc.jobs (forum Usenet)

news:qc.jobs
- forum Usenet : offres d'emploi
- pas seulement au Québec
- ... mais surtout en informatique

Les forums Usenet sont un peu délaissés par les *surfers*, mais le trafic est encore intense dans les forums relatifs à l'emploi. Celui-ci, consacré aux offres d'emplois au Québec, affiche tous les jours des dizaines de nouvelles annonces, la plupart en informatique. Allez voir : quand un employeur annonce sur Usenet, c'est généralement qu'il cherche quelqu'un... très vite.

The Monster Board

www.monster.com/
- recherche d'emploi
- près de 200 000 postes affichés
- également un volet canadien (en français)

Une des plus importantes bases de données pour trouver un emploi via Internet. La plupart des postes sont situés aux États-

Unis, mais une recherche effectuée avec le terme Montréal, par exemple, retrace plus de 700 entrées récentes. De plus, une nouvelle version canadienne du site (Monster.ca) est maintenant disponible, en français par-dessus le marché...

ViaSite
www.viasite.com/
- base d'emplois et de candidatures
- service bien conçu
- mais des emplois en nombre limité

Un centre d'emploi interactif, où l'on peut inscrire son curriculum vitæ et consulter la liste des emplois disponibles sans aucuns frais. Jusqu'à ce jour, plusieurs centaines d'employeurs du Québec utilisent ce service, mais ici comme ailleurs une bonne partie des postes affichés sont du domaine de l'informatique.

Informations par secteur : industries et services

Advertising Age
www.adage.com/
- bible des publicistes
- meilleures agences, campagnes primées
- comptes qui changent de mains...

Un monde qui bouge à toute vitesse que celui des faiseurs d'images. Sur le site de ce magazine, suivez en direct la valse effrénée des agences qui s'arrachent des contrats de 100 ou 200 millions de $ US. Des tonnes d'informations aussi sur la circulation des magazines ou des « top 10 » d'agences dans tous les pays !

AEC InfoCenter
www.aecinfo.com/
- architecture, ingénierie, construction
- perspective canadienne
- tout pour bâtir beaucoup de maisons...

Un carrefour d'information réputé pour tout ce qui touche au secteur de la construction et de l'architecture, du génie et de la construction résidentielle. Et comme le serveur est situé au Canada, il s'agit d'un bon point de départ pour les ressources canadiennes. Pour le français, toutefois, on repassera...

Agriculture et alimentation (Université Laval)
www.bibl.ulaval.ca :80/agr/
- l'agriculture en tant que science
- répertoire pour les spécialistes
- les chercheurs y trouveront leur compte

Créé par Robert Giroux, conseiller en documentation à l'Université Laval, ce site privilégie les ressources scientifiques, de la phytologie au génie agro-alimentaire en passant par l'économie rurale et la pédologie.

Agriculture, pêcheries et alimentation (Québec)
www.agr.gouv.qc.ca/
- bonne information
- présentation agréable
- liens externes dans toutes les sections

Le site Web du ministère suit l'actualité (nouvelles politiques, concertation, salons) et offre un portrait de l'économie québécoise du secteur agro-alimentaire. On retrouve des sections plus détaillées aux filières grains, acériculture (le sirop), apiculture (les abeilles), aviculture (la volaille) et porc.

◪ ≣

AgriWeb Canada

aceis.agr.ca/agriweb/awhome-f.htm
- imposant répertoire
- tout sur l'agriculture au Canada
- site gouvernemental

Répertoire impressionnant des ressources Internet en agriculture, surtout au Canada, mais aussi dans d'autres pays. Les ressources sont classées par régions (provinces) et par domaines, de l'alimentation à la zootechnie en passant par le contrôle des animaux nuisibles. Outil de recherche intégré.

◪ ≣

ANEL – Association nationale des éditeurs de livres

www.anel.org/
- éditeurs francophones
- répertoire des membres
- infos sur les collections

L'ANEL regroupe les maisons d'édition québécoises et canadiennes de langue française. Le répertoire des membres peut être consulté sur le site, et chaque entrée comporte des renseignements de base sur les éditeurs : coordonnées, personnel de direction, principales collections et titres récents, etc.

◪

APCHQ – Association des constructeurs d'habitation

www.apchq.com/
- construction et rénovation au Québec
- pour les consommateurs et les professionnels
- site de l'association provinciale

L'Association professionnelle des constructeurs d'habitation du Québec offre un site fort utile, où l'on trouve une foule de renseignements sur la façon de choisir un entrepreneur, les subventions et les projets résidentiels. De plus, le répertoire des membres permet de retracer les fournisseurs par région ou spécialité.

◪ ≣

Bizlink (Maclean Hunter)

www.mhbizlink.com/
- magazines spécialisés de Maclean Hunter
- de l'industrie métallurgique au marketing
- plusieurs magazines offerts en ligne

L'éditeur canadien Maclean Hunter offre une vitrine sur le Web de toutes ses publications spécialisées (*trade magazines*). Le développement est inégal, mais un certain nombre de magazines offrent une couverture de l'actualité sur leur site Web et un répertoire spécialisé des fournisseurs.

≣ ◼

BookWire

www.bookwire.com/
- industrie américaine du livre
- magazines spécialisés
- et index international de 7 000 sites

Un site carrefour de l'industrie américaine du livre, où l'on retrouve des *trade magazines* du monde de l'édition, des bibliothèques et des librairies (*Publishers Weekly Interactive, Library Journal*, etc.) et un immense répertoire de sites Web. L'accent est évidemment mis sur l'actualité et les ressources américaines, mais pas uniquement.

≣ ◼

Canada : News Releases by Industry

www.newswire.ca/htmindex/ industry.html
- communiqués des entreprises
- archivé par secteur industriel
- voyez aussi le service Portfolio EMail

Le fil de presse de l'agence Canada NewsWire a été inscrit dans la section

portant sur la presse d'affaires. Cette seconde entrée est un raccourci utile pour consulter les archives d'un seul secteur industriel à la fois, ce qui semble une intention plus raisonnable... À voir aussi : le service de livraison personnalisé par courrier électronique.

CanadaShow.com : industrie des communications

www.canadashow.com/

- télévision et multimédia
- base de données de l'industrie au Canada
- gratuit : une recherche par jour !

Les deux répertoires offerts sur ce site recensent à peu près tout ce qui bouge en télévision et mutimédia au Canada : agences et compagnies de production, cablo-distributeurs, réseaux, services Internet, etc. La consultation libre requiert un abonnement, sinon une seule recherche par jour est permise.

Carte du commerce canadien (Stratégis)

strategis.ic.gc.ca/scdt/bizmap/navf.html

- dossiers et liens utiles
- investissement, recherche, exportation, etc.
- sites des gouvernements au Canada

Un autre point de départ de haut niveau, la Carte du commerce canadien rassemble des informations provenant de sources fédérales et provinciales (liens vers les sites des ministères). Le site offre aussi des guides sur différents aspects du commerce ou de l'exportation ainsi que des répertoires d'entreprises.

Construction 411 – Québec

www.construction411.com/

- annuaire téléphonique de la construction
- interface de recherche bien conçue
- 30 000 inscriptions

Ce site vous permet de consulter sans frais l'annuaire de la construction produit par Optilog : fournisseurs de matériaux, firmes d'ingénieurs-conseils, entrepreneurs, etc. L'interface permet des recherches précises par domaine d'activité, ville ou région. Pratique et bien conçu.

Frasers Canadian Trade Directory

www.frasers.com/

- annuaire des fournisseurs canadiens
- équipement et matériaux pour l'industrie
- gratuit sur le site, mais plus complet sur CD-ROM

L'éditeur canadien Frasers offre un accès gratuit sur son site Web à une base de données de 40 000 fournisseurs de produits et services pour l'industrie. La version livre et le CD-ROM (220 $) incluent des renseignements plus précis, mais le site permet malgré tout de retracer les fournisseurs par nom, produit et marque.

GeoRadaar : réseau des ressources naturelles

www.georad.com/

- secteurs agricole, forestier et minier
- répertoire des fournisseurs et des sites Web
- quelques nouvelles et des babillards

Une entreprise de Rouyn-Noranda a lancé ce site consacré aux industries des ressources naturelles. On y trouve un répertoire des fournisseurs, des babillards pratiques et quelques chroniques. Le répertoire inclut des entreprises d'Abitibi-Témiscamingue, mais le site offre aussi des liens externes pour chacun des trois secteurs.

IndustryNET
www.industry.net/
- carrefour d'information industrielle
- systèmes, équipements, fournisseurs
- sections réservées aux membres

Le meilleur aux États-Unis, ce site d'information industrielle s'adresse aux professionnels et aux consultants en systèmes manufacturiers. Nouveaux produits, équipements, fournisseurs, standards, tout y est. À signaler, les répertoires d'entreprises classées par domaine d'ingénierie et par secteur industriel.

Info Presse
www.infopresse.com/
- publicité et marketing (Québec)
- actualité, services, calendrier
- pas de pub sur le site!

Le magazine québécois de la publicité et du marketing a sa fenêtre sur Internet. Actualité du secteur (marketing, médias, interactivité et mouvements pub.), agenda mensuel, etc. Ça se lit vite et on y trouve beaucoup de renseignements utiles, y compris les concours annoncés, les nouveaux comptes des agences, etc.

Info-Mine
www.info-mine.com/
- secteur minier
- excellente ressource spécialisée
- certaines sections sur abonnement

Ce site d'information industrielle exhaustif est d'autant plus pertinent qu'il est l'œuvre d'une firme canadienne. On y trouve les nouvelles de l'industrie minière, le profil des entreprises de ce secteur et un répertoire des

sites spécialisés. Attention : certaines sections sont réservées aux abonnés.

Insurance Canada
www.insurance-canada.ca/
- carrefour d'information spécialisé
- pour consommateurs et professionnels
- répertoire des fournisseurs
  et des organismes

Excellent point de départ dans le domaine de l'assurance, ce site comporte un répertoire des entreprises de ce secteur (des courtiers aux experts en sinistre) ainsi que des informations de base et un bulletin quotidien de l'industrie.

International Business Resources on the Web
ciber.bus.msu.edu/busres.htm
- de l'Université du Michigan
- excellent répertoire commenté
- couverture internationale

Référence pour tout ce qui touche au commerce international, ce guide regroupe des ressources spécifiques pour chacun des pays du monde et comporte aussi des liens vers les organismes internationaux, les gouvernements et les centres de recherche. À signaler : un choix des forums de discussion sur Internet.

Le Bulletin des agriculteurs
www.lebulletin.com/
- actualité agricole au Québec
- suivi du commerce extérieur
- agenda, annonces classées,
  sites Web, etc.

Les nouvelles de l'industrie agroalimentaire occupent le premier plan, mais le site comporte aussi des sections d'annonces classées (animaux, machinerie, etc.), un carnet d'adresses Internet et un agenda des colloques, des foires agricoles ou des missions commerciales à venir.

LogiRoute : transport et logistique

www.logiroute.com/

- répertoire des fournisseurs
- description des services, contacts, sites Web
- couvre l'industrie québécoise

Un répertoire bien conçu, mais qui n'a pas encore atteint sa vitesse de croisière, pour ainsi dire : certaines sections demeurent incomplètes. Malgré tout utile pour s'y retrouver, grâce à un classement efficace : consultants, entreposage, intermédiaires, manutention, transporteurs aériens et ferroviaires, etc.

Media Central

www.mediacentral.com/

- dans les hautes sphères des grands réseaux
- dernières démissions fracassantes !
- d'autres magazines spécialisés

Magazine sur l'actualité des médias et du marketing. Perspective américaine, mais couvre aussi un peu l'actualité canadienne. Le site comporte des liens vers les autres publications de Cowles : American Demographics, Cable World, Catalog Age, Directory World, etc.

Ordre des comptables agréés du Québec

www.ocaq.qc.ca/

- beaucoup d'information sur la profession
- répertoire des cabinets comptables au Québec
- pour le public, les étudiants et les membres

Le site des CA du Québec offre des sections pour les membres et les étudiants candidats au titre, mais aussi des renseignements destinés aux gens d'affaires et au grand public. La bibliothèque comporte par exemple des documents d'analyse portant sur les finances publiques.

Québec audiovisuel

www.quebec.audiovisuel.com/

- cinéma, vidéo, télévision et multimédia
- carrefour de l'industrie québécoise
- à l'intention des réalisateurs, des scénaristes, etc.

Initiative de l'Association des producteurs de films et de télévision du Québec (APFTQ) et des Rendez-vous du cinéma québécois (RVCQ), ce site encore récent est voué à devenir un carrefour important pour les professionnels du domaine. On y trouve entre autres une base de données des entreprises et des productions, agrémentée dans certains cas de courts extraits vidéo.

Qui fait Quoi – réseau

www.qfq.com/

- communications et culture (Québec)
- version Internet du répertoire
- référence... sur abonnement

Pour les professionnels de la culture et des communications, *Qui fait Quoi* est une référence bien connue. La version Internet est tout aussi complète, avec entre autres le répertoire des 6 000 entreprises du domaine et la version Web du bulletin quotidien. Tout cela est disponible... sur abonnement seulement. Mais la visite vaut le détour.

Rideau (arts de la scène)

rideau-inc.qc.ca/

- carrefour des professionnels
- ... et porte d'entrée du grand public
- navigation aisée

Le Net convient parfaitement à cet organisme voué à la promotion des arts de la scène au Québec. Les informations contenues dans les différentes sections (associations, diffuseurs, représentants, salles de spectacle, etc.) s'adressent en premier lieu aux professionnels du milieu, mais s'avèrent utiles pour quiconque s'intéresse aux arts du spectacle et à ses « artisans ».

Stratégis : Industrie Canada en direct
strategis.ic.gc.ca/frndoc/main.html
- site public exemplaire
- répertoires, statistiques, études
- commerce, technologie, perspectives

Site remarquable, Stratégis offre un répertoire complet des entreprises canadiennes (gamme de produits, marchés, ventes, coordonnées et contacts), mais aussi des données commerciales détaillées (import/export) et des ressources spécialisées pour l'ensemble des secteurs industriels et technologiques. Chapeau !

Strategis : Information d'affaires par secteur
strategis.ic.gc.ca/sc_indps/frndoc/homepage.html
- guide des industries canadiennes
- informations, répertoires, statistiques
- gros morceau...

« Plat de résistance » du site Strategis, l'information par secteur offre une quantité impressionnante de données et de liens pour des dizaines de secteurs et sous-secteurs industriels. À partir d'une seule page, on peut ainsi retracer tous les documents disponibles sur place ou rejoindre les sites d'associations, les médias spécialisés et d'autres ressources du Web.

Téléfilm Canada : annuaire de l'industrie
www.telefilm.gc.ca/cgi-bin/annua_f.idc ?
- films, télévision et vidéo
- 4 000 fournisseurs inscrits
- aussi des infos sur la production

Offert par Téléfilm Canada, l'annuaire de l'industrie audiovisuelle comporte les coordonnées de 4 000 entreprises et des liens vers leurs sites Web. L'annuaire inclut les compagnies de production, de distribution et d'exportation ; les ministères, associations et organismes, les festivals, etc.

The Journal of Commerce Online
www.joc.com/
- commerce international, transport, logistique
- manchettes, dossiers spéciaux et répertoires
- accès complet réservé aux abonnés

Ce magazine américain suit l'actualité « politique » du commerce international (ententes multilatérales, conflits bilatéraux, etc.) et s'intéresse en particulier à l'industrie du transport. Le site offre de nombreux répertoires et dossiers spécialisés, mais la portion publique est limitée aux manchettes de la journée.

Union des producteurs agricoles
www.upa.qc.ca/
- l'agriculture au Québec
- actualité, informations, liens
- un bon point de départ

La vitrine de l'Union des producteurs agricoles. Vous y trouverez des renseignements sur l'association et ses prises de position, mais également des services intéressants, une liste de ressources sur le monde agricole du Web et des liens permettant de suivre l'actualité agricole.

Informations sur l'économie et le commerce

Budgets des gouvernements canadiens

www.cs.cmu.edu/Unofficial/Canadiana/budgets.html

- liens vers les sites des budgets
- fédéral et provincial, cinq dernières années
- les Américains surveillent nos finances...

Sur son répertoire Canadiana, Stewart Clamen offre une bonne page de liens vers les sites des ministères des Finances du gouvernement canadien et des provinces. Il propose aussi des liens directs vers les textes en ligne des budgets pour les cinq dernières années.

 ☷

Bureau of Economic Analysis (USA)

www.bea.doc.gov/

- sommaire de l'économie américaine
- données courantes et historiques
- consultez sur place ou téléchargez (Acrobat)

Le Bureau d'analyse économique diffuse sur son site Web des études mensuelles ou ponctuelles sur les tendances de l'économie américaine. Utiles pour les étudiants ou les chercheurs, les séries statistiques et les communiqués de presse sont toutefois présentés sans grand effort pour les rendre compréhensibles.

Données commerciales – Canada et USA (Strategis)

strategis.ic.gc.ca/sc_mrkti/tdst/frndoc/tr_homep.html

- import/export : tous les chiffres
- données pour les cinq dernières années
- par marchandise, industrie, pays

Le site Strategis inclut des statistiques sur le commerce extérieur du Canada et des États-Unis. L'outil de recherche permet de retracer les données annuelles pour les importations et exportations, selon le pays d'origine ou la destination. Un index des marchandises permet aussi de limiter la recherche à un groupe de produits sélectionnés.

Données économiques européennes (Europages)

www.europages.com/business-info-fr.html

- économie européenne en chiffres
- format Acrobat
- synthèses, tableaux, graphiques

Le service d'informations économiques d'Europages diffuse plus de 100 pages d'analyses économiques (en format Acrobat pour téléchargement) : synthèse des principales tendances du marché, indicateurs sectoriels, tableaux et graphiques. Disponibles en cinq langues. Mais attention : les données disponibles sont parfois celles de 1994 ou de 1995...

Economic Time Series Page

bos.business.uab.edu/browse/

- données économiques pour la recherche
- 75 000 séries et graphiques...
- mais contenu 90 % américain

Un prof d'économie de l'Université de l'Alabama entretient cette immense collection de *time series* économiques. Il s'agit surtout de données américaines sur l'emploi, mais on y trouve aussi des séries provenant de la Banque du Canada, dont les indicateurs monétaires et l'évolution des taux d'intérêt.

☷

Économie du Québec (MIC)

www.micst.gouv.qc.ca/menu/
econo.html

- faits saillants de l'économie du Québec
- publications du gouvernement
- l'histoire officielle

Le ministère de l'Industrie et du Commerce diffuse sur le Web quelques dossiers de nature économique. On y trouve notamment les données mensuelles sur l'emploi, un portrait de l'économie des régions et le bulletin Actualités conjoncturelles. Le site offre aussi des informations sur l'investissement, les secteurs industriels et le commerce extérieur.

Finances et Développement (FMI)

www.imf.org/external/pubs/ft/
fandd/fre/

- directement du Fonds monétaire international
- économie et développement
- articles d'analyse

Publiée quatre fois l'an, cette revue du FMI offre des analyses détaillées de l'économie des pays en voie de développement et les tendances de l'investissement international. À signaler : en version anglaise, le magazine est entièrement disponible sur le site ; par contre, pour la version française, les articles sont offerts en format Acrobat.

Handbook of International Economic Statistics (CIA)

www.odci.gov/cia/publications/hies97/
toc.htm

- statistiques économiques (1997)
- 150 tableaux et graphiques
- comparaisons internationales

L'économie mondiale apparaît en 150 tableaux comparatifs, de la production agricole à la consommation énergétique. En plus des tableaux, on trouvera une trentaine de graphiques sommaires destinés au téléchargement. Un autre généreux service de la CIA.

Indicateurs économiques mensuels – Canada (Strategis)

strategis.ic.gc.ca/sc_ecnmy/mera/
frndoc/03.html

- le point sur l'économie canadienne
- télécharger le rapport intégral (Acrobat)
- tableaux et graphiques en couleurs...

Industrie Canada offre gratuitement un rapport mensuel d'une vingtaine de pages sur l'économie canadienne : comptes nationaux, dépenses de consommation, emploi et chômage, investissement, etc. De nombreux rapports spécialisés sont aussi disponibles.

La Banque mondiale

www.worldbank.org/

- économie et développement
- tonnes de rapports et de statistiques
- « couvre » une centaine de pays

La Banque mondiale s'est offert le luxe d'un site Web colossal donnant accès aux indicateurs de développement économique et social pour une centaine de pays et à plus de 6 000 rapports spécialisés. Une immense centrale d'information sur la pauvreté dans le monde, cette banque de développement...

OCDE : études et statistiques en ligne

www.oecd.org/freedoc-fr.htm

- documents gratuits de l'OCDE
- population, emploi, épargne, produit national...
- informations sur les autres publications

À signaler sur ce site, la section « L'OCDE en chiffres » qui présente des tableaux comparatifs des pays membres de l'OCDE (format Acrobat). Ces données sont disponibles pour une vingtaine de grands indicateurs économiques : démographie, investissement, industrie, secteur public, etc.

Penn World Tables

datacentre.chass.utoronto.ca:5680/pwt/
- statistiques économiques « macro »
- 152 pays de 1950 à 1992
- interprétation à vos risques

Cette série de tableaux regroupe des statistiques économiques de tous les pays, échelonnées de 1950 à 1992 : population, PNB, fluctuations des prix, etc. Interface de recherche simple et complète, notes d'introduction. Sur le site de l'Université de Toronto.

The Dismal Scientist

www.dismal.com/
- tout sur l'économie américaine
- regard sur l'économie canadienne
- incontournable

Mégasite très bien conçu, The Dismal Scientist présente les nouvelles données économiques et démographiques à mesure qu'elles sont diffusées par les agences américaines, toujours accompagnées d'un bref commentaire. Les données du Canada sont aussi suivies d'assez près, mais sont beaucoup moins complètes pour le reste du monde.

US Business Cycle Indicators

www.tcb-indicators.org/
- indicateurs économiques américains
- sur abonnement
- quelques données globales
  sur le site public

Maintenant diffusée par le Conference Board et sur abonnement seulement (250 $ pour l'année), la série des US Business Cycle Indicators compte quelque 250 indicateurs : index composites, population active, ventes, inventaires, salaires, profits, etc. Dans la plupart des cas, les données sont mensuelles et des tableaux illustrent l'évolution sur une longue période.

Informations sur les compagnies

Carlson en direct

www.fin-info.com/index.fr.html
- Canada et États-Unis
- très intégrateur
- certains services sur abonnement
  seulement

Un « portail » bien conçu, qui intègre les cotes boursières et les principaux fils de presse, des liens vers les sources d'information (Sedar, Strategis, Silicon Investor), bref toute une panoplie de ressources des plus utiles. Sur abonnement, on peut aussi consulter les rapports financiers de Globe Information Services (2 000 sociétés ouvertes au Canada).

Companies Online (Dun & Bradstreet and Lycos)

www.companiesonline.com/
- palette d'information
  très complète
- relié à Lycos : cote, communiqués, etc.
- certains services gratuits,
  d'autres facturés

Dun & Bradstreet offre un accès gratuit à ses bases d'information sommaire sur plus de 100 000 entreprises américaines. Des liens vers d'autres services permettent de retracer les données financières et les communiqués de presse. Information plus détaillée sur inscription (mais sans frais) : contacts, ventes annuelles, marques de commerce, etc. Seuls les rapports complets (*Business background*) sont facturés à la pièce, 20 $US.

Edgar : Corporate SEC Filings and Profiles

www.edgar-online.com/
- données financières
- profil des entreprises américaines
- accès gratuit et tout public

Ce site donne accès aux renseignements transmis par les entreprises américaines à la Commission sur la sécurité et les échanges commerciaux (S.E.C.). En plus des documents comme tels, le site propose des liens vers d'autres sources américaines d'information financière.

Fortune 500/Global 500

www.pathfinder.com/fortune/
fortune500/
- pavé annuel de Fortune
- recherche selon plusieurs critères
- version électronique complète

Du magazine *Fortune*, la fameuse compilation annuelle des plus grandes entreprises industrielles américaines, avec aussi sa jumelle internationale à quelques clics de là. La version électronique inclut toutes les informations habituelles et peut être consultée selon divers critères. À noter : les bases de données complètes peuvent aussi être téléchargées, mais ce n'est pas donné…

Hoover's Online

www.hoovers.com/
- informations sur les compagnies américaines
- renseignements de base gratuits
- profils corporatifs complets sur abonnement

Les 3 400 *company profiles* édités par cette firme américaine sont disponibles sur le site, mais aux abonnés seulement (12 $US par mois). Par contre, Hoover's produit également des capsules d'information sommaire sur plus de 12 000 entreprises, et ces fiches peuvent être consultées librement. Une information bien structurée et des liens utiles vers les sources complémentaires.

Québec 500 (Les Affaires.com)

lesaffaires.com/
- base de données des entreprises québécoises
- outil de recherche sophistiqué
- environ 1 000 inscriptions

Le répertoire des plus grandes sociétés actives au Québec, établi par l'hebdomadaire *Les Affaires*. Très bien conçu, le site permet de retracer l'information selon la raison sociale ou le secteur d'activité des entreprises, ou encore selon le rang qu'elles occupent en termes de revenus ou d'emplois. Les fiches comportent des renseignements de base : coordonnées, noms des dirigeants, filiales, bénéfices, etc.

Réseau des entreprises canadiennes

strategis.ic.gc.ca/sc_coinf/ccc/frndoc/
homepage.html
- répertoire d'Industrie Canada
- coordonnées, produits, marchés, etc.
- mise à jour et inscription sur place

Répertoire des entreprises industrielles. Recherche par nom, ville, industrie, etc. Les fiches contiennent les coordonnées, la liste des produits, des indications sur les marchés desservis, les volumes de ventes et d'autres données utiles. Parfois très achalandé.

SEDAR : infos sur les entreprises canadiennes

www.sedar.com
- renseignements publics des sociétés ouvertes
- profils corporatifs, rapports annuels, etc.
- incontournable

Le système SEDAR est utilisé depuis janvier 1997 pour le dépôt électronique des documents requis par les autorités en valeurs mobilières du Canada. Désormais accessible sur le Web, la base de données comporte la presque totalité des profils corporatifs, états financiers et autres prospectus déposés à ce jour. Une ressource de premier plan pour s'informer sur toutes les entreprises cotées en Bourse et les sociétés de placement.

The Web 100

www.metamoney.com/w100/
- poids lourds du Web américain
- hyperliens vers leurs sites
- notes sur l'évolution de la liste

La liste des 100 plus grandes corporations américaines sur le W3, par ordre d'importance, avec un lien direct à l'entréc principale de leur site. Avec le temps, cette liste ressemble de plus en plus à celle des 100 plus grandes corporations américaines tout court...

Wright Research Center – Company Analyses

profiles.wisi.com/profiles/ramain.htm
- profils financiers de 18 000 corporations
- États-Unis, grandes firmes canadiennes, etc.
- que de chiffres !

Un société américaine de services aux investisseurs, Wright Investors' Service, propose la consultation gratuite de ses analyses financières portant sur près de 20 000 entreprises d'Amérique, d'Europe et d'Asie. En complément, le site offre un commentaire hebdomadaire et des manchettes économiques.

Yahoo ! : les entreprises sur le Web

www.yahoo.com/
Business_and_Economy/Companies/
- les grandes entreprises sur le Web
- recherche par nom
- Yahoo ! est excellent à ce niveau

Avec plus de 330 000 inscriptions (avril 1999), Yahoo ! est certainement le meilleur répertoire des sites Web d'entreprises américaines. La recherche par mot clé permet d'y retrouver rapidement le site d'une compagnie.

Répertoires et ressources générales

Appels d'offres et avis publics

www.appels.doffres.com/
- tels qu'ils sont publiés dans sept journaux du Québec
- classement par secteur d'activité
- outil de recherche

Pratique, ce serveur regroupe les appels d'offres et avis publics parus récemment dans sept quotidiens du Québec : *La Presse*, *Le Soleil*, *La Voie de l'Est*, *Le Nouvelliste*, *Le Droit*, *La Tribune* et *Le Quotidien*. On peut y effectuer des recherches par industrie ou selon différents critères de sélection.

Banques et Finances

www.qualisteam.com/fra/index.shtml
- immense répertoire international
- actions, options, obligations
- 95 % des sites bancaires...

Des liens et encore des liens pour rejoindre plus de 2 000 banques branchées et 1 000 autres serveurs financiers de tout acabit. Des outils pour tester plusieurs calculateurs financiers et beaucoup de graphiques et d'information générale sur les entreprises. L'œuvre d'une société-conseil française.

Bibliothèque des HEC (catalogue)

telnet://biblio.hec.ca

- accès au catalogue informatique
- consultez les fiches d'aide
- communication Telnet

Accès au catalogue d'HECTOR, la bibliothèque de l'École des hautes études commerciales (Montréal). Attention! cette commande active une communication Telnet à condition que le logiciel approprié soit installé dans votre ordinateur. Inscrivez biblio au menu Login.

Bibliothèque virtuelle H.E.C.

canarie.hec.ca/biblio/doc.htm

- point de départ
- ressources bien choisies
- présentation simple et efficace

L'École des hautes études commerciales (Université de Montréal) offre un répertoire de ressources sélectionnées couvrant une vingtaine de sujets, des banques aux statistiques économiques, en passant par les ressources consacrées au commerce international, au marketing, à la qualité ou à la gestion des ressources humaines.

Brint: the BizTech Network

www.brint.com/

- contenu imposant
- s'adresse aux professionnels
- management du «capital intellectuel»

Recommandé par toute la presse d'affaires américaine, Brint s'adresse aux administrateurs d'entreprises, experts en systèmes informatiques ou en «gestion du savoir». Un immense réseau d'information, une montagne de liens pour la recherche, l'actualité, des emplois et des forums... : ça grouille !

Business and Economics Ready Reference

www.ipl.org/ref/RR/static/bus0000.html

- collection de guides spécialisés
- perspective américaine
- classement par champ professionnel

L'Internet Public Library propose ici une sélection de guides spécialisés dans les divers secteurs d'intérêt professionnel. Comme toujours sur le site de l'IPL, il s'agit d'un très bon choix commenté, mais dans une perspective d'abord américaine.

Conversion des monnaies (Xenon Labs)

www.xe.net/currency/fr/

- service de conversion
- facile à utiliser
- combien de ceci pour cela

Un service tout simple pour convertir n'importe quelle devise en n'importe quelle autre, ou à peu près. Habituellement 100 $ canadiens font environ 68 $ américains. Mais peut-être pas aujourd'hui ?

CSEC – services aux entreprises

www.rcsec.org/

- programmes et services gouvernementaux
- secteur industriel
- classement par sujet et ministère

Le Centre des services aux entreprises du Canada regroupe plus de 20 ministères fédéraux et provinciaux, des instances municipales et des organismes du secteur privé. Il offre des informations sur tous les programmes et règlements gouvernementaux. Très utile pour démarrer une entreprise, en savoir davantage sur la fiscalité ou se renseigner sur un secteur particulier de l'industrie.

Dow Jones Business Directory

businessdirectory.dowjones.com/
- répertoire sélectif et commenté
- excellent choix de ressources sectorielles
- mais États-Unis seulement

La firme Dow Jones offre un répertoire Internet de haut niveau qui regroupe, en particulier, de très bons points de départ pour une quarantaine de secteurs industriels. La couverture est toutefois limitée aux marchés américains.

EnterWeb : développement des entreprises

www.enterweb.org/welcom-f.htm
- très bon point de départ
- entrepreneuriat, crédit, gestion, incubateurs...
- développement au nord et au sud

Un site-carrefour sur le développement des entreprises, avec un accent particulier sur les micros, petites et moyennes entreprises, les coopératives et l'économie communautaire. Peu sophistiqué sur le plan visuel, ce site personnel de Jean-Claude Laurin offre une mine de liens vers des sources de haute qualité.

Financial Encyclopædia

www.euro.net/innovation/
Finance_Base/Fin_encyc.html
- dictionnaire des termes techniques
- finance, management et technologies
- rudimentaire mais pratique

Malgré une interface primitive – de simples listes alphabétiques – cette encyclopédie fournit une définition de la plupart des termes relevant du domaine financier. Sur le site, on trouve aussi un guide et un dictionnaire du management et des technologies.

FINWeb

www.finweb.com/
- économie et finance
- pour étudiants et professionnels
- répertoire académique

Point de départ classique d'un point de vue universitaire et professionnel, FinWeb recense les journaux électroniques des domaines économique et financier, les études en cours, les bases de données spécialisées et, enfin, les autres sites Web d'information financière.

Nijenrode Business Resources

www.nijenrode.nl/nbr/index.html
- point de départ
- universitaire
- aucune description des sites

Point de départ pour la recherche en affaires. Très complet en ce qui a trait aux publications générales et aux ressources spécialisées par champ professionnel. Pas de classement par industrie, toutefois, et bien peu de descriptions des ressources. Créé par une université hollandaise.

Sources de financement (Strategis)

strategis.ic.gc.ca/sc_mangb/sources/
frndoc/homepage.html
- financement des entreprises au Canada
- bailleurs de fonds
- répertoires et ressources documentaires

Le site d'Industrie Canada est encore une fois la référence obligée pour tout ce qui touche au financement des entreprises. Les informations et les répertoires sont très bien ciblés : programmes d'aide gouvernementale, recherche du financement, liste de bailleurs de fonds, calculatrices et glossaire.

The Scout Report for Business & Economics

scout.cs.wisc.edu/scout/report/
bus-econ/

- **nouveautés du Web**
- **perspective américaine**
- **certaine couverture internationale**

Le *Scout Report* est sans doute la meilleure publication américaine consacrée aux nouveautés du Web, du moins dans une perspective éducative et scientifique. Depuis peu, le site général est accompagné de trois publications plus spécialisées : affaires et économie, arts et humanités, et enfin sciences et technologie.

ARTS ET CULTURE

Actualité culturelle, magazines

Art Daily
www.artdaily.com/
- webzine américain des beaux-arts
- couverture internationale
- expositions et scandales!

Un très bon site américain pour suivre l'actualité des beaux-arts, les expositions en cours, mais aussi les «affaires» qui secouent périodiquement le milieu des arts et des collectionneurs. On y trouve aussi des liens vers d'autres magazines, des musées en ligne, etc.

Art Deadlines
www.xensei.com/adl/
- liste de concours
- pour les artistes
- rentabilisez vos œuvres!

Liste de concours artistiques. Pour rentabiliser vos coups de génie et pour vous faire connaître. On peut s'abonner (12 $) pour accéder à une liste mensuelle de 200 concours ou consulter gratuitement les annonces courantes (un peu fouillis...). Leur définition d'artiste inclut même les journalistes!

Chronic'art
www.chronicart.com/
- webzine culturel français
- cinéma, musique, livres, etc.
- environnement audacieux et critiques féroces

Très réussi, ce webzine culturel offre toutes les semaines des critiques bien ficelées sur l'actualité du cinéma, de la musique, des livres et autres événements culturels. Des nouvelles brèves sont aussi ajoutées quotidiennement.

Club-Culture
club-culture.com/
- actualité culturelle au Québec
- cinéma, musique, livres, théâtre, etc.
- tonnes de chroniques et d'informations

Les manchettes de l'industrie du spectacle, des chroniques sur les nouveaux disques, les livres et les films à l'affiche, etc. Les babillards ne sont pas tous remis à jour, mais, dans l'ensemble, beaucoup de contenu à se mettre sous la dent! Faites des recherches par mot clé pour y dénicher les dernières rumeurs entourant Céline Dion ou Robert Charlebois!

Culturekiosque
www.culturekiosque.com/
- mégasite européen des arts
- textes en français, en anglais et en allemand
- des expositions qui valent le détour

Culturekiosque offre un choix complet d'articles, de critiques et d'entrevues sur les expositions actuelles, les concerts, le jazz, la danse, les CD-ROM, la cuisine et même la technologie! Ses journalistes sont issus de la grande presse quotidienne ou de magazines spécialisés. Un site primé et... pour cause. À voir et à revoir.

Feed

www.feedmag.com/

- présentation séduisante
- sujets inédits
- textes intelligents et courts

Un magazine « technopolitique » américain qui aborde des sujets inédits ou boudés par les grands médias. Politique, cinéma, musique, *name it*, on y traite de tout sur un ton critique, parfois féroce. Présentation disons très... colorée, style *cartoon*.

Info Culture (Radio-Canada)

radio-canada.ca/InfoCulture/

- magazine culturel de la radio de Radio-Canada
- émission quotidienne et archives complètes
- agenda, chroniques, entrevues et dossiers

Si vous aimez courir les expositions, les festivals de théâtre ou de musique, ne manquez pas l'émission Info Culture. Très bien conçu et agréable à parcourir, le site reprend toutes les chroniques de cette émission (littérature, cinéma, CD-ROM, etc.), les entrevues et les dossiers hebdomadaires.

Label France

www.france.diplomatie.fr/label_france/label.html

- magazine officiel
- beaucoup de sujets intéressants
- superbe mise en pages

Le gouvernement français propose un magazine culturel superbement mis en pages. Contenu ? Rien de trop compromettant, bien sûr, mais des sujets quand même intéressants, comme une entrevue avec un historien ou un portrait d'André Malraux. Sur le site, on trouve aussi une bonne revue de presse et des informations sur la France, son histoire et son rayonnement...

Par 4 chemins

radio-canada.ca/par4/

- émission de Jacques Languirand
- inclassable
- volontairement !

Évidemment, le site de l'émission radiophonique de Jacques Languirand aurait pu être classé en Philosophie ou dans la section Politique et Société, ou encore en Loisirs, en Éducation, en Santé et médecine, pourquoi pas... Décision arbitraire : Art et culture ce sera. Mais la culture entendue au sens laaaaaaaarge.

Salon

www.salonmagazine.com

- actualité politique et culturelle
- mise à jour quotidienne
- humour et verve !

Un magazine décapant sur la vie politique et culturelle de nos voisins du Sud. Outre des critiques sur les films, disques et livres récemment sortis ou des billets d'humeur sur l'actualité, quelques morceaux de choix comme les chroniques de la féministe Camille Paglia qui répond aussi aux questions des lecteurs et des lectrices.

Showbizz.net

www.showbizz.net/

- cyber-quotidien des arts et spectacles
- showbizz québécois et américain
- montagnes d'informations

Une équipe d'animateurs et de journalistes québécois anime ce webzine qui traite des sujets chauds... du show-business. Le cinéma et la musique populaire, les galas et festivals, etc. On y trouve aussi un ciné-horaire (pour Montréal et Québec) où les films sont accompagnés d'une cote attribuée par les internautes.

Urban Desires

www.desires.com/

- présentation attrayante
- traitements originaux
- contenu abondant

Un magazine électronique né en 1995 qui se veut branché sur les nouvelles tendances (société, technologie, arts, sexe, etc.). De bonne tenue et parfois original.

Architecture et sculpture

1 000 monuments du XXᵉ siècle (France)

www.culture.fr/culture/inventai/itiinv/archixx/index.html

- architecture en France au XXᵉ siècle
- fiches d'information et photos
- utile pour la recherche

Une base de données du patrimoine architectural français depuis 1900. Recherche par date de construction, type d'édifice, architecte ou région. On y trouve par exemple les célèbres habitations de l'architecte Le Corbusier et son église toute en béton !

Abitare – architecture

www.abitare.it/

- prestigieux mensuel d'architecture
- et site magnifique
- en italien et en anglais

Destiné d'abord aux professionnels et aux étudiants, le site offre un aperçu du numéro courant d'Abitare, des nouvelles quotidiennes et des informations sur les concours, symposiums et autres événements internationaux. Les pages principales valent le coup d'œil, mais la patience est de mise !

Architecture Slide Library (SPIRO)

www.mip.berkeley.edu/query_forms/browse_spiro_form.html

- diapositives en architecture
- toutes les époques
- recherche imprévisible et ardue

Dans la même veine qu'ArtServe, Spiro se présente comme une vaste collection de diapositives sur l'architecture à travers les âges. Il est cependant assez difficile d'y trouver quelque chose de précis, malgré les outils de recherche disponibles. Pour musarder, disons.

Architecture (Virtual Library)

www.clr.toronto.edu/VIRTUALLIB/arch.html

- 1 700 ressources en architecture
- recherche par mot clé
- académique et professionnel

Maintenue par l'Université de Toronto, cette page de la *Virtual Library* fait autorité en matière d'architecture, tout comme celle de l'Université de Buffalo (www.arch.buffalo.edu/pairc/index.html). À l'usage d'abord des spécialistes et des étudiants, ce répertoire exhaustif est mis à jour régulièrement.

ArtServe – art et architecture

rubens.anu.edu.au/

- impressionnante collection d'images
- de toutes les époques
- architecture et sculpture

L'histoire de l'art et de l'architecture en 80 000 images bien comptées, dans un grand fouillis d'époques et de styles. Offertes par l'Université nationale d'Australie, les photos d'archives sont par contre livrées sans commentaire. Voyage au pays des diapositives...

Artsource

www.uky.edu/Artsource/
artsourcehome.html

- art et architecture
- excellente sélection de sites
- mises à jour périodiques

Du grand art architectural ! On n'offre pas tout sur ce site, mais les choix sont judicieux. Magazines, bibliothèques, collections d'images et expositions sont agrémentés de commentaires bien ficelés.

BatOnLine

www.batonline.com/

- guide pour architectes
- complet... pour l'Europe
- bien construit

Le guide officiel des architectes édifié sur le Web. Excellent répertoire des ressources du Net. Expositions, écoles d'architecture, revues de presse, coordonnées des fabricants, etc. De quoi meubler quelques soirées... Seul défaut majeur : il est plus européen qu'international.

Canadian Architecture Collection (McGill)

blackader.library.mcgill.ca/cac/

- photos de l'architecture canadienne
- textes en anglais, images bilingues...
- introduction historique

Un site de l'Université McGill offrant de vastes archives photographiques. Pour les curieux qui lisent l'anglais, la section Building Canada offre un aperçu des collections, accompagné d'un mini-cours d'histoire de l'architecture *coast to coast*.

Medieval Architecture

www1.pitt.edu/~medart/index.html

- églises et châteaux du Moyen Âge
- photos et plans des bâtiments
- France et Angleterre

Images et plans architecturaux, cette fois de la France et de l'Angleterre médiévales. Églises et cathédrales romanes et gothiques, châteaux, monastères, etc. Une très belle exposition thématique qu'on aurait souhaité plus loquace...

Perseus : art et architecture de la Grèce

www.perseus.tufts.edu/

- site exceptionnel
- du surf de grand luxe
- tout pour les études helléniques

Perseus est une immense collection de textes, de plans et d'images de l'architecture, de la poterie et de la sculpture de la Grèce antique, sans oublier la littérature. Un site érudit dont la navigation est sophistiquée, mais précise. Allez voir les plans de la citadelle de Mycènes ou admirer de magnifiques vases ornés.

Zone Architecture

www.z-1.org/

- architecture contemporaine vue du Québec
- expositions virtuelles, concours, etc.
- sites au Québec et à l'étranger

Organisme voué à la diffusion de l'architecture contemporaine, Zone architecture propose un site carrefour sur le sujet : nouvelles des concours nationaux et internationaux, expositions à voir sur le Web et autres liens utiles s'y trouvent. D'autres projets sont annoncés, dont un guide virtuel de l'architecture au Québec.

Arts de la scène : cirque, danse, théâtre

Ballet Dictionary (ABT)
www.abt.org/dictionary/
- techniques du ballet classique
- définitions accompagnées de séquences vidéo
- arabesques, entrechats et grand fouetté !

L'*American Ballet Theatre* propose un dictionnaire visuel des techniques du ballet classique, où chaque mouvement est illustré par un extrait vidéo. Ironie du sort : les définitions sont en anglais, mais les termes du métier sont pour la plupart français !

Dance Directory (Sapphire Swan)
www.SapphireSwan.com/dance/
- sites bien choisis
- du ballroom au tango
- en passant par la danse du ventre...

Une bonne adresse pour retracer des sites consacrés au ballet, mais aussi aux danses traditionnelles d'Écosse, de Grèce ou de Chine. Les sites francophones n'y sont pas représentés, mais les amateurs de flamenco, de samba ou de salsa y trouveront des points de départ intéressants.

La danse.com
www.ladanse.com/menu.htm
- ballet et chorégraphie
- actualité, sites à voir, etc.
- inclut un répertoire international

Un site français qui se veut un grand carrefour de la danse moderne et de la chorégraphie. L'agenda et les sections de nouvelles traitent surtout de l'actualité en France et ailleurs en Europe, mais le répertoire de liens est très complet.

La danse (Nancy Bergeron, ballerine)
pages.infinit.net/dounette/
- sur les pas d'une ballerine
- séquences vidéo des exercices à la barre !
- offre aussi un bon choix de liens

Découvrez l'univers du ballet classique à travers le regard et les expériences d'une jeune ballerine originaire du Québec. À consulter aussi, Sapphire Swan Dance Directory, sans doute le répertoire le plus complet dans ce domaine : écoles, concours, festivals, revues spécialisées. Vous risquez d'en sortir tout étourdi !

Le cirque du soleil
www.cirquedusoleil.com/fr/index.html
- très beau site
- spectacles, tournées, etc.
- regard sur les coulisses...

Le site (magnifique) du (magnifique) Cirque du (...) Soleil offre une information complète sur les spectacles en cours et à venir, mais aussi un parcours de l'histoire de la compagnie et des informations sur ses activités auprès des jeunes. À noter, le site est relié directement au réseau Admission pour l'achat de billets en ligne.

Marionnettes : le grand petit théâtre
www.aei.ca/~matou/marionnettes/grand/
- ainsi font, font, font...
- guignol et ses amis
- tout sur les marionnettes

La compagnie de théâtre Le Matou Noir offre un très beau site sur le monde merveilleux des marionnettes. Découvrez leur histoire sur les cinq continents, les grandes familles (à gaine, à fils, à tiges, géantes, en papier, etc.) et des renseignements sur la façon de les confectionner et de les manipuler.

Monde théâtre (répertoire)

www.magi.com/~dchartra/theat.htm

- sites du Québec et de la francophonie
- complet
- mises à jour fréquentes

Un répertoire bien conçu qui regroupe les sites des compagnies de théâtre au Canada et à travers le monde francophone. De plus, on y trouve des liens vers les serveurs consacrés aux festivals de théâtre et à l'improvisation, les écoles, conservatoires et regroupements professionnels, et enfin les collections de textes dramatiques.

Théâtrales

www.er.uqam.ca/nobel/c2545/theatral.html

- pour les étudiants et chercheurs avant tout
- références et glossaire pratique
- liens vers les collections de textes

Un site universitaire où le théâtre est avant tout un objet d'étude... Encore peu développé, le site offre toutefois des références utiles pour les étudiants, dont une bibliographie générale des études théâtrales et un glossaire.

Cinéma et multimédia

Alfred Hitchcock

hitchcock.alienor.fr/

- Hitchcock...
- et son cinéma
- superbe !

Un passionné rend hommage au maître du suspense. Ce site très complet vous entraînera à la découverte du réalisateur, de son œuvre, de ses actrices et de ses acteurs préférés. Les thèmes chers à Hitchcock sont tous là : des poursuites aux apparitions en passant par les escaliers et la musique. Vous pourrez même télécharger quelques extraits de films ou d'entrevues. Et c'est en français.

All-Movie Guide

allmovie.com/

- guide très complet
- États-Unis, France, Italie, Québec, etc.
- impressionnant

Ce guide américain recense plus de 130 000 films de tous les pays, avec tous les renseignements habituels, la cote obtenue et souvent un résumé de l'intrigue. Recherche par titre, réalisateur, acteur ou actrice. À noter, une traduction automatisée en français est désormais disponible. Comme l'admettent les éditeurs, c'est à la fois une bonne et une mauvaise nouvelle...

AlloCine

www1.allocine.fr/

- service français de réservation
- nouveaux films
- beau site

Un service avant tout pratique que celui d'AlloCiné, qui permet à nos cousins français de réserver par téléphone leurs places au cinéma. Mais le site offre aussi beaucoup d'information sur les nouveaux films à l'affiche, des reportages et des entrevues avec les vedettes de l'heure.

Boxoffice Magazine

www.boxoff.com/

- revue de cinéma
- tout sur vos « vedettes » *made in USA*
- 75 ans : bonne fête !

Consultation gratuite des principaux textes de ce magazine américain. Critiques, archives, mais aussi plusieurs liens vers les sites de l'industrie du cinéma. Les vedettes américaines sont évidemment à l'honneur.

Cinefil

www.cinefil.com/

- à l'affiche
- base de renseignements sur 3 000 titres
- France, Suisse et Belgique

Les sorties de la semaine et les films annoncés «prochainement», les Césars et les Oscars... bref, tout ce qu'on attend d'un site carrefour sur l'actualité du cinéma. À voir en particulier, la base de données qui permet de retracer rapidement des informations sur un film, un acteur ou une actrice française.

Cinemania Online (MSN)

Cinemania.msn.com/

- Microsoft, votre critique de cinéma...
- cinéma américain
- de tout pour tous

Rien d'original, mais évidemment beaucoup de matériel sur ce site lancé par Microsoft. Des critiques de films à l'affiche accompagnées d'extraits, des *scoops* sur les nouvelles productions d'Hollywood, des profils d'acteurs et d'actrices, etc. Bien léché.

Cinémathèque québécoise

www.cinematheque.qc.ca/

- programmation en salle
- collections pour la recherche
- pour les cinéphiles avertis!

L'information sur les collections documentaires est surtout destinée aux étudiants et aux chercheurs, mais la Cinémathèque est aussi un rendez-vous incontournable pour les cinéphiles. En général, les projections sont regroupées en «cycles» thématiques, mais la Cinémathèque s'inspire aussi des suggestions de sa clientèle.

DVD et cinéma maison

pages.infinit.net/dvdroi/index.html

- tout sur le nouveau format vidéo DVD
- nouveaux titres disponibles
- suggestions pour l'équipement

Un site entièrement consacré au cinéma maison et au format DVD. Les nouveaux films et jeux offerts sur le marché, l'information technique sur les formats offerts et l'équipement requis, tout y passe... Les jours de votre magnétoscope sont comptés!

Écran Noir

www.ecran-noir.com/

- «le ciné-zine de vos nuits blanches»
- contenus quotidiens et immenses archives
- impressionnant

Un mégasite québécois qui couvre très bien l'actualité, les nouvelles des milieux du cinéma et les nouveaux films à l'affiche. On trouve aussi sur le site des entrevues avec des réalisateurs, parfois agrémentées d'extraits audio, les derniers résultats au box-office et des chroniques quotidiennes.

Film and Media Related Web Sites in Canada

www.film.queensu.ca/Links.html

- industric canadienne
- producteurs, distributeurs, organismes, etc.
- de l'Université Queen's

Le département d'études cinématographiques de l'Université Queen's offre un répertoire très riche de l'industrie canadienne du film et des communications. Le classement est un peu trop rudimentaire, mais il s'agit quand même d'un bon point de départ pour les professionnels et les étudiants.

Film.com

www.film.com/

- un des plus grands sites américains
- s'intéresse aussi au cinéma étranger
- mise en scène raffinée

Mégasite américain du cinéma (une expression prédestinée...), Film.com impressionne par ses qualités visuelles et l'ampleur de ses contenus. Nouvelles de l'industrie, critiques des films à l'affiche, annonces et répertoires, tout pour rendre les cinéphiles heureux.

Hors Champ

www.horschamp.qc.ca/

- e-zine montréalais sur le cinéma
- critiques, opinions, polémiques
- assez sérieux merci

Savant et mordant, ce e-zine est rédigé par des auteurs montréalais qui ne manquent pas de vocabulaire ! Des réflexions sur les nouveaux films ou l'œuvre d'un réalisateur qui tiennent davantage de l'essai philosophique sur le cinéma, l'Art, le monde...

Internet Movie Database

www.imdb.com/

- excellent guide du cinéma mondial
- œuvre collective
- participez à l'évaluation des films

L'un des sites célèbres d'Internet, cette immense base de données sur les films et ses artisans est l'œuvre collective de milliers d'internautes passionnés par le septième art. Quant à la richesse de l'information et aux possibilités de recherche, c'est à la hauteur du All-Movies Guide. L'enthousiasme en plus.

L'Institut national de l'audiovisuel (INA)

www.ina.fr/

- patrimoine audiovisuel
- vitrine
- quelques photos et vidéos

Cet institut réputé est dépositaire du patrimoine audiovisuel français. Destiné aux chercheurs, le site offre cependant quelques sections qui peuvent intéresser les visiteurs, dont les archives de la Deuxième Guerre mondiale (extraits vidéos nécessitant le *plug-in* Vivo) et diverses photographies du fonds documentaire.

Le magazine Première

www.premiere.fr/

- cinéma
- des heures de navigation
- quelques extraits vidéo

Le magazine français *Première* s'est doté d'un site qui devrait plaire aux amateurs. Vous y trouverez des résumés de films et de courtes biographies des acteurs et des réalisateurs, mais aussi des textes d'humour et des nouvelles sur le milieu du cinéma. On y propose aussi un répertoire Cinéma (environ 150 sites sélectionnés).

Mediadome

www.mediadome.com/

- divertissement high-tech
- multimédia interactif
- une créature d'Intel

Si vous ne redoutez pas les longs délais de téléchargement, Mediadome propose des parcours interactifs dans l'univers d'un musicien, d'un groupe ou d'un film à succès (*Le Titanic*, par exemple). Une nouvelle forme de loisir aux frontières de la technologie actuelle... et de la patience ancestrale !

ONF Internet

www.nfb.ca/F/

- cinéma québécois et canadien
- base de données très complète
- Office national du Film (Canada)

Tout sur le cinéma québécois et canadien, et plus encore. Promenez-vous parmi les 9 000 titres de l'Office national du film, dont plus de 2 300 peuvent être visionnés à la CinéRobothèque de Montréal. On peut y faire des recherches par série, titre, comédien, auteur et réalisateur.

Communications graphiques, design

Art Crimes Graffitis
Art Crimes : The Writing on the Wall
- graffitis à leur meilleur
- site pas du tout anarchique !
- vaut le détour

Un site de ressources sur les graffitis plutôt bien rangé ! Comme plusieurs gribouillis sur les murs, le site est beau, mis à jour régulièrement et plein de contenu. Mais contrairement aux graffitis, il semble être là pour rester !

Communications arts
www.commarts.com/
- art graphique
- pour les professionnels
- bien fait

Très bonne référence pour les graphistes et designers : jobs, ressources sur le Net, services techniques, concours annuels, expositions. En prime, la liste des sujets abordés par la revue *CA Magazine* et un choix de lieux où aller pour potiner avec les collègues.

Les Médias, mémoire de l'humanité
www.malexism.com/medias/
- de la naissance des signes à Internet
- en passant par l'invention de l'imprimerie
- superbe

Auteur et informaticien, Marc-Alexis Morelle propose une histoire des médias, depuis les grottes de Lascaux et les premières écritures cunéiformes jusqu'à nos réseaux contemporains. Des textes courts et joliment illustrés, qu'on peut parcourir par thème ou selon l'ordre chronologique.

The Copyright Café
gaudi.va.purchase.edu/ccafe/
- modifiez l'œuvre du maître !
- ... mais surtout ne gâchez pas la sauce !
- l'art de démocratiser l'art...

L'art comme œuvre jamais achevée. Et vous pouvez y mettre du vôtre ! Par exemple, un artiste expose son œuvre, un autre la télécharge, la transforme et l'expose à nouveau... Vos cours de gouache à la maternelle vous seront d'un précieux secours !

Expositions, galeries et musées

Artcyclopedia : The Guide to Museum
artcyclopedia.com/
- recherche par artiste
- retrouvez des œuvres éparpillées sur le Web
- pratique

Bien des musées possèdent un site Web, mais il n'est pas toujours simple de retracer les œuvres d'un artiste donné. Qu'à cela ne tienne : choisissez un artiste et ce moteur de recherche vous retournera une liste des musées et autres sites qui exposent ses œuvres.

La Société des musées québécois

www.UQaM.ca/musees/

- liste des musées du Québec
- art, histoire et sciences
- recherche par région ou par thème

L'association propose son répertoire des musées, des observatoires et des centres d'interprétation du Québec. La liste est très complète et chaque entrée est accompagnée d'une fiche de renseignements. Lorsqu'une institution possède son propre site Web, un lien a aussi été ajouté. Simple et pratique.

Le Louvre, le musée d'Orsay et Versailles

www.smartweb.fr/fr/orsay/index.html

- visites virtuelles
- toutes les salles, toutes les œuvres
- et des vues panoramiques

Le mégasite Paris Guide propose un parcours virtuel «intégral» des musées d'Orsay, du Louvre et du château de Versailles. À partir d'un plan du musée, on peut visiter tour à tour chacune des salles où les œuvres sont exposées, mais aussi obtenir des vues panoramiques (360°). Un ensemble impressionnant et agréable à visiter.

Les femmes artistes au Canada

www.schoolnet.ca/collections/waic/

- artistes contemporaines
- de l'art textile au vitrail
- démarche des artistes

Issu d'une recherche commanditée par le gouvernement fédéral, ce site d'apparence un peu terne regroupe néanmoins 1 500 œuvres de 130 artistes femmes du Canada, et ce dans toutes les disciplines. On peut aussi y lire des textes où les artistes exposent leur démarche personnelle et leur conception de l'art.

Les musées du Vatican (Christus Rex)

www.christusrex.org/

- splendeurs du Vatican
- fresques, monuments et sculptures
- images d'une grande beauté

Christus Rex abrite un musée virtuel d'une richesse inouïe, avec des photographies exceptionnelles de la Cité du Vatican : ses monuments, places et sculptures, la Chapelle Sixtine ornée des fresques de Michel-Ange (300 images) et son célèbre et magnifique musée du Vatican (600 images, mon Père !).

Les musées Guggenheim

www.guggenheim.org/

- expositions des musées Guggenheim
- parcours des expositions
- peu d'images des musées eux-mêmes, dommage !

Visitez quelques-unes des expositions présentées par les musées Guggenheim de New York, Venise et Berlin, sans oublier le nouveau venu de Bilbao. Les thèmes vont de l'art africain à la peinture abstraite et à la sculpture minimaliste...

Musée de l'hermitage (Saint-Pétersbourg)

www.hermitage.ru/

- parcours des collections
- histoire du musée
- en anglais ou... en russe !

Inauguré en 1764 par Catherine II de Russie, ce célèbre musée a d'abord abrité les collections personnelles de la famille impériale. Enrichi constamment depuis lors, le musée possède aujourd'hui l'une des plus vastes collections d'art au monde. Art préhistorique, art oriental, peintres flamands et italiens... un très beau site.

Musée de San Francisco – ImageBase

www.thinker.org/imagebase/

- le plus grand musée virtuel
- 65 000 œuvres de tous les temps
- splendide et interminable

Le Musée de San Francisco offre présentement le plus grand musée virtuel d'Internet. Faites-y des recherches par époque, par pays, par artiste ou par style ; ou mieux, si vous lisez l'anglais, faites le tour guidé des collections : les choix proposés sont de toute beauté et les textes d'accompagnement ajoutent encore au plaisir des yeux.

Musée des beaux-arts de Montréal

www.mbam.qc.ca/sommaire.html

- tout sur le musée
- expos passées, présentes et futures
- visite virtuelle

Ce grand musée propose une visite virtuelle de certaines de ses salles ainsi que des informations sur les expositions présentes et futures. Un «petit plus» à signaler : les lundis, quand le musée est fermé (ou tous les jours en devenant cybercopain), les internautes ont la possibilité de s'offrir la visite d'une exposition thématique.

Musée des beaux-arts du Canada

national.gallery.ca/francais/index.html

- visite virtuelle de la collection
- aperçu de l'exposition courante
- agréable

Site bien réussi pour le musée national du Canada. On peut y faire le tour de la collection à partir d'un plan du musée. Dans les différentes salles, on retrouve des toiles des peintres du Groupe des Sept ou des tenants de l'abstraction à Montréal

dans les années 1950. Les tableaux choisis sont accompagnés de notes et parfois de commentaires enregistrés (RealAudio).

Musée du Louvre

mistral.culture.fr/louvre/

- bel aperçu des collections
- œuvres majeures de toutes les époques
- information sur les activités et boutique

Le site officiel du célèbre musée parisien propose une visite guidée des expositions (Antiquité, période médiévale, peinture classique, etc.), mais aussi des renseignements sur le palais lui-même, son histoire et les nouvelles salles du Grand Louvre.

Musée du Québec

www.mdq.org/

- bel aperçu des collections d'art
- visite virtuelle des salles du musée (format Quicktime)
- aussi un jeu interactif qui s'adresse aux jeunes

Un site Web remarquable pour cette institution de la vieille capitale. Toute l'information sur les expositions actuelles, mais aussi un aperçu bien garni et commenté des collections (des œuvres de Marc-Aurèle Fortin ou d'Alfred Laliberté par exemple). Le musée offre aussi une visite virtuelle de ses salles qui utilise la technologie Quicktime VR.

Museum of Modern Art (MOMA)

www.moma.org/

- site magnifique
- expositions sur le Web
- aperçu de toutes les collections

Un très beau site pour ce musée exceptionnel. Outre l'aperçu qu'il donne des collections (Matisse, Picasso, Pollock, Van Gogh, etc.), le musée déploie des «projets

Web » superbement montés : rétrospective Jasper Johns, nouvelles tendances du design néerlandais, vidéo expérimentale... Décidément, plus besoin d'aller à New York !

National Gallery of Art (Washington)

www.nga.gov/
- expositions courantes et collections
- projets spéciaux sur le Web
- site élégant

Ce musée de Washington présente un site raffiné où on retrouve toutes les informations habituelles sur les expositions actuelles et les collections. De plus, des sections spéciales ont été créées pour le Web, dont un parcours virtuel des toiles de Van Gogh que possède la National Gallery.

National Museum of American Art

www.nmaa.si.edu/
- musée interactif
- très bien rodé
- une foule d'expositions thématiques

Wow ! Enfin un site superinteractif ! Avec ses messages sonores et vidéo ainsi que la présentation d'un millier d'œuvres, c'est l'endroit idéal pour découvrir la peinture et la sculpture contemporaines des États-Unis.

Répertoire des musées (Virtual Library)

www.chin.gc.ca/vlmp/
- la référence, comme d'habitude
- pas très joli mais très complet
- section canadienne en français

Comme d'habitude, la Virtual Library n'oublie pas grand-chose. Et comme d'habitude, la présentation est bien piètre ! Mais, pour une fois, les francophones y sont choyés : la page des musées canadiens est en effet disponible en français.

Trésors de l'art mondial

sgwww.epfl.ch/BERGER/index_francais.html
- trésors culturels de l'humanité
- Europe, Égypte, Japon, Chine...
- visite superbe d'un temple égyptien

Puisant à même les archives photographiques et les textes de l'essayiste Jacques-Edouard Berger, le Musée des arts décoratifs de Lausanne a constitué ce site voué tout entier « à la découverte et à l'amour de l'art ». Quinze parcours sont proposés dont l'exploration du temple égyptien d'Abydos, une merveille où vous attendent Isis et Osiris...

Histoire de l'art

Art History Ressources on the Web

witcombe.bcpw.sbc.edu/ARTHLinks.html
- excellent
- de l'art étrusque...
- à l'art étrange !

Un autre très bon point de départ, qui a l'avantage de regrouper les ressources par période, depuis l'art préhistorique et l'art de l'Antiquité jusqu'au XXe siècle. Le site comporte aussi un répertoire des musées sur le Web offrant des liens directs vers les collections particulières.

Art History (Virtual Library)

www.hart.bbk.ac.uk/VirtualLibrary.html
- histoire de l'Art
- intelligent et complet
- visuellement nul, mais d'accès rapide

Un autre répertoire incontournable de la Virtual Library, cette fois-ci sur le thème de l'histoire de l'Art. Le site est de présentation très simple, mais offre un large éventail de ressources : écoles, musées et expositions, forums, sites et répertoires spécialisés.

Signets en histoire de l'art

www.er.uqam.ca/nobel/r14310/
Signets/cadre.html

- point de départ pour la recherche
- sites répertoriés par un prof de l'UQAM
- mises à jour périodiques

Une base de signets créée en 1997 et mise à jour depuis lors par Robert Derome, professeur au Département d'histoire de l'art de l'UQAM. Le nombre d'adresses recensées varie d'une section à l'autre, mais l'ensemble est très bien documenté et organisé de façon logique : périodes, médiums, lieux, artistes, institutions, etc.

Livres et littérature

A à Z Guide de la bonne lecture

www.cam.org/~verros/guide.html

- livres critiqués par les internautes
- classement par auteur ou par genre
- choix de 250 liens littéraires

Un forum du livre bien conçu et mis à jour par la Québécoise Karine Villeneuve. Les visiteurs peuvent à leur guise y ajouter leurs critiques de romans ou d'essais qu'ils ont lus, ou simplement lire les opinions déjà archivées. Un livre vous tente ? Un lien direct vous conduira sur le site d'un libraire en ligne.

À la découverte de Tintin

www.tintin.qc.ca/

- Tintin sous toutes ses coutures
- toutes les insultes du Capitaine
- site superbe avec beaucoup d'illustrations

Créé par le Québécois Nicolas Sabourin, ce site est devenu une référence pour tous les amateurs du célèbre personnage de Hergé. On y trouve une multitude de renseignements sur Tintin et sa famille, les albums, les films, les événements « tintinesques » à venir et enfin un répertoire des sites consacrés à ce classique de la BD.

BD Paradisio

www.bdparadisio.com/

- paradis de la bande dessinée
- contenu très riche
- excellent répertoire de liens

Un site d'informations très riche, où l'on retrouve des biographies de près de 1 000 auteurs et dessinateurs, et de nombreux dossiers spéciaux (sur les 30 ans de Corto Maltese, par exemple). Le répertoire est excellent : on y recense des centaines de sites bien classés et tous commentés.

BD Québec

pages.infinit.net/bdquebec/

- actualité de la bande dessinée au Québec
- auteurs, personnages, fanzines...
- liens

Une équipe de passionnés anime ce site carrefour de la BD au Québec. L'actualité est suivie de près (les lancements, les albums, etc.) mais on y trouve aussi des infos sur les fanzines publiés au Québec, les forums et autres sites Web. Dans la galerie des auteurs, des portraits des bédéistes d'ici, Jean-Paul Eid, Serge Gaboury et autres fous furieux...

Chapitre un (Libération)

www.liberation.fr/chapitre/index.html

- premier chapitre des nouveaux livres
- aussi les critiques du journal *Libération*
- excellent

Un site d'actualité littéraire innovateur offert par le quotidien français *Libération*. Chaque semaine, on y retrouve les critiques et les choix de la rédaction, mais aussi – en texte intégral – le premier chapitre de quelques livres nouveaux. L'idéal pour se faire une bonne idée des nouveaux titres en librairie.

Children's Literature Web Guide
www.ucalgary.ca/~dkbrown/index.html
- guide complet et bien présenté
- universitaire mais accessible
- uniquement en anglais

Un carrefour d'information très bien conçu pour tout ce qui concerne la littérature anglophone pour enfants et adolescents. On y trouve d'excellentes listes de ressources pour les parents, les enseignants, les auteurs, et bien sûr les jeunes. Le guide est mis à jour régulièrement par un bibliothécaire (Université de Calgary).

ClicNet : sites littéraires en français
www.swarthmore.edu/Humanities/ clicnet/litterature/litterature.html
- index très complet
- le meilleur de ClicNet
- textes inédits

Le répertoire francophone de l'universitaire américaine Carole Netter recense à peu près tous les sites francophones dignes d'intérêt. Le site diffuse aussi des textes littéraires inédits (Roland Barthes, Marguerite Duras, Leïla Sebbar, etc.). À voir absolument.

Contes à lire
www.chez.com/feeclochette/contes.htm
- contes d'ici et d'ailleurs
- une trentaine d'histoires
- pour l'heure du coucher

Site idéal pour lire des contes célèbres, comme ceux des frères Grimm ou de Charles Perrault, mais aussi des contes moins connus, et d'autres carrément inédits, puisqu'ils vous sont offerts par la fée Clo7 (la Webmestre du site) ou d'autres internautes.

Contes pour tous
www.cam.org/~geln157/contes/ contes.html
- original et joliment illustré
- contes pour les enfants...
- ... de 3 à 120 ans

Normand Gélinas, auteur de livres pour enfants, propose aussi des contes sur le Web, six histoires originales à dévorer dès 3 ans ! Bien écrits et joliment illustrés, ces contes sont pleins de surprises... Faites plaisir à vos petits !

CyberNamida
namida.animanga.com/index.html
- mangas
- LE site de référence
- mise en scène superbe

CyberNamida est un webzine encyclopédique consacré à l'art du manga, à l'animation japonaise et à la culture populaire asiatique. Le site est organisé autour d'univers dédiés aux différents personnages et à leurs créateurs. Beaucoup d'information et de passion, mais surtout un site magnifique qui vaut le coup d'œil.

Inkspot : Writers' Resources On The Web
www.inkspot.com/
- ressources pour écrivains
- par type de rédaction
- aussi pour parler de son vécu !

Un site où peuvent se «ressourcer» les écrivains de tout acabit. Auteurs de fiction, journalistes, rédacteurs scientifiques ou économiques, toute une série de guides et de liens pertinents vous sont proposés. Le site offre aussi de nombreux forums de discussion et des nouvelles de l'actualité américaine.

Je me souviens...
de la poésie québécoise
www.multimania.com/poetesse/souvreine/

- belle sélection de poèmes québécois
- *L'Ode au Saint-Laurent,*
  le Vaisseau d'Or...
- poètes reconnus et de la relève

Ce site personnel de Sophie Lemay propose une anthologie de la poésie québécoise depuis ses débuts, qu'on peut consulter par époque, par auteur ou par genre (poèmes d'enfants, poèmes d'amour ou poésie souverainiste). La présentation est simple, mais sympatique, et la webmestre offre aussi une sélection de liens.

L'ÎLE : Centre de documentation sur la littérature (Québec)
www.litterature.org/

- tout sur les écrivains du Québec
- biographies, œuvres, revues de presse
- certains services sont réservés
  aux abonnés

Un vaste projet documentaire sur la littérature et les auteurs du Québec, l'ÎLE présente des biographies, bibliographies et photos de quelque 500 écrivaines et écrivains. Également disponible depuis mars 1999, la phase II permet l'accès à quelque 100 000 pages de documents archivés (entrevues, critiques, etc.) mais ceci sur abonnement seulement.

Le Club des poètes
www.franceweb.fr/poesie/index.html

- l'actualité éternelle de la poésie
- poètes de France et du monde entier
- joliment illustré

Fondé en 1961, Le Club des Poètes, à Paris, a reçu la visite de poètes aussi prestigieux que Pablo Neruda ou Octavio Paz. Un « lieu mythique » de la poésie, donc,... et un site incontournable pour tous les amoureux de la poésie. Mise en pages agréable, des entrées claires et une place de choix réservée aux poètes du monde entier.

Les fables de La Fontaine
w3.teaser.fr/~jrvidaud/laf/lafon.htm

- toutes les fables de Maître Jean
- résultat de vacances studieuses
- beaucoup plus sérieux
  qu'on ne le pense...

Un père aide ses enfants à créer un site sur les fables de La Fontaine. Il n'est remis à jour que pendant les vacances mais les 12 livres de fables sont tous là : *Le Corbeau et le Renard, le Lièvre et la Tortue* et 200 autres fables. Une initiative qui, selon Maître Corbeau, mérite bien un fromage !

Littérature québécoise (CyberScol)
Felix.CyberScol.qc.ca/LQ/

- écrivains québécois
- notices très complètes
- un des sites du projet CyberScol

Une mine de renseignements sur la littérature québécoise. La section Auteurs offre des biographies d'écrivains du Québec avec un résumé de leurs principales œuvres et des liens vers d'autres articles ou sites Web reliés. Les sections Recherche et Pédagogie sont aussi très riches et le site est mis à jour régulièrement.

Muse : les ressources en poésie francophone

muse.base.org/

- le Yahoo ! de la poésie francophone
- toutes les ressources commentées
- mais ça manque un peu de poésie...

Un répertoire très soigné des sites Web reliés à la poésie française et francophone. Le classement manque un peu de fantaisie (il est trop prosaïque, devrait-on dire ?) mais il permet de s'y retrouver rapidement parmi une collection impressionnante de signets : poésie personnelle, textes du domaine public, revues littéraires, forums, listes, etc.

Pages françaises de science-fiction

sf.emse.fr/

- la science-fiction en français
- beaucoup de matériel
- Internet, c'est de la science-fiction d'ailleurs !

Au début des années 1970 , le premier groupe de discussion sur le réseau qui allait devenir l'Internet traitait... de science-fiction. Dans le domaine français, ce site personnel est probablement la meilleure rampe de lancement.

Poésie française : anthologie

www.webnet.fr/poesie/

- 1 700 poèmes français
- de Malherbe à Rimbaud (France)
- et de Crémazie à Nelligan (Québec)

Les poètes du XXᵉ siècle n'y sont malheureusement pas, mais cette collection est bien garnie pour toutes les autres époques, des auteurs classiques aux romantiques et aux symbolistes. Dans certains cas, les textes sont accompagnés d'un enregistrement d'une lecture à haute voix. À signaler, le site offre aussi un espace de création interactive.

Polar Web

www.multimania.com/polar/

- romans policiers
- textes, liens et une montagne d'infos
- quel polar devrais-je emporter à la plage ?

La page du polar, à l'usage des fanatiques de ce genre littéraire. On y trouve une multitude d'informations sur les romans policiers, des liens vers d'autres sites qui s'y consacrent, des nouvelles et des entrevues, et même une galerie de portraits des auteurs à succès.

République Internationale des Lettres

www.republique-des-lettres.com/

- grand journal littéraire
- critiques archivées et liens choisis
- plus de 300 collaborateurs du monde entier

Mensuel d'informations culturelles, de débats et de critique littéraire, fondé à Paris en 1994. Le site permet de consulter gratuitement les archives, soit une base de données de plus de 1 500 articles indexés. On y trouve aussi un guide des sites Web littéraires francophones, ainsi qu'une librairie en ligne.

Zazie Web

www.zazieweb.com/

- bon répertoire de sites littéraires
- présentation sophistiquée
- du style et du contenu !

Un site original, éclaté, qui fourmille de contenus. Le répertoire du Web littéraire attire particulièrement, mais les sélections de nouveautés sont aussi à voir. En complément, l'auteur offre un agenda des manifestations à venir dans les secteurs du livre et du multimédia.

Métiers d'arts, artisanat

Conseil des Métiers d'Art du Québec (CMAQ)

www.metiers-d-art.qc.ca/

- industrie des métiers d'art au Québec
- répertoires des artisans, des boutiques, etc.
- information sur le Salon annuel

Un site d'apparence un peu rudimentaire, mais qui comporte beaucoup d'informations utiles sur les métiers d'arts au Québec. Les répertoires d'artisans, de boutiques et de galeries sont accompagnés d'illustrations de quelques œuvres sélectionnées.

Économusées : les savoir-faire traditionnels

www.economusees.com/

- forge, imprimerie, tissage, vitrail...
- des artisans ouvrent les portes de leurs ateliers
- dans toutes les régions du Québec

Concept innovateur, le réseau des Économusées compte 24 établissements au Québec et quelques autres dans les provinces maritimes. Faisant revivre le patrimoine des savoir-faire traditionnels, les Économusées sont ouverts au public et certains d'entre eux possèdent aussi un site Web éducatif.

FM4 : Furniture : Meubles : Mobili : Muebles : Möbel

www.iserv.net/~plucas/

- meubles
- industrie, histoire, design
- point de départ américain

Ce répertoire est l'œuvre d'un spécialiste américain du meuble, mais il offre aussi quelques liens vers des sites en France, au Canada et ailleurs. Réalisé avec soin, le site propose des sections sur l'industrie (associations, entreprises, etc.), l'histoire (musées, expositions) et enfin des pages consacrées aux designers célèbres.

Gemmail, art de lumière

www.gemmail.com/frmenu1.htm

- verre, lumière et couleur
- œuvres de Picasso, de Braque, de Cocteau
- « un nouveau visage de la beauté »

Découvrez l'art du gemmail sur ce site de l'atelier Malherbe où les premiers artisans s'appelaient Picasso, Braque ou Van Dongen... De l'information aussi sur les musées du gemmail, les expositions à travers le monde et les concours.

Musique

Addicted to Noise

www.addict.com/ATN/

- magazine rock en ligne
- du nouveau tous les jours
- actualité du rock

Le contenu est riche, la présentation éclatée, et on peut fouiller dans les archives à volonté. Des entrevues, des nouvelles, des recensions et une collection impressionnante d'extraits sonores. On peut même commander ses CD par le biais d'ATN.

Audiogram

www.audiogram.com/

- artistes sous étiquette Audiogram
- dizaines d'échantillons sonores et vidéo
- nouveaux albums, spectacles annoncés, etc.

Le site de la compagnie de disques Audiogram fera le bonheur des fans des Paul Piché, Beau Dommage, Daniel Bélanger et consorts. Dans un décor très sophistiqué et soigné, le site vous en mettra plein la vue... et les oreilles, grâce à des extraits téléchargeables vidéo (format AVI) et audio (RealAudio).

Billboard Online
www.billboard.com/
- site Web du magazine *Billboard*
- tout sur la scène musicale américaine
- pop, rock, country, etc.

Un site de gros calibre pour ce magazine professionnel, qui plaira aussi à tous les passionnés de musique. Des nouvelles de l'industrie et des artistes qui font la manchette, les meilleurs vendeurs, les nouveaux albums, etc.

Chansons françaises et francophones
www.math.umn.edu/~foursov/ chansons/
- collection personnelle
- environ 1 500 textes répertoriés jusqu'à ce jour
- litigieux...

Dans la catégorie des sites personnels qui naissent, déménagent et disparaissent, les archives des paroles de chansons n'ont pas leurs pareilles... Et comme le reconnaît lui-même l'auteur de cette compilation, son site n'est pas totalement à l'abri des poursuites.

Chant choral : la base de données Musica
www.MusicaNet.org/
- projet de grande envergure
- fonds documentaire sur la musique chorale
- et quelques liens vers des sites du domaine

Une base de données du répertoire choral s'adressant aux écoles de musique et aux choristes, mais aussi une référence pour les amateurs. On y compte plus de 60 000 fiches qu'il est possible d'interroger par mot clé, par auteur ou par titre. Mais attention : vous devez disposer d'un navigateur compatible Java pour voir les fiches détaillées.

Chant grégorien
www.music.princeton.edu/chant_html/
- répertoire exhaustif des ressources
- de l'Université Princeton
- beaucoup d'information spécialisée

Un point de départ réputé pour tout ce qui a trait au chant grégorien sur Internet. Bien plus encore : musicologie, études ecclésiales, liturgie, bref tout un ensemble de domaines très pointus. Du côté musical, on trouve des liens vers les bases de données, sites d'information et calendriers du chant.

Classical Net
www.classical.net/
- répertoire des sites de musique classique
- site personnel de grande envergure
- suggestions pour une discothèque de base

Plus de 2 500 liens sont regroupés dans ce répertoire, sans commentaires, mais classés avec soin. Les pages des grands orchestres et des petits ensembles, les sites dédiés à Beethoven, à Chopin ou à Prokofiev, la musique ancienne, les festivals et les concours, tout y est !

Cybermusique
www.cybermusique.com/
- webzine réalisé à Montréal
- chanson francophone : palmarès de la radio

• annuaire de l'industrie musicale
  au Québec

Une vitrine pour ses concepteurs, Cyber-musique n'en offre pas moins un répertoire utile de l'industrie (adresses postales et Internet), des chroniques sur des sujets divers et le Top 10 hebdomadaire de CKOI, CKMF et CITE. À voir aussi, dans la section « coffre à outils », les logiciels de composition et d'édition musicale.

Espace MP3

www.mp3france.com/
  • tout sur le format
    de compression audio
  • site de référence français
  • liens vers les principales collections

Un point de départ complet pour découvrir le format MP3, les logiciels pour la lecture ou la compression, enfin tout ce qu'il faut savoir pour télécharger ou créer ses propres fichiers musicaux. Il existe de nombreuses collections de MP3 sur le Net : vous trouverez ici tous les liens appropriés.

Folk Music.org

www.folkmusic.org/
  • carrefour du folk
  • sites des artistes,
    concerts annoncés, etc.
  • site prometteur

Un site de référence pour s'y retrouver dans la musique folk anglophone. Certaines sections du site sont à l'état de projet, mais le répertoire des artistes est bien garni. De là, on peut rejoindre des sites consacrés à Leonard Cohen, Bob Dylan ou Suzanne Vega. Couvre aussi les nouveaux albums et les spectacles annoncés.

International Lyrics Server

www.lyrics.ch/
  • paroles de chansons
  • anglophones et francophones
  • plus de 100 000 textes archivés

Un serveur célèbre, mais depuis quelque temps en pleine mutation... *because* les droits d'auteur. L'accès aux textes devrait être rétabli sous peu, toutefois on peut parier que c'en est fini de la gratuité intégrale. Pour l'instant, le site demeure utile pour vérifier sur quel album figure une chanson et des liens conduisent aussi directement au magasin en ligne CD Now.

Introduction au protocole MIDI

www.cegep-st-laurent.qc.ca/recher/
midi/notes.htm
  • tout sur le format MIDI
  • ce qu'il faut savoir pour se monter
    un studio
  • les bonnes adresses sur le Web

Professeur au Cégep Saint-Laurent, Jean-Louis Van Veeren offre ses notes de cours sur les systèmes MIDI. Il ne s'agit pas d'un traité de musique électroacoustique ; par contre, on y trouve une bonne base d'information technique sur la quincaillerie MIDI, le câblage des systèmes et les types de logiciels offerts.

Jazz en France : artistes de jazz

www.jazzfrance.com/fr/
  • carrefour du jazz en France
  • répertoire de sites classés
    par instrument
  • nouveautés, concerts annoncés, etc.

Un grand carrefour du jazz en France, qui offre aussi un répertoire des sites reliés aux musiciens de jazz du monde entier. Pour les plus connus, la liste inclut non seulement les sites officiels et autres, mais aussi les articles ou forums qui leur sont consacrés. Une lacune : les sites des musiciens et des groupes du Québec n'y sont pas.

L'Atelier du chanteur

www.multimania.com/chant/index.htm

- référence pour les chanteurs et choristes
- tout sur la technique du chant classique
- exercices physiques et vocaux

Que vous soyez chanteur, étudiant ou membre d'une chorale, vous trouverez ici des outils et des idées pour perfectionner votre art ou soigner votre «instrument». Très complet (technique vocale, glossaire, liens choisis), ce site est réalisé par un professeur de chant qui offre aussi des cours privés, mais uniquement à Paris!

La chanson du Québec et ses cousines

www.Mlink.NET/~49e/chanson/chanson/

- site de référence sur la chanson au Québec
- beaucoup de contenus
- histoire, biographies, forums de discussion, etc.

Un tour guidé des grands bâtisseurs de la chanson québécoise réalisé avec tact et finesse. On y trouve des biographies, des chroniques, une histoire de la chanson au Québec, le tout agrémenté d'échantillons sonores. Des textes courts et bien ficelés.

La Scena: guide de la musique classique

www.scena.org/

- mensuel de la musique classique au Canada
- édition courante et archives complètes
- articles, entrevues, calendrier, etc.

Ce magazine bilingue suit de près l'actualité des concerts classiques à Montréal et dans les grandes villes canadiennes. On peut y lire des articles sur Cecilia Bartoli ou Marc-André Hamelin,

consulter le calendrier des événements du mois ou retracer, dans la revue de presse, les «échos» de la critique...

Le Discophile Virtuel

discophile.qc.ca/

- point de départ en musique classique
- enregistrements commentés
- liens pour acheter vos CD en ligne

L'œuvre d'un passionné de longue date, ce site offre un magistral tour d'horizon du répertoire «central» de la musique classique, avec des commentaires détaillés sur les meilleurs enregistrements disponibles. À voir aussi, le répertoire de liens: orchestres, opéras, éditeurs, boutiques en ligne, etc.

Le Son Instrumental

sol.ircam.fr/instruments/

- instruments de l'orchestre
- description, photos, base de données sonores
- format RealAudio

Un très beau site réalisé par le Studio en ligne de l'Ircam. Pour chaque instrument (à ce jour une douzaine: la clarinette, la flûte, le violon, etc.), on y retrouve quelques remarques sur son histoire et la technique de jeu, des photos des différents modèles et, surtout, des échantillons acoustiques et un choix d'œuvres à écouter.

Les instruments de musique

pages.infinit.net/yvan/eleve/index/

- site d'un prof de musique
- nombreuses illustrations
- et liens pour en savoir plus

Belle réussite d'un enseignant québécois, ce site offre une description de chaque instrument ainsi que des notes sur son fonctionnement et son histoire, et des liens pour en savoir davantage. Idéal pour se familiariser avec le tuba ou la flûte à bec, mais également avec des instruments inusités, anciens ou « exotiques ».

Les Métiers du Classique

www.metiers-du-classique.com/
- nouveau magazine
- dossiers sur la musique classique
- excellent répertoire de sites Web

Un webzine français de belle facture et auquel les amateurs peuvent aussi collaborer. Offre un excellent répertoire de liens : magazines, orchestres, partitions, etc. Pour les instruments, une page est dédiée à chaque grande famille.

MIDI Resources (Harmony Central)

www.harmony-central.com/MIDI/
- tout sur les fichiers MIDI
- documentation et liens vers les sites d'archives
- logiciels, collections, projets, etc.

La norme MIDI est incontournable pour quiconque s'intéresse à la musique et à l'informatique, et dans ce domaine, Internet se révèle une véritable mine d'or. Plusieurs bons répertoires couvrent le sujet, comme ceux-ci, MidiWeb, Midi-World, etc. Pour retracer des sites francophones du domaine, toutefois, il vaut mieux passer par un répertoire comme La Toile du Québec ou Nomade.

Mondomix – musiques du monde

www.mondomix.org/
- World Beat vu de Paris
- découvertes, entrevues, festivals, etc.
- extraits des albums et radio en continu

Un webzine aux couleurs des tropiques, Mondomix plaira aux amateurs de Lhasa de Sela, Rachid Taha ou Cætano Veloso. La musique et les rythmes « World » sont à l'honneur sur ce site (extraits des albums, radio en continu) ; pour vous initier, voyez la section découverte et les biographies d'artistes (avec des liens).

Musique classique (Michel Baron)

pages.infinit.net/baron/
- point de départ québécois
- excellente sélection de sites, bien classés
- mises à jour fréquentes

Professeur au conservatoire de Chicoutimi, Michel Baron offre un site très bien documenté. Outre le répertoire de liens musicaux, on y trouve une manne d'informations sur l'enseignement, la composition et l'écriture musicale.

Musique Plus

www.musiqueplus.com/cadres/
- infos sur la station, l'horaire, les concerts, etc.
- graphisme et illustrations magnifiques
- des clips vidéo (format Quicktime)

Musique Plus s'est offert un site impressionnant et innovateur. En plus de l'information sur la station, les émissions et l'actualité sur la scène musicale, on a par exemple installé une caméra dans le studio d'enregistrement (système intracam) qui retransmet ses images en direct sur le site Web.

Operabase

operabase.com/fr/
- grand carrefour de l'opéra
- festivals, programmes, sites Web, etc.
- site offert en plusieurs langues

Une base de données internationale de l'opéra. Pour retracer rapidement le programme de l'Opéra de Montréal ou de Milan, la date des concerts et la liste des interprètes. Dans certains cas, des notices permettent d'en apprendre davantage sur les œuvres et les interprètes.

Orchestras with Web Pages

www.nzso.co.nz/orch.html
- orchestres symphoniques
- sans commentaire mais complet
- classement par pays

Une simple liste, mais complète, des sites Web d'orchestres de musique classique à travers le monde. Et un beau détour pour la navigation : il s'agit d'une page tirée du site Web de l'orchestre symphonique de Nouvelle-Zélande !

Rollingstone.com

www.rollingstone.com/
- le bon vieux magazine du rock
- ... qui en met plein la vue
- contenu multimédia

Un très beau site que celui du magazine *Rollingstone*, mais évidemment il faut s'armer de patience pour le consulter... Au programme : l'actualité du rock, des reportages sur les groupes de l'heure et des extraits, mais aussi toute une ribambelle de sections spéciales et des archives complètes. Préparez vos *plug-in*...

Sonances – musique du XXᵉ siècle

www.sonances.qc.ca/index.html
- pas de musique populaire ici...
- les « classiques » du XXᵉ siècle
- pour amateurs sérieux seulement !

Passionnés de Bartók et de John Cage, vous êtes ici chez vous ! Les éditions Sonances offrent en effet un site de référence sur la musique actuelle ou « nouvelle ». La base de données des compositeurs est reliée aux sites qui leur sont dédiés et, de plus, on

trouve un répertoire complet des périodiques publiés dans ce domaine.

Sur les sentiers du blues

pages.infinit.net/mchamp/
- introduction au blues
- histoire, artistes actuels, recommandations
- site personnel d'un passionné

Un site intéressant et agréable à parcourir : portraits des artistes, conseils pour débutants, section sur le blues au Québec, etc. À signaler, la section des liens offre une liste d'émissions de blues et de spectacles enregistrés disponibles en format RealAudio.

The Jazz Central Station

jazzcentralstation.com/
- carrefour américain du jazz
- surenchère d'éléments graphiques
- de tout, mais plutôt commercial...

Un site proposé par CDNow et Music-Boulevard, c'est-à-dire des entreprises qui ont tout intérêt à vous faire aimer le jazz ! Évidemment les critiques féroces n'y sont pas légion, mais on trouve pas mal de matériel intéressant sur le site, des entrevues avec les célébrités de l'heure, des extraits en RealAudio, etc.

The Jazz Web

www.nwu.edu/WNUR/jazz/
- répertoire et information de base
- incomplet, mais réserve des surprises
- à voir en particulier : les radios sur le Web

Ce site sans prétention mis sur pied par un prof de l'Université North Western recense les sites Web consacrés au jazz et explique relativement bien les influences exercées sur le jazz au fil des ans. La mise à jour laisse à désirer, mais le site demeure un bon point de départ.

The Ultimate Band List

www.ubl.com/

- tous les groupes rock... ou presque
- excellent répertoire
- puissant engin de recherche

Les recherches par mot clé dans ce répertoire vous élèveront au septième ciel. On y trouve de tout : discographie, liens vers les sites les plus pertinents, références, biographies. Limité aux artistes anglophones, mais indispensable.

Underground Music Archives

www.iuma.com/

- « classique » de la musique alternative
- *top ten* des internautes
- vaut le détour
- échantillons sonores en quantité

La Mecque des groupes rock alternatifs, avec des mégaoctets d'échantillons sonores, une liste impressionnante de magazines rock et des centaines de liens pertinents.

Virtual Lyrics Library

www.swbv.uni-konstanz.de/links/ lyrics.html

- chansons, lieder, opéras
- répertoire international
- impressionnant

Une simple liste, mais bien faite, des multiples collections de paroles de chansons, de lieder allemands ou d'opéras italiens qu'on retrouve dans Internet. Des liens vers les ressources principales, comme l'International Lyrics Server, mais aussi vers des archives spécialisées en chansons françaises ou québécoises, rock, reggæ, etc.

Wall of Sound Top 100 Albums

wallofsound.go.com/features/stories/ top_100_albums/

- incontournables de la musique populaire
- années 1960 à 1990
- 25 000 internautes peuvent-ils se tromper ?

Les 100 albums rock les plus importants des 40 dernières années, un palmarès établi à partir d'un sondage monstre auquel plus de 25 000 internautes américains ont répondu. Évidemment, ce genre de liste porte toujours à controverse... mais c'est l'idée !

Worldwide Internet Music Resources

www.music.indiana.edu/ music_resources/

- répertoire imposant
- d'une école de musique américaine
- bon classement des ressources

Un point de départ qui ratisse large, de la musique classique au rock alternatif et aux « musiques du monde ». On peut y retrouver des sites classés par compositeurs ou par genre musical, ou encore par type d'information : magazines spécialisés, sites d'orchestres, etc.

Yahoo ! : music : artists

www.yahoo.com/entertainment/ music/artists/

- bottin (mondial) des artistes !
- Maria Callas et Céline Dion sur la même page...
- recherche par nom, genre, instrument, etc.

Pour mettre la main sur l'adresse de votre groupe préféré, Yahoo ! offre une gamme étendue de classements permettant de retrouver les artistes présents sur le Web, des Dead Kennedys à l'Orchestre symphonique de Montréal. On s'aperçoit vite que les musiciens sont bien branchés (surtout les guitaristes !).

Peinture, arts visuels |

1 000 enluminures (Le roi Charles V et son temps – BNF)

www.bnf.fr/enluminures/accueil.htm

- art français du XIVᵉ siècle
- collection d'enluminures
- ouvrez grands les yeux

La Bibliothèque nationale de France présente 1 000 enluminures du Département des manuscrits, couvrant la période de 1338 à 1380. Ces illustrations magnifiques sont très bien classées par thème. Un régal pour l'œil et pour l'esprit.

Arts visuels Actuels

www.ava.qc.ca/

- carrefour des arts visuels au Québec
- répertoires, calendrier, etc.
- très «art», très «visuel», très actuel...

Professeur à l'Université Laval, Richard Ste-Marie offre un point de départ bien conçu pour la recherche ou le surf en arts visuels. Répertoires des sites d'artistes, des galeries, des musées et des centres de création; calendrier des expositions, des colloques et des conférences, tout pour vous tenir à la fine pointe des arts!

Carol Gerten's Fine Art (CGFA)

sunsite.unc.edu/cjackson/

- musée virtuel
- 6 000 œuvres digitalisées
- biographies d'artistes

Dans Internet, quelques-unes des meilleures collections «privées» d'œuvres d'art ont atteint une telle envergure qu'elles rivalisent avec les musées! Le site de Carol Gerten offre plus de 6 000 œuvres à voir, de la peinture médiévale aux surréalistes, en passant bien sûr par les grands maîtres flamands et les impressionnistes.

Frida Kahlo et Diego Rivera

www.cascade.net/kahlo.html

- Kahlo et Rivera : maîtres du XXᵉ siècle
- expositions splendides
- le Mexique en deux génies

Deux superbes expositions des toiles de Frida Kahlo et Diego Rivera, sans doute le couple d'artistes le plus célèbre du siècle, à l'égal de Jean-Paul Sartre et de Simone de Beauvoir. Sur ces deux pages, 1 000 images : depuis les fresques immenses du Mexique par Rivera jusqu'aux saisissants autoportraits de Frida.

Jim's Fine Art Collection

www2.iinet.com/art/

- 4 500 œuvres digitalisées
- grand format
- peinture depuis le XIVᵉ siècle

Une collection impressionnante due à l'Américain James Grattan. Des œuvres des grands maîtres italiens, flamands, français et autres, de Jerome Bosch (60 toiles numérisées) à Paul Cézanne (116), en passant par Léonard de Vinci et Rembrandt. Des reproductions de grand format et de haute résolution, mais par contre aucune information sur les artistes.

La grande Galerie

www.qbc.clic.net/~lefebvre/pinceaux.html

- tout sur la peinture
- ressources pour les artistes peintres
- sélection de liens... artistiques

Ce carrefour a été créé à l'intention des artistes peintres. Vous y trouverez une quantité impressionnante d'informations et de références sur les galeries d'art, les diffuseurs, les écoles, les forums de discussion ou les autres sites consacrés à la peinture.

Le Siècle des Lumières

mistral.culture.fr/lumiere/documents/musee_virtuel.html

- peintres français du XVIIIe siècle
- œuvres choisies et notes historiques
- rois de France en prime

L'exposition « Le siècle des lumières dans la peinture des musées de France » présente des toiles d'une centaine d'artistes français du XVIIIe siècle, accompagnées de notes biographiques et historiques. David, Fragonard, Watteau... Sur le site, on trouve aussi l'histoire et la généalogie des rois de France. Chouette, alors.

Le WebMuseum

sunsite.unc.edu/wm/

- grand musée virtuel de la peinture
- textes d'introduction et biographies
- toiles de toutes les époques

Il y manque désormais Picasso, mais les collections du WebMuseum demeurent incontournables, depuis Vermeer et Botticelli jusqu'à Matisse et Kandinski. L'adresse choisie est celle de l'Université de Caroline du Nord, mais plusieurs serveurs hébergent la collection.

Modern Masterworks

hyperion.advanced.org/17142/

- tour d'horizon de la peinture moderne
- depuis Claude Monet jusqu'à Andy Warhol
- agréable et instructif

Un bel équilibre entre le texte et l'image. Une première section du site explore les mouvements artistiques (16 !) qui se sont succédé depuis l'impressionnisme jusqu'à l'art conceptuel des années 1970. Toute cette théorie est ensuite « illustrée » par des toiles des artistes du XXe siècle : Chagall, Dali, Matisse, etc. Dans certains cas, des commentaires en RealAudio sont aussi disponibles.

Musée virtuel Picasso

www.tamu.edu/mocl/picasso/

- site exceptionnel
- tout sur Picasso, sa vie, son œuvre
- en anglais, en espagnol et (un peu) en français

La Fondation Picasso a donné sa bénédiction à ce « musée virtuel » archi-complet. On y retrouve des centaines d'œuvres classées par époque, des renseignements sur la vie de l'artiste, la listes des musées qui lui sont consacrés, etc.

The National Gallery (Londres)

www.nationalgallery.org.uk/

- grands maîtres européens
- du Moyen Âge aux impressionnistes
- très beau musée

Un des grands musées d'Europe, la National Gallery possède une collection inestimable de toiles des grands maîtres de la peinture, depuis Raphaël, Rembrandt et Vermeer jusqu'à Renoir et Monet. On ne peut pas tout voir sur le site, mais l'aperçu est quand même assez substantiel et présenté avec élégance.

The Tate Gallery (Londres)

www.tate.org.uk/

- peinture anglaise
- 8 000 œuvres sur le site
- Blake, Gainsborough, Turner, etc.

C'est une tradition en Angleterre, l'accès aux musées est gratuit pour tous en tout temps. Sur le Web, les musées ont donc adopté la même attitude... et qui s'en plaindrait ? La Tate Gallery abrite des collections nationales et internationales d'œuvres d'art, dont 8 000 ont déjà été digitalisées. Et comme le savent les amateurs des toiles et des aquarelles de Turner, ça inclut *grosso modo* toute son œuvre !

Photographie

Images de la France d'autrefois
212.198.5.32:8060/Pages/
Sommaire.html
- cartes postales
- France d'autrefois
- voyage dans le passé

Quelque 80 000 cartes postales en noir et blanc pour s'offrir un voyage dans la France du début du siècle. Les plus fortunés pourront même commander des reproductions. Un autre regard sur la France, à l'époque où Paris avait des airs de village. Nostalgique et suranné, mais charmant.

itis photo : annuaire de la photographie
www.itisphoto.com/
- toute la photo en France
- pour les professionnels et les amateurs
- répertoires et portfolios

Une référence pour les professionnels, itis photo comblera tout autant les photographes amateurs ou amateurs d'images. Un mégasite très dynamique, qui offre une multitude d'expositions en ligne et des liens dans tous les domaines : agences, fabricants, forums, galeries, magazines, musées, technique, etc.

L'album des cartes postales
www.culture.fr/culture/atp/cdrom/
index.html
- voyage au pays des souvenirs
- France au début du siècle
- images insolites et très « datées »

En France, le Musée national des arts et traditions populaires a réalisé, il y a quelques années, un CD-ROM de 20 000 cartes postales (collection Meillassoux) qui retracent à leur façon la chronique de l'Histoire... et la vie quotidienne au fil des décennies. Le site offre plusieurs parcours de durée variable, allant d'un court survol « esthétique » à une visite détaillée de différents thèmes.

La revue Photo
www.photo.fr/
- version électronique partielle
- index des numéros précédents
- belles images... pas toujours sages

Après la très belle exposition des œuvres de Robert Doisneau, la revue française *Photo* prend son envol et présente désormais tous les mois un aperçu plutôt généreux de ses pages. La photo de charme y dispute l'espace au photo-reportage international. Comme d'habitude.

Le magazine Photo Life
www.photolife.com
- superbes photos
- rubriques techniques
- forum en ligne

Pour son édition Web, le magazine canadien *Photo Life* s'en tient à quelques extraits alléchants. La table des matières de chaque numéro est aussi disponible, évidemment... Si textes et photos vous plaisent, l'édition papier vous attend en kiosque.

Photographie.com

www.photographie.com/

- site carrefour
- actualité, expositions, ressources
- incontournable

Vitrine de la «jeune vague», ce site offre aussi une couverture de l'actualité, des liens vers les expositions sur le Web et les grands rendez-vous internationaux. La sélection de sites – le *best of* comme on dit en France – vaut le détour.

ReVue : magazine photographique online

revue.com/index_vf.html

- expositions très bien montées
- thèmes sociaux et culturels
- section ouverte aux amateurs

Un très beau site consacré à l'image fixe : de superbes expositions, des reportages de photographes professionnels, etc. Particularité intéressante : la possibilité de zoomer sur un détail des photos. Également à signaler : la section Paradis, ouverte à quiconque désire exposer des photos illustrant ce thème, le but étant la réalisation d'un livre et d'un CD-ROM pour l'an 2000.

Saoler Magazine

www.saoler.com/

- reportages photographiques
- de l'agence de presse Saola
- aventure, évasion, villes, sports, etc.

Une «vitrine» pour cette agence de presse, le magazine Saoler offre de très beaux reportages photo sur le Web. De nouveaux sujets sont ajoutés chaque semaine et les archives permettent de retracer les dossiers parus précédemment, classés par thème. Les sujets de prédilection? La nature, le soleil, le rêve...

Zonezero

www.zonezero.com/

- expositions de photos actuelles
- à tendance sociale et politique
- reportages de partout

Magazine virtuel de la photographie, Zonezero se distingue par des choix éditoriaux tournés vers des thématiques sociales et politiques, et par son caractère international prononcé. Des *barrios* mexicains ou des communautés du Mali, des photos vérité qui parlent...

Répertoires

Art contemporain (M.A.C. de Montréal)

Media.MACM.qc.ca/sitewww.htm

- point de départ en français
- présentation soignée
- mise en relief des nouveautés

La Médiathèque du Musée d'art contemporain de Montréal propose un excellent répertoire des sites Web en art contemporain. De la peinture à la vidéo expérimentale, des forums aux galeries virtuelles, le répertoire ratisse large et la mise à jour est régulière.

Arts visuels et communications graphiques (Rep)

www.dsuper.net/~persu/Rep/

- répertoire conçu par un enseignant en arts plastiques
- belle variété de sujets
- présentation originale

Ce «Rep» propose de bons choix de sites (mais sans commentaires) relatifs aux arts visuels, à l'histoire de l'art et aux communications graphiques. L'affiche, la couleur, la typographie et même l'écriture chinoise trouvent leur place ici, à côté de ressources plus générales portant sur l'enseignement et la pédagogie.

Canada : connexions culturelles canadiennes

www.culturenet.ucalgary.ca/cnet/db/in dexfr.html

- répertoire des organismes culturels canadiens
- d'autres bases de données en développement
- recherche par mot clé

Un site carrefour des organismes culturels canadiens, CultureNet ratisse des domaines aussi variés que le design, l'architecture, la danse ou le cinéma. On peut y faire des recherches par discipline, province et mot clé. De nouveaux répertoires spécialisés sont en cours de réalisation (salles de spectacles, nouveaux médias, etc.).

Dictionnaire des arts médiatiques

www.comm.uqam.ca/~GRAM/ Accueil.html

- arts et technologie
- holographie, musique électroacoustique, etc.
- projet universitaire très « pointu »

Élaboré par le Groupe de recherche en arts médiatiques (GRAM), ce site est un carrefour de références très complet sur les arts qui exploitent des technologies de pointe. 2 000 entrées et 500 illustrations pour tout savoir des installations et des performances multimédia, de l'infographie, de la réalité virtuelle et de la robosculpture !

Fine Art Forum

www.msstate.edu/Fineart_Online/ art-resources/index.html

- point de départ réputé
- site homogène, navigation facile
- mais attention : longues listes de A à Z

Un modèle du genre et, sans doute, le meilleur répertoire artistique de l'Internet anglophone. Tout y est : musées et expositions, bulletins et magazines en ligne, guides régionaux et répertoires d'artistes, festivals, écoles, marchands de matériel d'artiste, etc.

Guide de l'Internet culturel

www.culture.fr/culture/int/index.html

- un des meilleurs points de départ en français
- expositions virtuelles et bases documentaires
- liens sélectionnés par discipline

Le gouvernement français mérite un 10 sur 10 pour ses serveurs à vocation culturelle. Ce guide donne accès à un ensemble très riche d'expositions et de bases de données offertes par les services du gouvernement, les musées et centres de documentation ; d'autre part, la section « ressources Internet » offre aussi un très bon choix de liens externes : architecture, cinéma, danse, histoire, etc.

L'Espace culturel (France)

www.france.diplomatie.fr/culture/ france/

- archéologie, cinéma, littérature, musique
- serveur du gouvernement français
- encore une fois excellent

Un site réalisé par le ministère français des Affaires étrangères. Voyez-y la Petite bibliothèque portative (des romans offerts en format texte ou Acrobat), les Cahiers du cinéma et les magnifiques Cahiers de l'archéologie. Vous n'êtes pas rassasié? Cliquez «musique» et rejoignez le site de la chanson française (RFI).

🎵

L'Explorateur culturel (France)

www.ambafrance.org/index.html

- culture francophone
- beaucoup de bonnes adresses
- mais quelques liens défectueux

Un des pionniers du genre, ce site offert par le service culturel de l'ambassade de France (à Ottawa) demeure intéressant pour l'exploration de la cyberculture francophone. La mise à jour est inégale, mais la quantité d'information et de liens accumulés valent bien un petit détour.

🎵 ☰

La Toile des Arts (Place des Arts)

www.pda.qc.ca/fr.publ.toil.html

- bon choix de liens
- tient sur une page
- mise à jour fréquente

Une des sections du site carrefour animé par la Place des Arts. Pas de commentaires, mais une belle floppée de sites artistiques dans les domaines les plus variés: art lyrique, art visuel, danse, galeries et musées, festivals, humour, musique, théâtre, variétés, etc.

🎵 ☰

Répertoire des artistes québécois

www.cybertechs.qc.ca/priv/ artistesquebecois/

- contenu très varié
- apparence très «fan»
- mais c'est l'idée...

Un vrai fouillis, ce site personnel fait «amateur» au possible, mais les listes d'adresses sont très bien garnies dans tous les domaines de la culture populaire: acteurs et actrices, auteurs, cinéma, humoristes, imitateurs, magiciens, musique country et folk, rock, alternative, heavy metal, etc. Sans oublier la radio et la télévision, les salles de spectacle et les dernières nouvelles de VOS artistes!

🎵 ☰

World Wide Arts Resources

wwar.com/

- répertoire exhaustif
- ressources commentées
- tous les domaines artistiques

Un autre carrefour des beaux-arts d'Internet, avec des répertoires impressionnants d'expositions virtuelles de peinture, de sculpture, de photographie, de lithographie et d'installations. Les sites y sont classés par ordre alphabétique et toujours dûment commentés.

☰

BIBLIOTHÈQUES, OUTILS DE RÉFÉRENCE

Annuaires : codes postaux, e-mail, téléphone

555-1212.com

www.555-1212.com/
- collection d'annuaires en tous genres
- simple, mais bien garni
- téléphone, e-mail, noms
  de domaines, etc.

Cette page rassemble divers outils de recherche pour le Canada, les États-Unis et plusieurs autres pays. Annuaires téléphoniques, pages jaunes, bottins des gouvernements ou recherche d'adresses de courrier électronique, le site n'est pas toujours complet, mais d'utilisation simple et rapide.

Canada 411

canada411.sympatico.ca/
- **annuaire téléphonique du Canada**
- **contient aussi les adresses postales**
- **10 millions d'entrées**

Les compagnies de téléphone canadiennes offrent tous leurs annuaires dans Internet, adresses et codes postaux y compris. Tous ? Non, mais avec 10 millions d'inscriptions, vous avez de bonnes chances de retrouver une personne ou une entreprise... si vous en connaissez le nom exact !

France Telecom : les pages blanches

www.pagesjaunes.fr/
wbpm_pages_blanches.cgi ?
- numéros de téléphone en France
- autres annuaires de France Telecom
- pages jaunes, rues commerçantes, etc.

Un formulaire de recherche en ligne dans l'annuaire téléphonique de la France. Ailleurs sur le site, on trouve aussi les annuaires professionnels de France Telecom (annuaires des services aux entreprises, des marques, des rues commerçantes, etc) et un nouveau service d'inscription des adresses e-mail.

Postes Canada

www.mailposte.ca/CPC2/
menu_01f.html
- **recherche de codes postaux**
- **simple et efficace**
- **informations sur les postes et la philatélie**

Vous découvrirez sur ce site tout ce que vous avez toujours voulu savoir sur cette institution et probablement plus... Mais surtout un système de recherche de codes postaux. Les amateurs de timbres sont également... à la bonne adresse !

Telephone Directories On The Web

www.teldir.com/
- **tous les annuaires et pages jaunes**
- **liste très bien tenue**
- **classement par pays**

Vaste répertoire international des bottins téléphoniques accessibles dans Internet. Le classement par pays permet par exemple de se diriger vers le bottin des résidants de l'Australie ou vers les pages jaunes des entreprises italiennes ou japonaises.

Who Where : adresses de courrier électronique

www.whowhere.lycos.com/

- adresses e-mail et numéros de téléphone
- e-mail : résultats variables...
- Amérique du Nord

Who Where contient les numéros de téléphone des résidants et des entreprises, de même que les adresses électroniques de quelques millions d'internautes. Si la personne dont vous cherchez l'adresse électronique est du genre à faire sentir sa présence sur les forums Usenet, elle y scra... peut-être.

Atlas, noms et cartes géographiques

3D Atlas Online

www.3datlas.com/

- bon jeu de liens pour chaque pays
- intègre MapBlast, les publications de la CIA, etc.
- pratique

Complément aux CD-ROM de l'éditeur Compton, ce site n'offre pas beaucoup de contenu sur place ; mais, en revanche, pour chaque nation du monde, il procure des liens vers les cartes de la collection MapBlast et vers les pages spécifiques du World FactBook (CIA), des guides Lonely Planet et de la base Etnologue.

Atlas du Québec

www.unites.uqam.ca/atlasquebec/

- projet universitaire
- données socio-économiques et géographiques
- trois échelles : nationale, régionale, inter-régionale

En développement depuis quelques années, cet Atlas du Québec demeure encore incomplet dans plusieurs sections, mais le site est très bien conçu et offre une base d'information utile. Les cartes (à l'échelle du Québec, inter-régionale ou régionale) couvrent de nombreux thèmes : territoire, population, migration, scolarité, etc.

Atlas of the World (OTAN)

cliffie.nosc.mil/~NATLAS/index.html

- sur un serveur de l'OTAN
- continents, régions, pays
- cartes à l'échelle... militaire !

Ce serveur de l'OTAN offre des cartes géographiques de très grand format pour tous les pays, les îles et territoires du monde. Les cartes sont toutefois peu détaillées (seules les villes et routes principales y figurent) et vous devrez sans doute réduire la taille des images après les avoir téléchargées.

Canada : service d'information de l'Atlas national

ellesmere.ccm.emr.ca/

- atlas et cartes thématiques du Canada
- bon jeu de connaissances
- plusieurs projets en développement

Une entrée générale sur le monde de la cartographie, de la géomatique et de la toponymie au Canada. Tout un ensemble de ressources éducatives ou spécialisées sont désormais offertes, sans frais dans la plupart des cas : atlas des ressources, biodiversité et cartes géopolitiques, images satellite, etc. Fouillez !

Cartographic Images : cartes anciennes

www.henry-davis.com/MAPS/Ren/
Ren1/carto.html

- histoire de la cartographie
- collection magnifique
- l'Amérique du Nord en 1506...

Passionné des cartes anciennes, l'auteur de ce site a accumulé au cours de ses voyages des photographies d'environ un millier de cartes du monde antique, de l'Europe médiévale ou de l'Amérique à la Renaissance. Le site offre un très beau parcours de la collection et des liens vers d'autres ressources en cartographie.

Dictionary of Places

travel.epicurious.com/travel/b_places/
07_gazetteer/intro.html

- Canada et États-Unis
- fiches d'information sur 11 000 lieux
- villes, villages, attraits naturels

Le site américain Epicurious Travel offre une passerelle permettant d'interroger un dictionnaire des « lieux » d'Amérique du Nord (il s'agit du *Cambridge Gazetteer of the United States and Canada*, 1995). Pour chaque ville ou village inscrit, on y trouvera une fiche de renseignements... mais ça ne vaut pas un bon guide touristique.

Excite Maps (City.Net)

citynet.excite.com/maps/

- cartes géopolitiques
- régions, pays, villes principales
- issues du fonds Magellan Geographix

City.Net offre une collection homogène et assez bien garnie de cartes géopolitiques d'à peu près tous les pays du monde. On y trouve aussi des plans plus détaillés pour un choix de grandes villes américaines et internationales et enfin un serveur d'itinéraires routiers « porte à porte » aux États-Unis.

Historical Atlas of Canada

www.geog.utoronto.ca/hacddp/
hacpage.html

- atlas historique du Canada
- en développement à l'Université de Toronto
- technologie de pointe

Puisant à même les trois volumes de l'*Atlas historique du Canada*, le Département de géographie de l'Université de Toronto a lancé ce site éducatif qui se veut également innovateur dans le domaine de l'interactivité. Toutefois, le site est encore en phase préliminaire (été 1999).

Maps and Mapping : Oddens's Bookmarks

kartoserver.frw.ruu.nl/html/staff/
oddens/oddens.htm

- la meilleure référence internationale
- plus de 6 500 liens cartographiques
- excellente mise à jour

Créé par un spécialiste hollandais (Université d'Utrecht), ce répertoire fait autorité en matière de cartographie sur le Web. Atlas, atlas historiques, images de satellites, etc. La mise à jour est pratiquement quotidienne et une section couvre les cartes reliées à l'actualité internationale.

National Geographic Map Machine

www.nationalgeographic.com/
resources/ngo/maps/

- collection offerte par *National Geographic*
- informations de base sur tous les pays
- territoire, principales villes, population, etc.

Le célèbre magazine américain offre un serveur de cartes bien conçu et qui présente un bon jeu de connaissances. La section Xpeditions, entre autres, contient 600 cartes géographiques (pays, régions, provinces, etc.) qu'on peut télécharger et imprimer (formats gif ou Acrobat).

Perry-Castañeda Library Map Collection (U. Texas)

www.lib.utexas.edu/Libs/PCL/
Map_collection/Map_collection.html

- incontournable
- section de cartes liées à l'actualité
- liens vers les autres sites Web

L'Université du Texas offre une excellente collection de cartes géographiques du monde, des pays, des villes et des provinces. Les cartes archivées sur place proviennent pour la plupart de la CIA, mais le site offre aussi de nombreux liens vers d'autres collections disponibles sur le Net.

TerraServer (Microsoft)

www.terraserver.microsoft.com/

- vues aériennes des villes (images satellites)
- résolution jusqu'à deux mètres !
- des « tera-octets » d'images...

Vitrine technologique de Microsoft, ce site impressionne par son envergure et son caractère innovateur. Malgré tout, ces images de satellite sont d'intérêt plutôt spécialisé : il s'agit de collections tirées, pour les États-Unis, du U.S. Geological Survey (USGS), et, pour le reste du monde, du projet SPIN-2 (satellites russes).

The National Atlas of the United States

www-atlas.usgs.gov/

- atlas interactif des États-Unis
- technologie impressionnante
- choisissez vos « couches » de données

À partir d'une carte générale des États-Unis, procédez par zooms successifs pour obtenir l'échelle voulue et ajoutez au passage les couches de statistiques que vous désirez y voir surimposées : routes et villes, revenu moyen, usines de traitement des eaux usées... et même la répartition des espèces de papillons !

Banques d'images

AltaVista Photo & Media Finder

image.altavista.com/

- recherche d'images, de bandes audio et vidéo
- Web et collections particulières
- navigation quand même hasardeuse...

Ce nouvel outil d'AltaVista recense pas moins de 17 millions d'images, de documents audio et vidéo disponibles sur le Web. Une recherche avec le terme Montréal permet de retracer plus de 1 200 photos, mais comme d'habitude, le classement n'est pas le point fort... Autres exemples : 266 entrées pour Beethoven (audio) et 9 pour le terme Kosovo (vidéo).

Corbis – banque d'images digitalisées

www.corbis.com/

- plus d'un million d'images en ligne
- catalogue pour acheteurs et photographes
- expositions thématiques pour tous

Propriété à 100 % de Bill Gates, l'agence Corbis aurait déjà acquis les droits sur plus de 25 millions d'images ! Le catalogue s'adresse d'abord aux professionnels de l'édition, mais le site, très réussi, offre aux visiteurs un aperçu des collections et des expositions temporaires ou permanentes.

Arts, personnages historiques, espace et géographie, mode de vie, paysages, etc.

◉

Corbis Picture Experience (AltaVista)

safari.altavista.digital.com/
- autre entrée dans la base Corbis
- 500 000 images en accès public
- service de cartes postales

Encore en phase Beta, cette nouvelle passerelle vers la base Corbis est offerte en partenariat avec AltaVista. À partir de recherches par mot clé, le service permet de sélectionner une ou plusieurs images et de les faire parvenir ensuite aux *loved ones* par courrier électronique.

◉

Rescol : les collections numérisées

www.rescol.ca/collections/F/
- bases d'images et collections documentaires
- histoire canadienne
- environ 300 projets réalisés

Au cours des dernières années, le programme des Collections numérisées a embauché des jeunes Canadiens pour créer des sites Web en partenariat avec des organismes publics et privés. L'ensemble des projets réalisés à ce jour constitue un vaste centre documentaire sur le Canada, son histoire et sa géographie.

⌂ ☰ ◉

Time Picture Collection

www.thepicturecollection.com/
- 100 ans de journalisme photo américain
- des magazines *Life, People, Sports Illustrated*
- inscription gratuite

D'abord destiné aux professionnels, ce site des photos d'archives de l'éditeur *Times* est également ouvert au public : il suffit de s'inscrire (gratuitement) pour pouvoir y

faire autant de lèche-vitrine qu'on le désire. Retrouvez-y des photos célèbres de Gandhi, Gretzky, Kennedy, Marilyn, Madonna, Margaret...

◉

Cartes routières

Cartes de la région de Montréal

www.cum.qc.ca/cum-fr/visiteur/cartvisf.htm
- cartes des municipalités de la CUM
- cartes touristiques des quartiers de Montréal
- format Acrobat (pdf)

La Communauté urbaine de Montréal offre quelques cartes des municipalités de l'île ; et, en outre, un lien vers le site « Montréal à la carte » qui offre des plans détaillés des quartiers. Bien conçus, ceux-ci permettent de repérer facilement les parcs, les centres communautaires et autres services publics.

⌂ ◉

iTi : itinéraires en Europe

www.iti.fr/
- trajets routiers en Europe
- plans des principales villes de France
- site congestionné aux heures de pointe

Vous allez vous balader sur les routes de France et d'Espagne cet été ? Prévoyez vos itinéraires sur ce serveur pratique qui suggère même, au prix de quelques détours, des trajets sans péages. C'est aussi bien : les détours forment les voyageurs !

⌂

Les routes du Québec (Matiduc)

www.transport.polymtl.ca/rqc/titre.htm
- autoroutes, routes et municipalités
- statistiques du réseau routier
- le Québec de kilomètre en kilomètre

Ce site du groupe MADITUC (École polytechnique) recense les routes principales et secondaires du Québec et offre des cartes à échelle régionale. Beaucoup d'informations générales aussi sur la numérotation, les études origine-destination et d'autres ressources spécialisées en transport.

MapBlast : cartes routières – Amérique du Nord

www.mapblast.com/
- États-Unis et Canada
- cartes routières à toutes les échelles
- itinéraires, plans des villes, etc.

Serveur public de Vicinity, le mégasite américain en ce domaine, MapBlast offre un service inégalé dans Internet. Par zooms successifs, obtenez une carte routière de n'importe quel patelin de l'Amérique du Nord, à une échelle de 50 milles ou de 500 pieds. Très pratique, le serveur permet d'établir un lien direct vers une carte que vous aurez sélectionnée.

MapQuest : itinéraires – Amérique du Nord

www.mapquest.com/
- États-Unis et Canada
- du point de départ... au point d'arrivée
- cartes détaillées de quelques grandes villes

Entrez le nom des villes de départ et d'arrivée (plus la province ou l'État) et bingo : le serveur vous retourne un trajet routier, d'une autoroute à l'autre, avec les distances, les sorties, etc. Imprimez et faites le plein. Pour le Canada, l'échelle «porte à porte» n'est pas disponible, sauf pour les villes de Montréal et de Vancouver (cartes avec zoom).

Catalogues des bibliothèques, répertoires de titres

AAUP Online Catalog (universités américaines)

aaup.princeton.edu/
- presses universitaires américaines
- catalogue et formulaire de commande
- silence !

Sur ce site de l'Université de Princeton, vous pouvez effectuer des recherches par mot clé dans les index des publications universitaires américaines. On y trouve les notices des articles et des monographies ainsi qu'un formulaire de commande auprès de l'éditeur. Idéal si vous faites des recherches universitaires... mais inutile dans tous les autres cas !

Archives nationales du Canada

www.archives.ca/MenuPrincipal.html
- archives publiques
- galerie de photos
- service généalogique

Des informations générales sur les Archives nationales et quelques expositions en ligne, dont une galerie des Premiers ministres et d'une centaine d'autres «éminents Canadiens». À signaler aussi, les services de renseignements généalogiques et toute la législation concernant les archives.

Ariane de l'Université Laval

arianeweb.ulaval.ca/
- catalogue de la bibliothèque
- accès sur le Web
- ou par Telnet

La porte d'entrée du catalogue de la bibliothèque de l'Université Laval (livres, périodiques, publications officielles, etc.). On peut désormais y effectuer des recherches

directement sur le Web, mais l'ancienne connection par Telnet demeure disponible.

Atrium de l'Université de Montréal

telnet://atrium.bib.umontreal.ca
- **communication Telnet**
- **les 21 bibliothèques de l'U de M**
- **prévoir du temps pour s'y habituer**

Cette entrée donne accès à l'ensemble des catalogues des 21 bibliothèques du réseau de l'Université de Montréal. Attention : cette commande active une communication Telnet à condition que votre ordinateur soit muni du logiciel nécessaire. Inscrivez public au menu Login.

Badaduq (UQAM)

www.unites.uqam.ca/bib/Service/
BADADUQ1.html
- **catalogue Badaduq sur le Web**
- **bibliothèques de l'UQAM**
- **très bonne interface de recherche**

Le catalogue Badaduq des bibliothèques de l'Université du Québec est accessible sur le Web ou par Telnet. Les modalités d'utilisation varient toutefois selon que vous soyez membre ou non de la communauté universitaire : voyez l'information sur le site.

Banque de titres de langue française

www.btlf.qc.ca/
- **livres offerts au Canada**
- **pour les professionnels du livre,**
  étudiants, etc.
- **pratique pour des vérifications**

Cette base de données offre les informations bibliographiques et commerciales de tous les ouvrages de langue française offerts au Canada, soit la bagatelle de 300 000 titres ! (en avril 1999). On n'y trouve aucune information détaillée, mais le service est utile pour vérifier si un titre est disponible, le nom de l'auteur ou le prix demandé en librairie.

Bibliothèque du Congrès américain

lcweb.loc.gov/catalog/
- **recherche dans le catalogue**
- **plus de 50 millions de volumes...**
- **voyez aussi l'entrée principale**

Depuis cette page, on peut interroger l'index des livres de la célèbre Bibliothèque du Congrès américain, ce qui permet d'y retrouver des références selon l'auteur ou le titre de l'ouvrage. Si ce n'est pas là votre activité préférée, voyez plutôt l'entrée principale du site, qui héberge aussi de belles expositions virtuelles.

Bibliothèque nationale de France

www.bnf.fr/
- **la très grande bibliothèque (TGB)**
- **deux catalogues accessibles par Telnet**
- **expositions à voir**

La BNF présente de très belles expositions virtuelles sur son site (manuscrits et enluminures) et une visite guidée de ses nouvelles installations à Tolbiac. D'un point de vue utilitaire, on peut consulter par Telnet la base Opale (livres et périodiques) ou la base Opaline (collections spécialisées).

Bibliothèque nationale du Canada

www.nlc-bnc.ca/fhome.htm
- **visite guidée de l'institution**
- **immense catalogue, recherche coûteuse**
- **bientôt l'achat de manuscrits sur**
  Internet ?

La BNC se présente : son catalogue, ses services, sa collection, ses immeubles... Le sytème Amicus (accès aux quelque 10 millions de notices bibliographiques) n'est pas gratuit et se destine aux usages professionnels ; en revanche, le répertoire des ressources Internet a pris de l'ampleur et s'avère un point de départ utile.

Bibliothèque nationale du Québec

www.biblinat.gouv.qc.ca/index.html
- bibliothèque officielle
- infos générales et collections
- recherche dans le catalogue multimédia

Des informations sur l'institution elle-même, mais aussi beaucoup de renseignements sur les collections, les expositions et les services de la Bibliothèque nationale. Et du côté des publications, un moteur de recherche appelé Iris pour aller fouiller son immense catalogue.

Bibliothèques canadiennes (BNC)

www.nlc-bnc.ca/canlib/findex.htm
- le répertoire le plus complet
- classement par province et par type
- bibliothèques publiques, universitaires, etc.

La Bibliothèque nationale du Canada tient à jour une liste des bibliothèques canadiennes ayant pignon dans Internet. La présentation est rudimentaire (listes alphabétiques), mais on précise dans chaque cas si le catalogue est disponible par Telnet ou directement sur le Web.

Canadian Archival Resources (Université de la Saskatchewan)

www.usask.ca/archives/menu.html
- très bon site de références
- archives gouvernementales, universitaires, etc.
- liens vers les collections internationales

L'Université de Saskatchewan tient à jour cette liste de références sur les sites d'archives au Canada, non seulement des organismes fédéraux ou provinciaux, mais aussi du domaine de la santé ou des congrégations religieuses. Des liens sont aussi établis avec les principaux répertoires et sites internationaux.

Gabriel – bibliothèques européennes

portico.bl.uk/gabriel/fr/
- bibliothèques nationales d'Europe
- accès aux différents catalogues
- moteur de recherche

Gabriel regroupe sur un même site les informations des différentes bibliothèques nationales d'Europe : adresses, collections, services disponibles dans Internet. La plupart des descriptions sont en anglais seulement.

Les bibliothèques dans Internet (UQAM)

www.unites.uqam.ca/bib/biblioint.html
- bibliothèques du Québec et autres
- par Telnet ou directement sur le Web
- apparence simple, information complète

L'UQAM offre un très bon répertoire des bibliothèques du Québec et d'ailleurs, celles dont le catalogue peut être interrogé directement sur le Web et celles accessibles par Telnet. Universités, collèges, bibliothèques municipales et spécialisées, la liste des institutions est très complète et l'information bien ramassée.

Library Web Servers (U. Berkeley)

sunsite.berkeley.edu/Libweb/
- liste à peu près complète
- aucune description
- classée en ordre alphabétique

C'est le plus gros des répertoires de bibliothèques et aussi le plus sympathique à parcourir. Il donne accès aux sites Web des bibliothèques à travers le monde, mais il ne fournit aucune description. Très utile, surtout si vous savez ce que vous cherchez...

Montréal : les bibliothèques publiques (BPIM)

www.bpim.qc.ca/

- information sur le réseau des bibliothèques
- catalogue collectif des périodiques
- sites recommandés

Pratique pour retracer l'adresse civique ou le site Web d'une bibliothèque publique, du moins sur l'île de Montréal, cette association offre aussi un outil de recherche dans son catalogue collectif des périodiques. On peut ainsi obtenir la liste des bibliothèques abonnées à un journal ou à un magazine particulier.

WebCATS : Library Catalogues on the Web

www.lights.com/webcats/

- bibliothèques sur le Web
- une référence en la matière
- mises à jour fréquentes

Peter Scott, l'auteur d'Hytelent, a créé ce nouveau répertoire des bibliothèques en ligne, mais cette fois-ci vraiment en ligne ! Fini le temps des connexions Telnet mystérieuses ou déficientes : de nombreuses bibliothèques rendent maintenant leur catalogue directement accessible sur le Web.

Encyclopédies, ouvrages de référence, compilations

Almaniaque.com

www.almaniaque.com/

- la petite et la grande histoire
- ... au jour le jour
- « chaque jour est un événement »

Ce site offre, chaque jour il va sans dire, une éphéméride complète, ainsi qu'un événement traité plus en détail. Pour la date du 5 août, par exemple, on rappelle la disparition de Marilyn Monroe (1962), mais aussi la déclaration de guerre faite par l'Angleterre à l'Allemagne (1914) ou la bataille de Castiglione (1796).

Biography (A&E)

www.biography.com/

- 20 000 notices biographiques
- auteurs, musiciens, philosophes
- leur vie résumée en 10 lignes

Le réseau de télévision A&E présente plus de 20 000 notices biographiques, en plus de comptes rendus et d'extraits des dernières biographies publiées aux États-Unis. On y trouve la biographie du poète Chrétien de Troyes (mort vers 1183), mais pas celle de son homonyme canadien...

Britannica Online

www.eb.com/

- tous les contenus sur abonnement
- mieux qu'un CD-ROM
- version gratuite pas trop mal non plus...

Il faut s'abonner pour obtenir l'accès complet à cette prestigieuse encyclopédie et le service est cher (12,50 $US par mois). Sinon, la version gratuite de l'outil de recherche (*sample search*) pourra quand même vous dépanner à l'occasion.

Encarta®Online

encarta.msn.com/
- encyclopédie Microsoft
- sur abonnement (essai gratuit : 7 jours)
- sans frais si vous possédez le CD-ROM

La version Web de l'encyplopédie Encarta reprend les 40 000 articles du CD-ROM, et y ajoute des liens vers des sites sélectionnés et une base de données d'articles issus de périodiques (textes complets facturés). Recherche par mot clé ou navigation par sujet : arts, histoire, géographie, religion, sciences, sports, etc.

Encyclopedia.com (Electric Library)

www.encyclopedia.com/
- 14 000 articles
- consultation gratuite
- liens aux archives de périodiques et aux sites

Un site bien connu de recherche (facturée) dans les archives de périodiques, The Electric Library offre aussi une passerelle gratuite permettant d'interroger l'encyclopédie Columbia. Si le cœur ou le portefeuille vous en dit, vous pouvez ensuite vous procurer aussi des articles reliés au même sujet.

Guide des ouvrages généraux de référence (REFDOC)

www.acctbief.org/publica/refdoc.htm
- guide bibliographique exhaustif
- 1 400 ouvrages de référence
- Université de Montréal

Indispensable à la recherche, ce guide de Gilles Deschatelets et d'Isabelle Bourgey est désormais offert sur le Web. Annuaires, dictionnaires, encyclopédies, répertoires, index... le grand luxe !

Learn2.com : The Ability Utility

www.learn2.com/
- pour se faciliter la vie
- tout ce qui est vraiment indispensable
- ... mais rien de très sérieux

Un site pour apprendre ce qui ne vous sera jamais enseigné à l'école ! Des exemples ? Faire cuire un œuf, changer l'huile de la voiture, attraper une souris ou encore comprendre les règles d'un match de baseball... Et l'humour est au rendez-vous.

Langues : dictionnaires, guides, traduction

AltaVista : traduction automatisée

babelfish.altavista.com/
- traduction automatisée : ça vaut ce que ça vaut...
- de ou vers l'anglais (CINQ langues européennes)
- amusant et rapide

Ce service de traduction automatisée produit toutes sortes de contre-sens amusants ou insolites, mais sa rapidité et sa flexibilité en font quand même un outil pratique. Entrez simplement un mot, une phrase ou, mieux, l'adresse URL d'un site Web et obtenez-en la traduction complète en quelques secondes.

Au fil de mes lectures

www.synapse.net/~euler/aufil.htm
- citations choisies
- plus de 200 auteurs écumés
- « notre père qui êtes aux cieux, restez-y (!) »

Un Québécois épris de lecture s'est « amusé » à recenser quelques milliers de citations. La plupart sont très belles, du genre : « Ce qu'il faut de saleté pour faire

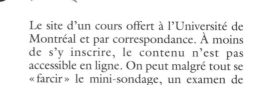

une fleur ! », de Félix Leclerc. Ou celle de Jacques Prévert, ci-dessus. Vous connaissez la suite ? « Et nous, nous resterons sur la Terre, qui est parfois si jolie... »

Clé des procédés littéraires

cafe.etfra.umontreal.ca/cle/index.html

- figures de style, « fleurs de rhétorique », etc.
- métaphores et métonymies
- une mine d'information, mais un site complexe

Dérivé du dictionnaire Gradus, ce répertoire des procédés stylistiques est plutôt savant, voire érudit. Toutefois, sans être un spécialiste de linguistique, vous pouvez y retracer des définitions et des exemples, ou consulter la liste des « ingrédients » de tout bon manifeste (l'accusation, l'affront, l'antithèse) ou roman courtois (la belle inconnue, la princesse et... le philtre d'amour).

Conjugaison française

tuna.uchicago.edu/forms_unrest/ inflect.query.html

- conjugaison
- verbes usuels, mais pas tous les temps
- aide-mémoire ou remplace-savoir...

Un mini-Bescherelle électronique. Inscrivez un verbe à l'infinitif et obtenez-en la conjugaison pour six temps (présent, passé simple, futur et imparfait de l'indicatif, conditionnel et subjonctif présent). Bon, allez : nous félicitâmes, vous félicitâtes...

Cours autodidactique de français écrit (CAFÉ)

cafe.etfra.umontreal.ca/

- chinoiseries de la langue française
- mini-sondage éprouvant
- comparez vos scores avec la moyenne...

Le site d'un cours offert à l'Université de Montréal et par correspondance. À moins de s'y inscrire, le contenu n'est pas accessible en ligne. On peut malgré tout se « farcir » le mini-sondage, un examen de grammaire et d'orthographe assez corsé merci, qui vous donnera une bonne idée de votre niveau en français.

Dictionnaire de l'Académie française (ARTFL)

humanities.uchicago.edu/ARTFL/projects/ academie/1835.fr.presentation.html

- dictionnaire du français « classique »
- sixième édition en ligne (1835)
- histoire de la langue et des idées

Service public du projet ARTFL (Université de Chicago), ce site permet d'interroger la sixième édition du dictionnaire, ainsi que la première (1694) et la cinquième (1798). Les termes scientifiques du français moderne n'y sont évidemment pas, mais allez voir ce que les lexicographes de l'époque avaient à dire de la Royauté ou de la Révolution...

Dictionnaire des synonymes

elsap1.unicaen.fr/dicosyn.html

- intègre plusieurs dictionnaires français
- consultation simple et efficace
- environnement complexe

Conçu par le laboratoire de linguistique du CNRS, ce site expérimental intègre sept dictionnaires des synonymes (Bailly, Benac, Du Chazeaud, Guizot, Lafaye, Larousse et Robert), pour un grand total de 54 000 entrées et de 410 000 synonymes. Très savant, l'outil affiche aussi les « cliques sémantiques » du terme choisi, et la consultation demeure simple et rapide.

Dictionnaire francophone (Hachette)

www.francophonie.hachette-livre.fr/

- français standard et aussi régionalismes
- définitions complètes
- excellent

Ce dictionnaire met sur un pied d'égalité le français dit « standard » et les mots ou expressions du français tel qu'on le parle au Québec, en Belgique ou en Afrique. Le site exploite bien les avantages du Web : les termes des définitions sont soulignés et on peut cliquer simplement sur l'un d'entre eux pour obtenir sa propre définition.

Eurodicautom : traduction multi-langues

www2.echo.lu/edic/

- parfois très lent
  (situé au Luxembourg)
- encore à l'étape expérimentale
- présentation améliorée

Un outil de traduction en 11 langues européennes. Entrez votre mot clé en français et vous obtenez son équivalent en anglais, en espagnol, en italien, en portugais ou en allemand. Le service est en théorie limité au vocabulaire et abréviations de l'Union européenne, mais des milliers de mots usuels sont aussi indexés.

Expressions et citations latines

perso.club-internet.fr/citlatin/
default.html

- Roma Amor
- in vino veritas
- ad vitam æternam

Offert sur un site personnel suisse, ce répertoire très bien conçu outrepasse allégrement son mandat : on y trouve non seulement les traductions d'expressions latines qui sont passées dans la langue courante, mais aussi celles du domaine juridique, des notes sur l'étymologie (les prépositions), des textes traduits et un bon choix de liens commentés.

Familiar Quotations

www.columbia.edu/acis/bartleby/
bartlett/index.html

- beaucoup d'auteurs anglophones
- citations connues et oubliées
- ... et quelques oublis pardonnés

Sympathique, rapide, mais en anglais. Surfez d'une citation à l'autre (de celle de Montaigne en 1550 sur la nature humaine inconstante à celle de Plutarque en l'an 50 av. J.-C. sur le même thème). De grands oubliés, dont Socrate et son disciple Platon.

French-English Dictionary (ARTFL)

humanities.uchicago.edu/forms_unrest/
FR-ENG.html

- simple et rapide
- du français à l'anglais ou l'inverse
- 75 000 entrées

Un des outils du grand projet ARTFL (Université de Chicago), ce dictionnaire anglais-français offre une traduction rapide des termes usuels de ces deux langues, mais sans aucune définition.

Le dictionnaire LOGOS (multi-langues)

www.logos.it/owa-s/
dictionary_dba.sp?lg=FR

- traduction en près de 30 langues
- des milliers de contributeurs...
- et sept millions de mots traduits !

Une firme italienne propose ce site fascinant auquel contribuent des milliers de professionnels et d'usagers. Entrez un terme et obtenez sa traduction dans une dizaine de langues européennes, mais aussi slaves ou asiatiques à l'occasion. La recherche repère des phrases où votre mot clé apparaît en contexte, ce qui permet de choisir la traduction la plus appropriée.

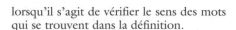

Le français des affaires et des professions

francais-affaires.com/

- référence et ressources pédagogiques
- toute une gamme d'exercices en ligne
- partenariat université/Chambre de commerce

Encore jeune mais bien lancé, ce site offre une belle variété de ressources : dossiers pédagogiques, exercices de grammaire, de vocabulaire et de style, articles et points de langue ; bref, tout un ensemble lié au français des affaires et de la correspondance. Un matériel pédagogique de niveau intermédiaire et avancé qui peut être utilisé en classe, au laboratoire ou à la maison.

Le grand dictionnaire terminologique

www.lgdt.cedrom-sni.qc.ca/

- sur abonnement seulement (CEDROM-SNi)
- à compter de 50 $ pour 100 recherches
- pour les « travailleurs » de la langue

Une référence pour les journalistes, rédacteurs ou traducteurs professionnels, cette mégaressource intègre trois outils en un : la banque de terminologie du Québec, qui compte plus de 3 millions de termes techniques français et anglais ; une base documentaire de 13 000 ouvrages terminologiques, et enfin le guide *Le français au bureau*. L'ensemble est aussi offert sur CD-ROM.

Le Webster en ligne

www.m-w.com/netdict.htm

- rapide
- efficace
- pratique pour les termes complexes

Ce grand dictionnaire de l'anglais a été indexé en mode hypertexte. Inscrivez votre mot et la définition vous apparaît décomposée en pièces. Surtout pratique

lorsqu'il s'agit de vérifier le sens des mots qui se trouvent dans la définition.

Leximagne : dictionnaires français

fmc.utm.edu/~rpeckham/dico.htm

- « Empereur des pages dico »
- fouillis... à fouiller
- ancien français, glossaires spécialisés, etc.

Bob Peckham, de l'Université du Tennessee, entretient cette liste à peu près exhaustive de tous les dictionnaires, lexiques ou glossaires accessibles dans Internet en français (environ 350 à ce jour). Un bazar indescriptible où se côtoient un dictionnaire quechua-français, un lexique du judo et le vocabulaire canadien des procédures parlementaires !

On-line Grammars

www.facstaff.bucknell.edu/rbeard/grammars.html

- grammaires du français, de l'anglais...
- ... de l'allemand, de l'espagnol, du portugais...
- ... du chinois, du japonais, du russe...

Un site utile pour retracer les grammaires ou les cours en ligne du français et du danois, mais aussi des langues anciennes (grec, latin, sanscrit) ou artificielles (esperanto, verdurien...). Comme le répertoire Online Dictionaries, ce site est très bien tenu par Robert Beard, professeur à l'Université de Bucknell.

Online Dictionaries

www.facstaff.bucknell.edu/rbeard/diction.html

- dictionnaires pour 160 langues
- ressources gratuites en majorité
- mises à jour fréquentes

Cet immense répertoire offre un choix de plus de 800 dictionnaires, depuis la langue celte jusqu'au swahili en passant par l'allemand, le français et l'espagnol. Sur le site, on trouve aussi un bon choix de dictionnaires français/anglais ou multilingues, les thésaurus et autres ouvrages de vocabulaire spécialisé. Tout pour la traduction... ou l'érudition !

Orthonet : orthographe et conjugaison

www.sdv.fr/orthonet/recherche.html
- dépannage rapide
- orthographe et verbes à tous les temps
- Conseil international de la langue française

Ce lexique du français est limité au vocabulaire usuel, mais il s'avère pratique pour des vérifications rapides. Entrez un mot – faites une grosse « fote » – et obtenez l'orthographe correcte, une définition, ou un modèle de conjugaison s'il s'agit d'un verbe. Incendier au subjonctif passé, première personne du pluriel ?

TransSearch : français–anglais

www-rali.iro.umontreal.ca/TransSearch/
- français-anglais : le meilleur outil de traduction
- définition savante : un concordancier bilingue
- Université de Montréal

Bébé du RALI, le laboratoire de recherche en linguistique informatique. Inscrivez simplement un mot ou une expression : vous obtiendrez des contextes où l'expression apparaît, de même que les contextes correspondants dans l'autre langue. Et un détail qui ajoute du piquant : le corpus est celui des Hansards... les archives du Journal des débats à la Chambre des communes !

Travlang : Foreign Languages for Travelers

www.travlang.com/languages/
- vocabulaire et expressions de base
- bandes sonores pour la prononciation
- dites-le en serbo-croate

Des rudiments de plus de 50 langues étrangères, de l'anglais au roumain, en passant par le portugais et le norvégien. Vocabulaire et expressions de base, séquences sonores (RealAudio). Rien pour remplacer un séjour linguistique en immersion, mais amusant et peut-être utile avant un séjour à l'étranger.

Références générales sur les États-Unis

Area Handbook Series (Library of Congress)

lcweb2.loc.gov/frd/cs/cshome.html
- excellents documents de référence
- histoire, économie, politique et société
- illustrations

La bibliothèque du Congrès offre des guides nationaux beaucoup plus détaillés que ceux de la CIA et du Département d'État. Chaque publication, d'une cinquantaine de pages, dresse un portrait historique et culturel du pays considéré, en plus des données sur la population, le gouvernement et les secteurs industriels.

Background Notes (US State Department)

www.state.gov/www/background_notes/
- du Département d'État américain
- profils de tous les pays
- révisions fréquentes

Le Département d'État américain publie des guides synthèses pour l'ensemble des pays du monde et les principales agences internationales. Ces documents offrent des renseignements de base sur le territoire, la population et le gouvernement de chaque État, mais aussi un survol historique, politique et économique.

Country E-thologies

www.ethologies.com/
- très intégrateur
- sources précises pour chaque pays
- en français ou en anglais

Projet de l'Institut canadien du service extérieur, ces E-thologies regroupent des renseignements généraux sur les plans politique, économique, social et culturel. Pour chaque nation, on retrouve ainsi une sélection de liens directs vers des sources d'information choisies avec soin. À noter toutefois : le site offre des références plus nombreuses dans sa version anglaise.

Country Profiles (ABC News)

www.abcnews.com/reference/countries/
- fiches synthèses pour tous les États
- population, superficie, économie, etc.
- hymnes nationaux en RealAudio

Le réseau de télévision ABC offre une collection de guides nationaux assez peu détaillés, mais présentés avec soin. Le site offre aussi quelques tableaux statistiques, par exemple la liste des 20 pays affichant la croissance démographique la plus rapide.

Drapeaux, armoiries et hymnes nationaux

www.atlasgeo.net/
- informations de base par pays
- population, superficie, capitale, etc.
- écoutez les hymnes nationaux (format MIDI)

Un site personnel qui s'intitule en fait Atlas géographique mondial, mais les cartes ne sont pas le point fort, malgré quelques liens utiles. Chaque nation du monde, par contre, a droit à un bon nombre de rensei-

gnements généraux, y compris les langues parlées, les villes principales et l'altitude du plus haut sommet !

Le Québec : un profil (MRI)

www.mri.gouv.qc.ca/
- ministère des Relations internationales
- portrait officiel du Québec
- à voir : la Salle des nouvelles

Ce ministère de l'embellissement national, en quelque sorte, propose un portrait synthèse quand même intéressant du Québec, un survol de son histoire, de sa culture et de son économie. Sur le même site, jetez un coup d'œil à la Salle des nouvelles : si vous pensez que les médias ne voient que le mauvais côté des choses, cette revue de presse est un traitement tout indiqué !

Le Villette : les États en chiffres

www.refer.org/divers/villette/
- 232 États et Territoires « couverts »
- une quarantaine d'indicateurs variés
- excellente mise à jour

Les francophones sont choyés par ce guide de Jean Villette (auteur du « Monde de A à Z »), sans doute l'un des meilleurs du genre sur le Web. Pour chaque État, on y trouve des statistiques et des renseignements répartis en 12 pages thématiques : données générales, économie, éducation, gouvernement, etc.

Quid Monde

www.quid.fr/
- tout sur tout, c'est leur devise !
- en pratique : statistiques sur 208 États
- aussi cartes, photos, liens

Sur le Web, le guide de référence Quid s'est payé un mégasite à sa (dé-)mesure. On peut y consulter la bagatelle de 50 000 données sur les États, présentées en tableaux comparatifs selon notre choix de pays et de sujets. Un bel éventail de domaines sont couverts : démographie, économie, éducation, géographie, etc.

The Commonwealth Yearbook

www.tcol.co.uk/cyb.htm
- ouvrage de référence en ligne
- couvre les 50 pays membres du Commonwealth
- géographie, politique, économie

Une compilation annuelle d'informations sur les États du Commonwealth, ce qui inclut l'Australie et le Canada, mais aussi l'Afrique du Sud et le Sri Lanka. Pour chacun d'entre eux, le site offre des renseignements sur les institutions politiques et l'histoire récente, la géographie, le climat et les ressources touristiques.

The World Factbook (CIA)

www.odci.gov/cia/publications/pubs.html
- renseignements de base sur chaque pays
- géographie, population, gouvernement, etc.
- certifié par les espions américains

Ce n'est pas ici que vous trouverez les dossiers juteux de la CIA, mais voilà une excellente base d'information sur à peu près tous les pays du monde. Population, gouvernement, communications, transport et armée. La nouvelle édition offre aussi des cartes géographiques. Bref, tout ce qu'il faut pour préparer une invasion !

Ressources : banques d'experts, porte-paroles, etc.

Sources Select Online (SSO)

www.sources.com/
- annuaire de référence
- sources canadiennes...
- ... mais surtout canadian

Édité au Canada anglais, cet annuaire se destine d'abord aux journalistes, mais il s'avère utile, cependant, pour quiconque cherche à identifier des spécialistes ou des organismes liés à un sujet donné. Avec plus de 1 000 organisations reliées à 12 000 sujets précis, cet outil de recherche offre en général des liens pertinents, mais attention : les sources québécoises sont très peu représentées.

USA : Ask an expert (Pitsco)

www.askanexpert.com/
- spécialistes en tout, toujours là pour vous
- on a toujours besoin d'un expert
- service de référence américain

Vous cherchez un spécialiste en astronomie, un expert en valeurs boursières ou en bijoux ? Prenez quelques minutes pour visiter ce site. Avec un peu de chance, votre question est reliée à l'un des 300 thèmes abordés ici, et le site vous fournira l'adresse d'un spécialiste qui se fera un plaisir de vous répondre.

Statistiques et indicateurs sociaux

Bureau de la statistique du Québec

www.bsq.gouv.qc.ca/
- beaucoup de données sur le Québec
- liens utiles regroupés sur une page
- simple et efficace

Le BSQ diffuse sur son site Web un bon choix de statistiques sur le Québec, la démographie, l'économie et les différents secteurs industriels. Le répertoire d'adresses externes est aussi bien conçu : données budgétaires sur le Canada et le Québec, autres sources de renseignements, agences internationales, etc.

Eurostat : office statistique des communautés européennes

europa.eu.int/en/comm/eurostat/servfr/home.htm
- grande porte des statistiques européennes
- population, économie, indicateurs sociaux, etc.
- menu... « continental »

Eurostat recueille toutes les données statistiques rassemblées par les 15 États membres de l'Union européenne. Le site de l'agence offre ainsi une énorme base de données agrégées ou décortiquées par pays et par secteur industriel. On y suit évidemment de près les fluctuations de la nouvelle monnaie européenne et les données du commerce international.

InfoNation (Nations Unies)

www.un.org/Pubs/CyberSchoolBus/infonation/f_infonation.htm
- site éducatif des Nations Unies
- population, géographie, économie, etc.
- tableaux comparatifs générés sur demande

Simple d'utilisation, cette base de données permet d'afficher et de comparer les statistiques les plus récentes sur les États membres de l'ONU. Population, chômage ou espérance de vie, on peut comparer jusqu'à sept pays d'un seul coup, et ce pour une bonne trentaine d'indicateurs.

La France en faits et chiffres (INSEE)

www.insee.fr/vf/chifcles/index.htm
- la France en bref
- publications de l'Institut national
- quelques statistiques de base

En France, le site de l'institut national de la statistique et des études économiques (INSEE) offre un aperçu rapide – La France en bref – des principales données économiques, sociologiques, historiques ou géographiques. En complément, le site offre aussi quelques liens et des informations générales.

POPIN : Population Information Network (Nations Unies)

www.undp.org/popin/popin.htm
- population et droits reproductifs
- projections officielles de l'ONU
- révisées annuellement...

Plus « costaud » que le site éducatif Info-Nation, POPIN est le réseau officiel de l'ONU pour les questions de population. Le site offre évidemment des statistiques et des projections sur la croissance démographique, mais aussi des rapports sur l'impact du sida, par exemple, ou des moyens contraceptifs. En complément : un glossaire de la démographie et des droits reproductifs.

PopNet : répertoire – population

www.popnet.org/
- répertoire spécialisé
- tout sur les populations mondiales
- relié au Population Reference Bureau (USAID)

Un impressionnant carrefour de la démographie sur le Web, des statistiques reliées à la croissance des populations, à l'éducation, aux questions de genre et des droits reproductifs, etc. Idéal pour les démographes et les sociologues professionnels... ou amateurs !

Stat – USA

www.stat usa.gov/
- statistiques détaillées sur l'économie
- compilées par le Département du commerce
- abonnement ou facturation à la pièce

Un service qui s'adresse au milieu des affaires, STAT-USA diffuse des données issues d'une cinquantaine d'agences. Commerce international, marché financier, secteurs industriels, etc. À noter toutefois : le site du US Census Bureau offre sans frais un bon jeu de données générales sur les États-Unis.

Statistical Data Locators

www.ntu.edu.sg/library/statdata.htm
- répertoire très complet
- toutes les ressources sont décrites
- classement par pays

Rien à redire, ce répertoire est vraiment excellent. Statistiques démographiques, économiques, financières ou sociales, tout y est ! Réalisé à Singapour, mais couvre tous les continents. À signaler : le site fait partie d'un ensemble plus vaste qu'il vaut la peine d'explorer.

Statistique Canada

www.statcan.ca/start_f.html
- site entièrement rénové
- contenus très riches, consultation sans frais
- excellent

Le grand luxe en matière de statistiques canadiennes. Le bulletin « Le Quotidien » y est accessible le jour même, comme aussi toute une gamme d'indicateurs sur le territoire, la société, l'économie, etc. À signaler : des données issues du recensement sont désormais offertes pour toutes les villes et municipalités canadiennes.

Statistique Canada : profil des communautés canadiennes

www.statcan.ca/francais/census96/list_f.htm
- statistiques des villes, municipalités, etc.
- données issues du recensement de 1996
- très bonne source d'information publique

Ajout majeur au site Web de Statistique Canada, les données issues du recencement font désormais l'objet d'une large diffusion publique. Sur le site, consultez la série Le Pays (données sur le Canada dans son ensemble) ou faites des recherches par ville pour en obtenir un profil complet : population, scolarité, revenu et travail, familles et logements, etc.

🔐

The progress of Nations (UNICEF)

www.unicef.org/pon98/

• l'état du monde
• rapport officiel de l'ONU
• 1999 et années antérieures

Tous les ans, l'UNICEF publie un rapport sur la situation mondiale dans les domaines de la santé des enfants, de la nutrition, de l'éducation, des droits de l'homme et la situation des femmes. Le site de l'organisme donne aussi accès à bon nombre de ses publications spécialisées sur les conditions de vie des enfants dans les différentes régions du monde.

U.S. Census Bureau

www.census.gov/

• États-Unis en chiffres et en cartes
• site achalandé
• spécialistes disponibles

Très bien conçu, rapide et riche en information sur les États-Unis. Économie, population, statistiques récentes, le grand manitou américain a fait les choses en grand. Un 10 sur 10 aux cartes géographiques très détaillées.

World Population Information (U.S. Census Bureau)

www.census.gov/ipc/www/index.html

• statistiques internationales : 227 pays
• population et données
   socio-économiques
• mise à jour

Cette agence du gouvernement américain offre des tableaux statistiques sur l'ensemble des pays du monde, regroupés dans une section intitulée International Data Base (IDB). Le site offre aussi des rapports plus spécialisés, un sommaire de l'actualité et enfin, côté gadget, une « horloge démographique »...

Textes numérisés : collections publiques

ABU : textes électroniques français

cedric.cnam.fr/ABU/

• œuvres littéraires en français
• Molière, Diderot, Voltaire, Sartre, etc.
• textes complets à emporter

Équivalent français du projet Gutenberg, le site de l'Association des bibliophiles universels (ABU) est une collection de textes francophones qui prend de l'ampleur. De Molière à Queneau, faites votre choix et téléchargez sans frais. Vous pouvez aussi offrir vos services pour transcrire vos textes préférés. Qui s'occupera de Proust ?

🔐

Athena : bibliothèque virtuelle

un2sg1.unige.ch/www/athena/html/francaut.html

• super franco-bibliothèque
• œuvres complètes
• grands classiques

La meilleure collection de livres en français qu'on peut trouver dans Internet, ceux qu'on peut lire sur place et ceux qu'on peut emporter sur son disque dur. Des centaines d'ouvrages aussi complets que longs à télécharger. Balzac, Baudelaire, Cyrano de Bergerac, Descartes...

🔐 ☰

Electronic Text Center (Université de Virginie)

etext.lib.virginia.edu/
- immenses archives de textes en anglais
- un peu en français aussi
- et même des textes en japonais

Un site exhaustif à souhait pour trouver à peu près tous les textes électroniques disponibles en anglais sur le réseau. Ce site d'archives contient aussi des liens intéressants vers des textes français, allemands, japonais, voire même latins! *Alea jacta est!*

Gallica : textes numérisés (BNF)

gallica.bnf.fr/MetaPrincipal.htm
- images et textes du XIXe siècle francophone
- serveur expérimental de la BNF
- l'avenir des bibliothèques

Sur son site Web, la Bibliothèque nationale de France envisage d'offrir, bientôt, la consultation de 100 000 volumes et de 300 000 images! Gallica permet dès à présent d'accéder à quelque 2 500 ouvrages numérisés en mode image, 300 en mode texte et 7 000 photographies. Pour cette première, la BNF a choisi des œuvres du XIXe siècle; Hugo, Flaubert, les photos d'Eugène Atget, etc.

La petite anthologie québécoise

www.multimania.com/jydupuis/
- romans, contes et récits du domaine public
- Aubert de Gaspé, Louis Hémon, Laure Conan, etc.
- voir aussi les autres sites de l'auteur

L'auteur Jean-Yves Dupuis a mis en format HTML quelques-uns des classiques de la littérature québécoise, depuis *Le chercheur de trésor*, le premier roman publié au Québec (1837), jusqu'à *Maria Chapdelaine* (1914). En tout, une bonne cinquantaine de textes à lire sur place ou à télécharger.

Petite bibliothèque portative (France)

www.france.diplomatie.fr/culture/ france/biblio/foire_aux_textes/
- romans français du domaine public
- format texte ou Acrobat
- Balzac, Flaubert, Zola...

Une autre collection offerte par les services culturels du gouvernement français. Des textes à télécharger en version intégrale, en particulier des romans des grands écrivains réalistes et naturalistes. *Nice touch*: les textes sont offerts dans plusieurs formats pour imprimer ou pour la lecture sur l'écran.

Projet Gutenberg

www.promo.net/pg/
- de La République au Manifeste
- du texte pur et dur sans fioriture
- tout en anglais et tout gratuit

Le classique de la numérisation des textes: on y rend disponibles des centaines de livres virtuels (littérature classique, essais, etc.) du domaine public et ce... depuis 1971. Les textes intégraux peuvent être sauvegardés gratuitement sur votre disque dur.

The Books On-line Page

www.cs.cmu.edu/books.html
- accès unifié à de nombreuses collections
- des textes à l'état brut ou illustrés
- recherche par auteur, titre ou sujet

Situé à l'université Carnegie Mellon, ce répertoire permet de retracer plus de 5 000 textes disponibles dans Internet. Pour chaque document inscrit, il est précisé s'il s'agit d'une version illustrée ou simplement d'un livre numérisé. Des ouvrages de philosophie et des textes religieux, des œuvres littéraires classiques, mais aussi des écrits politiques ou médicaux. Aucun clivage intellectuel!

The English Server Fiction Collection

eserver.org/fiction/

- une des sections du E-server
- littérature anglophone, critique, théorie
- Université de Pittsburg (CMU)

Un haut lieu de la filière américaine « art & humanités », le serveur de l'Université Carnegie Mellon offre en fait un certain nombre d'archives de textes littéraires, dont celle-ci consacrée aux œuvres de fiction (des romans pour l'essentiel), mais aussi des archives portant sur des genres ou des thèmes particuliers (essais, histoire, politique, etc.).

The Internet Classics Archive (MIT)

classics.mit.edu/

- littérature grecque et romaine
- 450 textes classiques
- commentaires et questions des visiteurs

Les vieux monuments grecs et romains de la littérature. Oubliez vos cours classiques : les 400 quelques « tomes » offerts ici sont traduits en anglais : Aristote, Platon, Cicéron, penseurs chinois et perses, etc. L'aspect intéressant du site : chaque zone-livre est aussi une zone-forum, où les visiteurs laissent leurs opinions et leurs questions. De quoi dépoussiérer un peu la sagesse...

CONSOMMATION ET FINANCES PERSONNELLES

Annonces classées, aubaines, circulaires

Circulaire.com

www.circulaire.com/
- coupons rabais et autres spéciaux
- pour faire des économies
- sans perdre de temps

Oublié le temps où vous épluchiez les circulaires : ce site s'en charge pour vous ! Du moins si vous habitez dans la région de Montréal ou Québec. Circulaire.com fait la tournée des grands supermarchés et compare leurs prix avec ou sans coupons dans des tableaux très pratiques. Et, en bonus, quelques recettes...

Journal de Montréal – annonces classées

207.139.164.11/externe/classees/peti.html
- immobilier, emplois, autos
- pour téléchargement (format Acrobat)
- vite vite vite

Les annonces classées du *Journal de Montréal* ne sont pas offertes directement sur le site du journal, mais on peut malgré tout les télécharger depuis cette page. Gratuit.

Journal Le Soleil – annonces classées

www.lesoleil.com/
- à vendre, à louer
- dans la région de Québec
- annonces affichées sur le site Web

Les annonces classées du *Soleil* sont offertes directement sur le site Web : on peut ainsi les consulter par rubrique ou y effectuer des recherches par mot clé.

L'Éconoroute

www.econoroute.com/
- pour faire des économies
- rabais et spéciaux par région
- en développement

Un site original, associé à des commerçants branchés qui offrent des coupons rabais. Choisissez votre région et votre ville, pour l'instant Montréal ou Québec (mais Chicoutimi, Trois-Rivières, Drummondville et Sherbrooke sont à venir), puis allez imprimer vos coupons sur le site des marchands participants.

Magazine Espaces – annonces classées

www.espaces.qc.ca/annonces/annonces.asp
- kayaks, canots, chaloupes...
- bottes de randonnée, équipement de plongée...
- recherche de partenaires

Les Québécois sont mordus de plein air, ce dont témoignent à leur façon les annonces classées du magazine *Espaces*, parmi les plus achalandées du genre. Expéditions annoncées, tentes et sacs à dos, vélos de montagne, on y trouve de tout... même une auto !

mtl.vendre-forsale

news : mtl.vendre-forsale
- forum Usenet encore très actif
- annonces mal classées...
- allez-y plutôt par mot clé

Les forums Usenet consacrés à l'emploi et aux petites annonces demeurent très actifs. Bien sûr, c'est un grand fouillis, mais on y déniche des offres d'emploi parfois alléchantes qu'on ne retrouve pas ailleurs, un chalet ou un ordinateur à bon prix. Pour s'y retrouver, par contre, il est plus facile de procéder par mot clé, sur un site comme DejaNews.

Petites annonces classées du Québec

www.lespac.com/
- annonces gratuites
- recherche par ville
- amitié, animaux, autos, etc.

Sur ce babillard simple et bien conçu, les annonces sont classées par ville et par catégorie. Si une offre vous intéresse, il suffit de contacter le vendeur par courrier électronique. Vous pouvez aussi y placer vos propres annonces sans frais grâce à un formulaire interactif.

Québec Classé (WebDépart)

www.webdepart.com/annonces/
- automobiles, immobilier, ordinateurs...
- une section pour le Québec, une pour la France
- beaucoup d'annonces... pas très bien classées

Le mégasite WebDépart propose une section d'annonces classées où ne figurent pas uniquement des ordinateurs, mais aussi des sections automobile, immobilier, rencontres, services, et toutes sortes d'occasions d'affaires. Assez fréquenté, le service pourrait toutefois être amélioré par un classement plus précis. Une section est réservée aux résidents français.

Automobile

Auto.com (Detroit Free Press)

www.autoauth.com/
- l'auto hier, aujourd'hui et demain
- critiques des modèles courants
- souvenirs et passions

Une publication du Detroit Free Press, un site carrefour sur l'automobile. De l'information et des nouvelles sur l'industrie, le sport automobile, des critiques sur les modèles de l'année et des chroniques sur la culture automobile.

Auto Scoop : véhicules d'occasion (Québec)

www.auto-scoop.com/
- annonces classées gratuites
- bien conçu, information complète
- liste des concessionnaires et des manufacturiers branchés

Acheter ou vendre une voiture d'occasion. Non seulement le nombre de véhicules proposés est assez important, mais vous pouvez aussi effectuer vos recherches avec des critères précis. Propose des liens vers les manufacturiers branchés et héberge également les sites de plusieurs concessionnaires du Québec.

Auto Web Interactive – Canada

canada.autoweb.com/
- acheter une voiture au Canada
- ou aux États-Unis
- forum de discussion

Une base de données de véhicules usagés qui vous permet aussi de faire passer une annonce pour vendre ou acheter une voiture. Par ailleurs, si vous préférez une voiture neuve, le site vous offre des liens vers les sites des concessionnaires de votre région. Malheureusement, ces pages contiennent peu d'informations pour le Québec.

Auto-Net (Québec)

www.pageweb.qc.ca/auto-net/
- voitures usagées ou neuves
- bonnes ressources
- développement rapide

Un des plus gros sites du genre ! Des petites annonces pour acheter ou vendre une voiture usagée, mais aussi des liens pour retracer les concessionnaires et manufacturiers (seulement ceux de la région métropolitaine de Montréal pour l'instant). Le bottin des automobilistes est aussi une bonne idée. Gazant !

AutoLinks

www.findlinks.com/autolinks.html
- répertoire américain
- classement efficace
- section destinée aux consommateurs

Répertoire des ressources d'Internet, dans le domaine de l'automobile, classées par catégorie (compagnies, magazines, associations, etc.) L'emphase est mise sur l'industrie, mais une section regroupe les sites à l'intention des consommateurs.

AutolinQ

www.autolinq.com/
- automobiles neuves et d'occasion
- chronique et guide d'achat
- concessionnaires

Un très bon carrefour d'information automobile. Outre la chronique de Denis Duquet et des nouvelles de l'industrie, on y trouve une base de données des véhicules disponibles sur le marché, ce qui permet de comparer les spécifications des modèles selon toute une série de critères. À signaler, le site offre aussi un service de cotation par courrier électronique.

Chronique automobile de Jacques Duval

multimax.infinit.net/chron.html
- évaluations
- ressources
- site qui évolue régulièrement

Le site reprend les chroniques de Jacques Duval, mais offre aussi la section Auto Bulletin, qui compile des évaluations de modèles selon l'ensemble de la presse et des organismes spécialisés. Pour acheter ou louer une voiture, vous trouverez aussi de nombreuses ressources (concessionnaires, conseils, assurances, etc.).

Edmund's Automobile Buyer's Guides

www.edmunds.com/
- référence américaine du domaine
- véhicules neufs et usagers
- énorme quantité d'informations

LE site américain à consulter avant de faire la tournée des concessionnaires. Pour chaque modèle, on y trouve une évaluation détaillée et illustrée, les prix selon l'année (pour les véhicules usagés) et enfin toute une panoplie d'informations complémentaires et d'outils pratiques.

Hebdo.Net

www.hebdo.net/
- autos, motos, camions, etc.
- consultation gratuite des annonces
- une section est réservée aux membres

Tout le contenu des magazines de la famille Hebdo, c'est-à-dire pas moins de 3 000 annonces publiées chaque semaine au Québec. Des automobiles neuves et usagées, mais aussi des motos, des bateaux et d'autres véhicules récréatifs. Comme dans la version imprimée, chaque petite annonce est accompagnée d'une photo.

Le Carrefour Internet de l'automobile

www.autologique.qc.ca/carrefour/

- répertoire bien structuré (style Yahoo!)
- lié au magazine *AutoLogique*
- excellent point de départ québécois

Le magazine *AutoLogique* offre un index de style épuré et très complet sur le monde de l'automobile. À elle seule, la liste des sujets donne une bonne idée de l'ampleur de cette industrie : art et histoire, concessionnaires et manufacturiers ; annonces classées, chroniques, entretien, législation, sport, transport, etc.

Le CD de l'auto

www.carsoncd.com/fr/

- plus qu'une simple vitrine du CD
- modèles et concessionnaires
- calculateurs pratiques

Relié au CD-ROM du même nom, ce site offre bien plus qu'une simple présentation du produit. Répertoire des fournisseurs canadiens (par province ou manufacturier), prix estimé des modèles courants et usagés, consommation d'essence, bref une mine d'informations utiles aux automobilistes. Et bien sûr un bon de commande pour se procurer la version intégrale sur CD !

Microsoft CarPoint

carpoint.msn.com/

- grand carrefour d'informations
- pour les nouveautés,
  les comparaisons, etc.
- si vous n'êtes pas allergique
  à Microsoft

Une tonne de nouvelles, de conseils et d'informations à consulter avant d'acheter une voiture neuve. Sans compter une base de données permettant des comparaisons entre les différentes marques et modèles de l'année et même des extraits vidéo pour observer la voiture de vos rêves sous toutes ses coutures...

Ze Garage

www.wild.ch/lezegarage/menu.htm

- réparation maison
- soignez votre véhicule
- en français... mais sans accents

Un site surtout consacré au sport automobile, mais où l'on trouve aussi des fiches-résumés qui expliquent le fonctionnement de certaines pièces de votre automobile et comment effectuer quelques travaux simples (vidanger l'huile, changer une roue, recharger une batterie, etc.).

Commerce en ligne

Amazon.com

www.amazon.com

- profusion de livres
- dans la langue de Shakespeare
- et bien plus encore

Cette gigantesque librairie virtuelle est un des *success story* du Web. Venez y acheter des livres (transactions sécuritaires), mais aussi lire les commentaires que déposent les visiteurs concernant des bouquins qui leur ont plu. Et en annexe, découvrez des nouvelles du monde littéraire et des entrevues avec des auteurs.

CD-World

gate.cdworld.com/

- système de commandes efficace
- graphisme horrible
- contenu imposant

Ce mégamagasin de disques situé aux États-Unis offre plus de 350 000 titres. On peut y passer ses commandes directement sur le site (serveur sécurisé) ou par le bon vieux téléphone. Livraison en cinq jours. Le prix des CD est parfois avantageux.

Centre de commerce électronique Fortune 1000

www.fortune1000.ca
- centre commercial
- répertoire des commerces en ligne
- mise en pages dynamique

Mis sur pied par la firme Fortune 1000, ce centre commercial virtuel répertorie les entreprises québécoises qui offrent des produits et services dans Internet, en indiquant en particulier les sites offrant un système sécurisé. En complément, on trouve aussi un guide pratique du commerce en ligne.

Consommation et magasinage (La Toile du Québec)

consommation.toile.qc.ca/
- sites transactionnels du Québec
- de l'alimentation au transport
- dépensez sans vous déplacer...

Une « chaîne » de La Toile du Québec consacrée au magasinage et aux sites commerciaux permettant l'achat en ligne d'un produit ou la gestion d'un compte. Fleurs et cadeaux, livres, ordinateurs ou vêtements, des centaines d'entreprises du Québec offrent désormais des services en ligne.

Cybermarché IGA

www.iga.net/
- l'épicerie du XXIe siècle
- interactif et convivial
- impressionnant

On peut maintenant faire son épicerie en restant chez soi, grâce au Cybermarché d'IGA. Vous commencez par vous inscrire auprès d'un détaillant situé près de chez vous et vous choisissez ensuite parmi 5 500 produits bien classés dans leurs rayons virtuels. Pour ceux ou celles qui adoptent ce système, une liste personnalisée selon vos habitudes vous fera encore gagner du temps...

I.D.K.Do : Idées Cadeaux

pages.infinit.net/souriane/idkdo/
- faites (-vous) plaisir !
- suggestions de cadeaux
- page d'accueil longue à s'afficher

Guylaine Constant propose un répertoire bourré d'idées de cadeaux. Que vous cherchiez à faire plaisir à votre petit neveu, vos parents ou votre amoureux(se), elle a sûrement une suggestion pour vous. En complément, on trouve des liens vers d'autres sites offrant des idées originales.

Internet Book Shop

www.bookshop.co.uk/
- livres
- librairie britannique
- recherche des titres accessibles par sujets

Cette librairie virtuelle propose un catalogue de plus d'un million de titres que l'on peut acheter en toute sécurité. Une revue des nouvelles parutions, des critiques et des informations sur les auteurs et éditeurs vient compléter le tout. Sur ce site britannique, les prix sont évidemment en livres sterling. Frais d'expédition en sus.

La Boîte Noire

www.BoiteNoire.com/
- paradis des amateurs montréalais
- achat de films
- à partir de 10 $ la vidéocassette

Carrefour des cinéphiles, la Boîte Noire propose un site superbe, où l'on peut notamment acheter une vidéocassette parmi les 10 000 titres offerts au catalogue. Les prix sont raisonnables et les frais d'expédition ne viennent pas trop gâcher la pellicule...

La FNAC
www.fnac.fr
- culture FNAC
- en vente sur le Web
- site français, alors patience!

Dans Internet, la FNAC se contente de reprendre quelques-unes de ses casquettes, ce qui veut tout de même dire qu'elle vous vend en ligne (et sur un site sécurisé) des livres, des CD, des vidéos, des CD-ROM et des voyages... Au fait, si vous allez en France, une billetterie pourra aussi vous être utile!

Le Fleuriste vert
fleuristevert.qc.ca/
- fleuristes de Québec
- bien fait mais parfois très lent
- transactions sécuritaires

Site commercial des boutiques Fleuriste vert de Québec. Bien conçu, il offre gratuitement un service automatisé de rappel des dates importantes et un carnet d'adresses dans le domaine de l'horticulture. Achat en ligne avec protocole de sécurité.

Les Boutiques Planète (Planète Québec)
planete.qc.ca/boutique/
- ordinateurs, livres, logiciels et CD-ROM
- commande en ligne (serveur sécurisé)
- ou tout simplement au téléphone

Planète Québec s'est lancé dans le commerce électronique avec une formule pleine de bon sens: la boutique offre un système de commandes accrédité par la Banque Royale, mais aussi le bon vieux téléphone (durant les heures ouvrables). Du côté des produits, des «classiques» du commerce en ligne: logiciels et ordinateurs, livres et CD-ROM d'apprentissage des langues, jeux, etc.

Librairie Gallimard (Montréal)
www.gallimard-mtl.com
- livres à acheter
- forum pour discuter
- humour

Jean-François Chételat, le «maître toilier» du site Gallimard, ne se contente pas de vendre des livres: il les aime et vous fait partager sa passion. Rien ne vous empêche au passage de faire un tour dans la librairie virtuelle (mode de paiement sécurisé), mais ici, vous pourrez aussi vous informer sur le petit monde littéraire, discuter ou même tenter de gagner un livre de la Pléiade...

Magasinez (Branchez-Vous)
www.magasinez.com/
- répertoire des magasins en ligne – Québec
- dossiers sur le commerce électronique
- point de départ pour dépenser...

Un site du réseau Branchez-Vous. Celui-ci est entièrement voué au commerce électronique sur le Web. Le répertoire des fournisseurs et des magasins en ligne est évidemment l'intérêt principal du site. En complément, des dossiers sur le paiement des factures et les achats en ligne, les serveurs sécurisés, etc.

Onsale Auctions: ordinateurs
www.onsale.com
- ventes à l'encan
- certains items réservés au marché américain
- informatique et électronique

Formidable site de vente par encan de matériel informatique et électronique, Onsale sert tout simplement d'intermédiaire entre les acheteurs et les marchands. N'a pas son pareil pour dénicher un bon prix (en devises américaines).

ShopNow.com

www.internet-mall.com/
- plus de 20 000 magasins
- outil de recherche par mot clé
- très bien tenu

De tout pour tous : ce répertoire compte plus de 20 000 magasins accessibles par Internet! Un outil de recherche permet de s'y retrouver, heureusement. Très bien tenu depuis 1994 (une éternité), ce site est tout simplement gigantesque.

Société des alcools du Québec

www.saq.com/
- bien plus qu'une simple vitrine commerciale
- vins, bières et autres boissons
- santé!

Choisissez vos bouteilles avant d'aller les acheter! Des réponses aux questions des amateurs : quels vins se marient le mieux avec votre menu et comment les servir le moment venu, etc. Vous pouvez aussi vérifier si la succursale la plus proche de chez vous possède bien ces bouteilles dans sa cave.

Finances personnelles / banques

Banque de Montréal - m b a n x

www.mbanx.com/

Banque Laurentienne

www.banquelaurentienne.com/

Banque Nationale du Canada

www.bnc.ca

Banque Royale du Canada

www.royalbank.com/french/index.html

Banque Scotia

www.scotiabank.com/

Banque Toronto-Dominion

www.tdbank.ca/

Canada Trust

www.canadatrust.com/

CIBC

www.cibc.com/

Desjardins – Accès D

//acccsd.dcsjardins.com/

- services transactionnels
- opérations courantes
- sites sous haute surveillance

La plupart des institutions financières canadiennes offrent désormais des services bancaires et financiers dans Internet. Certaines proposent de télécharger des logiciels, d'autres de passer par un serveur sécurisé, mais dans les deux cas le résultat est le même : leurs clients peuvent, à toute heure et sans se déplacer, effectuer de plus en plus d'opérations courantes par le biais du Web.

Les services offerts varient d'une institution à l'autre, mais, en général, on peut consulter ses relevés de comptes, payer des factures ou effectuer des virements de fonds. Dans certains cas, il est possible de faire une demande de prêt ou d'hypothèque. On trouve également bon nombre d'outils pratiques pour mieux gérer son budget. Enfin, l'actualité financière, et notamment l'information sur les taux de change, est évidemment un point fort des sites bancaires.

Dernier aspect à souligner, la sécurité des transactions, un des chevaux de bataille des banques qui, il faut le dire, investissent considérablement dans le développement de la cryptologie et des transactions sécuritaires. Avec le commerce électronique en plein essor, les banques entendent bien sûr jouer un rôle d'intermédiaires entre les commerçants et leur clientèle. Comme les grandes agences de crédit, les banques estiment en effet pouvoir inspirer la confiance à leurs clients et leur garantir la sécurité nécessaire aux achats sur le Web.

Le cybermarché de l'assurance

www.prestoweb.ca/assurance/
index.html

- assurances
- cabinets de courtage
- un moteur de recherche par région

Assurance-auto, assurance-vie, assurance-habitation : ce cybermarché vous permet d'en apprendre un peu plus sur les services d'une vingtaine de cabinets de courtage branchés. Le site propose aussi un répertoire plus exhaustif des agences opérant au Québec (classées par région ou secteur d'une ville).

Money Magazine

moneymag.com/

- questions d'argent
- version électronique du magazine
- outils pour vos finances personnelles

La perspective est américaine, mais ce magazine offre des conseils utiles sur les finances personnelles et en particulier une collection d'outils financiers. Calculez votre ratio dette/revenu... ou le temps qu'il vous faudra pour devenir millionnaire !

Revenu Canada

www.rc.gc.ca/

- impôt fédéral
- beaucoup de documents
- destiné au public

Le site du ministère canadien du Revenu donne l'accès à presque tous les documents destinés au public, aux guides et aux formulaires, de même qu'aux communi-

qués de presse et aux discours prononcés par le ministre !

Revenu Québec

www.revenu.gouv.qc.ca/

- impôt et taxes...
- formulaires en format Acrobat
- accès rapide

Le ministère a commencé à garnir son site de documents susceptibles d'aider les contribuables : des documents de référence sur des points particuliers de l'impôt, un bulletin d'information, etc. À noter, les formulaires sont disponibles en format Acrobat.

Immobilier, maison

Immodirect

www.immodirect.com/

- vendre ou acheter une maison au Québec
- fiches descriptives précises
- ressources et conseils

La consultation de cette base de données est gratuite, mais l'inscription d'une propriété à vendre revient à environ 20 $ pour 3 mois, ce qui inclut une fiche détaillée et une ou plusieurs photos. Évidemment on y trouve nettement moins de propriétés inscrites que dans la base du Service Inter Agences.

L'Antre Amis

www.antre-amis.com/

- hébergement
- service d'échange franco-québécois
- une maison pour vos vacances

Le Club l'Antre Amis propose un service d'échange et de location de résidences entre la France et le Québec principalement, mais aussi les États-Unis, les Bahamas (pourquoi pas?) et d'autres pays à l'occasion. Le service est offert pour de longues et de courtes périodes. Une excellente idée et un service en pleine expansion.

Maison-net

www.pageweb.qc.ca/maison-net/
- bon annuaire d'adresses québécoises
- achat, assurance, construction, rénovation...
- en collaboration avec le magazine *Touchez-Dubois*

Un répertoire des ressources sur la maison et la construction résidentielle au Québec. Pour trouver des propriétés à vendre ou à louer, mais aussi pour rénover, bricoler, s'assurer, etc. À noter: les adresses indispensables lors d'un déménagement sont réunies sous une même rubrique (gaz, électricité, téléphone).

Reealtor.Com (États-Unis)

www.realtor.com/
- base de données de l'association nationale américaine
- 1,2 million de résidences à vendre
- ... ou à *browser*

Équivalent américain du Service Inter Agences au Canada, ce site offre le répertoire intégral de l'association des courtiers d'immeubles (Realtors). Idéal pour la recherche si vous déménagez au sud de la frontière, sinon contentez-vous de «surfer» sur les palaces de Beverley Hills ou de Pebble Beach. Mais gare à vous: les millions volent bas!

Régie du logement

www.rdl.gouv.qc.ca/
- gouvernement du Québec
- pour les propriétaires et locataires
- référence utile

Outre l'information sur le mandat de cet organisme public, on trouve ici les différents formulaires prescrits par la loi et des fiches d'information qui contiennent des conseils reliés à la location et aux immeubles locatifs. Vous pourrez même y apprendre comment contester les décisions de la Régie!

Rôle d'évaluation foncière – CUM

www.cum.qc.ca/cum-fr/evaluation/accuevaf.htm
- consultation en ligne
- les indiscrétions du locataire...
- ... ou les angoisses du propriétaire

Le rôle d'évaluation est l'inventaire de toutes les propriétés d'un territoire (résidentielles, commerciales, etc.), indiquant leurs caractéristiques et leur valeur. Pour l'instant, seules la Communauté urbaine de Montréal, Laval et les municipalités de l'Outaouais offrent ce service sur le Web.

Service Inter Agences (Canada)

www3.mls.ca/mls/home.asp?L=0
- 200 000 propriétés à vendre
- partout au Canada
- informations et photos des résidences

À l'intention des courtiers et des acheteurs, le service de l'Association canadienne de l'immeuble donne accès à un répertoire de propriétés à vendre partout au Canada. On peut y faire des recherches selon la ville où on souhaite habiter, le nombre de pièces, le prix, etc. Excellent.

Société canadienne d'hypothèques et de logement

www.cmhc-schl.gc.ca/schl.html
- habitation au Canada
- financement
- conseils

La SCHL est présente dans tous les secteurs de l'habitation au Canada.

Assurances, prêt hypothécaire, marché du logement, conseils avant l'achat ou la rénovation d'une maison, exportations et investissements, etc. Par bonheur, un moteur de recherche assez efficace vous évitera de vous perdre dans tous les recoins de ce site tentaculaire.

Protection du consommateur

Adbusters Media Foundation

www.adbusters.org/
* les apôtres de la non-consommation
* regard sur la publicité et les médias
* original et provocant

Directement du Culture Jammer's Headquarters, un site iconoclaste qui ne fait pas dans la dentelle pour porter un regard critique sur la publicité, les médias et la consommation. Idées chocs et mise en scène raffinée.

Consumer Information Catalog

www.pueblo.gsa.gov/
* Centre d'information
  aux consommateurs
* américain
* publications diverses

Cet organisme américain offre un catalogue impressionnant de publications sur tous les sujets qui touchent à la consommation, des automobiles à l'immobilier, en passant par les enfants, le tourisme, le commerce ou l'argent. Ces guides ont été conçus pour un public américain, mais offrent des conseils utiles à tous.

Consumer Reports Online

www.ConsumerReports.org/
* LA référence américaine
* consommation
* tout n'est pas gratuit

Des meilleurs vins (rapport qualité-prix) aux meilleurs hôtels en passant par les vrais symptômes de la grippe, les sujets traités dans ce magazine couvrent tous les aspects de la consommation. On peut consulter une partie du site gratuitement, mais pour avoir accès à la totalité, il faut s'abonner.

Cybertribunal

www.cybertribunal.org
* commerce électronique
* arbitrage en cas de litige
* consommation

Un projet du Centre de recherche en droit public de l'Université de Montréal, le cybertribunal est un service de médiation gratuit pour les acheteurs et les commerçants en conflit d'intérêt. Comme ce service est basé sur une adhésion volontaire des parties en cause, seul l'avenir nous dira si les intéressés acceptent d'y participer.

Le point de repère en consommation (OPC)

www.protegez-vous.qc.ca/
* Office de la protection
  du consommateur
* centre de documentation et liens
* aussi le magazine *Protégez-Vous*

La meilleure adresse au Québec en matière de consommation, le site de l'OPC regorge d'informations pratiques et de références précises. À signaler, entre autres : l'annuaire (dans la section Vos droits et recours), le recueil des condamnations et un guide des achats en ligne : pour du commerce « Net ».

Le réseau de protection du consommateur

www.consommateur.qc.ca/
- répertoire des ACEFs au Québec
- information sur les prêts et l'endettement
- des outils : évaluation du budget personnel, etc.

Le site de ce réseau québécois regroupe des informations fournies par les 29 associations de consommateurs répartics au Québec. Comme chaque association a la possibilité de créer ou de modifier les contenus du site, celui-ci demeure en évolution constante.

Option Consommateurs

www.option-consommateurs.org/
- droits et recours
- information variée
- sélection de liens

Anciennement connu sous le nom de l'ACEF-Centre, cet organisme défend en premier lieu les intérêts des personnes défavorisées sur le plan économique, mais il offre aussi des ressources sur les droits et recours de tous les consommateurs. Des guides sur le crédit, l'endettement, la protection des renseignements personnels, etc.

Renseignements pour les consommateurs – Canada

strategis.ic.gc.ca/sc_consu/frndoc/homepage.html
- section du site Stratégis
- info-consommation
- conseils pratiques et liens

Le site Stratégis fourmille d'informations. Ne ratez pas le dossier sur l'art de porter plainte et le répertoire Info-consommateur, qui regroupe une multitude de ressources branchées dans tous les domaines de la consommation.

Street Cents Online

www.halifax.cbc.ca/streetcents/
- site d'une émission de la CBC
- intéressant et attrayant
- matériel d'enquête

Street Cents Online est l'extension électronique d'une émission de la CBC canadienne sur la consommation. On y trouve des évaluations détaillées de toutes sortes de produits ainsi que des réponses aux questions existentielles du type « pourquoi n'y a-t-il pas de miroir dans toutes les salles d'essayage ? » En effet...

ÉDUCATION

Écoles, collèges, organismes, universités

Braintrack University Index

www.braintrack.com

- liste internationale des universités
- 5 000 sites Web répertoriés
- classement par continent et par pays

Vous voulez continuer vos études, mais voir du pays en même temps ? Ce site répertorie quelque 5 000 universités, collèges, écoles commerciales et polytechniques dispersées dans plus de 150 pays.

Canada : écoles en ligne (Rescol)

www.rescol.ca/alasource/f/
ecoles.en.ligne/

- primaire et secondaire
- toutes les écoles branchées au pays
- bien conçu

Projet du réseau Rescol canadien, ce répertoire recense les sites Web des écoles élémentaires, secondaires et alternatives de toutes les provinces et territoires.

Ecol fr – Écoles francophones dans Internet

cartables.net/

- une des sections du site Cartables.net
- écoles francophones de 25 pays
- voir aussi les autres sections du site

Ce répertoire fait désormais partie d'un vaste ensemble de ressources regroupées sur le nouveau site Cartables.net. Très complet pour la France (les écoles sont classées par département), le site est également valable pour environ 25 pays où l'on trouve des écoles francophones.

Écoles, collèges, universités (La Toile du Québec)

www.toile.qc.ca/quebec/qceduc.htm

- section de La Toile du Québec
- classement par niveau scolaire
- mise à jour fréquente

La section Éducation de La Toile du Québec répertorie notamment les sites Web des écoles, des collèges, des universités, des associations et d'autres organismes publics et privés du réseau scolaire québécois. Pour chaque université, on signale aussi les adresses des départements qui possèdent leur propre site Web.

Ministère de l'Éducation (Québec)

www.meq.gouv.qc.ca/

- info générale, communiqués, rapports, etc.
- navigation rapide
- un bon choix de liens

Le MEQ offre énormément d'informations utiles sur son site Web, des programmes d'aide financière aux décisions sur les frais de scolarité et aux statistiques du secteur. Réactualisé fréquemment, le site offre aussi des liens vers d'autres sites éducatifs d'Internet.

Sociétés savantes (Canada et étranger)

www.lib.uwaterloo.ca/society/
overview.html

- associations professionnelles et de chercheurs
- aussi appelées sociétés savantes
- et pour cause...

Répertoire des sites d'associations professionnelles et des sociétés dites savantes. Pour trouver la Société belge de psychologie, par exemple, ou l'Association canadienne pour la santé, l'éducation physique, le loisir et la danse. Liste préparée à l'Université de Waterloo.

Web66 : registre international des écoles

web66.coled.umn.edu/Schools.html

- écoles primaires et secondaires
- en général très bon, mais pas 100 %
- classement par pays, région

Le meilleur répertoire international des écoles, commissions scolaires et autres organismes reliés à l'éducation primaire et secondaire. Le registre est assez complet pour la plupart des pays, même si les listes régionales (comme La Toile du Québec) demeurent préférables dans leur région respective.

Informatique et Internet à l'école

AQUOPS : association québécoise

aquops.educ.infinit.net/

- informations sur l'organisme
- publications CEQ et BUS
- répertoire des scénarios d'apprentissage

Active depuis plus de 15 ans, l'Association des utilisateurs de l'ordinateur au primaire et au secondaire veille à promouvoir l'usage des nouvelles technologies à des fins pédagogiques. Le site offre différents outils de recherche dans les publications de l'organisme ainsi que son répertoire de scénarios pédagogiques.

Clic – Bulletin collégial des technologies

www.vitrine.collegebdeb.qc.ca/Clic/
Clic.htm

- enseignement
- articles intéressants
- site convivial

Bulletin collégial des technologies de l'information et de la communication, Clic est en ligne depuis juin 1995 et porte sur les applications informatiques en éducation. Des articles intéressants sur les meilleures ressources pour les enseignants du post-secondaire ainsi qu'une sélection commentée de nouveaux liens dans chaque numéro.

Edu@media

edumedia.risq.qc.ca/

- éducation et inforoutes : actualité
- Québec, Canada, étranger
- pour se mettre à jour

Idéale pour se tenir à jour dans le domaine des applications éducatives des nouvelles technologies, cette publication couvre le Québec bien sûr, mais aussi le reste de la planète. Les parents, les enseignants et les étudiants y trouveront tous leur intérêt.

Guide de conception pédagogique d'un site éducatif

www.cpm.ulaval.ca/guidew3educatif/

- à l'usage des enseignants et étudiants
- de la conception à la réalisation
- Université Laval

Ce « Guide de conception pédagogique et graphique d'un site éducatif dans le réseau Internet » nous est offert par le Centre de production multimédia (CPM) de l'Université Laval. De l'analyse des besoins à la production des pages HTML en passant par le design pédagogique, ce guide offre un survol rapide, mais systématique de toutes les étapes d'un projet Web.

La Vitrine APO

vitrine.ntic.org/vitrine/
- point de départ
- références de base, liens utiles
- actualité du Réseau Éducation

La Vitrine APO (Applications pédagogiques de l'ordinateur), qui regroupe 75 établissements francophones, vise à promouvoir l'intégration des nouvelles technologies de l'information et des communications (NTIC) en éducation. Le site offre évidemment beaucoup d'informations à cet égard, dont un cours en ligne et des passerelles vers les principales ressources du domaine.

Le Lien multimédia – Éducation

www.lienmultimedia.com/education/
- actualité du multimédia
- nouveaux sites, CD-ROM et logiciels éducatifs
- projets annoncés et nouvelles de l'industrie

Remis à jour plusieurs fois par semaine, le Lien multimédia suit à la loupe les nouveautés multimédia dignes d'intérêt pour l'éducation. L'actualité du Québec est traitée plus en détail, mais on y fait aussi écho des projets annoncés en France et aux États-Unis.

Prof-Inet

www.cslaval.qc.ca/Prof-Inet/
- comment exploiter les ressources du Web ?
- projets de correspondance et collaboration
- exemples d'applications pédagogiques

Prof-Inet s'adresse aux enseignantes et enseignants des niveaux primaire et secondaire qui désirent réaliser des activités pédagogiques dans Internet, en particulier des projets de correspondance et de collaboration « classe à classe ». Un guide bien structuré et qui fourmille d'exemples utiles.

RTSQ – Réseau de télématique scolaire du Québec

io.rtsq.qc.ca/
- haut lieu de la télématique scolaire au Québec
- projets, outils, groupes de discussion
- beaucoup d'infos et de liens

Le RTSQ offre une variété de références utiles aux enseignants et pédagogues, en particulier le registre Classes@Classes des projets de collaboration sur le Web. On peut y retracer des projets auxquels il est possible de se joindre, ou encore annoncer une nouvelle initiative et y intéresser des correspondants en France, en Suisse ou en Mauritanie.

Société Grics et Cemis (Québec)

www2.grics.qc.ca/education.html
- informatique et éducation
- logiciels et services
- références utiles

La société Grics développe des logiciels et des services informatiques dans le secteur de l'éducation. Dans son site, elle propose son catalogue de produits et services, mais aussi un répertoire d'adresses éducatives et de l'information au sujet des 31 Centres d'enrichissement en micro-informatique scolaire (CEMIS) de la province.

Recherche en éducation, ressources spécialisées

Agence universitaire de la francophonie

www.aupelf-uref.org/

- monde scientifique francophone
- projet ambitieux
- vaste mais assez tortueux : fouillez !

Une vitrine de l'Espace scientifique francophone : actualité, listes des universités, centres de recherche, bourses, bases de données, etc. Peut-être le seul endroit sur le Web où on peut avoir un aperçu, quoique très incomplet, de ce qui se fait en matière d'études supérieures dans l'ensemble de la francophonie.

AskERIC

ericir.syr.edu/index.html

- index des publications spécialisées
- autres répertoires et services d'info
- commencez par en faire le tour...

ERIC est une base de données américaine indexant les études et les articles publiés dans les revues spécialisées en éducation. Rien n'est simple ici, mais le potentiel pour la recherche vaut bien qu'on se donne la peine d'arpenter le site en long et en large pour ensuite s'y retrouver plus facilement.

Chronicle of Higher Education

chronicle.merit.edu/

- manchettes américaines du front universitaire
- textes complets sur abonnement
- portion gratuite satisfaisante

Il s'agit d'un survol rapide de l'hebdomadaire américain : résumé des manchettes, développements à surveiller, données sur l'éducation au sud de la frontière, etc. Les souscripteurs du *Chronicle* peuvent aussi consulter Academe Today, beaucoup plus complet.

Index des sites éducatifs francophones (ISEF)

isef.ntic.org/

- AltaVista sur les sites éducatifs
- projet franco-québécois
- mais statut précaire...

Une réalisation franco-québécoise intéressante, mais pour l'instant en intance de « consultation » (lire : en recherche de financement). L'adresse demeure valable pour les liens qu'on y trouve avec d'autres répertoires éducatifs.

Répertoires des cours, programmes

Cursus : la formation à distance sur demande

www.cursus.edu/

- programmes de formation à distance
- Québec, France, Suisse et Belgique
- à voir : le bulletin d'actualité THOT

Un peu comme REFAD, Cursus est un répertoire des cours offerts à distance par les collèges et universités francophones. Les programmes sont classés par domaine scolaire, par niveau et par profession. À signaler : THOT, un bulletin d'actualité sur les ressources éducatives et les nouvelles technologies.

Inforoute FPT : formation professionnelle et technique

www.inforoutefpt.org/

- grand carrefour d'informations
- tous les secteurs d'enseignement professionnel
- listes de ressources très complètes

Des renseignements sur les secteurs de formation professionnelle et technique au Québec, de l'administration aux soins esthétiques, en passant par la mécanique, la métallurgie et le tourisme. Très complet :

les lieux de formation, les outils pédagogiques, les sites Web pertinents (études, emploi, etc.).

REFAD : répertoire de l'enseignement à distance

redo.on.ca/refad/

- cours à distance offerts au Canada
- recherche par matière, niveau, province
- plans de cours et conditions d'admission

Réalisé par le Réseau d'enseignement francophone à distance du Canada (REFAD), ce répertoire décrit les cours à distance offerts en français par les collèges, universités et autres organismes canadiens. La recherche s'effectue par mot clé, en précisant le niveau, la province ou un établissement scolaire en particulier.

Répertoires, points de départ

BouScol – ressources éducatives dans Internet

station05.qc.ca/csrs/BouScol/

- excellent répertoire
- primaire et secondaire
- relié au projet CyberScol

BouScol est un répertoire sélectif de ressources Internet classées selon le modèle de l'école. Plus de 600 sites sont référencés, d'abord dans un classement par sujet, et ensuite reclassés dans les tableaux des ordres d'enseignement primaire et secondaire.

EducaSource

www.educasource.education.fr/

- LE répertoire des sites éducatifs
- production du CNDP (France)
- aussi Bips, DidacSource, SavoirCollège

Le mégasite du Centre national de documentation pédagogique (CNDP) comporte plusieurs « portails » impressionnants de ressources et de matériel pour l'éducation. EducaSource est le répertoire Internet du groupe, et c'est sans doute le meilleur du genre à l'heure actuelle. Environ 3 000 sources sélectionnées et annotées.

Éducation (InfiniT)

www.education.infinit.net/

- grand carrefour des sites éducatifs
- de tout pour tous les goûts
- et tous les âges

Ce site carrefour de Videotron regroupe un ensemble impressionnant de ressources éducatives. On y trouve des nouvelles du milieu, des forums de discussion, et surtout un réseau de sites partenaires au nombre desquels Le site de la Découverte, par exemple, qui offre des milliers d'articles et d'illustrations sur les sujets les plus variés. De quoi s'éduquer longtemps...

L'Infobourg de l'éducation

www.infobourg.qc.ca/default.asp

- ressources francophones
- plus de 400 sites commentés
- et un bulletin d'actualité

LE point de départ en éducation au Québec. Deux professeurs, auteurs d'un livre sur le sujet, recensent les meilleures ressources éducatives francophones du Canada. Un répertoire de plus de 400 adresses bien classées (primaire et secondaire, collégial, universitaire, projets, gouvernements...).

Ressources pédagogiques

Aiguill'ART

station05.qc.ca/css/Aiguill'Art/

- arts plastiques et nouvelles technologies
- galeries et musées
- projets éducatifs

Un carrefour incontournable pour les enseignants en arts plastiques, les élèves et un peu tout ceux qui s'intéressent aux arts plastiques. Aiguill'ART fait la promotion de projets artistiques, présente des expositions d'œuvres d'élèves, propose des activités interactives et enfin alimente une banque d'informations diversifiées.

Allô Prof (Télé-Québec)

www.alloprof.qc.ca

- site de l'émission télévisée
- ressources pédagogiques pour les profs
- mais aussi pour les élèves

« Pourriez-vous m'expliquer ce qu'est une "estimation" en mathématiques ? » « Comment puis-je faire la différence entre un verbe transitif et intransitif ? » Voilà deux exemples de questions posées par des jeunes sur ce site, où on trouve aussi des scénarios en français et en mathématiques, des liens sélectionnés et enfin toute une panoplie de ressources reliées à l'émission.

Artsedge

artsedge.kennedy-center.org/

- art et éducation
- ressources sélectionnées
- point de vue américain

Artsedge est une mine d'informations pour tous ceux qui s'intéressent à l'art et à l'éducation. Son répertoire de ressources est particulièrement impressionnant. Les artistes, les enseignants ainsi que les étudiants apprécieront non seulement la pertinence des liens, mais aussi celle des commentaires.

Bips : Banque d'images et de scénarios pédagogiques

bips.cndp.fr/

- près de 2 000 images... pédagogiques !
- scénarios d'exploitation en classe
- site contributif : soumettez votre matériel

Projet franco-québécois, cette base de données est ouverte à la consultation et à la participation de tous et toutes. Les images sont classées par domaine (arts, géographie, sciences) et on peut aussi y effectuer des recherches par mots clés.

ClicNet : annuaire de ressources francophones

www.swarthmore.edu/Humanities/clicnet/

- assez belle présentation
- langue française
- répertoire de ressources

Une ressource indispensable pour tous ceux qui aiment la langue française, l'étudient ou l'enseignent. ClicNet regroupe plus de 2 000 liens, régulièrement actualisés, sur des sujets variés. Les rubriques Apprenez le français, Enseignez le français et Littérature francophone sont excellentes.

Clubs de sciences

www.clubscience.qc.ca/

- pour les jeunes scientifiques
- allez voir les animations
- très beau site

Le site du Regroupement des clubs de sciences du Québec, une adresse à visiter pour les jeunes passionnés de calcul et d'ingéniosité. On y trouve des forums, des informations sur les clubs existants (ou comment en créer un nouveau) et surtout une rubrique « animation » qui, à elle seule, vaut le détour. La preuve ? Le site a mérité un Octas en juin 1997.

Cyberpapy

www.cyberpapy.com/

- **pont entre les générations**
- **de l'aide pour faire ses devoirs**
- **forums de discussion et « Chat »**

Vous cherchez une idée pour une dissertation, quelqu'un pour corriger une traduction ou résoudre une équation ? Demandez de l'aide aux grands-parents qui naviguent dans ce site. Le site est en France ; alors pour le direct, n'oubliez pas que, de l'autre côté de l'Atlantique, les montres avancent de six heures sur les nôtres.

CyberScol (Québec)

CyberScol.qc.ca/

- **répertoire de ressources par sujet**
- **l'école de demain ?**
- **exemples d'intégration en classe**

Surtout connu pour les excellents projets pédagogiques qu'il chapeaute, comme CyberPresse, CyberZoo ou le Carrefour atomique, le réseau CyberScol propose un guide des ressources pédagogiques d'Internet et des scénarios d'intégration en classe. Parrainé par la Commission scolaire catholique de Sherbrooke. Excellent.

Kidlink

www.kidlink.org/francais/index.html

- **forum international pour les jeunes**
- **plus de 100 000 participants dans 120 pays !**
- **dialogue global...**

Kidlink est un grand forum international destiné aux jeunes de 10 à 15 ans où les échanges ont lieu dans une multitude de langues, y compris en français. Chaque année, divers projets sont proposés pour

l'intégration en classe. Aussi à voir sur ce site, la galerie d'art informatique qui présente des œuvres créées par des jeunes du monde entier.

L'autoroute de l'éducation : l'adaptation scolaire

pages.infinit.net/nancyg/home.html

- **choix de liens**
- **pour les pédagogues et les parents**
- **d'une enseignante en adaptation scolaire**

Un site personnel intéressant, surtout pour sa section sur l'adaptation scolaire et les handicaps. Des liens pour en savoir davantage sur l'autisme, les troubles du langage, l'hyperactivité. La Webmestre du site, Nancy Gaudreau, a aussi inclus ses liens préférés pour les enfants et les adolescents.

La bande sportive

www.cslaval.qc.ca/edphys/

- **sport à l'école**
- **ressources pour les profs**
- **... et une section pour les jeunes**

Un prof passionné de sport propose ce bel outil pédagogique pour ses confrères et consœurs qui enseignent l'éducation physique. Des petites mascottes, Pedago, Sportivo et compagnie, vous y attendent pour ouvrir le débat sur plusieurs sujets, trouver des activités pour vos élèves, dénicher des conseils, etc.

Le Grand Monde du Préscolaire

prescolaire.educ.infinit.net/

- **la référence au Québec**
- **applications pédagogiques et liens**
- **pour les enseignants et les parents**

Les bouts de choux n'ont peut-être pas leur pareil pour apprivoiser la souris ! Si le multimédia à la maternelle vous intéresse, vous trouverez ici beaucoup de matériel et de ressources, des liens vers des sites Web bien sûr, mais aussi des logiciels et des critiques de livres et de CD-ROM. Un grand nombre de ces contenus sont susceptibles d'intéresser aussi les parents.

Les sciences en vrac

www.mtl.net/~rdoucet/

- vulgarisation des sciences
- articles courts
- sympathique

Monté par Raymond Doucet, enseignant au secondaire, ce site de vulgarisation offre une centaine d'articles courts qui aident à comprendre les grands principes de physique à partir d'exemples tirés de la vie quotidienne. En prime, des signets scientifiques et une petite galerie d'images astronomiques.

Les Sharewares de Sam (Ubi Soft France)

www.ubisoft.fr/educatif/tim7net/share wares/sharewares.html

- programmes à télécharger
- gratuit
- primaire et secondaire

Sur son site, Ubi Soft ne se contente pas de vanter les mérites des CD-ROM ludo-éducatifs de la série Tim7. Outre des activités pour les jeunes, la société propose aussi une sélection de logiciels offerts en format PC. Choisissez une section, lisez les commentaires et si le programme vous intéresse, téléchargez-le !

PedagoNet

www.pedagonet.com/ext/fdefault.eht

- base de données de matériel pédagogique
- service de petites annonces
- pour les enseignants

Les enseignants disposent ici d'une base de données qu'ils peuvent utiliser pour proposer ou demander du matériel pédagogique. Les messages restent affichés pendant deux semaines. En pratique, on y trouve aussi annoncés des nouveaux sites Web.

Prof en ligne

www.cssh.qc.ca/coll/profenligne/

- un prof parle aux élèves
- ... et aux profs
- mise en pages touffue

Un site original qui propose des exercices en français, mais également, chaque mois, de nouveaux sites Web à visiter. Deux forums permettent aux élèves de discuter en direct avec des profs (le Webmestre ou d'autres visiteurs). Le tout est d'avoir de la chance et de tomber au bon moment, car les horaires d'ouverture ne sont pas franchement précisés...

Projets pédagogiques France-Québec

www.meq.gouv.qc.ca/fr-qc/

- francophonie
- projets éducatifs
- liens

Le site présente les projets en cours, mais aussi une liste utile des services éducatifs branchés de la France et du Québec. Une coopération qui vise évidemment à favoriser l'utilisation du français dans Internet.

Rescol canadien / SchoolNet

www.rescol.ca/accueil/f/

- bon choix de sites éducatifs
- présentation sympathique
- vaut le détour !

Le Rescol canadien offre une vaste collection de ressources, de sites éducatifs classés par sujet, mais aussi une foule d'outils pour les enseignants ainsi que des services pédagogiques. L'organisme agit évidemment dans les deux langues officielles, mais certains de ses projets sont uniquement en une seule langue.

Réseau Éducation Médias

www.screen.com/mnet/fre/
- enjeux des médias
- organisme sans but lucratif
- adresses de l'industrie des médias

Cet organisme se consacre à l'éducation aux médias et à leur influence sur les enfants. Le site offre beaucoup d'informations sur l'industrie des médias, ainsi que des ressources et des forums. Des sections sont réservées aux enseignants, aux étudiants et aux parents. Pour devenir un consommateur averti... des médias !

Rond-point : le Web des cours universitaires francophones

rond-point.org/cours/
- répertoire des sites de cours universitaires
- beaucoup de matière offerte dans certains cas
- apprenez la phonétique ou la chimie quantique !

Conçu à l'Université Laval sur le modèle du World Lecture Hall, le Rond-point regroupe les sites de cours créés par des enseignants francophones. Dans certains cas, seul le syllabus est disponible ou des sections sont réservées aux étudiants ; mais d'un sujet à l'autre, on y trouve aussi des cours en ligne complets accompagnés de liens spécialisés.

Savoirs Collège : documentation pédagogique

www.cndp.fr/SavoirsCollege/savoird.html
- immense projet documentaire
- des milliers de références classées par sujet
- surtout pour le secondaire et le collégial

Un projet du Centre national d'outils documentaires pédagogiques en France, ce site offre une base de données impressionnante de ressources documentaires disponibles pour toutes les matières d'enseignement. Suivez aussi le lien vers l'excellent répertoire Éducasource des sites Web sélectionnés par sujet.

SIP pour les sciences humaines

www.csmanoirs.qc.ca/wsed/sipsh.htm
- histoire, géographie, économie
- plus de 350 sites
- deuxième cycle primaire et secondaire

Un enseignant et un conseiller pédagogique proposent cet excellent répertoire de sites Web reliés aux sciences humaines. Les ressources sont listées par niveau scolaire et ont été sélectionnées en fonction du programme d'enseignement au Québec. Une bonne idée qui serait à reprendre dans d'autres disciplines.

Study Web

www.studyweb.com
- mégaressource américaine
- plus de 32 000 sites commentés
- recherche par mot clé ou rubrique

Vous avez un projet ou un exposé à rendre ? Profitez-en, Study Web vous conduit tout droit vers des sites consacrés à votre sujet. Et, au passage, il vous prévient s'ils contiennent des images pour illustrer votre devoir. Évidemment, ce serait encore mieux s'il rédigeait le travail pour vous, mais c'est tout de même un début...

The New York Times Learning Network

www.nytimes.com/learning/
- dossiers éducatifs du *New York Times*
- grandes dates vues à travers la une
- sites Web très bien conçus

Le *New York Times* offre à tous les mois de nouveaux dossiers spéciaux sur le Web, reliés à des événements de l'actualité récente ou à des grandes dates de l'histoire internationale. Ces dossiers puisent à même les immenses archives du quotidien et sont illustrés avec des photos et grands titres qui ont fait la une.

The World Lecture Hall

www.utexas.edu/world/lecture/
- des centaines de cours en ligne
- des lois égyptiennes à la sociologie
- frais de scolarité : rien du tout

Hall d'entrée d'une immense université virtuelle, ce site pointe vers des centaines de cours diffusés sur Internet (exposés didactiques, illustrations, etc.). Les choix ne sont pas tous de valeur égale, mais on trouve du matériel intéressant dans une grande variété de sujets.

Sites et médias étudiants

CyberPresse (CyberScol)

presse.cyberscol.qc.ca/
- journal réalisé par des élèves
- petite école du journalisme
- un des beaux sites scolaires du Québec

Un magazine entièrement rédigé par les élèves de plusieurs écoles québécoises et françaises. Beaucoup de contenu original et créatif, des textes pétillants et une mise en pages adéquate (mais qui manque un peu de rock & roll...).

Le Quartier libre

www.ql.umontreal.ca/
- journal estudiantin (U de Montréal)
- numéro courant et archives
- opinions endiablées sur tout et rien

Journal des étudiants et étudiantes de l'Université de Montréal, le Quartier libre est tout entier disponible sur le Web. Et, comme tout bon journal étudiant qui se respecte, il propose son lot de textes bien léchés ou bien chialés sur la vie du campus, la culture, la société et le monde...

FAMILLE ET MODE DE VIE

Coin des enfants

Berit's Best Sites For Children

db.cochran.com/li_toc :theoPage.db

- les meilleurs sites anglophones
- pour les plus jeunes
- à fouiller !

Un bon point de départ pour ceux qui sont à la recherche de sites anglophones destinés aux jeunes internautes. Outre quelques activités « maison », ce site propose des liens (commentés et notés) vers plus de 600 sites pour enfants.

Henri Dès

CyberScol.qc.ca/projets/henri_des/accueil.htm

- paroles et partitions du chansonnier
- outil pédagogique
- pour les enfants

Suzette Lecomte, une enseignante, a créé ce joli site sur le chanteur Henri Dès, où parents et enseignants trouveront du matériel pédagogique intéressant. Les chansons d'Henri Dès sont en effet truffées de poésie et d'humour et leurs thèmes touchent particulièrement les jeunes : famille, amis, animaux, phobies...

Junior Web

www.juniorweb.com/

- éducation
- chroniques
- activités

Dans ce magazine électronique, des spécialistes de l'enfance (éducateurs et éducatrices, diététistes, orthopédagogues, etc.) proposent des chroniques sur la santé, la sécurité et l'éducation des enfants, ainsi que des idées d'activités et des programmes éducatifs. Et les jeunes ont également une section qui leur est réservée.

L'Escale

www.quebectel.com/escale/

- aventures pour les jeunes
- des îles imaginaires...
- découverte et forums de discussion

Un rendez-vous incontournable pour les jeunes internautes. Ici, les « moussaillons » de 4 à 12 ans s'aventurent sur des îles et s'y amusent en apprenant toutes sortes de choses, des mystères de la Grèce ancienne aux animaux et aux étoiles... Et pour se faire des amis, l'île des Bavards, où tout le monde discute en même temps !

Le coin des petits

www.interlinx.qc.ca/CoinDesPetits/accueil/

- pour les petits
- beaucoup d'activités
- interactivité

Un petit coin très sympathique avec beaucoup d'activités, des histoires à lire et quelques jeux. Les enfants y participent en décrivant leur famille, leurs amis, leur animal préféré, etc. Beaucoup de contenu et un site joliment illustré.

Le Musée de Poche

www.museedepoche.com/
- créez des collages sur le site
- galerie à visiter
- nécessite le plug-in Shockwave

Les enfants viennent ici pour créer et échanger des collages visuels et sonores à partir d'une banque d'images proposées ou en important des images depuis leur propre ordinateur (au format gif ou jpeg). On peut aussi y exposer ses créations ou visiter la galerie des collages déjà réalisés par d'autres enfants.

Le Prince et Moi

www.onf.ca/Jeunesse/
- royaume virtuel
- jeux de mots
- beaucoup d'interactivité

Le Prince n'a jamais voulu apprendre à lire, ce qui lui pose quelques problèmes aujourd'hui... Mais heureusement, les jeunes internautes sont là pour lui venir en aide. Un royaume empreint de mystère, de labyrinthes et de jeux de mots... et un très beau cadeau de l'Office national du film aux enfants !

Le village des enfants (Petit Monde)

www.petitmonde.qc.ca/enfants/
Default.asp
- activités pour les enfants
- jeux, découvertes
- forums de discussion

Le très beau site Petit Monde comporte une section dédiée entièrement aux enfants. Et qu'est-ce qu'on y trouve ? Voyons voir : un terrain de jeu, une forêt enchantée, un studio de son, une galerie d'art et même une île aux trésors. Vous pouvez amener vos parents, mais ils n'ont pas le droit de jouer à votre place !

Les émissions jeunesse de Radio-Canada

radio-canada.ca/jeunesse/
- abondance de contenus et de couleurs
- chroniques, jeux, concours, etc.
- le nouveau site Fd6 : cool

Un site haut en couleur où Bouledogue Bazar, Bêtes pas bêtes, 0340 et les autres prennent tout l'hyperplancher. Mais en plus des émissions télé, Radio-Canada offre maintenant un site interactif conçu expressément pour le Web, Fd6, qui se développe à la vitesse grand V !

Les frimousses

www.frimousse.qc.ca/
- les enfants s'expriment
- en paroles et en couleurs
- offre aussi des jeux : animaux, lettres, chiffres...

Un site personnel agréable, où les enfants s'expriment sur leur famille, leurs animaux préférés, ou encore ce qu'ils veulent faire quand ils seront grands. On peut aussi envoyer un dessin pour ajouter au site. Et pour s'amuser, voyez la section des découvertes.

Premiers pas sur Internet

www.momes.net/
- BD, cinéma, comptines : le paradis
- un des plus beaux sites en français
- allez-y, sans enfants s'il le faut

Une adresse obligatoire pour tous et toutes, enfants, parents, grands-parents... et même arrière-grands-parents ! Tout y est : la BD sur Internet, une immense collection de comptines (textes et bandes sonores - en RealAudio), des histoires illustrées, des amis et des tribunes pour les jeunes journalistes.

Treehouse 4Kids

www.4kids.com/
- des centaines de sites
- garantis sans danger
- et sans ennui

Vos petits ne savent plus où donner de la souris. Qu'à cela ne tienne, s'ils savent parler anglais, ils devraient trouver leur bonheur sur ce site. Ici, ils ont accès à une liste impressionnante de ressources en tout genre pour s'amuser et apprendre sur le Web. Et si la mise en pages n'a rien d'attrayant, les adresses, elles, le sont.

Cuisine et gastronomie

Aux vins de France

www.avfr.com/
- vins français à la bouteille
- service commercial pour la France
- ce site devrait bien vieillir

Sur ce serveur commercial, les résidents français peuvent commander directement leurs prochaines bouteilles, parmi une sélection des 12 régions vinicoles. Quant aux étrangers, ils y trouveront quand même une information précise sur de nombreux cépages. Quelques régions, toutefois, sont encore « en cours de dégustation »...

Bière Mag

www.bieremag.ca/
- tout sur la bière
- avec ou sans alcool, à visiter !
- bières du Québec ou d'ailleurs au banc d'essai

Beau et généreux site proposé par l'équipe du magazine Bière Mag. L'information ne manque pas : des fiches techniques, des grilles d'évaluation, un petit coucou à l'Ordre de Saint-Arnoud, des liens avec d'autres sites passionnants et la possibilité de s'abonner. Cybièrenétiquement bien mené !

Bières et monde

www.cam.org/~biere/
- tout savoir sur la bière
- superbe mise en pages
- cheers !

Un site exceptionnel sur la bière, « brassé » avec brio par Michel Cusson et Éric Gravel. La liste des ingrédients est fort relevée : origines, fabrication et types de bières, répertoire des brasseries, des marques et des marchands, recettes à base de bière... En prime : les dernières pubs qui font des bubulles.

Bouffe branchée

Martine.Gingras.net/
- chronique personnelle remise à jour
- sélection de sites
- langue raffinée, palais délicat

Martine Gingras rénove fréquemment son site C'est ma tournée, un des grands « classiques » du Web québécois. La chronique Bouffe branchée (dans la section Tour du monde) est rédigée avec humour. « Alors que votre esprit se trouve agréablement nourri par les longues heures consacrées au furetage, votre corps, lui, proteste contre cette stagnation obligée... »

Boulangerie.net : pain et pâtisserie

www.boulangerie.net/
- site des boulangers-pâtissiers
- et des gourmands !
- enrichi

Destiné aux professionnels de cette industrie bien française, le site Boulangerie. net est aussi une mine d'or sur le sujet, depuis l'histoire du pain à travers les âges jusqu'aux recettes de base des meringues et des pièces montées. Et comme il se doit, on y trouve aussi toutes les bonnes adresses du domaine.

CheeseNet
www.wgx.com/cheesenet/
- fromages
- belles photos qui mettent l'eau à la bouche
- site bien pensé et sympathique

Un site américain de belle facture sur les fromages, qui a d'ailleurs mérité de nombreux honneurs. L'information n'est pas très détaillée, mais on peut quand même en apprendre davantage sur une centaine de fromages de différents pays ou bien suivre les liens vers les autres sites fromagers.

Coup de pouce
coupdepouce.infinit.net/
- cuisine, mode et santé
- conseils pratiques pour son chez-soi
- chroniques archivées sur le site

Ce mensuel québécois mêle l'utile à l'agréable comme pas un : conseils pratiques en décoration ou finances personnelles y côtoient les recettes de petits plats « sublimes », la revue des tendances mode ou les tests de nouveaux produits de beauté. Les chroniques sont proprement archivées sur le site, mais le tout sans illustration. Dommage.

Cuisine chinoise
www.chen.qc.ca/Default.htm
- offert par l'épicerie L'Escale (Saint-Georges-de-Beauce)
- recettes de la famille...
- sans façons

Un site sympathique offert par une épicerie de quartier établie à Saint-Georges-de-Beauce. Un peu de tout sur la cuisine chinoise : les ingrédients, les recettes de base, les viandes et les soupes, les entrées, etc.

Epicurious
www.epicurious.com/
- *Gourmet* et *Bon appétit*
- résumé des magazines en kiosque
- décor fastueux mais service au ralenti...

Un mégasite culinaire proposé par les magazines américains *Gourmet* et *Bon Appétit*. En plus des contenus d'actualité, on peut par exemple y retracer des centaines de recettes par mot clé ou parcourir un dictionnaire des vins. Et depuis quelque temps, le site offre aussi un volet sur le voyage.

L'encyclopédie du vin (World Wine Web)
www.winevin.com/francais/default.htm
- vins par pays
- information de base
- Québec : 20 producteurs et 12 cépages...

Un site majeur, World Wine Web propose un volet « dégustation » et une liste des bonnes adresses sur le Web, mais aussi ce répertoire complet des producteurs, classés par pays, puis par région et appellation. La liste des producteurs « débouche » sur leur site (lorsqu'ils en opèrent un).

L'essentiel du fromage
www.erimax.com/fromage/francais.htm
- Cercle des fromagers affineurs
- très beau site d'information
- pas de fromage en simili-plastique par ici

Ils ont l'essentiel plutôt long et large, les fromagers affineurs ; à vrai dire, ils sont intarissables pour partager leur passion des fromages à l'ancienne. La fabrication, les familles régionales, des conseils pour choisir : un guide complet. Une petite pâte avec ça ? Commandez auprès des membres (en France et au Québec).

La boîte à recettes Web

www.imagine-mms.com/recettes.htm
- excellent
- bon classement et interactif
- boissons, boulangerie, conserves, desserts, etc.

Plus de 6 500 recettes ont maintenant été classées dans cette immense boîte à recettes collective, constamment enrichie. Du pain aux viandes et aux volailles, on y trouve donc une belle variété, du plus simple au plus raffiné. À noter, toutefois, une bonne « portion » du site est réservée aux membres (35 $ par an).

La Bonne Cuisine de A à Z

www.multimania.com/cuisine/
- recettes à gogo
- répertoire bien garni
- présentation simple et efficace

Rien que pour vous faire cuire un œuf, vous trouvez ici une dizaine de recettes particulièrement alléchantes. Imaginez alors la fête que vous allez pouvoir célébrer dans vos assiettes en fouillant la totalité de ce répertoire. Les gourmets apprécieront... et les gourmands aussi !

Liste Gazette Gourmande

members.xoom.com/anne_gardon/
listegaz.htm
- chroniques d'Anne Gardon
- telles qu'elles sont publiées dans *Le Journal de Montréal*
- des ajouts sur le site

La Gazette Gourmande reprend les chroniques et recettes d'Anne Gardon parues dans le cahier Saveurs & Santé du *Journal de Montréal*. Elle y ajoute parfois une « entrée » ou un « dessert » sur un thème particulier.

Mac Vine

macvine.infinit.net/
- bon cru québécois
- pour les disciples de Bacchus
- aussi de l'info sur les bières

Un excellent magazine électronique québécois sur le monde vinicole, grâce auquel vous en apprendrez plus sur les vins du Québec et d'ailleurs dans le monde. De plus, vous pourrez vous initier à l'art de l'œnologie. Enfin, vous pourrez vous faire tourner la tête avec la visite virtuelle d'un vignoble d'Iberville.

Saveurs du monde

saveurs.sympatico.ca
- recettes gastronomiques de partout
- chroniques et trouvailles
- encyclopédique

Toutes catégories confondues, un des meilleurs carrefours sur la bouffe, si ce n'est le meilleur. Les aliments, les produits du terroir et la cuisine dans le monde ; des recettes de Belgique, du Québec ou d'Italie... tout y passe, chroniques, trucs et trouvailles !

The Wine Spectator

www.winespectator.com/
- LE magazine anglophone des amateurs
- incontournable
- 65 000 vins évalués !

Site immense et magnifique que celui de cette prestigieuse revue américaine consacrée au vin. Les dernières bouteilles arrivées sur le marché, des forums de discussion, tout y est ! La « cave » du site (Library) offre des milliers de pages de renseignements et de critiques, qu'on peut parcourir par pays et par région, ou encore par appellation, cépage, millésime, producteur, etc.

Végétarisme.org

www.vegetarisme.org/

- meilleure référence francophone
- recettes aux légumes
- ressources en tout genre

Un site que ne renierait pas le Roi des légumes! Non seulement vous y trouverez une foule de recettes, mais également la liste des restaurants au Québec, en France, en Suisse et en Belgique, sans oublier une foule de ressources, que vous soyez déjà converti au végétarisme ou décidé à tenter l'aventure.

Vins de Bordeaux

www.vins-bordeaux.fr/

- les 4 700 châteaux du Bordelais
- information de base et encyclopédie
- sobre, mais seulement d'apparence

Production du Conseil interprofessionnel du vin de Bordeaux, ce site contient, entre autres, la liste des 4 700 châteaux du Bordelais, des négociants et des coopératives. On y trouve aussi une encyclopédie, où sont classés les vins par cru et grand cru, et même le très officiel (mais toujours controversé) classement de 1855.

Décoration et rénovation

Art & Décoration

www.art-decoration.fr/

- « Quand la maison est belle, la vie est belle »
- extraits du magazine
- voir aussi le serveur Maison & Travaux

Ce mensuel français de la décoration n'est offert que partiellement sur le Net, mais comme les numéros antérieurs sont aussi disponibles, l'ensemble est malgré tout assez substantiel et les articles sont joliment illustrés. Du même éditeur (Massin), voyez aussi le site Maison & Travaux, qui traite de rénovation.

Home Arts magazine

homearts.com/depts/fresh/newhome.htm

- vie à la maison
- magazine américain
- contenu large

Magazine très diversifié sur tout ce qui touche la vie à la maison et la famille, de l'installation d'un bureau dans le sous-sol aux conseils alimentaires et à la mode. Le cocooning sous toutes ses coutures.

LivingHome Online

www.livinghome.com/

- conseils et outils pour la rénovation
- site américain qui vaut le détour
- contenu solide sur le ton humoristique

Magazine américain sur la maison, la rénovation, le bricolage et le jardinage. On y trouve un contenu abondant, pratique et diversifié, dans une présentation qui ne manque pas d'humour. Peut-être le meilleur site anglophone du genre.

Réno-Dépôt

www.renodepot.com/

- rénovation
- des conseils et des liens choisis
- faire sa liste de magasinage

Un site à visiter par les bricoleurs et les grands entrepreneurs! Ils y trouveront des conseils pour réaliser leur projets, mais aussi des calculettes, des guides d'achats et des forums de discussion. Et bien sûr, Réno-Dépôt a des idées sur l'endroit où trouver les matériaux dont vous aurez besoin.

Jardins, fleurs et plantes

Aménagement paysager et horticulture

www.hazelgraf.qc.ca/jardins/

• les sites québécois du domaine
• incomplet, mais un parcours agréable
• mise à jour attendue

Un point de départ conçu au Québec, pour « inspirer » les jardiniers amateurs, leur donner des idées, tout en fournissant des liens du côté des entreprises de services, des producteurs et des revendeurs. Fleurs, piscines et accessoires, sites personnels : il ne vous reste qu'à apporter vos chaises de parterre…

Fleurs, plantes et jardins

jardins.versicolores.ca

• site très utile
• trucs horticoles
• plantes indigènes et autres

Ce site fait le tour de la question horticole. L'information y est généreuse et très pertinente. Si vous vous abonnez au magazine, vous ne serez que le 300 001e lecteur… Avis aux passionnés, la visite est très bien guidée !

Flowerbase

www.flowerbase.com/

• fleurs : l'expertise hollandaise
• base d'images
• 361 espèces de tulipes !

Base de données toute en images, ce site hollandais offre des photographies de plus de 10 000 espèces de fleurs et de plantes. Les images, qui proviennent d'un catalogue commercial, sont de très belle qualité.

Garden Net : Gardening on the Internet

gardennet.com/

• site « vert » très diversifié
• du bambou aux plantes carnivores
• des ressources et encore des ressources

Une liste de liens impressionnante pour tout découvrir sur le jardinage sur Internet… Des bonsaïs aux cactus en passant par des références sur la botanique, mais aussi les plantes naines, les accessoires, les maladies des plantes, etc. Verdoyant !

GardenWeb : forums de langue française

www.gardenweb.com/forums/francais/

• jardinage et horticulture
• forums de discussion
• de nouvelles « pousses » quotidiennes

Une des sections du site GardenWeb, mais tout en français. Ces forums sont très actifs et fréquentés par des passionnés du Québec autant que de France ou des États-Unis. Plusieurs sujets : arbres, arbustes et conifères ; bassins et plantes aquatiques, fleurs et plantes d'intérieur, potagers et vergers, observation des oiseaux, trucs et conseils pratiques, etc.

Jardin botanique de Montréal

www.ville.montreal.qc.ca/jardin/jardin.htm

• ils ont le jardin, manque les plantes…
• … mais ça pousse !
• caméra en direct (Montréal Cam)

Le site Web du Jardin botanique de Montréal offre un bel éventail d'informations, ainsi qu'un parcours illustré du jardin et du pavillon japonais. Une visite virtuelle plus détaillée et une base de données sur les plantes sont annoncées pour bientôt. Mais comme on y trouve plus de 20 000 espèces dans une trentaine de jardins et 10 serres d'exposition, vaut mieux se rendre sur place !

Le livre Internet sur les bonsaïs

www.odyssee.net/~mhcgdd/bonsai.htm
- pour garder vos bonsaïs en santé... longtemps !
- histoire
- conseils

Dominique Doucet a acheté son premier bonsaï en 1995. Comme il trouvait peu de ressources francophones sur le Web pour le guider, il a décidé de créer un site de son cru. De l'histoire à l'entretien, en passant par les différentes formes que l'on peut donner aux arbustes, le site offre une mine d'informations et le tout est joliment illustré.

Linda's Orchid Page

www.orchidlady.com/
- bonne présentation et précieux conseils
- attention ! vous pourriez devenir dépendant !
- superbes photos

Un site très complet pour en savoir plus sur les orchidées. Un historique, de la mythologie, une galerie de photos impressionnante, un dictionnaire illustré, des timbres, etc. Multiples conseils pour faire pousser des orchidées chez soi. Tout ça, varié et très beau. Avec la musique d'ambiance en prime.

Organic Gardening

supak.com/organic_gardening/ organic.htm
- site original et bien documenté
- liens vers d'autres ressources
- pour les mordus et les militants

Un peu de tout sur le jardinage sans pesticides ou engrais chimiques, et aussi de très bons liens vers d'autres sites traitant du même sujet. Un site interactif intéressant pour les mordus et les militants, qui sont invités à faire parvenir au Webmaster leurs trucs et suggestions.

Plants National Database (USDA)

plants.usda.gov/plantproj/plants/
- pour les spécialistes et le grand public
- galerie d'images en développement
- du Département de l'agriculture (États-Unis)

Cette base de données s'adresse d'abord aux professionnels en conservation des ressources naturelles, biologistes ou chercheurs « sur le terrain » (ou dans les marécages...). Les jardiniers du dimanche et les amateurs de belles photos y trouveront aussi leur compte.

The Garden Gate

www.prairienet.org/ag/garden/ homepage.htm
- liens pour les amoureux de la nature
- site soigné et agréable
- mises à jour fréquentes

Un répertoire sélectif très bien tenu sur le jardinage : livres, bases de données, conseils et visites virtuelles de jardins, etc. Pour les plus enthousiastes « mains vertes », voyez aussi les forums et listes de discussion spécialisées en horticulture. Bref, pour tous les goûts !

The Virtual Garden (*Time Life*)

vg.com/
- encyclopédie *Time Life* des plantes
- autres magazines et jardins virtuels
- très beau site de Time Warner

Ce mégasite américain offre une quantité impressionnante de ressources, à commencer par l'encyclopédie des plantes de *Time Life*, où on trouve des illustrations et des indications pour plus de 3 000 variétés de plantes de jardin et d'intérieur. Superbe.

Un jardin au Québec

pages.infinit.net/sgm/jardin1.htm

- un jardin
- où l'humour pousse très bien...
- irrésistible

Serge Melançon vous invite dans son jardin de banlieue. Un petit paradis de quelque 10 000 pieds carrés qui lui suffisent à peine à assouvir sa passion ! Vous découvrirez dans ce site des conseils en tout genre utiles pour les jardiniers, mais c'est surtout en raison de l'humour de votre hôte que ces pages finiront dans vos signets !

Mode et soins de beauté

Clinique

www.clinique.com

- produits cosmétiques, conseils, boutique
- tous les sujets pour être belle !
- certaines sections uniquement en anglais

Tout sur les produits de la firme Clinique, dont le site offre aussi un mini-questionnaire interactif vous permettant de choisir les produits qui vous conviennent le mieux. Des trucs et des astuces sur les soins de la peau, le maquillage, la protection contre les rayons solaires, etc. Et bien entendu une boutique en ligne.

ELLE Québec

elle-quebec.infinit.net/

- très beau site
- mode et beauté, culture, santé, humeurs...
- liens vers les éditions internationales

Le magazine *Elle Québec* s'est doté d'un très beau site Web, où sont archivés les articles et les chroniques du dernier numéro et des éditions antérieures. Rubrique Art de vivre, billets d'opinion de collaboratrices (ou parfois de collaborateurs), produits et accessoires testés : des textes courts et de lecture agréable, le tout présenté dans un décor où élégance rime avec simplicité.

Fashion UK

www.widemedia.com/fashionuk/

- à la mode anglaise
- très jolie revue
- annuaire des designers anglais

Excellent résumé du dernier numéro de la revue *Fashion UK* (gentiment appelée « f.uk » !), un magazine qui gagne à être connu. De bons articles, un concept graphique original et, en prime, un annuaire des designers anglais et d'autres liens sur la mode et les soins de beauté.

Firstview

www.firstview.com/

- des milliers de photos de 100 designers
- collections récentes réservées aux abonnés
- du beau monde et du beau linge...

Les collections de chaque saison telles qu'elles sont dévoilées lors des grands défilés de Londres, de Paris, de Milan et de New York. Plus de 10 000 images des créations récentes d'une centaine de designers, phénoménal ! Seul hic : aucune description des vêtements et les collections les plus récentes sont réservées aux souscripteurs. Une chose est certaine : ce n'est pas le site idéal pour rehausser l'estime de soi !

La Mode Française

www.lamodefrancaise.tm.fr/

- industrie de la mode en France
- s'adresse aux professionnels et au grand public
- magazine superbement illustré

Ce site de référence est produit par le Centre technique des industries de l'habillement. En plus d'annuaires et de forums destinés aux professionnels du vêtement, on y trouve une manne d'informations sur l'industrie du textile, les fibres et les procédés de fabrication, d'une part et, d'autre part, des portraits de designers, un «suivi» des défilés et une section mode de la rue.

Les Ailes de la Mode

www.lesailes.com/
- **un mannequin virtuel à votre silhouette**
- **vous donne ses conseils**
- **des Boutiques San Francisco**

Une première au Canada. Les femmes peuvent y trouver des conseils personnalisés en fonction de leur silhouette, le tout grâce à un mannequin virtuel. Commencez par créer votre double et il vous dira ce qu'il vous conseille de porter ou d'éviter.

Men's Club

pages.infinit.net/webmania/menclub/
- **mode au masculin**
- **conseils et ressources**
- **long à télécharger**

Des conseils pour vous, messieurs... si vous avez la patience d'attendre que les très longues pages de ce site arrivent jusqu'à vous. Aussi des informations pour savoir où magaziner et aller faire admirer votre garde-robe dans les coins chauds de Montréal!

The Museum for Textiles

www.museumfortextiles.on.ca/
- **site promotionnel bien installé sur le Web**
- **histoire de la mode**
- **initiation réussie aux textiles**

Le site du Musée du textile de Toronto est l'endroit idéal pour en découvrir plus sur la mode à travers les âges. Allez faire un tour dans la galerie, de très belles images vous y attendent. Élégant!

Vivre la mode

www.ivic.qc.ca/mode/home.html
- **point de départ incontournable**
- **toute la mode dans Internet**
- **très belle mise en scène**

Une mine d'or à fouiller si la mode vous intéresse. Vous y trouverez en effet le meilleur de la mode branchée, le tout bien classé en rubriques: au masculin, accessoires, coiffure, tendances actuelles, signatures, etc. Les sites ne sont pas commentés, mais des icones indiquent ceux offerts en français ou ceux offrant un service d'achat en ligne.

Ressources pour adolescents, jeunes adultes

AdoMonde francophone

adomonde.educ.infinit.net/
- **cyberjournal**
- **écrit par et pour des ados**
- **forum qui bouge...**

Un site apprécié des ados qui viennent y publier des articles et lire la prose d'autres jeunes. Un portrait d'Eddy Merckx côtoie celui de Magritte ou des Backstreet Boys, mais les ados s'expriment aussi sur l'actualité, des sujets de société comme la solitude ou parlent de leur coin de pays.

Antoine et Amélie

www.geocities.com/Paris/4884/index.html
- **ressources pour les 12-18 ans**
- **sympathique**
- **forum pour discuter**

Antoine et Amélie, respectivement âgés de 18 et de 15 ans, vivent à Paris et passent sûrement beaucoup de temps sur le Web. Si vous en doutez, fouillez leur sélection de sites : au total, plus de 200 adresses pour apprendre, faire ses devoirs et s'amuser. Et pour jaser avec eux ou d'autres visiteurs, passez par le forum.

Hachette Junior – répertoire

www.hachette.net/junior/
- sites pour apprendre et s'amurer
- top 20 des sites les plus visités
- excellent répertoire

L'éditeur Hachette offre un très bon répertoire sur le Net. La section réservée aux jeunes, en particulier, vaut le détour. Dans le coin gauche, les sites pour apprendre, classés par matière et par niveau. Et dans le coin droit, les jeux, les sports, les forums, etc.

Jeunesse, J'écoute

jeunesse.sympatico.ca
- service d'assistance
- informations sur les problèmes...
- forums pour en discuter

Amour, sexualité, drogue, MTS, famille, violence. Ici, comme avec le service téléphonique du même nom, pas de sujet tabou ! Les jeunes trouvent des dossiers pour s'informer, mais viennent ici surtout pour discuter de leurs problèmes ou chercher des conseils. Les parents y découvriront aussi des ressources.

Sites pour les parents

Dis papa !

www.dispapa.com/
- pourquoi la mer est bleue ?
- pourquoi la colle ça colle ?
- ... c'est quoi une question ?

Parents du monde entier, unissez-vous contre les questions malicieuses de vos rejetons ! Vous aurez compris que, par delà les papas et bien entendu les mamans, c'est aux petits que le site s'adresse, offrant des réponses aux questions élémentaires, mais parfois délicates d'un enfant de 6 à 10 ans.

Family Education Network

families.com
- éducation
- site américain
- mais des sujets universels

Ce site américain vise à « aider tous ceux et celles qui veulent participer activement à l'éducation de leurs enfants ». On y trouve des forums pour discuter avec d'autres parents et des experts (enseignants, thérapeutes, pédiatres), mais surtout une série d'articles sur des sujets variés : apprentissage, santé, sécurité, etc.

La page des parents

pages.infinit.net/parents/
- des parents parlent aux parents
- sympathique et attrayant
- un guide des premiers soins

Une page personnelle créée par des parents de Jonquière. Les enfants y trouveront des chansons (paroles et musique), des contes, des jeux, etc. Les parents, des prénoms pour ceux qui manqueraient d'inspiration, mais aussi des trucs et des conseils en tout genre ainsi qu'un guide des premiers soins.

Parent Soup

www.parentsoup.com
- métier : parent
- éducation
- forums

Un site américain à visiter pour trouver des conseils à propos d'éducation, mais aussi discuter avec d'autres parents. Il y a des sections en fonction de l'âge de vos « chérubins » ou de vos « monstres ».

Parents d'aujourd'hui (Radio-Canada)

radio-canada.ca/parentsdaujourdhui/
- site de l'émission de télévision
- éducation, santé, loisirs, etc.
- section Quoi faire excellente

L'émission animée par Myriam Bédard propose diverses chroniques sur la vie quotidienne en famille, des trucs et des conseils toujours appréciés des parents et parfois des enfants ! Pas facile d'attraper l'émission le samedi après-midi ? Les chroniques sont toutes reprises sur le site Web, qui offre aussi des liens sélectionnés et un excellent calendrier d'activités (recherche par ville et date).

Parents Infos

www.geocities.com/Heartland/Prairie/ 6800/index.htm
- **information et liens externes**
- **textes intéressants issus d'un forum**
- **site personnel des plus sophistiqués**

L'auteur de ce site a agi comme modérateur d'un forum de discussion pour les parents.

Profitant de cette expérience, il offre un site de référence sur divers sujets de préoccupation pour les parents ou les adolescents. Bonheurs et malheurs confondus : décrochage, drogues, enfance, justice, périnatal, scolaire, sectes, sexualité, etc.

Petit Monde – page d'accueil Famille

www.petitmonde.qc.ca/
- LE site Famille
- pour les professionnels, les parents, les enfants
- Petit Monde voit grand

L'un des plus beaux sites conçus au Québec, Petit Monde est le carrefour incontournable de l'enfance et de la famille sur le Web.

Informations et conseils pratiques, liens externes, forums de discussion : tout est excellent. À signaler : l'ensemble se répartit en trois volets, soit Famille, Professionnel et Village des enfants.

Village de la famille

www3.sympatico.ca/marianne.pelletier/
- répertoire pratique
- signale l'origine et la langue des sites
- par une archiviste... mère de famille !

Une excellente collection de signets pour les parents et les adolescents. Les thèmes abordés vont de la pouponnière (grossesse, naissance, allaitement, etc.) à l'école (sites et jeux éducatifs pour les jeunes), en passant par la garderie, la clinique médicale, la santé, le rôle parental, etc.

GOUVERNEMENTS ET LOIS

Agences internationales

Europa : l'Union européenne
europa.eu.int
- bon survol de l'Union européenne
- site bien structuré
- toujours en anglais et parfois en suédois

Porte d'entrée de l'Union européenne. Les institutions et l'agenda politique du parlement y sont bien résumés. À certains endroits, on vous offre l'information en 11 langues. Vous y apprendrez qu'au Conseil de l'Union européenne, la France a droit à 10 votes contre 3 pour la Finlande... équité oblige !

Genève international
geneva.intl.ch/geneva-intl/gi/egimain/edir.htm
- Genève et ses organismes
- accès par thème, mot clé, géographie
- informations succinctes sur les organismes

Genève, centre du monde. Ça semble encore plus vrai en visitant ce site : 260 institutions s'y côtoient, des 67 agences de l'ONU aux 158 organisations non gouvernementales. On peut s'y informer sur l'Académie internationale de la céramique et même la situer sur une carte du Canton de Genève.

Nations unies
www.unsystem.org/indfx.html
- l'ONU dans toute son envergure
- tous les organismes
- listes alphabétiques ou selon le système de l'ONU

Le site officiel de l'ONU répertorie tous les sites Web des centaines d'organismes du système des Nations unies. Idéal pour retracer les sites de la Cour internationale de Justice, de l'UNESCO ou du Programme alimentaire mondial.

UN Wire :
News Briefing about the UN
www.unfoundation.org/unwire/
- actualité des Nations unies
- affaires internationales
- environnement, population, réfugiés, etc.

Un fil de presse centré sur l'actualité internationale vue à travers le spectre des organismes de l'ONU. Des textes courts (mais reliés aux sources originales) sur les récents développements ou crises en cours dans les domaines de la santé, de l'économie ou de la sécurité internationale.

Canada/Québec

Gouvernement du Canada
canada.gc.ca/main_f.html
- survol du Canada
- liens aux ministères et organismes
- plutôt bilingue

Le site principal du gouvernement fédéral propose une information de base abondante (survol du Canada, principaux programmes fédéraux, etc.), mais surtout l'accès aux sites particuliers des institutions, ministères et organismes fédéraux.

Gouvernement du Canada : annuaire de la fonction publique fédérale

direct.srv.gc.ca/cgi-bin/wgwfrn

- annuaire téléphonique
- fonctionnaires au bout du fil...
- recherche par nom, ministère, organisme

Les services d'annuaires gouvernementaux du Canada sont désormais sur le Web, intégrant les coordonnées de tous les fonctionnaires fédéraux. Utile pour trouver le numéro de téléphone d'un « contact » ou identifier le ou la titulaire d'un poste dans l'administration.

Gouvernement du Québec

www.gouv.qc.ca/

- tout sur le gouvernement et ses activités
- accès aux sites des ministères
- site en perpétuelle constitution

Cette porte d'entrée officielle procure des liens vers l'ensemble des sites gouvernementaux, y compris la page du Premier ministre et celles de l'Assemblée nationale, l'information sur le territoire et le tourisme au Québec.

Gouvernement du Québec : Communications Québec

www.comm-qc.gouv.qc.ca/

- annonces officielles du gouvernement
- guides de base pour les citoyens
- vraiment pas un *cool site of the day*...

On trouve ici les communiqués de presse récents du gouvernement du Québec et quelques guides thématiques à l'usage des citoyens : bébé arrive, changer d'adresse, créer une entreprise, etc. « Certaines démarches complexes auprès de l'appareil gouvernemental : enfin simplifiées ! ». Tu parles...

Gouvernement du Québec : institutions et organismes

www.gouv.qc.ca/institut/indexf.htm

- raccourci pratique
- de l'Assemblée nationale aux tribunaux
- voir aussi Cassiopée : la recherche par mot clé

Pour retracer le site d'un ministère ou d'un organisme provincial, pas la peine de vous « farcir » chaque fois la page d'accueil du gouvernement. Passez Go et précipitez-vous sur cette liste : institutions politiques et judiciaires, ministères, réseaux de l'éducation et de la santé, etc. Tout le gouvernement sur une page... Incroyable !

États-Unis, France, autres pays

Admifrance : annuaire Internet de l'administration française

www.admifrance.gouv.fr/

- France : tous les serveurs du gouvernement
- recherche par nom ou secteur d'activité
- parfois difficile à rejoindre

Inutile de garder dans vos signets l'adresse de l'Académie française, celle de l'Action sociale ou de l'Aviation civile : cet annuaire de l'administration française regroupe tous les serveurs du gouvernement et de ses agences, le tout proprement classé par nom et secteur d'activité.

Foreign Government Resources on the Web

www.lib.umich.edu/libhome/
Documents.center/foreign.html

- sites des gouvernements
- répertoire international
- liens pour suivre l'actualité

Un excellent serveur de l'Université du Michigan, qui offre non seulement des liens vers les sites officiels des gouvernements, mais également vers d'autres serveurs principaux de chaque nation : ambassades, presse nationale, sources d'informations statistiques, etc. D'autres sections du site couvrent les agences et les lois internationales.

Le serveur France

www.france.diplomatie.fr/

- la France se présente
- portrait diplomatique
- bon point de départ

Le ministère français des Affaires étrangères propose un portrait officiel de l'Hexagone. On y trouve des données géographiques, historiques, économiques et culturelles ainsi qu'une présentation des différentes institutions françaises et quelques liens. Pour retrouver l'ensemble des sites du gouvernement, consultez plutôt AdmiFrance.

Rulers : les chefs de gouvernement

www.geocities.com/Athens/1058/
rulers.html

- liste des chefs d'État depuis 1900
- tous les pays
- mise à jour mensuelle

Pour chaque pays, ce site offre une liste des chefs d'État qui se sont succédé depuis le début du siècle, avec les dates de leur passage au pouvoir et parfois des photos et des liens. Comme vous pourrez le constater, le zoo de la politique compte de nombreuses espèces : des présidents et des Premiers ministres à profusion, mais aussi des chanceliers, des empereurs et des sultans !

USA : FedWorld Information Network

www.fedworld.gov/

- sites Web du gouvernement américain
- agences fédérales
- documents, infos sur les carrières, etc.

Une autre grande porte d'entrée vers les sites du gouvernement américain. En plus des répertoires de ressources fédérales, le site propose des liens vers des bases de données spécifiques et des informations sur les carrières dans l'administration publique.

USA : The Federal Web Locator

www.law.vill.edu/fed-agency/
fedwebloc.html

- organismes publics et parapublics
- agriculture, commerce, défense...
- ... transport, trésor, vétérans

Un bon répertoire des agences gouvernementales américaines et un bon moyen, par la même occasion, de s'y retrouver dans un dédale administratif qui trouve ici un semblant d'ordre !

Lois et publications officielles

Catalogue des Publications du Québec

w3.doc.gouv.qc.ca/

- catalogue complet et descriptif
- système de transaction sécuritaire
- mise à jour fréquente

Comme son nom l'indique, ce site contient le catalogue complet des publications produites par les ministères et organismes gouvernementaux du Québec. Il est possible d'en commander la version électronique. Bien conçu, le site permet la recherche par mot clé ou par sujet, et offre des sections de nouveautés et des suggestions.

Charte canadienne des droits et libertés

www.laurentia.com/ccrf-ccdl/
- texte intégral en plusieurs versions
- pour lire sur le site ou imprimer
- liens vers d'autres serveurs du domaine

Contribution personnelle de Michel Gélinas, ce site est idéal pour se familiariser avec la Charte : on y trouve le texte intégral en français et en anglais, une version bilingue (deux colonnes), une version à imprimer, et enfin une liste d'adresses recommandées.

Code civil du Québec

www.droit.umontreal.ca/doc/ccq/fr/index.html
- Code civil du Québec
- décisions de la Cour suprême
- navigation aisée

Le texte intégral du Code civil du Québec, présenté sur le beau serveur Web du Centre de recherche en droit public (Faculté de droit de l'Université de Montréal). On peut y effectuer des recherches par mot clé ou par numéro d'article.

International Constitutional Law

www.uni-wuerzburg.de/law/home.html
- lois constitutionnelles dans 75 pays
- documents archivés sur le site et quelques liens
- aussi des informations de base sur chaque pays

Ce site allemand archive les lois constitutionnelles de 75 pays, de l'Australie à la Zambie, et offre aussi quelques informations de base sur les constitutions, chartes de droits et autres lois fondamentales de ces pays. Les textes sont disponibles sur le site en version anglaise, mais dans certains cas on offre aussi des liens vers les serveurs nationaux.

Lois du Canada

canada.justice.gc.ca/Loireg/index_fr.html
- lois canadiennes : la porte d'entrée
- rapide et complet
- mais difficile de s'y orienter

Le répertoire le plus complet des lois canadiennes. C'est la porte d'entrée tout indiquée pour effectuer des recherches dans le texte intégral des lois. La taille du site et le classement adopté rendent toutefois la navigation difficile aux non-initiés.

Lois du Québec : Infobase

w3.doc.gouv.qc.ca/
- lois et règlements du Québec
- consultation gratuite d'une partie
- le reste sur abonnement (cher)

Ce site de l'Éditeur officiel permet de consulter et de rechercher dans le texte intégral des lois du Québec. On laisse aux avocats, aux juges et aux notaires le plaisir d'aller découvrir le prix de l'abonnement... Par contre, une version limitée de l'Infobase est aussi offerte gratuitement et elle est assez bien garnie : code de la route, code du travail, loi sur l'adoption, etc.

Municipalités/régions

Communauté urbaine de Montréal

www.cum.qc.ca/
- informations sur l'organisme intermunicipal
- services de la CUM
- tourisme dans le grand Montréal

La Communauté urbaine de Montréal : des informations sur ses 29 municipalités, ses fonctions, ses structures, son annuaire téléphonique. Mais aussi une liste de ses services administratifs, les appels d'offres publics de la CUM, de même qu'un lien pour rejoindre le site de l'Office des congrès et du tourisme du grand Montréal.

La Toile du Québec : municipalités

www.toile.qc.ca/quebec/
qcgou_municipal.htm
  • villes et municipalités du Québec
  • organismes publics : pompiers,
    policiers, etc.
  • des sites qui vont fusionner ?

Cette section de La Toile du Québec recense les sites Web des administrations publiques, les mairies et conseils municipaux, bien sûr, mais aussi les tables de concertation régionale, les corporations de développement économique, les services d'urgence, etc.

Munisource : répertoire des municipalités

www.munisource.org/
  • 2 500 villes branchées (26 pays)
  • inclut les administrations régionales
  • incomplet, mais meilleur
    pour le Canada

Un carrefour du monde municipal sur le Web. Les listes d'adresses demeurent incomplètes pour de nombreux pays, mais comme le site est réalisé par une entreprise des Maritimes, les villes canadiennes y sont bien représentées.

Ville de Montréal

www.ville.montreal.qc.ca/
  • beaucoup d'information
    sur les services
  • site en réfection continuelle
  • voyez la liste alphabétique des sujets

La Ville de Montréal n'a pas tardé à s'installer sur le Web et son site offre beaucoup d'information utile aux citoyens et aux visiteurs, des services d'Accès Montréal aux permis et règlements, en passant par le Biodôme, le Planétarium, les arénas et terrains de tennis... Pour s'y retrouver rapidement, consultez la liste alphabétique des thèmes d'information.

Répertoires juridiques

Barreau du Québec

www.barreau.qc.ca
  • pratique du droit au Québec
  • information pour les avocats
    et le public
  • site sophistiqué

Le site du Barreau offre évidemment beaucoup d'information corporative et certains services sont réservés aux membres. La bibliothèque et les signets juridiques se destinent davantage au grand public. Pour les plus curieux, le *Journal du Barreau* est un bon moyen de se tenir au fait de l'actualité juridique.

Bibliothèque virtuelle en droit canadien

www.droit.umontreal.ca/doc/biblio/
index.html
  • droit et lois canadiennes
  • excellente référence
  • Université de Montréal

Ressources en droit et accès aux lois canadiennes. Régulièrement mis à jour, le matériel disponible est classé par source : parlements et législations, municipalités, jurisprudence, etc. Le tout sans commentaires mais convivial, facile à utiliser et très pratique.

FindLaw : Internet Legal Resources

www.findlaw.com/

- tout sur la Constitution américaine
- liste d'écoles et de revues de droit
- quelques liens avec d'autres sites

La bible légale des États-Unis. Articles de lois, amendements, tout y est, qu'on parle de la Constitution américaine ou de celle de chaque État. Quelque peu aride, toutefois, cette ressource ne permet pas, entre autres, de savoir combien d'États imposent encore la peine de mort.

Juridex : les ressources juridiques

juriste.gouv.qc.ca

- complet
- mis à jour par l'Éditeur officiel
- rapide et bien présenté

Ce répertoire réalisé au Québec recense plus de 2 000 sites Web d'information juridique. Les ressources sont classées par pays et par grande discipline (criminel, civil, etc.). On peut y faire des recherches par mot clé. La mise à jour est assurée par l'Éditeur officiel du Québec.

Law-Related Internet Resources (York)

info.library.yorku.ca/depts/law/links.htm

- excellent point de départ
- droit canadien et international
- Université York

La bibliothèque de l'Université York (Toronto) tient à jour un répertoire bien documenté des sites Web du domaine légal. Recherche par pays (le Canada, les États-Unis, l'Angleterre et quelques autres sont couverts plus en détail) ou par thème : droit administratif et criminel, commerce international, droits humains, propriété intellectuelle, etc.

Le Réseau juridique du Québec

www.avocat.qc.ca/

- grand carrefour d'information
- recherchez un avocat par spécialité
- dossiers à l'intention du grand public

Un site incontournable, qui parvient à intégrer à peu près toutes les informations juridiques utiles aux citoyens et aux gens d'affaires. On peut y rechercher un avocat ou un cabinet, ou consulter des textes juridiques vulgarisés sur les contrats ou le recours collectif. Et pour ne rien gâcher, les liens vers les autres sites juridiques sont excellents et mis à jour régulièrement.

Société québécoise d'information juridique (SOQUIJ)

www.soquij.qc.ca/

- bases de données pour les professionnels
- aussi des contenus très riches en accès public
- suivez l'actualité des jugements

Un site de grande envergure à l'usage des professionnels et du public. Sans frais, on peut y consulter les bulletins d'actualité, des guides du droit et un énorme répertoire (3 600 liens). Les bases de données sont toutefois réservées aux membres. Et allez-y doucement sur la recherche : facturation au kilocaractère !

Virtual Law Library

www.law.indiana.edu/law/v-lib/lawindex.html

- plus que complet pour les États-Unis
- aussi une section de liens internationaux
- mise à jour fréquente

Un répertoire très complet, comme toutes les pages du Virtual Library. Site idéal pour amorcer une recherche sur les lois américaines. Tout est classé par ordre alphabétique, de l'Association du Barreau américain à l'éditeur West Publishing, sans oublier tous les textes de loi.

☰

West's Legal Directory

www.wld.com/

- tous les avocats (Amérique du Nord)
- la référence en la matière
- recherche par firme, expertise, etc.

LE répertoire des avocats et des firmes légales en Amérique du Nord, jusqu'aux régions éloignées du Québec. Champs d'expertise, adresses, numéros de téléphone. Recherche par nom, ville, firme, etc.

☰

Services d'urgence

Info Crime Québec

www.info-crime.qc.ca/

- pour signaler un crime
- en gardant son anonymat
- ressources

Des informations sur cet organisme qui « recueille de la population des informations sur des crimes commis et les achemine par la suite aux organisations policières concernées, en préservant l'anonymat de l'informateur ». Également des sections sur des affaires à solutionner, la prévention des crimes et, notamment, un répertoire avec des numéros de téléphone à utiliser en cas d'urgence.

🚩

Les services d'urgence au Québec

www.colba.net/~paramed/

- intervenants du secteur
- formation, associations, etc.
- mises à jour fréquentes

Ce site personnel bien conçu offre des définitions et des liens au sujet des ambulanciers, policiers, pompiers et autres « répondants » aux urgences. On y traite aussi de l'équipement, des protocoles et de l'évacuation aéromédicale au Québec.

🚩 ☰

Police de la CUM (Montréal)

www.spcum.qc.ca/

- Allô Police
- renseignements institutionnels
- ressources

Une présentation en règle de ce service et notamment de son nouveau programme de police de quartier, mais aussi des infos sur les dernières enquêtes et des ressources : nouvelles et publications, statistiques, etc. À noter, la Sureté du Québec est aussi sur le Web (www.suretequebec. gouv.qc.ca/).

🚩

Urgences-santé

www.urgences-sante.qc.ca/

- 911
- informations
- conseils

Évidemment, en cas d'urgence, ce site ne vous servira pas à grand-chose, prenez plutôt votre téléphone et faites le 911... En revanche, une petite visite par temps calme vous permettra d'y trouver des conseils pour mieux réagir en cas de problèmes ou d'en apprendre plus sur les coûts qu'entraîne une intervention d'Urgences-santé.

🚩

INFORMATIONS PRATIQUES ET TOURISME

Agendas : concerts, festivals, spectacles

Agenda Québec

www.pageweb.qc.ca/agendaquebec/
- congrès, expositions, festivals, spectacles...
- événements des prochains mois au Québec
- liens vers les agendas spécialisés

De la Fête du lac des Nations (Sherbrooke) au Festival de pétanque (la Tuque), Agenda Québec est un guide utile pour aller au bon endroit... au bon moment ! Bien conçu, le site comporte aussi des liens vers tous les types d'agendas qui se trouvent sur le Web : affaires, congrès, expositions, spectacles, sciences, etc.

Festivals Live

www.worldmedia.fr/festivals/fre/index.html
- 600 festivals à ne pas manquer
- dans une cinquantaine de pays
- top 10 selon la presse internationale

Faites le tour du monde en 600 festivals, événements culturels et expositions à ne pas manquer durant l'année. Pour chacun de ces grands événements, on trouve ici une description générale, le programme détaillé (s'il est disponible) et bien sûr l'adresse de son site Web. Recherche par continent ou pays, par date ou par thème (cinéma, musique, théâtre, etc.)

InfoArts Bell (Place des Arts)

www.pda.qc.ca/
- vie culturelle au Québec
- et en particulier à la Place des Arts
- superbe

On trouve beaucoup d'information et de très beaux montages sur le site de la Place des Arts. Du côté pratique, le calendrier des spectacles InfoArts Bell est exhaustif pour tout le Québec et on peut désormais en recevoir une version personnalisée par courrier électronique. À voir aussi, le répertoire des sites Web – la Toile des arts – qui n'est pas piqué des vers !

Musi-Cal : calendrier des concerts

musi-cal.com/
- liste mise à jour
- présentation attrayante
- choix éclectique de concerts

Calendrier des concerts et des événements musicaux aux États-Unis, au Canada et en Europe. Quoique incomplète (elle est maintenue par les internautes eux-mêmes), la liste est généralement à jour. Voyez les concerts à l'affiche à Montréal, à Berlin ou à Paris.

Observatoire mondial de l'an 2000

www.tour-eiffel.com/indexfr/an2000_fr/
- célébrations annoncées
- du plus fou au plus grandiose
- aussi une intéressante section historique

Lieu prédestiné, le site de la tour Eiffel offre un excellent guide des fêtes et des concours en préparation pour l'an 2000. En plus de la section événements, où l'on peut faire des recherches par pays ou par catégorie, le site offre un volet historique retraçant les peurs millénaristes du passé, ainsi qu'une bibliographie et un bon choix de liens.

🔲

Pollstar – The Concert Hotwire

www.pollstar.com/

- un des meilleurs services du genre
- 30 000 spectacles inscrits à l'agenda !
- recherche par ville, date, artiste, etc.

Musique populaire, rock ou alternative, le mégasite Pollstar recense les spectacles annoncés par quelque 2 500 groupes ou artistes de la scène américaine (mais inclut aussi des vedettes internationales). Une recherche pour Montréal retrace environ 150 spectacles programmés pour les prochains mois. Et on peut suivre les déplacements de Céline Dion en tournée !

Québec Sur Scène

www.surscene.qc.ca/

- spectacles à Montréal et à Québec
- recherche par date, genre, artiste, etc.
- inclut le fil de presse culturel de l'agence PC

Un agenda très complet des spectacles à venir à Montréal et à Québec au cours des prochains mois. Chanson, danse et théâtre, spectacles pour enfants, concerts classiques, rock, humour ou jazz... plus de 1 000 spectacles y sont annoncés, de Jean Leloup au Quatuor Borodine.

🔲 🏛

Voir : calendrier culturel – Montréal et Québec

www.voir.ca/

- cinéma, danse, musique, théâtre
- spectacles à l'affiche
- et critiques de la rédaction

Pour les villes de Montréal et de Québec, l'hebdomadaire *Voir* offre toutes les semaines un agenda culturel des plus complets. Bien conçu, le calendrier est aussi relié directement aux critiques et aux entrevues parues dans *Voir* et archivées sur le site.

🔲

Annonces personnelles, agences de rencontre

Agences de rencontre du Québec

www.toile.qc.ca/quebec/qcsoc_am.htm

- amour, amitié ou aventure
- rencontres éventuelles ou... virtuelles
- au Québec, dans la francophonie, et ailleurs

Des répertoires comme La Toile du Québec (l'adresse donnée ici) et Carrefour.Net recensent les sites Web des agences de rencontre et des forums d'échange pour trouver des correspondants. Puisque tous les goûts sont dans la nature, il existe de nombreux services dans ce domaine. Une chose est sûre : ces sites ne manquent pas de visiteurs !

🔲 ☰

Billetteries

Réseau de billetterie Admission

www.reseauadmission.com/

- achetez vos billets par Internet
- aussi au téléphone ou dans les points de vente
- théâtre, rock, sport, danse, humour, etc.

La billetterie Admission est maintenant accessible par Internet, jour et nuit, sur un serveur de transactions sécuritaires. Le site offre aussi un outil de recherche des spectacles, des concerts et d'autres événements à surveiller. Couvre le Québec, le Canada et quelques grandes villes américaines.

🔲 📊

Ticket Master Canada

info.ticketmaster.ca/

- partout en Amérique... sauf au Québec
- horaires et billets offerts
- planifiez vos soirées à Ottawa

Grâce à ce site créé par Ticket Master, il est possible de vérifier la disponibilité des billets pour tous les types de spectacles annoncés dans les grandes villes du Canada et des États-Unis. Mais attention : le site est offert en français, mais l'agence n'opère pas au Québec.

Ciné-horaires, télé-horaires

Cinema.ca

www.cincma.ca/

- à l'affiche en salle
- horaire et infos sur les films
- Montréal et quelques régions du Québec

Outre les cinémas de Montréal, ce site couvre quelques régions du Québec, notamment Lanaudière, les Laurentides, la Montérégie et le Saguenay. En complément, des liens vers les sites des grands studios cinématographiques.

Cinéma Montréal

www.cinema-montreal.com

- pour se faire une toile...
- à Montréal
- pas de commentaire sur les films

Un outil pratique pour trouver dans quelle salle un film est à l'affiche ou quel film est à l'affiche dans quelle salle... Et si vous ne vous souvenez que de la moitié du titre, ce moteur de recherche devrait tout de même vous amener à bon port !

Gist TV Listings (États-Unis)

www.tv1.com/

- émissions américaines de télé
- recherches aisées
- pour ne rien manquer...

Le TV Hebdo de la télé américaine ! On peut chercher par grille horaire, heure de diffusion, catégorie d'émission ou canal. Pour les boulimiques de l'écran cathodique.

TV Hebdo – édition Internet

tvhebdo.infinit.net/

- tout ce qu'il faut pour bien zapper
- votre magazine en ligne
- meilleur avec du pop corn

L'horaire de la journée, les meilleures émissions de la semaine, tout pour vous faire lâcher l'Internet, n'est-ce-pas ? À moins que vous ne préfériez lire sur votre écran les nouvelles du milieu de la télévision, les palmarès des émissions, quelques critiques de cinéma, la musique, les jeux vidéo...

Guides des restaurants

Les bonnes tables au Québec

www.saq.com/tables/

- Grands Prix du tourisme québécois
- choix d'établissements dans chaque région
- manque de commentaires, toutefois

La Société des Alcools nous invite au restaurant. Enfin, disons plutôt qu'elle nous conseille les bonnes tables de sa sélection annuelle pour les différentes régions du Québec. Le site offre dans certains cas quelques commentaires succincts sur les restaurants sélectionnés ; mais la plupart du temps, il faut vous contenter de leurs adresses.

Restaurant.ca : grandes villes canadiennes

www.restaurant.ca/

- guide des restaurants
- Montréal, Québec, Toronto, Vancouver, etc.
- participez à l'évaluation

Un guide bien conçu et bien garni pour trouver rapidement une table en fonction de ses goûts, mais aussi de l'addition et du service qui l'accompagnent. Les visiteurs du site sont d'ailleurs invités à évaluer les restaurants qu'ils ont fréquentés et la moyenne des notes est affichée avec les descriptions des restaurants.

Guides touristiques – autres régions

Amérique latine (partir.com)

www.partir.com

- Amérique centrale et Amérique du Sud
- voyages thématiques
- beau site, information variée

Un carrefour incontournable pour tous ceux et celles qui veulent partir en voyage en Amérique latine, ou simplement en apprendre plus sur cette région du monde. Le site, joliment illustré, regorge d'informations variées sur le tourisme bien sûr, mais aussi l'histoire, la géographie, le folklore, l'artisanat, etc.

Amsterdam : The Channels

www.channels.nl/

- visites virtuelles
- en Hollande
- site superbe et innovateur

Une visite originale aux Pays-Bas. Optez pour Amsterdam, Nijmegen, Utrect ou l'aéroport Shiphol. Très interactif, ce site vous permet de décider des endroits où vous voulez vous rendre en parcourant une carte de la ville et vous pouvez prendre le temps de visiter les édifices branchés. Tout au long de l'itinéraire choisi, vous pouvez aussi « chatter » avec les autres internautes en balade !

Aventure au bout du monde

www.abm.fr/

- l'association Aventure au bout du monde
- information touristique variée
- aller loin : l'opinion de ceux qui l'ont fait...

Le site des passionnés du voyage exotique ! On y trouve des renseignements sur les prochaines destinations prévues, des fiches-pays et des récits de voyage fourmillant d'informations inédites rapportées par les voyageurs de l'association.

Carnets de voyage

www.yahoo.fr/Sports_et_loisirs/ Tourisme/Carnets_de_voyage/

- pour du surf original
- récits personnels de voyageurs
- informations inédites

Des répertoires comme Carrefour.net, La Toile du Québec ou Yahoo! France (l'adresse donnée ici) regroupent les sites Web où des voyageurs, explorateurs et aventuriers de tout crin offrent leur album-photo, leur récit de voyage ou des conseils pratiques. Des sites sympatiques et une information rafraîchissante qui détonne avec les prospectus officiels...

City.Net (Excite travel)

www.city.net/

- LE répertoire des villes du monde
- information touristique, cartes, sites Web, etc.
- impressionnant

Une mégaressource comme on les aime ! À partir d'une carte du monde ou par mot clé, retrouvez de l'information sur presque tous les pays et près de 5 000 villes. Cartes nationales et urbaines, sites Web d'information culturelle, hôtels, etc. Idéal pour préparer un voyage aux États-Unis... ou retracer une carte de l'Afghanistan.

Focus on the World

www.focusmm.com.au/~focus/welcome.htm

- pays méditerranéens
- choix d'hôtels et de restaurants
- renseignements touristiques de base

L'histoire, la culture et la société des pays méditerranéens racontés sur ce très beau site multimédia venant d'Australie. Contient aussi un répertoire de ressources touristiques sur ces pays. Remarquable outil pour préparer un voyage en Grèce ou en Turquie.

Fodor's Travel Online

www.fodors.com/

- tonnes d'informations touristiques
- posez vos questions à des experts
- répertoire de liens

Pour se concocter son propre guide de voyage, l'éditeur américain Fodor offre un site bien garni. Choisissez une ville parmi les dizaines qui sont proposées, précisez vos centres d'intérêt et le type d'information que vous recherchez. Vous pouvez aussi écouter les reportages de l'émission radio Fodor's Travel Show ou acheter en ligne les guides imprimés de cet éditeur.

Les villes du patrimoine mondial

www.ovpm.org/ovpm/francais/index.html

- merveilles du patrimoine mondial
- informations générales
- liens vers les sites spécialisés

Ce site présente les villes qui possèdent des monuments inscrits sur la liste du patrimoine mondial de l'UNESCO. Pour chaque ville, une carte, quelques photos des monuments, des textes et des liens vers d'autres sites sont proposés.

Lonely Planet Online

www.lonelyplanet.com/

- le monde vu d'Australie
- guide touristique très recommandé
- et recommandable !

Au fil des années, l'éditeur australien de guides touristiques Lonely Planet a acquis une réputation internationale. Et son site est à la hauteur... Que vous cherchiez de l'information précise sur une destination ou que vous ayez envie de rêver, la variété des renseignements et des ressources disponibles dans ces pages vous séduira !

Paris

www.paris.org/parisF.html

- site exceptionnel
- plus de 7 000 pages d'information
- photographies magnifiques

Une ressource hors du commun, agrémentée de bien belles illustrations, et qui regorge d'informations pratiques, touristiques et culturelles sur la Ville lumière. Vous aimez Paris ou vous rêvez de visiter cette ville ? Eh bien, vous allez adorer ce site magnifique et incontournable.

Rough Guides – travel

www.roughguides.com/

- tour du monde
- informations touristiques
- 4 000 destinations

Dans Internet, l'éditeur américain de la collection Rough Guides offre une base de données touristiques sur plus de 4 000 destinations du monde. Inscrivez le nom d'une ville et vous obtiendrez un choix de fiches d'information sur les endroits, monuments et musées qu'on peut y visiter.

Time Out City Guides

www.timeout.co.uk/
- « survivre » dans les grandes capitales
- tourisme et agenda culturel
- liens pour approfondir

Que faire et où aller une fois débarqué dans une des mégapoles du monde : Londres, Paris ou Berlin? Eh bien, vous pouvez toujours commencer par suivre le guide Time Out qui propose des renseignements pratiques et touristiques sur une trentaine de grandes villes et un agenda culturel hebdomadaire.

Tourism Offices Worldwide Directory

www.towd.com/
- bureaux officiels d'information touristique
- classés par pays
- pratique

Bottin des agences gouvernementales d'information touristique dans le monde. Indique l'adresse des bureaux dans les principales villes, leur numéro de téléphone et adresses Internet.

Tourisme en France

www.tourisme.fr/
- information touristique officielle
- cartes des régions et des départements
- coordonnées, hébergement, loisirs, etc.

Réalisé pour la fédération des offices de tourisme et les syndicats d'initiative, Tourisme.fr est un site pratique avant tout. On y trouve des cartes et des informations de base sur à peu près toutes les villes et bourgades de France, les adresses utiles pour préparer un voyage et enfin la section France secrète, une sélection de séjours originaux ou insolites.

Travelocity.ca

www.travelocity.ca/
- tourisme et voyage
- ressource américaine gros calibre
- maintenant disponible en version canadienne

Travelocity offre bien des services, mais une de ses meilleures rubriques est sans conteste « destination guides » qui offre des informations touristiques sur à peu près tous les pays du monde. Vous pouvez y naviguer par région, en fonction de vos centres d'intérêt, ou encore à l'aide d'un moteur de recherche.

Web du Routard

www.club-internet.fr/routard/
- pour voyager bon marché
- quelques dizaines de destinations
- aussi des forums de discussion

Le petit bonhomme au sac à dos s'offre une virée sur le Web. Choisissez vos chaussures, histoire de savoir quel type de voyageur vous êtes, et vous voilà prêts pour la balade... Le Guide du Routard offre des renseignements (et ses bons conseils!) sur quelques dizaines de destinations, et de nouvelles sont aussi ajoutées régulièrement.

Guides touristiques – Québec

Annuaire Québec-Vacances

www.connect-quebec.com/f/guide/index.htm
- hôtels, restaurants, activités... vacances !
- recherche par ville, région, prix
- une auberge aux Éboulements ?

Connect Québec offre un répertoire touristique et immobilier sur le Québec. Plus de 8 200 restaurants, 2 000 établissements hôteliers (auberges, hôtels et motels, classés par prix), 2 500 activités culturelles ou sportives y sont inscrits... sans compter 1 700 bars et discothèques! Recherche par région, ville, prix.

Biblio-Tourisme

www.college-granby-hy.qc.ca/biblio/ressources/tourisme/
- **point de départ conçu au Québec**
- **destinations, hébergement, agences de voyage**
- **site d'un bibliothécaire professionnel**

Réalisé par Daniel Marquis, du Collège de Granby, ce répertoire se distingue par un classement très clair des ressources. Une porte d'entrée vers les principaux sites du domaine, mais aussi quelques dossiers thématiques sur des sujets plus particuliers : croisières, éco-tourisme, parcs nationaux, etc.

Écotourisme et aventure au Québec (UQCN)

ecoroute.uqcn.qc.ca/ccot/index.html
- **tourisme, nature et aventure**
- **base de données des sites et fournisseurs**
- **répertoire de liens annotés**

L'Écoroute de l'Union québécoise pour la conservation de la nature (UQCN) offre une visite guidée des régions et des attraits naturels du Québec. Le site offre aussi une base de données exhaustive des sites et des fournisseurs du secteur écotourisme au Québec et des liens vers les ressources internationales.

Le Québec touristique : fournisseurs

www.quebectel.com/tourisme/
- **annuaire des fournisseurs**
- **classé par type et par région**
- **navigation agréable**

À partir d'une carte du Québec, retrouvez les coordonnées des fournisseurs de services touristiques dans chacune des régions. Attraits touristiques, activités culturelles et sportives, hébergement, magasinage, restaurants et transporteurs, rien n'y manque pour planifier vos prochains séjours d'affaires ou de vacances.

Le Télégraphe : guide de la Capitale

www.telegraphe.com
- **ville de Québec**
- **agenda culturel et informations touristiques**
- **site intégrateur**

Le Télégraphe est un site très dynamique qui s'adresse autant aux résidents de la région qu'aux touristes et aux visiteurs de passage dans la Vieille Capitale. On y trouve un agenda des spectacles et des festivals, des informations sur les activités récréatives, les attraits et sites touristiques, bref tout ce qu'il faut pour planifier une petite soirée ou une grande virée...

Les attraits touristiques du Québec (Atout Micro)

www.atoutmicro.ca/attraits.htm
- **attraits « permanents » du Québec**
- **... par opposition aux événements ponctuels**
- **par région et municipalité**

Une base de données produite par l'équipe du magazine *Atout Micro* depuis 1990. Ne tenant pas compte des événements annuels (festivals et autres), on n'y a conservé que les attractions qui sortent de l'ordinaire ou qui présentent un intérêt particulier par rapport aux traditions populaires ou à l'histoire.

Montréal : site officiel d'information touristique

www.tourisme-montreal.org/
- Tourisme Montréal
- événements culturels, hébergement, etc.
- « ... à la Montréal »

Un éventail d'informations susceptibles d'intéresser les visiteurs, mais aussi les Montréalais pure laine : principaux attraits de la ville, calendrier des festivals, musées, restaurants, etc. On retrouve aussi quelques cartes et une liste des hôtels classés par secteur avec les tarifs saisonniers.

Région de Québec : guide touristique

www.otc.cuq.qc.ca/fr/otc1f.html
- tourisme
- point de départ pour Québec et sa région
- beau site

L'Office du tourisme et des congrès de la Communauté urbaine de Québec nous invite à explorer la région de la Vieille Capitale de façon originale : à pied, à vélo, en calèche, en limousine, en bateau ou même en mongolfière ! L'information touristique est aussi présente : agenda, hébergement, magazinage, transport, etc.

Tourisme Québec (ministère du Tourisme)

www.tourisme.gouv.qc.ca/
- itinéraires touristiques et culturels
- information officielle du ministère
- site gouvernemental très réussi

Le site du ministère québécois du Tourisme offre beaucoup d'informations sur ses services et l'industrie du tourisme, mais surtout un très beau guide virtuel des parcours touristiques et culturels au

Québec, de même que l'information sur les fêtes et festivals annoncés.

Voyagez ! (Branchez-Vous)

www.voyagez.com/
- voyage tourisme, voyage d'affaires
- sélection maison des meilleurs sites
- dossiers en collaboration avec les guides *Ulysse*

Le site tourisme du réseau « impératif » d'Invention Media (Jouez !, Magasinez !, Trouvez !...). Ce n'est pas le plus réussi du groupe, mais on y trouve un bon jeu de liens et, chaque mois, des dossiers destination réalisés avec les guides *Ulysse*.

Hébergement et transport – réservations

Aéroports de Montréal

www.admtl.com
- Mirabel ou Dorval ?
- horaires des vols
- services des aéroports de Montréal

Un site utile pour vérifier l'horaire – ou plutôt les changements d'horaire – des arrivées et des départs à Dorval et à Mirabel. Le site offre aussi des informations de base sur les services des aéroports de Montréal et quelques liens vers des sites Web choisis pour les voyageurs et touristes.

Auberges de jeunesse (Fédération internationale)

www.iyhf.org/fiyhf/fhome.html
- hébergement bon marché
- point de départ
- auberges branchées de la planète

Le site de cette fédération permet de s'informer sur les auberges de jeunesse et procure les coordonnées utiles pour rejoindre des associations nationales et régionales. Il faut toutefois mentionner que les auberges du Québec ne sont pas affiliées à cet organisme.

Camping au Québec

www.campingquebec.com/
- de l'Association des terrains de camping
- et de la Fédération de camping et de caravaning
- point de départ pour dormir sous les étoiles

Proposé par un regroupement provincial, ce site permet de consulter un annuaire de 400 établissements répartis dans les 18 régions du Québec. Pour chacun, le guide indique les services, les activités sur le site, les tarifs. Très complet pour tous les sites hors du réseau des parcs nationaux. Offre aussi des informations sur le caravaning et les prochaines « migrations collectives » en roulotte.

Hotels and Travel on the Net

www.hotelstravel.com/
- carrefour de ressources sur le voyage
- mise à jour quotidienne
- très bien coté

Sans doute le plus grand répertoire de ressources sur le voyage d'Internet, avec entre autres quelque chose comme 100 000 hôtels répertoriés. On y trouve aussi les adresses des compagnies aériennes, des aéroports et des chaînes hôtelières, ainsi que des renseignements de base pour les voyageurs. Très bien coté.

Internet Travel Network

www.itn.net/
- réservations en ligne : avion, hôtel, auto
- relié au système Apollo en temps réel
- sophistiqué

Un service de réservation très sophistiqué : faites la recherche des meilleurs tarifs disponibles par l'entremise du système Apollo (en temps réel), puis réservez vos sièges auprès d'une agence de voyage de votre choix.

Microsoft Expedia

expedia.msn.com/
- Microsoft, l'agence de voyage !
- tonnes d'informations touristiques
- comparez les tarifs et réservez vos billets

Comme d'habitude, Microsoft y a mis le paquet : 14 000 pages d'informations touristiques, des cartes et toute une panoplie de guides pour les voyageurs. Le système de réservation en particulier est très réussi (avion, hôtel, auto), et on peut même choisir son siège en cliquant sur un plan de l'avion !

Québec : Info Réservation

systamex.ca/inforeservation/
- plus de 3 000 établissements
- toutes les régions du Québec
- information et réservation

Une base de données des établissements hôteliers de toutes les régions du Québec et pour tous les goûts : hôtels, auberges, chalets, campings et autres gîtes. Recherche par ville ou région, catégorie ou gamme de prix. Un service gratuit vous permet aussi d'envoyer une demande d'information ou une réservation à l'établissement de votre choix.

Réseau des gîtes classifiés du Québec

www.gites-classifies.qc.ca/
- loger chez l'habitant
- à partir de 20 $
- quelques gîtes branchés

Le Réseau des gîtes classifiés du Québec regroupe près de 100 gîtes, dans 8 des 19 régions touristiques québécoises (Gaspésie, Québec, Bas–Saint-Laurent,

Chaudières-Appalaches, Estrie, Monté-régie, Outaouais et Saguenay–Lac-Saint-Jean). Vous trouverez ici leur classement selon le rapport qualité-prix ainsi que leurs coordonnées et des liens vers les sites Web des gîtes branchés.

STCUM : Autobus et métro (Montréal)

www.stcum.qc.ca/sommaire.htm
- transports collectifs
- région de Montréal
- parcours, horaires et plans des quartiers

La Société de transport de la communauté urbaine de Montréal (STCUM) affiche les horaires de ses trains, métros et autobus sur son site, ainsi que des informations sur le transport adapté. On peut aussi obtenir une proposition d'itinéraire en indiquant sur une carte un point de départ et la destination choisie. Évidemment, le temps de réponse dépend du trafic sur le site...

Travelocity.ca : réservations

www.travelocity.ca/
- réservations en direct dans Internet
- avions, hôtels et location d'auto
- transactions sécuritaires

Travelocity, un des meilleurs sites du domaine, offre un système de réservation sophistiqué pour les billets d'avion (relié au système Sabre) ou de train, la location de voiture et les réservations d'hôtel. Le service est maintenant offert sur un site canadien, mais la version française se fait désirer.

Via Rail

www.viarail.ca/
- information générale
- horaires et tarifs
- service de réservation en ligne

Via Rail offre un site utile, où l'on trouve les horaires, les tarifs et des annonces diverses pour les voyageurs. Depuis peu, Via Rail offre aussi son propre système de réservation sécuritaire, mais uniquement pour les itinéraires reliant les principales villes canadiennes. Un aller simple Montréal-Jasper ? Oui, ils ont ça...

Météo, état des routes et des pentes

CNN Weather

cnn.com/WEATHER/index.html
- météo américaine en temps réel
- actualité, température et prévisions
- cartes et images du ciel

Le service météo de CNN ne chôme pas. Il offre bien sûr beaucoup d'information sur les États-Unis, mais n'oublie pas le reste du monde. Le site offre des images satellites et des dizaines de cartes pour tout savoir des prévisions sur les cinq continents et plus de 100 villes, dont Montréal, Québec et Ottawa.

Go ski

www.goski.com/
- ski alpin ou nordique
- état des pentes
- vertigineux

Un grand site sur le ski avec des informations sur à peu près tous les pays où il se pratique (sites Web des stations, conditions des pentes, etc.). S'il ne peut présenter ces renseignements dans ses propres pages, Go Ski réfère aux sites pertinents. Pour les amants de la neige, du froid, des pistes glacées, des bosses, de la vitesse et des chutes spectaculaires.

La météo au quotidien (Montréal)

www.meteo.org/

- l'essentiel de la météo
- prévisions régionales et nationales
- en complément : tornades, ouragans, cyclones...

Un site simple et joliment réalisé, gracieuseté d'Éve Christian, météorologue à Radio-Canada. On y trouve les prévisions pour Montréal, mais aussi de l'information sur les phénomènes météorologiques et astronomiques, des liens choisis et enfin un glossaire maison de la météo, « Le petit Christian » !

Météo Média

www.meteomedia.com/

- prévisions locales
- plusieurs villes et villages (Québec et Canada)
- cartes et dossiers

Tout pour savoir le temps qu'il fait ou fera (peut-être !) au Québec et au Canada. Et pas seulement dans les grandes villes, d'ailleurs : d'Abbotsford à Yorktown en passant par Mont-Joli et Saint-Jovite, la liste des municipalités est bien garnie. Le site offre également des conseils saisonniers et quelques dossiers spéciaux (El Niño, l'effet de serre, les arcs-en-ciel doubles, etc.).

Prévisions météo pour le Québec

www.wul.qc.doe.ca/meteo/prev/type_prevision.html

- Environnement Canada
- toutes les régions du Québec
- mis à jour beau temps, mauvais temps

Les prévisions à court terme pour toutes les régions du Québec, telles qu'elles sont formulées par le centre météorologique du Québec d'Environnement Canada. La présentation est terne, mais le site est utile pour consulter les prévisions relatives à une région précise. On a maintenant accès aux prévisions maritimes et aux conditions dangereuses, sans oublier en saison les prévisions agricoles.

Sail-online : météo

www.sail-online.com/v3/

- météo marine
- vents, vagues et autres brises
- moteur de recherche

Beaucoup d'information sur la météo en France. Rien d'étonnant : ce répertoire, tiré d'un site sur le nautisme, a été créé dans ce pays. Mais on y trouve aussi de nombreux renseignements sur les vents, les nuages, les vagues et autres « grains », sans oublier les cartes, les clichés satellites et la météo marine pour les cinq continents et océans.

Travaux routiers – Québec

www.mtq.gouv.qc.ca/Travaux/

- principaux travaux routiers
- Montréal et régions du Québec
- évitez les mauvaises surprises...

Transport Québec vous informe des travaux routiers entrepris dans la région de Montréal et sur les principaux axes du Québec. Pour ceux qui veulent savoir quels ponts ou routes sont fermés et pour combien de temps... Les tableaux ne sont pas très beaux, mais contiennent de l'information utile.

Weather Information Superhighway

www.nws.fsu.edu/wxhwy.html

- météo et climat : point de départ
- tous les liens en une seule page
- répertoire complet, mais simple

Source d'information à consulter pour localiser toutes les ressources en météo dont dispose Internet. Les pointeurs de ces sites sont tous rassemblés ici dans une seule page. Serveurs gouvernementaux et universitaires, images satellites, etc.

Services pratiques et messageries

Envoyer un fax à Montréal
www.vif.com/run/fax/index.shtml
- télécopies gratuites
- uniquement vers Montréal
- Faxaway offre d'autres destinations

Le relais international du Télécopieur vous permet d'envoyer gratuitement une télécopie vers Montréal, de n'importe quel point d'origine. Si votre destinataire habite ailleurs, vous pouvez utiliser le service Faxaway (www.faxfree.simplenet.com/), mais celui-ci n'est pas gratuit.

Happy Birthday
www.boutell.com/birthday.cgi/
- bon anniversaire !
- pour recevoir plein de courrier le jour dit !
- un drôle de cadeau

Pour vous faire souhaiter un bon anniversaire ou le souhaiter à quelqu'un. Vous entrez vos données et, le jour dit, vous recevrez un courrier pour l'occasion. Si vous le voulez, votre adresse e-mail apparaît sur le site : des tas d'internautes risquent donc de vous écrire... Flyé ? Pour le 12 décembre, il y avait plus de 500 noms !

Hotmail : la messagerie sur le Web
lw11g.hotmail.com/cgi-bin/
login ?_lang=FR
- adresse électronique gratuite
- recevez votre courrier où que vous soyez
- déjà plus de six millions d'abonnés

Pratique, ce service vous offre gratuitement une adresse électronique sur le Web. L'avantage ? Vous pouvez ainsi recevoir et envoyer vos messages à partir de n'importe quel ordinateur branché sur Internet, depuis un café électronique de votre quartier ou dans un hôtel branché.

L'heure n'importe où à travers le monde
www.bsdi.com/date
- réglez vos montres
- sur l'heure de Montréal...
- ... ou sur celle de Macao

Pour savoir l'heure qu'il est n'importe où à travers le monde. Le site est sobre (peu d'images) et le serveur puissant. Excellent si l'on se demande dans quelle mesure on risque de réveiller sa belle-mère à Paris en lui téléphonant ce soir...

Le Gratuit Utile du Net
www.multimania.com/legratuit/
- services gratuits sur le Net
- adresses utiles et futiles...
- cartes de souhaits, pense-bêtes, etc.

Ce répertoire s'est spécialisé dans les services offerts sans frais dans Internet. Cela inclut par exemple les services de messagerie (envoyez vos souhaits avec une carte postale ou des fleurs virtuelles), les sites de traduction automatique et les annonces classées (Belgique, France, Québec, etc.). Et toutes sortes de trucs utiles ou inutiles, mais en tout cas gratuits !

Pense-bête
memo.remcomp.fr/
- pour pallier aux trous de mémoire
- gadget amusant
- envoyez-vous des messages

Vous avez peur d'oublier l'anniversaire de votre maman ou un rendez-vous important ? Faites appel à ce service gratuit qui vous enverra à une date et à une heure précise un message que vous aurez écrit vous-même. Histoire de vous rafraîchir la mémoire...

INFORMATIQUE ET INTERNET

Actualité : en anglais

Byte Magazine

www.byte.com/

- archives du magazine Byte
- information spécialisée
- archives complètes

Un peu plus « technique », le magazine Byte s'adresse d'abord aux professionnels de la chose informatique. Des sujets comme la programmation et la gestion des réseaux, par exemple, y occupent une place égale à celle des reportages sur les nouveaux systèmes et logiciels « grand public ».

C|net : News.com

www.cnet.com/

- **abondante couverture quotidienne**
- **un des meilleurs sites américains**
- **équipe éditoriale de premier plan**

Le réseau C|net, qui diffuse aussi sur le câble américain, est l'un des plus importants carrefours d'information spécialisée d'Internet. Le site est surtout connu pour ses archives de logiciels, mais l'actualité informatique est aussi un point fort de C|net (www.news.com).

CyberTimes *(New York Times)*

www.nytimes.com/yr/mo/day/tech/
indexcyber.html

- **reportages, dossiers, chroniques**
- **de la grande finance aux gadgets
  du Web**
- **gratuit, mais enregistrement nécessaire**

Ce site rassemble des articles, des chroniques et des dossiers publiés et dans les pages du *New York Times*. On y trouve des reportages traitant aussi bien des dernières transactions financières de Bill Gates que des nouvelles technologies du Web.

Edupage

www.educause.edu/pub/edupage/
edupage.html

- **synthèse de l'actualité en une page**
- **sur le Web ou par courrier
  électronique**
- **publiée trois fois par semaine**

Publiée trois fois par semaine par un consortium d'universités américaines, Edupage est une excellente synthèse de l'actualité des technologies de l'information. Le numéro courant est disponible à cette adresse, mais il est aussi possible de recevoir le bulletin par e-mail.

HotWired !

www.hotwired.com/

- **du magazine *Wired*, le bien tuyauté**
- **site accrocheur et intéressant**
- **sans vouloir les insulter : un classique**

Revue fétiche des branchés du monde entier, *Wired* propose un site exubérant de couleurs vives et de textes accrocheurs ou insolites. On y trouve un choix d'articles et de chroniques, mais aussi d'autres zones d'information et d'interactivité, des sondages et des forums de discussion.

Internet.com

www.internet.com/

- mégasite d'information dans Internet
- actualité, guides, dossiers, etc.
- juste après C|net...

Un autre mastodonte américain consacré au réseau Internet et à ses technologies. Fréquemment remanié, le site couvre l'actualité des «chaînes» développement, logiciels, fournisseurs de services, finances et marketing. À signaler, un site affilié couvre aussi l'actualité canadienne.

Newsbytes

www.nbnn.com/

- informatique et télécommunications
- pour suivre l'industrie de près
- textes complets sur abonnement

Newsbytes se présente comme le plus grand réseau d'information électronique du domaine de l'informatique. À l'appui, le site offre une manne d'articles quotidiens, des résumés hebdomadaires et un outil de recherche dans les archives. Consultation des manchettes sans frais; textes complets sur abonnement.

NewsHub

www.newshub.com/tech/

- sommaire de l'actualité «techno»
- mise à jour toutes les 15 minutes
- titres et liens vers les articles

NewsHub propose une simple liste, mais constamment réactualisée, des articles diffusés sur plusieurs grands sites américains. On peut y faire rapidement le tour des manchettes ou choisir quelques textes à lire au complet. La formule ayant fait ses preuves, le site incorpore désormais toute une gamme de sujets : actualité américaine, internationale, financière, scientifique, etc.

Seidman's Online Insider

www.onlineinsider.com/

- nouvelles et analyse de l'industrie
- pour suivre les inforoutes de près
- bulletin auquel on peut s'abonner

Robert Seidman s'est fait connaître avec ce bulletin d'analyse hebdomadaire de toute l'industrie «online», où les mastodontes AOL, Microsoft ou Excite sont suivis de très près. Cette adresse donne accès au numéro courant, mais il est aussi possible de recevoir le bulletin par e-mail.

TechWeb (CMP Media)

www.techweb.com/

- industrie de l'informatique
- mégasite des magazines américains
- actualité, reportages, dossiers, etc.

L'un des meilleurs quotidiens électroniques du domaine techno, Techweb est sans doute l'entrée la plus connue sur le site de l'éditeur CMP Media. Le site principal (www.cmpnet.com/) offre aussi des publications comme Home PC, InformationWeek et Computer Reseller News.

ZD Net : PC Week, MacWeek, etc.

www.zdnet.com/

- tous les magazines de l'éditeur Ziff-Davis
- actualité, dossiers, logiciels, etc.
- couverture quotidienne intensive...

La porte d'entrée pour tous les magazines de l'empire Ziff-Davis : *PC Week*, *PC Magazine*, *MacWorld*, *Sm@rt Reseller*, etc. Ensemble, ces publications offrent une masse énorme de contenus sur l'actualité de l'informatique, les nouveaux logiciels et tous les gadgets à la mode.

Actualité : en français

01 Informatique
www.01-informatique.com/
- excellent magazine français
- informatique pour entreprise
- costaud

Cet hebdomadaire se destine aux professionnels, mais tous les passionnés d'informatique y trouveront leur compte... et, pour une fois, en français. Couvre très bien l'actualité des nouvelles technologies, tout ce qui concerne les réseaux, Internet, les intranets ou extranets, etc. Offre aussi un agenda de l'industrie.

Atout Micro
www.atoutmicro.ca/
- sommaire du magazine
- renseignements sur les virus informatiques
- intéressants répertoires

Ce mensuel québécois couvre très bien l'actualité informatique du point de vue des usagers francophones à la maison, au bureau ou à l'école. Le site n'offre qu'un maigre aperçu de la version imprimée ; en revanche, on y trouve des liens vers les sites mentionnés dans le magazine et une section « alerte aux virus » tenue à jour.

Branché @ Radio-Canada
radio-canada.ca/branche/
- site de l'émission Branché
- émission au complet, archives, liens...
- incontournable

L'émission Branché de Radio-Canada propose un site Web de belle facture où l'on retrouve le texte complet des entrevues et des chroniques diffusées jusqu'à ce jour, mais aussi les reportages en RealVideo ainsi que des sections exclusives au site.

Cahier multimédia du journal *Libération*
www.liberation.fr/multi/index.html
- actualité, entrevues, enquêtes
- chronique de Jean-Louis Gassé
- archives (deux dernières années)

Le quotidien français *Libération* reprend dans Internet les articles « technologiques » publiés dans ses pages et ses dossiers spéciaux. On y trouve, comme ailleurs, une revue de nouveaux sites à visiter, mais surtout des enquêtes qui s'attachent aux dimensions sociales des réseaux autant qu'aux développements techniques.

Le Journal du Net
www.journaldunet.com/
- couverture intense de l'actualité « cyber »
- suit de près le dossier du commerce en ligne
- aussi deux lettres spécialisées (sur abonnement)

Équivalent français de Multimédium, ce site offre une excellente couverture quotidienne de l'actualité du Net. On y trouve aussi de nombreux dossiers thématiques qui se destinent d'abord aux professionnels, mais également aux concepteurs de sites personnels et enfin à tous ceux et celles qui s'intéressent de près aux nouvelles technologies d'Internet.

Les Chroniques de Cybérie
cyberie.webdo.ch/
- sujets de l'heure sur l'inforoute
- aussi offert par courrier électronique
- incontournable

Une fois la semaine, le journaliste Jean-Pierre Cloutier passe en revue les grandes « affaires » qui secouent la Cyberie : liberté de presse et confidentialité des échanges, évolution de l'audience et de la publicité sur le Web, etc. Un classique.

Multimédium

www.mmedium.com/

- nouvelles technologies au quotidien
- toutes les références utiles
- aussi disponible par courrier électronique

Référence obligée pour quiconque s'intéresse aux technologies de l'information, du CD-ROM à Internet en passant par la télévision interactive, Multimédium offre une excellente revue de presse quotidienne, un calendrier des événements et des répertoires très complet (médias spécialisés, organismes, etc.).

:n/e/t surf

www.netsurf.ch/

- sites sélectionnés et liens d'actualité
- intelligent et raffiné
- bilingue

Site « indépendant » qui fait honneur à ses concepteurs suisses, Netsurf est un répertoire des meilleures ressources anglophones et francophones pour suivre l'évolution et l'actualité d'Internet, et aussi l'actualité du monde vu sur le Net. À voir en particulier : un très bon dossier sur le bogue de l'an 2000.

Guides et outils de référence

24 Hours in Cyberspace (1996)

www.cyber24.com/

- Internet en 100 reportages
- les plus novateurs, les plus osés
- un peu américain tout de même

Une tournée d'Internet dans l'état où il était le 8 février 1996. Une centaine de journalistes photo ont œuvré à cette célébration des projets les plus novateurs du réseau. L'exposition n'a pas été modifiée depuis, mais demeure captivante

à parcourir et comporte aussi des liens vers des sites qui valent encore le détour.

An Atlas of Cyberspaces

www.cybergeography.org/atlas/atlas.html

- cartes du cybermonde
- concept, géographie, topologie, etc.
- parcours intéressant

Ce site américain offre une « vision » originale d'Internet et des autres réseaux télématiques de la planète. Des tentatives de se représenter le cyberespace selon plusieurs angles : cartes conceptuelles, trafic mondial sur l'armature dorsale (*backbone*), statistiques démographiques, etc. Pas de données très récentes, par contre.

Binetterie

www3.sympatico.ca/joh.lem/BINETTE.HTM

- :-) ou :-(
- binetteries ou *smileys*
- toute la gamme des émotions

Un site personnel qui fait le tour des binetteries (ou *smileys*) dont les internautes émaillent leurs messages par e-mail ou sur les forums de chat. Une bonne trentaine des plus populaires sont présentés ici, de quoi vous initier, mais il en existe de nombreux autres. Par exemple, ^_^ qui exprime la jubilation, vous ne trouvez pas ?

Computer Abbreviations and Acronyms

www.access.digex.net/~ikind/babel.html

- abréviations de l'informatique
- ce qu'elles signifient
- pour ceux et celles qui en mangent

Vous aviez oublié qu'AMANDDA signifie Automated Messaging and Directory Assistance ? Ça se comprend... mais BABEL recense et explique quelques milliers d'acronymes et d'abréviations de l'univers informatique. Pour ceux et celles qui aspirent au titre de *nerd*...

Guide Internet (Gilles Maire)

www.imaginet.fr/ime/manuel.htm
- manuel de référence complet
- mises à jour fréquentes
- Web, courrier, Netscape, forums Usenet, etc.

Un manuel archi-complet destiné aux nouveaux utilisateurs d'Internet et une référence, même pour les usagers aguerris. Plus de 60 chapitres pour se familiariser avec les principaux outils d'Internet, les nouveautés, les aspects techniques.

High Five : Excellence in Web Site Design

www.highfive.com/
- design des sites Web
- modèles d'excellence
- clarté de l'information et esthétisme

Designer américain «pur et dur», David Siegel s'est fait connaître pour ses choix des meilleurs sites Web à voir du point de vue de la réalisation visuelle. Les gadgets inutiles et les textes clignotants sont proscrits à tout jamais, bien sûr, mais on y trouve des sites hautement sophistiqués et originaux, ainsi que des entrevues avec les concepteurs et des commentaires sur l'évolution du Web.

Histoire de l'informatique

guillier.citeweb.net/his_info/noframe.html
- la déjà longue histoire des ordinateurs
- grandes dates et chercheurs célèbres
- des liens pour en savoir davantage

Qu'est-ce que le mode binaire? Comment fonctionne une machine de Turing? Ce site personnel offre un survol télégraphique de l'histoire de l'informatique, mais de nouvelles sections sont ajoutées fréquemment et l'ensemble offre un parcours agréable et instructif. À voir en particulier : les citations d'hier qui font rire aujourd'hui...

Hobbes' Internet Timeline

info.isoc.org/guest/zakon/Internet/History/HIT.html
- les grandes dates
- des années 1950 à aujourd'hui
- statistiques de la croissance

L'histoire d'Internet racontée en quelques grandes dates, depuis l'établissement du réseau ARPANET par le Département américain de la Défense (en 1957), jusqu'aux dernières données sur la croissance du Web, en passant par l'introduction de protocoles maintenant presque oubliés, comme Gopher (1991).

How do they do that with HTML ?

www.nashville.net/~carl/htmlguide/index.html
- gadgets de la conception HTML
- instructions, exemples et références
- à conditon de ne pas en abuser...

De l'usage des fonds d'écran aux animations dynamiques, une excellente présentation des trucs du métier... Textes concis, exemples pratiques, références à des documents plus approfondis. Un conseil toutefois : n'abusez pas de ces trucs déjà bien connus.

Internet : vue d'ensemble

www.risq.qc.ca/info/table/vue/vuc_01.html
- introduction en douceur
- historique, services, acteurs
- design sophistiqué, navigation facile

Le Réseau interordinateurs scientifique québécois (RISQ) a réalisé cette excellente synthèse de base, comprenant l'historique du réseau (de 1957 à 1995), la description des services et des ressources disponibles, et enfin des notes sur les organismes qui contribuent le plus à en définir le présent et l'avenir.

Internet & World Wide Web

patat.isdnet.net/net/

- • collection de guides
- • Internet, intranet, extranet...
- • analyse sur l'avenir du réseau

Une série de guides pour apprendre à utiliser Internet au meilleur de ses capacités. Certaines informations seront surtout utiles aux compatriotes de l'auteur, le Français Jean-Christophe Patat, mais en général, il s'agit de bonnes mises au point sur les multiples applications et technologies du réseau.

Le Savoir-communiquer sur Usenet

web.fdn.fr/fdn/doc-misc/
SavoirComm.html

- • 18 conseils de cybersagesse
- • rédigé en forme de commandements
- • inutile aux personnes vertueuses

Les 18 commandements de l'internaute bien élevé, ou comment s'éviter les insultes et autres ennuis sur les places publiques d'Internet. Une seule page, rédigée dans un style biblique et pédagogique assez sympathique...

Le Signet : glossaire des technologies de l'information (OLF)

w3.olf.gouv.qc.ca/banque/

- • production de l'OLF
- • 6 000 fiches bilingues
- • vocabulaire « technologiquement correct »

Exhaustif à souhait, ce glossaire bilingue propose aussi une courte définition pour chaque entrée. L'ensemble peut être consulté grâce à un moteur de recherche bien conçu. Quant aux néologismes proposés pour traduire les nouveaux termes de l'anglais, ils sont parfois ingénieux... sinon amusants !

Manuel HTML

www.grr.ulaval.ca/grrwww/manuel/
manuelhtml.html

- • meilleur guide pour commencer en français
- • téléchargez ou consultez sur place
- • remis à jour

Une des forces du Web, c'est la facilité avec laquelle on peut apprendre à fabriquer et à diffuser nos propres pages sur le réseau. Ce manuel bien illustré du langage HTML a été remis à jour et s'avère idéal pour débuter en la matière. Une belle contribution de Daniel Boivin et de Laurent Gauthier de l'Université Laval.

NetGlos – Glossaire multilingue

wwli.com/translation/netglos/glossary/
french.html

- • excellent glossaire en français
- • par des militants de la multiplicité
- • indique la traduction (sept langues)

Non seulement un excellent glossaire francophone de la terminologie Internet, mais aussi un projet exemplaire et innovateur. NetGlos est en effet un site multilingue – sept langues pour l'instant – et il fournit donc aussi les traductions des termes définis en français.

Online World Resources Handbook

home.eunet.no/~presno/bok/

- • aborde tous les réseaux en ligne
- • remis à jour
- • pas très joli, mais bien rédigé

Version électronique d'un ouvrage traitant de l'ensemble des services en ligne (et non seulement d'Internet). Les sections techniques sont un peu laborieuses, mais les textes de présentation générale des ressources et des fonctions sont excellents.

@robase : le courrier électronique

www.arobase.org/

- tout savoir sur le courrier électronique
- logiciels, protocoles, trucs
- guides pour retracer une adresse, etc.

Malgré l'explosion multimédia sur le Web, le « simple » courrier électronique demeure le service d'Internet le plus utilisé de par le monde, et c'est aussi un domaine en développement constant. Pour tout savoir des protocoles ou des nouveaux logiciels de messagerie, le site @robase offre un centre de référence très complet.

Sam magazine : stratégie et promotion

www.sam-mag.com/

- comment faire connaître son site Web
- inscription auprès des outils de recherche
- étapes à suivre

Ce site français offre un excellent guide en matière de promotion sur le Web. Tout ce qu'il faut savoir, entre autres, afin d'obtenir une visibilité optimale lorsqu'on inscrit un nouveau site auprès des divers répertoires et moteurs de recherche.

Symantec – Encyclopédie des virus

www.symantec.com/avcenter/venc/ vinfodb-fr.html

- tout sur les virus informatiques
- les vrais... et les faux
- information générale et base de données

Bien connue pour ses logiciels antivirus Norton et SAM, la firme Symantec propose un centre de référence exhaustif sur le sujet, et ce, en français. On y trouve des renseignements de base sur les différents types de virus affectant les ordinateurs PC ou Macintosh, mais aussi des données détaillées sur tous les virus répertoriés à ce jour.

TechnoSphere : les technologies du Web

www.technosphere.tm.fr/

- pour comprendre le Web dans les détails
- logiciels, formats et langages expliqués
- très très bon

Site incontournable, TechnoSphere est une encyclopédie en constante évolution des technologies d'Internet. Idéal pour les nouveaux usagers qui cherchent à se familiariser avec le courrier électronique ou les formats de compression. Tout aussi recommandé aux experts et aux concepteurs de sites Web.

The Free On-line Dictionary of Computing

wombat.doc.ic.ac.uk/

- encyclopédie de l'informatique
- ce qui distingue Veronica d'Archie
- ou un hacker d'un cracker...

Il est rare qu'un dictionnaire de l'informatique suscite de l'enthousiasme, mais il faut dire que celui ci dépasse largement ce qu'on attend d'un tel outil. En plus de définitions techniques claires et toutes interreliées, on y trouve en effet des articles sur les hackers ou sur l'intelligence artificielle. Une véritable encyclopédie de la nouvelle culture informatique.

VDN – concepts informatiques & vulgarisation

www.multimania.com/cgiguere/vdn/ vdn.htm

- articles de vulgarisation
- ordinateur, périphériques, logiciels
- aussi une petite histoire de l'informatique

Qu'est-ce que le Bios d'un ordinateur ? Et la mémoire ROM ? Comment devenir programmeur ? Ce site offre une bonne sélection d'articles de vulgarisation, la plupart traduits de l'anglais, sur tous les aspects de l'informatique.

Web Review

www.webreview.com/

- • actualité, dossiers, analyses
- • technologies du Web
- • incontournable

Un merveilleux magazine sur la production des sites Web, de la conception aux détails de programmation, en passant par l'organisation et le design des interfaces. Nouveautés passées à la moulinette, dossiers spéciaux sur les nouvelles technologies, le commerce électronique et les outils de recherche, forums de discussion, rien ne nous est épargné...

Webmaster Reference Library

webreference.com/

- • le meilleur carrefour d'information
- • graphisme soigné, mais assez rapide
- • très complet et bien commenté

Répertoire spécialisé et commenté des ressources d'information et des logiciels disponibles pour le développement et la diffusion des pages Web (Mac et PC). Des chroniques qui font le tour des nouveautés, des listes très complètes et un design sophistiqué : excellent à tous les points de vue.

WWW Style Manual (Yale)

info.med.yale.edu/caim/manual/

- • design de sites Web : guide complet
- • critères de qualité à respecter
- • prêche par l'exemple...

Un manuel de haut calibre sur la conception générale et la structure des sites Web complexes. Contient très peu d'instructions pratiques, mais un excellent exposé des critères de qualité dans le design des sites Web. À noter, le guide est aussi disponible pour téléchargement. L'Internet universitaire à son meilleur.

Information thématique, enjeux

Computer Professionals for Social Responsability

www.cpsr.org/dox/home.html

- • informaticiens « engagés »
- • experts sur les questions de vie privée
- • information générale, archives et liens

Cet organisme est à l'origine des fameuses Conference on Computers, Freedom and Privacy qui se tiennent depuis 1991. Ce site est un bon point de départ pour retrouver des ressources spécialisées concernant les questions de confidentialité dans Internet et il offre la possibilité de faire des recherches dans ses archives.

Electronic Frontier Canada

insight.mcmaster.ca/org/efc/efc.html

- • enjeux des inforoutes
- • défense des droits et sécurité
- • organisme canadien

Un site canadien sur les enjeux de vie privée et de sécurité du commerce électronique. On y trouve des dossiers d'actualité et des archives imposantes : documents légaux, articles parus sur ces questions au Canada, etc. Un petit minimum vital d'information en français, le reste en anglais seulement.

Electronic Frontier Foundation (EFF)

www.eff.org/

- • lobby américain des internautes
- • nouvelles et documentation abondante
- • droits civiques sur les réseaux

Organisme américain voué à la défense des droits civiques dans Internet, l'EFF diffuse des nouvelles et une abondante documentation relative à la protection des libertés et à la sécurité dans Internet.

:n/e/t surf : An 2000

www.netsurf.ch/an2000.html
- une centaine de liens sur LE bogue
- actualité, conférences, dossiers, etc.
- français et anglais

Section du portail suisse Netsurf, cette page rassemble à peu près tous les liens indispensables pour se tenir à jour... mieux qu'un ordinateur ! Sites « an 2000 » des gouvernements, sondages sur l'état de préparation des entreprises, répertoire des fournisseurs, poursuites en cours, etc. Vous cédez à la panique ? Voyez les liens « survivalistes »... ou ceux des psychothérapeutes !

Nua Internet Surveys

www.nua.ie/surveys/
- usagers d'Internet : qui ? où ? combien ?
- tous les chiffres, les études et les sondages
- LA référence en la matière

Depuis quelques années, cette société irlandaise s'est imposée comme la meilleure référence internationale en ce qui a trait aux études démographiques sur Internet. Spécialistes du commerce électronique et du marketing ou simples curieux, plus de 150 000 internautes fréquentent ce site chaque semaine pour y lire les dernières données disponibles.

The Year 2000 Information Center

www.year2000.com/
- tout sur le « bogue » du millénaire
- information générale et articles récents
- le grain de sable dans l'engrenage ?

Selon des estimations récentes, il en coûtera entre 100 milliards et – tenez-vous bien – 1 trilliard de dollars US pour venir à bout du fameux bogue de l'an 2000. Une immense catastrophe en gestation ? En attendant, les informaticiens ne suffisent pas à la tâche et les bureaux d'avocats préparent déjà des poursuites.

WWW Consortium

www.w3.org/
- organisme de coordination du Web
- documents de référence (standards)
- bonzes d'Internet

Le WWW Consortium est ce qui se rapproche le plus d'un quartier général d'Internet : l'organisme chapeaute en effet des groupes d'experts chargés de définir les nouveaux standards techniques du réseau. Outre la Virtual Library, ce site immense contient une documentation utile pour quiconque s'intéresse à l'évolution d'Internet.

Interactif : « chat », mondes virtuels, etc.

Chat et Palaces francophones

pages.infinit.net/kola/chatsite.htm
- guide des Palaces francophones
- aussi des infos sur ICQ et les logiciels de « chat »
- tout en une page

Ce site personnel offre un tableau de 25 Palaces francophones auxquels on peut se brancher librement, précisant les caractéristiques de chacun : heures d'ouverture, nombre d'usagers maximal, nombre de « chambres », etc. En complément, l'auteur offre aussi des informations sur les logiciels de bavardage (« chat »), en particulier le très populaire réseau ICQ.

Hiersay : la discussion en direct dans Internet (IRC)

www.hiersay.net/
- tout sur l'IRC
- canaux Undernet, IRCnet, etc.
- guide bien conçu et mis à jour

Comment dialoguer en direct dans Internet avec IRC ? Conçu par un passionné du Québec, ce site personnel offre toute l'information requise, que vous soyez débutant ou déjà aguerri : introduction et logiciels clients, canaux, serveurs, scripts et *smileys*, vous saurez tout ce qu'il faut pour commencer à... discuter !

ICQ – Internet Communication Network

www.icq.com/

- logiciel de « chat » qui fait fureur
- toute l'information sur le site
- dernières versions du logiciel

Votre adresse ICQ n'est pas encore « de rigueur », mais vous devriez y songer ! Pour bon nombre d'usagers du Net, en effet, le logiciel ICQ est devenu un outil de communication aussi important que le courrier électronique. Très convivial, ICQ vous permet de discuter à tout moment avec des collègues, des amis ou des parents qui sont en ligne.

The Palace

www.thepalace.com/

- le nec plus ultra du bavardage
- maintenant aussi en français
- une expérience à tenter...

The Palace est un des grands succès populaires d'Internet. Il faut d'abord télécharger un logiciel (gratuit), mais les amateurs de bavardage virtuel y trouveront leur compte. Sur ce site, voyez la liste des Palaces francophones auxquels vous pouvez ensuite accéder directement. Parmi ceux-ci, le Palace de Generation.Net, au Québec, est sans doute l'un des plus courus.

The VRML Repository

www.web3d.org/vrml/vrml.htm

- tout sur l'animation en trois dimensions
- documentation, logiciels, fabricants
- la réalité virtuelle... aujourd'hui !

Conçu par le Supercomputer Center de San Diego, ce répertoire consacré au Virtual Reality Modeling Language (VRML) recense les logiciels, les entreprises et les sites qui cherchent à faire valser les images 3D dans Internet.

Ordinateurs et logiciels

BrowserWatch

browserwatch.internet.com/

- référence sur les navigateurs
- nouveautés de Netscape et d'Explorer
- statistiques sur l'usage des différentes versions

Pour tout savoir des « fureteurs » du Web, des greffons (*plug-ins*) ou des modules ActiveX, et surtout pour suivre les développements de Netscape et d'Explorer, les « beta », les rumeurs et, au jour le jour, les statistiques d'accès. Qui gagne la guerre ? En décembre 1997, par exemple, ça donnait : Netscape, 58 % ; Explorer, 32 %. Et en mai 1999 : Explorer : 46 % ; et Netscape, 38 %.

Club Macintosh de Québec

www.cmq.qc.ca/

- Mac : le plus beau site en français
- tonnes d'infos pour les passionnés
- actualité, calendrier, logiciels, etc.

Ce site ravira tous les adeptes du Mac, avec ses rubriques sur l'actualité d'Apple, des recommandations de logiciels, le calendrier des rencontres du Club, des trucs et des liens à n'en plus finir ! À signaler, on y trouve aussi des renseignements sur le BBS Synapse et le réseau québécois Agora (babillards FirstClass).

Cool Tool of the Day

www.cooltool.com/
- nouveaux joujoux du Web
- pour ajouter à Netscape ou à Explorer
- plogues pour les *plug-ins...*

Après la litanie des *cool sites of the day*, voici enfin le palmarès quotidien des nouveaux logiciels Internet! Java, FTP ou vidéo, vous y trouverez un choix impressionnant des gadgets du réseau, des utilitaires pratiques dans certains cas, mais aussi bon nombre de « futiliciels », selon l'expression de Martine Gingras.

CPU Info Center

infopad.eecs.berkeley.edu/CIC/
- nouveaux processeurs annoncés
- AMD, Cyrix, Intel, Motorola
- bancs d'essais comparatifs

Pour tout savoir des processeurs Pentium, PowerPC ou autres, ce site regroupe les communiqués de presse des fabricants et une impressionnante base de données de tests comparatifs. En complément, des informations sur les prochaines présentations techniques (conférences annuelles) et une brève histoire des microprocesseurs.

Info-Mac HyperArchive

hyperarchive.lcs.mit.edu/
HyperArchive.html
- partagiciels et gratuiciels Macintosh
- pour combler votre disque dur...
- ... ou tester votre nouveau modem!

Accès aux archives publiques des gratuiciels et partagiciels compatibles Macintosh. On peut en parcourir les nouveautés, faire des recherches par catégorie (applications, utilitaires, communications, etc.) ou par mot clé. Très complet. Plusieurs sites miroirs sont disponibles, dont celui du MIT.

Internet Product Watch

ipw.internet.com/
- produits commerciaux dans Internet
- tout pour le cyberentrepreneur
- caméras digitales ou serveurs de listes

Le réseau américain Internet.com recense les logiciels et autres produits commerciaux offerts pour les applications dans Internet, bien classés dans une douzaine de sections (outils d'analyse, commerce électronique, réseaux, gestion de sites, etc.).

Jumbo – Download Network

www.jumbo.com/
- de tout pour tout le monde
- Macintosh, Windows, etc.
- la *warehouse* du *shareware...*

Immense collection de partagiciels (*sharewares*) et de gratuiciels (*freewares*) offerts sur le réseau, pour toutes les plates-formes usuelles. Catégories: affaires, jeux, programmation, graphisme et utilitaires. Les responsables du site affirment donner accès à plus de 300 000 logiciels!

Linux Center

linux-center.org/fr/
- excellent répertoire en français
- tout sur le système d'exploitation Linux
- immense

Un index thématique consacré au système Linux et à ses applications. Très bien conçu, le site permet de découvrir Linux et de s'y retrouver dans l'immense univers de logiciels publics. Nouvelles récentes de l'industrie, distributions, documentation en ligne, logiciels, principaux sites Web, etc.

Linux Québec

www.linux-quebec.org/
- carrefour des utilisateurs québécois
- tout pour comprendre Linux
- on peut même vous aider à l'installer

Regroupement d'usagers bénévoles, Linux Québec a pour mission d'aider les utilisateurs présents et futurs du système Linux, cela par le biais de rencontres techniques mensuelles (gratuites), de forums de discussion en ligne et même d'un service d'aide à l'installation.

La Toile du Québec propose un site de logiciels excellent à tous points de vue. Chaque produit est brièvement décrit et un lien vous conduit au site du producteur. Plusieurs domaines couverts : affaires et gestion (agenda, comptabilité, organisateurs), éducatif, Internet, jeux, utilitaires (antivirus, compression, sécurité), etc.

MacWeek

www.macweek.com/

- actualité du Mac
- chronique Mac the Knife
- revue de presse quotidienne
  (Quick Links)

MacWorld et MacWeek ont pratiquement fusionné sur le Web, mais tandis que MacWorld publie des analyses des nouveaux ordinateurs ou logiciels, MacWeek est centré sur les nouvelles au jour le jour. À voir, la chronique « rumorologique » de Mac the Knife, écrite avec un humour incisif et un style tranchant !

Microsoft

www.microsoft.com/

- l'empire contre-attaque...
- nouveautés de Windows
- téléchargez Internet Explorer

Bill Gates a les moyens de ses ambitions, et le site ne manque pas d'attraits. On y trouve de tout : mises à jour et nouveaux pilotes pour Windows, applications pour l'entreprise et support technique, etc. C'est aussi l'endroit idéal où se procurer Internet Explorer, distribué gratuitement pour vos beaux yeux...

Macworld Online

macworld.zdnet.com/

- magazine américain
- articles, logiciels, choix de liens
- tout sur les ordinateurs Macintosh

MacWorld offre un site Web de belle facture et aux contenus imposants. On y trouve une sélection d'articles et de dossiers provenant des dernières éditions du magazine, et des liens vers les sites d'Apple et les archives de logiciels. À noter, le magazine MacWorld a « intégré » son ancien rival MacUser et l'éditeur ZDNet offre aussi la revue MacWeek.

Netscape Products Archive

home.netscape.com/download/archive/index.html

- Netscape Navigator 2, 3, 4...
- pour Windows, Macintosh, Unix...
- en français, en anglais, en suédois...

Pour les ordinateurs qui datent de quelques années, il est souvent plus efficace (et parfois nécessaire) de s'en tenir à une version moins gourmande de Netscape ou d'Internet Explorer. On y gagne en rapidité et les désavantages sont assez réduits puisque la grande majorité des sites Web offrent encore des contenus sous une forme compatible.

Mégagiciel

www.megagiciel.com/

- site des logiciels de La Toile du Québec
- partagiciels, gratuiciels
  et démonstrateurs
- classement efficace

Partagiciel.com

partagiciel.infinit.net/

- plus de 1 200 logiciels pour DOS
  et Windows
- adresse pour télécharger

et information
• versions françaises

Une mine d'or pour qui cherche un logiciel en français. Vous y trouverez, bien sûr, les «indispensables» d'Internet, mais aussi des jeux, des pilotes (*drivers*) et des outils spécialisés dans tous les domaines : affaires, archivage, communications, éducation, graphisme, HTML, etc.

Shareware.com

www.shareware.com/
• site de logiciels des ligues majeures
• remplace la Virtual Software Library
• vous y trouverez le bonheur, peut-être

Un très bon site de recherche dans les archives de partagiciels, Shareware.com est relié au réseau américain C|net. Attention, toutefois : même si les serveurs sont puissants, le trafic est énorme sur ce site et les transferts sont parfois très lents. Une entrée alternative sur ce même serveur : www.download.com.

TidBITS en français

www.lcmm.qc.ca/tidbits/
• hebdomadaire du Macintosh
• un classique du genre
• traduit en français

La version française de TidBITS est disponible chaque semaine, quelques jours après la diffusion du texte original en anglais. Des reportages sur l'actualité du Mac, des évaluations de nouveaux logiciels et systèmes, et même les dernières rumeurs concernant Steve Jobs et la direction d'Apple.

Tucows : The Ultimate Collection

www.tucows.com/
• logiciels Internet pour Windows...
  et Mac !
• genre complet et gratuit
• allez-y au nom de la productivité...

Sans doute la meilleure collection de logiciels pour Windows, TUCOWS est «victime» d'un trafic colossal, mais peut être rejoint par le truchement de nombreux sites miroirs (voir la liste sur le site). Une surprise : les logiciels Macintosh sont aussi au programme, et là aussi la sélection est constamment remise à jour.

WINternet

winternet.planete.qc.ca/
• 2 000 logiciels à télécharger
  gratuitement
• sélectionnés, classés et commentés
• des nouveautés tous les jours

Intégré à Planète Québec, WINternet répertorie plus de 2 000 partagiciels pour Windows et MS-DOS, tous recommandés et brièvement décrits. Le site a l'avantage de faire une bonne place aux outils francophones, et la mise à jour est excellente. D'autre part, la section boutique permet l'achat en ligne ou par téléphone des logiciels vendus sous licence (serveur sécurisé).

Points de départ et nouveautés

ADN : l'actualité du Net (MSN – France)

fr.msn.com/adn/
• choix de Microsoft France
• nouveaux sites classés par sujet
• voir aussi la sélection de la semaine
  de Yahoo.fr

Comme bien d'autres, le guide de MSN France offre un choix éditorial de nouveaux sites Web, et ce pour chacune des sections du répertoire. Pour des commentaires bien léchés, voyez aussi la sélection de la semaine de Yahoo ! France.

Bibliothèque publique virtuelle

www.bibliotheques.qc.ca/

- point de départ très bien conçu
- sites classés selon le système Dewey
- vaut le détour

Élaboré par une équipe de bibliothécaires québécois, ce répertoire sélectif n'est pas des plus vastes (environ 2 000 sites inscrits à ce jour), mais la qualité des sélections est remarquable. Même si vous êtes un vieil habitué du Web, allez-y voir : des découvertes heureuses vous attendent.

Branchez-vous !

www.branchez-vous.com

- nouveautés d'Internet
- perspective québécoise
- offert par e-mail et en kiosque

Réalisé en collaboration avec Bell Canada, cet « hypermédia d'actualité » propose tout un éventail de chroniques et de reportages sur les nouveautés technologiques d'Internet et les nouveaux sites d'intérêt (mise à jour quotidienne). Le site Branchez-vous ! a aussi un cousin de papier disponible en kiosque.

Cool central

www.coolcentral.com/

- tous les *cool sites of...* américains
- pour surfer sur l'écume des vagues
- si on ne craint pas trop la circulation

Les sites affichant leurs choix quotidiens de « trouvailles » se sont multipliés à une vitesse folle dans Internet. La prochaine étape était inévitable : Cool central fait le tri en offrant une sélection parmi ces sélections... On y trouve donc des sites de la semaine, de la journée, de l'heure et même du moment ! À voir aussi, Nick's Picks, un bon répertoire des sites américains du même genre.

Cool Site of the Day

cool.infi.net/

- un site choisi tous les jours
- désavantage : circulation sur le site choisi...
- mais toujours un choix judicieux

L'original... Un choix quotidien toujours intéressant, du moins impressionnant et amusant. Probablement le meilleur site du genre quant à la qualité des suggestions. Les listes des sites précédemment choisis (*still cool*) sont aussi à conseiller.

eBLAST (Encyclopædia Britannica)

www.eBLAST.com/

- point de départ sélectif et commenté
- prédominance des ressources « sérieuses »
- mais des sites anglophones à 95 %

Les éditeurs de l'encyclopédie Britannica ont créé un *starting point* impressionnant, où l'on ne trouvera que des ressources de haute qualité, notamment des sites à vocation historique ou scientifique. eBlast pêche toutefois par excès de décorum : la navigation est plutôt lente, voire pénible. Pendant que vous téléchargez, allez faire le thé...

Guide Internet : le magazine des sites à découvrir

www.guide-internet.com/

- pas tout le contenu du magazine...
- mais des liens sélectionnés et des chroniques
- aussi des sections exclusives au site

Le site de ce magazine québécois ne reprend pas toutes les sections de sa version imprimée (et vendue !), mais on y trouve toutefois des liens vers les sites « cinq étoiles » sélectionnés par la rédaction et toute une ribambelle de chroniques sur l'actualité d'Internet, les nouveaux logiciels, etc.

Hachette.Net : le meilleur du Web

www.hachette.net
- le meilleur guide des meilleurs sites !
- mise à jour fréquente
- Hachette.Net Junior pour les enfants

Référence francophone incontournable, Hachette.Net est sans doute le meilleur guide sélectif produit en France. Tout est bon ici : des critères rigoureux – ce qui se traduit par des liens de haute qualité – la description de chaque site inscrit, le classement et enfin la mise à jour.

LBQ : la Lettre du bibliothécaire québécois

www.sciencepresse.qc.ca/lbq/lbq.html
- nouveautés d'intérêt
  pour les chercheurs
- publiée six fois par année
- archivée sur le site... quelques mois
  plus tard

Privilégiant les ressources québécoises, cette publication couvre à peu près les mêmes domaines que le célèbre Scout Report américain : moteurs et répertoires de recherche, bases de données, fournisseurs d'information électronique, formats de documents.

Le Grenier à grand-maman

www.blanche-mtl.com/
- les signets de mémé
- choix excellents
- vaut le détour

Un site personnel qui dénote une grande connaissance d'Internet. La collection est impressionnante et les signets sont regroupés de façon pratique : le coin des jeunes, le coin des parents, pour les grands-parents, un coin familial, le coin saisonnier. Voyez en particulier le choix de ressources pour les enfants. Mère-grand doit être en forme et se coucher tard !

Netsurfer Digest

www.netsurf.com/nsd/index.html
- choix commenté de nouveaux sites
  américains
- technologie, logiciels, sciences, etc.
- sur le Web ou par courrier
  électronique

D'un format comparable au Scout Report, Netsurfer Digest propose un choix hebdomadaire de nouveaux sites brièvement commentés. Le numéro courant et les archives sont disponibles sur le site, ainsi que des instructions pour recevoir le bulletin par e-mail.

Project Cool

www.projectcool.com/
- meilleur tapis rouge quotidien
- site magnifique... patience obligatoire
- par l'inventeur du genre

Le nouveau repaire de Glenn Davis, créateur du premier site du genre, le *cool site of the day*. Très beau, avec des choix toujours intéressants.

Québec Web Dép@rt

www.webdepart.com/
- p'tit « mégasite » québécois !
- choix de nouveaux sites
  tous les jours
- beaucoup de contenu, esprit ludique

Un point de départ pour les spécialistes comme pour les débutants : des sélections quotidiennes de nouveaux sites, un forum de discussion, des annonces classées, le coin des jeux et, enfin, le « Départ Éclair », qui rassemble sur une seule page une centaine des meilleurs sites francophones et anglophones.

Spécialement pour vous mesdames

www.ivic.qc.ca/dames/
- spécialement destiné aux femmes
- présentation pastel
- attention, certains liens réservés aux adultes

Malgré le titre à saveur... « préféministe », ce répertoire offre une foule de liens vers des sites portant sur des sujets aussi variés que la sexualité, la mode, la santé, la famille ou les arts. Il y manque pourtant des ressources travail-carrière. À noter, la section cuisine, contenant des recettes express bien classées et des ressources Web sur la gastronomie.

Sympatico

www2.sympatico.ca/accueil
- portail de Bell
- actualité, forums, répertoires, etc.
- réseau de sites à connaître

Le slogan est un peu prétentieux – « Là où l'Internet commence » – mais toujours est-il que la page d'accueil du service Sympatico offre un assemblage de contenus digne d'intérêt. L'actualité et l'actualité d'Internet sont bien sûr au programme, tout comme les forums et les répertoires thématiques.

The Scout Report

wwwscout.cs.wisc.edu/scout/report/
- revue hebdomadaire des nouveaux sites
- pour la recherche et l'enseignement
- cinq étoiles, minimum

Sans doute la meilleure publication du genre aux États-Unis, *The Scout Report* propose toutes les semaines une large sélection de nouveaux sites Web d'intérêt pour la recherche et l'éducation. En outre, des éditions spécialisées couvrent plus en détail les domaines des sciences, de l'économie et des sciences sociales.

Professionnel/industrie

Centre de promotion du logiciel québécois (CPLQ)

www.cplq.org/
- pour les professionnels avant tout
- informations sur les activités et l'industrie
- base de données Accès logiciels

Le CPLQ est l'association de l'industrie du logiciel au Québec. Sur son site, on trouve des renseignements sur les prochaines rencontres et activités de « maillage » du réseau, ainsi qu'une base de données d'information sur plus de 2 000 logiciels classés dans environ 150 domaines d'application.

Les bâtisseurs de l'inforoute

www.CJL.qc.ca/batisseurs/
- Internet et les entreprises
- conception de sites Web
- de très bonnes analyses

Jean Lalonde, auteur du guide *Internet au bout des doigts*, offre une liste des firmes québécoises et canadiennes de développement de contenus pour Internet, ainsi que des conseils et des références utiles. À noter : l'excellente section Aide au décideur et notamment son volet sur l'intranet.

Réseaux, fournisseurs, services

Fournisseurs d'accès au Québec

www.axess.com/drakkar/regions.html
- répertoire complet
- services offerts, tarifs, coordonnées
- mise à jour régulière

Une fois raccordé au réseau, allez choisir un nouveau fournisseur d'accès sur le site de Christian Bernier ! Ce répertoire, très complet, inclut en effet une description des services de chaque fournisseur actif au Québec et indique les plans d'abonnement offerts.

Liste mondiale des fournisseurs (The List)

thelist.internet.com/
- 7 000 inscriptions
- idée des tarifs
- bonne couverture du Canada

Ce site américain répertorie plus de 7 000 fournisseurs d'accès Internet, et il comporte des fiches détaillées pour la plupart d'entre eux (services, tarifs, adresse, etc.). On peut y faire des recherches par pays ou par indicatif régional (514 ou 819 par exemple).

RISQ (Réseau québécois)

www.risq.net/
- berceau québécois d'Internet
- information spécialisée
- sondages sur les internautes du Québec

Le Réseau interordinateurs scientifique québécois (RISQ) a été le berceau d'Internet au Québec et en demeure le maillon principal. Très bien réalisé, le site décrit les services du RISQ et ses publications (dont les enquêtes sur les internautes québécois), ainsi que des renseignements généraux sur Internet et l'organisme.

INTERNET : OUTILS DE RECHERCHE

Forums et listes de discussion

Consultation des groupes de news français

www-sor.inria.fr/~pierre/
news-groups-fr.html

- forums Usenet « fr »
- liste des groupes et leur description
- consultation des messages récents

Un accès rapide aux groupes de discussion francophones, avec la description de leur thème et un lien direct pour consulter les messages récents (sans qu'il vous soit néccessaire de disposer d'un accès à un serveur de type « news »). Pratique, le site comporte aussi une petite introduction aux forums Usenet.

DejaNews : recherche dans les forums

www.dejanews.com/

- recherche dans les forums Usenet
- plusieurs façons de filtrer
- au royaume des opinions...

Un site incontournable pour effectuer des recherches dans l'immense fouillis des forums d'Internet. Recherche par mot clé dans le texte des messages archivés, ou navigation par sujet. À noter : les forums de la hiérarchie « alt » ne sont pas inclus dans les listes de sujets, mais sont accessibles par la recherche par mot clé.

Directory of Scholarly and Professional E-Conferences

n2h2.com/KOVACS/

- listes à haute teneur cérébrale
- sérieux mur à mur
- présentation très claire

L'adresse par excellence pour trouver des listes de discussion à caractère professionnel. Le classement par sujet se lit comme un annuaire de cours universitaires... et on peut aussi effectuer des recherches par mot clé.

Forums et bavardage (La Toile du Québec)

www.toile.qc.ca/quebec/qcnews.htm

- forums de discussion, « chat », BBS, Palace...
- section de La Toile du Québec
- pour échanger en français

La Toile du Québec propose cette page d'accès aux forums francophones du Canada et du Québec (newsgroups Usenet), mais aussi aux babillards électroniques (BBS) et aux sites du genre Palace, « chat » et IRC. Annonces, bavardage, discussions techniques, drague, polémiques et plaisanteries... le fouillis !

Francopholistes

www.cru.fr/listes/

- listes de diffusion en français
- instructions pour s'abonner et archives
- site très bien conçu

Excellent service du Comité réseau des universités (CRU) de France, ce répertoire regroupe plus d'un millier de listes thématiques auxquelles on peut s'abonner librement. Le site donne aussi accès aux archives d'un certain nombre de ces listes et offre un bon choix de liens vers d'autres répertoires spécialisés.

Liszt : listes de discussion

www.liszt.com/

- immense répertoire international
- pour trouver des spécialistes
- recherche par mot clé et bière maison...

Liszt regroupe plus de 90 000 listes de diffusion, les fameuses *mailing lists* où se retrouvent les spécialistes en tout et rien. Recherche par mot clé, description et directives pour s'abonner. À voir aussi, la section « Select » offre un bon classement de listes sélectionnées et commentées.

Publicly Accessible Mailing Lists (PAML)

www.neosoft.com/internet/paml/indexes.html

- répertoire de listes plus sélectif
- navigation par sujet et recherche par mot clé
- mise à jour mensuelle

Ce répertoire de listes est moins exhaustif que Liszt, mais c'est par contre un répertoire... plus sélectif : à défaut d'y trouver toutes les listes du monde, vous obtenez un choix de ressources soigneusement classées par sujet et une description concise de chacune d'entre elles.

Reference.com

www.reference.com/

- tous les forums Usenet
- archives de 2 000 listes de diffusion
- autres sections en développement

Un nouveau carrefour pour la recherche dans les forums Usenet, les listes de diffusion, et même les Webforums qu'on trouve sur des sites Web de plus en plus nombreux (une estimation : 25 000). Le site se veut très intégrateur et offre une bonne information de base.

Voilà : Exploration des News francophones

www.news.voila.fr/

- le meilleur accès sur le Web
- forums Usenet fr, be, ch, qc et francom
- consulter, répondre, rechercher

Voilà offre un accès complet aux forums Usenet francophones, c'est-à-dire aux groupes de discussion des hiérarchies francom (tous pays confondus), fr (France), be (Belgique), ch (Suisse) et qc (Québec). De plus, le site contient un mini-guide intelligent et bien ficelé du domaine des News. Ou Comment communiquer avec la terre entière...

Recherche par mot clé dans le Web

All the Web (Fast Search)

www.alltheweb.com/

- moteur le plus rapide
- et index le plus vaste
- combinaison gagnante !

Ce nouvel outil de recherche a comme ambition d'indexer la totalité du Web, c'est-à-dire la bagatelle d'un milliard de pages (selon des estimés de juin 1999). On est encore loin du compte (environ 20 %), mais c'est déjà mieux qu'AltaVista et Consorts. Autre aspect impressionnant : dans la plupart des cas, vous obtiendrez vos résultats en moins d'une seconde.

AltaVista

www.altavista.com/

- plus de 50 millions de pages indexées
- nombreuses fonctions avancées
- recherche dans les forums Usenet disponible

Sans doute le plus connu des moteurs de recherche du Web, AltaVista se distingue par une pléiade de services sophistiqués, comme la traduction automatisée ou la recherche d'images. Un menu de navigation par sujet donne aussi accès aux ressources sélectionnées du répertoire américain LookSmart.

Ecila (France)

www.ecila.fr/

- moteur de recherche sur le Web de France
- comporte aussi des inscriptions du Québec
- pas le plus vaste, mais toujours utile

L'index Ecila n'est pas le plus vaste en France, mais il demeure d'une taille fort appréciable et il permet en outre de poursuivre la recherche dans un bon choix de répertoires et d'index français (Yahoo! France, Echo, Nomade, etc.).

Google Beta

www.google.com/

- la nouvelle génération
- rapide et très précis
- lave plus blanc, définitivement

C'est sans doute par coquetterie que les auteurs ont laissé la mention Beta sur ce site, car en fait Goggle est déjà un outil d'une efficacité remarquable. Grâce à des analyses complexes, ce moteur de recherche offre des résultats presque toujours pertinents. À tel point qu'un bouton permet d'accéder directement à la première page retrouvée... et, la plupart du temps, c'est la bonne !

Highway 61 MetaCrawler

www.highway61.com/

- recherche parallèle
- comparable à d'autres services du genre
- présentation originale et amusante

Comme les sites Inference, MetaCrawler ou SavvySearch, cet outil permet d'effectuer des recherches simultanées dans plusieurs moteurs à la fois (Yahoo!, AltaVista, WebCrawler, Lycos et Excite dans ce cas-ci). L'originalité du service? Une présentation sympathique, un pointe d'humour et des citations bien choisies pour vous faire patienter en attendant vos résultats.

HotBot

www.hotbot.com/

- gros index et couleurs vives
- le Web et Usenet par mot clé
- très rapide, efficace... et tellement *cool*!

La revue Wired offre un index du Web et des forums Usenet qui n'a plus rien à envier aux mastodontes du genre, le tout dans un décor revu et corrigé à la sauce branchée. Les options de recherche sont très bien conçues et permettent de cibler la recherche de façon simple et rapide.

Inference (multiple)

www.infind.com/infind_fr/

- meilleur outil de recherche parallèle
- résultats classés et « nettoyés »
- rapide

Tout comme MetaCrawler et SavvySearch, le site d'Inference permet d'effectuer des recherches en parallèle dans les index de WebCrawler, Yahoo!, Lycos, AltaVista, InfoSeek et Excite. Mieux encore, Inference retire les doublons et présente ses résultats de manière très efficace, en regroupant les sites par catégorie et origine.

Infoseek Go Network

www.infoseek.com/

- recherche dans le Web, les forums, etc.
- résultats clairs et pertinents
- site de plus en plus intégrateur

Comme bien des sites de recherche, Infoseek offre une gamme de plus en plus large de services, cumulant les annuaires et index (sites Web, pages jaunes, forums de discussion), les dernières manchettes de l'actualité, et une sélection de liens pratiques. Le moteur de recherche lui-même tranche par la qualité et la clarté des résultats qu'il produit.

Lycos

www.lycos.com/

- toujours dans le peloton de tête
- moteur de recherche et tout le reste...
- page d'accueil disponible en version française

Lycos accompagne désormais son moteur de recherche d'un répertoire de sites et d'une panoplie complète de ressources pour chaque sujet. Le moteur de recherche lui-même est aussi accessible sur un serveur français, et permet de circonscrire la recherche aux sites francophones, aux images ou aux documents sonores.

Northern Light

www.northernlight.com/

- l'avant-dernier cri...
- classement efficace des résultats
- impressionnant

Un outil de recherche innovateur, Northern Light se charge de classer les résultats de votre recherche par sujet, par origine ou par type. Des ensembles sont formés et des sous-menus sont ajoutés à mesure que vous progressez. Une technologie impressionnante et de plus très efficace.

Search.com

search.cnet.com/

- choisissez vos outils préférés
- service du réseau C|Net
- pour les capricieux du mot clé

Un des nombreux services du mégasite américain C|Net, cette page regroupe une centaine de bases de données spécialisées, classées sous 14 grands thèmes. La sélection est limitée aux serveurs américains et n'est nulle part exhaustive, mais les services principaux sont bien représentés.

The Internet Sleuth

www.isleuth.com/

- 3 000 bases de données spécialisées
- pour les mordus du mot clé
- accès direct aux formulaires de recherche

Une immense collection d'index et de bases de données spécialisées dans tous les domaines. Indiquez simplement votre champ d'intérêt, et vous obtiendrez une liste des outils de recherche par mot clé spécifique à ce domaine. Beaucoup plus complet que Search.com, mais quand même limité pour tout ce qui n'est pas américain.

Voilà : francophonie

www.voila.fr/

- immense et très bien conçu
- le Web et les forums francophones
- l'actualité par AFP, la Bourse, le foot...

Sans doute le modèle du genre parmi les « portails » francophones d'Internet, le site de Voilà propose un excellent moteur de recherche par mot clé dans le Web francophone ou mondial, ainsi qu'une large sélection de sites et de services pratiques regroupés sous une douzaine de chaînes thématiques.

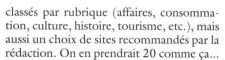

Répertoires de sites: francophonie

Afrique francophone

www.lehman.cuny.edu/depts/langlit/french/afrique.html

- bonne liste de référence
- culture, musique, information par pays, presse
- mises à jour fréquentes

Ça peut sembler inusité, mais le collège de Lehman (Université de New York) offre un des meilleurs points de départ vers les sites de l'Afrique francophone. Il s'agit d'une simple liste tenant sur une page, mais la sélection est excellente et mise à jour régulièrement.

Carrefour.Net

www.carrefour.net/

- répertoire des sites francophones
- moteur de recherche et rubriques
- recherche dans Carrefour et Voilà

Carrefour.Net répertorie les sites Web du Québec, de France, de Suisse et de Belgique, ce qui permet de retracer d'un seul coup la plupart des sites francophones traitant d'un même sujet. On peut aussi limiter ses recherches à un seul pays ou poursuivre une recherche s'avérant infructueuse dans l'index francophone Voilà.

Carrefour W3 Outaouais

www.ledroit.ca/~carrefourW3/carrefour.htm

- belle vitrine régionale
- rubriques et sites sélectionnés
- inscription gratuite

Un bon exemple de répertoire régional, proposé par le journal *Le Droit*. On y trouve non seulement les sites d'Ottawa, de Hull, d'Aylmer ou de la Gatineau classés par rubrique (affaires, consommation, culture, histoire, tourisme, etc.), mais aussi un choix de sites recommandés par la rédaction. On en prendrait 20 comme ça...

Francité

francite.com/

- « portail » francophone intégrateur
- classement par sujet ou recherche par mot clé
- aussi des sélections et des nouveautés

Un peu déroutant, ce Francité: il offre tellement de façons de s'y retrouver! Le plus simple: allez-y par mot clé, pour retracer des sites ou des pages francophones. Très intégrateur, le site est aussi relié aux services du réseau InfinitiT et à d'autres moteurs de recherche francophones ou internationaux (Méga Francité).

Indexa (France)

www.indexa.fr/

- répertoire des sociétés présentes en France
- se destine en particulier aux « professionnels »
- sélectif mais plutôt bien garni

Ce répertoire comporte principalement des inscriptions de sociétés françaises, mais aussi quelques-unes du Québec et un choix de sites anglophones. Efficace pour retracer les sites d'associations, d'organismes ou d'agences industrielles, les sites d'entreprises et les médias spécialisés. Une bonne quarantaine de secteurs sont couverts.

L'Atlantoile – ressources francophones en Atlantique

www.chebucto.ns.ca/Heritage/Atlantoile/index.html.fr

- Web dans les Maritimes
- sites acadiens
- simple et pratique

Ce répertoire offre une section pour chaque province : Île-du-Prince-Édouard, Nouveau-Brunswick, Nouvelle-Écosse, Terre-Neuve… sans oublier l'archipel français de Saint-Pierre-et-Miquelon. Dans l'ensemble, on y trouve une bonne quantité de liens en français : sites des gouvernements et médias, musées et centres d'art, éducation, associations, etc.

La Page Montré@l

pagemontreal.qc.ca/

- répertoire des sites Web de Montréal
- banlieues nord et sud y compris
- comporte un babillard consacré au covoiturage

Après les répertoires internationaux et nationaux, de nouvelles générations de sites s'attardent à des villes ou à des régions particulières, voire à des quartiers et à des rues ! Avec environ 5 000 sites inscrits (janvier 1999), cette page consacrée à Montréal offre aussi des sections pour Laval, la Rive-Nord et la Rive-Sud.

La Toile du Québec

toile.qc.ca/

- LE répertoire des sites du Québec
- mise à jour quotidienne
- environnement agréable, navigation rapide

De loin le répertoire le plus complet des sites et des forums québécois d'Internet, tous bien classés et annotés. À voir aussi sur ce site : le magazine d'actualité Mémento, le répertoire Mégagiciel (logiciels) et la section Consommation, qui présente les sites d'achat en ligne du Québec.

La Toile du Québec : répertoires régionaux

toile.qc.ca/quebec/
qcref_annuaires_reg.htm

- répertoires régionaux du Québec
- Saguenay, Gaspésie, Bas–Saint-Laurent, etc.
- chacun chez soi

Une page à connaître de La Toile du Québec, qui regroupe les sites spécifiques à chaque région de la province, voire à une ville ou à un groupe de municipalités. Le développement de ces outils varie encore d'une région à l'autre, mais on y trouve des points de départ utiles pour la recherche, le tourisme ou tout simplement le surf…

LavalNet : L'inforoute lavalloise

www.lavalnet.qc.ca/

- intégrateur
- entreprises, organismes, événements, etc.
- mégasite très bien conçu

La façon lavalloise de faire les choses… où c'est un organisme communautaire qui réalise ce mégasite d'information en collaboration avec à peu près tout ce qui bouge à Laval (administrations publiques, Chambres de commerce, secteur éducatif, technologie, etc.). Le boulevard de la Concorde, quoi !

Le Métarépertoire (CIDIF)

w3.cidif.org/metarepertoire/index.html

- outils de recherche du Web francophone
- classement par type, pays et région
- excellent point de départ

Le Centre international pour le développement de l'inforoute en français (CIDIF) a préparé ce « métarépertoire », c'est-à-dire un répertoire des répertoires francophones d'Internet. Classés par type (index, répertoires thématiques, guides commentés) et par région, on y trouve près de

80 outils de recherche, de l'Acadie à la Suisse, en passant par l'Alberta, l'Afrique, la Belgique, etc.

🔲 ☰

Nomade (France)

www.nomade.fr/

- guide des sites Internet en français
- nouveautés et sélections de la semaine
- pour l'exploration et la recherche

Une belle réalisation graphique et, surtout, un répertoire très complet des sites Web de France. Navigation par sujet ou recherche par mot clé. Cent nouveautés par jour et les choix de la rédaction tous les jeudis. Également relié au bulletin d'actualité de l'agence France Presse (AFP) et à d'autres services pratiques (météo, pages jaunes, etc.).

🔲 ☰

Québec – Bottin Web de la Capitale

www.mediom.qc.ca/~lortiec/home.htm

- 1 500 sites exclusifs à la région de Québec
- classement efficace sous 60 mots clés
- conception simple... navigation rapide !

Initiative personnelle du Webmestre Camille Lortie, ce site est d'apparence peu sophistiquée, mais le répertoire est très bien tenu et la navigation des plus rapides. Curieusement, les mairies de Beauport, de Lévis et de Sainte-Foy sont déjà dans le Web, mais la ville de Québec elle-même manque à l'appel.

🔲 ☰

Wanadoo : Qui Quoi Où

www.wanadoo.fr/bin/
frame.cgi ?service=quiquoiou

- répertoire des sites francophones
- voir aussi les pages blanches et jaunes
- tous les services de France Telecom

France Télécom propose un site très riche,

dont un répertoire sélectif de sites Web où figurent déjà plus de 40 000 services francophones (octobre 1998). Sur le site, on peut aussi consulter d'autres annuaires de France Telecom, ou effectuer une recherche par l'entremise du service Voilà.

🔲 ☰

Yahoo ! France

www.yahoo.fr/

- rejeton français du site américain
- bien adapté, bonnes manières à table
- parmi les trois meilleurs pour la France

Comme répertoire des sites Web de France, ce Yahoo ! régionalisé offre un service à peu près comparable aux meilleurs répertoires *made in France*. On y trouve l'environnement familier du site américain et bien sûr des listes de plus en plus longues de sites franco-français... La section Actualité regroupe les dépêches de l'agence France Presse, mais aussi de AP et de Reuters.

🔲 ☰ 🏠

Répertoires de sites : internationaux, autres régions

Afrique : Woyaa

www.woyaa.com/indexFR.html

- du nouveau sur le Net africain
- de l'Algérie au Zimbabwe
- comporte aussi une section Actualité

En français et organisé à la Yahoo !, ce répertoire de sites africains permet de survoler d'un seul coup tout un continent dans Internet. Les sites étant classés par pays et par sujet, on peut retracer précisément les ressources relatives à la Tanzanie ou les guides spécialisés de l'Afrique du Sud.

🔲 ☰ 🏠

Amérique latine : LANIC

lanic.utexas.edu/
- répertoire des sites latino-américains
- conçu par des universitaires
- ressources en espagnol et en anglais

Hébergé à l'Université du Texas, un point de départ réputé pour l'Amérique latine au grand complet. L'accent est mis sur les ressources « sérieuses » (culture, économie, politique), mais des sections spécifiques aux pays permettent aussi de retracer les répertoires nationaux les plus complets. De l'Argentine au Venezuela, en passant par le Brésil, le Guatemala, le Pérou...

ArabNet – The Arab World

www.arab.net/
- point de départ sur le monde Arabe
- Moyen-Orient et Afrique du Nord
- le Yahoo ! d'Allah est grand !

Un centre de référence incontournable sur le monde arabe, offert par un quotidien d'Arabie saoudite. On y trouve des répertoires nationaux et thématiques, mais aussi une revue de presse et un profil détaillé des pays musulmans, de l'Algérie au Yémen, en passant par l'Égypte et la Libye. Et pour le surf, ne manquez pas la section Tapis magique !

Asie : Asian Virtual Library

coombs.anu.edu.au/
WWWVL-AsianStudies.html
- point de départ vers les sites asiatiques
- beaucoup de ressources en anglais
- de l'Afghanistan au Yémen

Situé en Australie, il s'agit du Web des Études asiatiques de la Virtual Library. Les ressources sont classées par région (Moyen-Orient, Sud-Est asiatique, etc.) et par pays. Dans la plupart des cas, on peut rejoindre des répertoires nationaux spécialisés. Pour la Chine et le Japon, mais aussi pour les Indes, Singapour et Hong-kong, une grande partie des sites sont offerts en anglais.

Canada : information par matière (BNC)

www.nlc-bnc.ca/caninfo/fcaninfo.htm
- point de départ vers les sites canadiens
- classement Dewey et description des sites
- intéressant, à surveiller

Ce répertoire, proposé par la Bibliothèque nationale du Canada, a pris de l'ampleur et s'avère un excellent point de départ pour trouver de l'information canadienne sur une foule de sujets. L'aspect visuel du site pourrait sûrement être amélioré, mais la navigation demeure facile et précise. Et pour rejoindre les sites des gouvernements et des bibliothèques canadiennes, vous êtes aussi à la bonne adresse.

Canadiana : ressources canadiennes

www.cs.cmu.edu/Web/Unofficial/
Canadiana/LISEZ.html
- répertoire de sites canadiens
- graphisme à mourir d'ennui
- mais complet et à jour

Pas du tout un régal pour l'œil, cette longue page demeure pourtant des plus utiles pour retracer des ressources du Canada tout entier, en particulier les adresses des organismes officiels, des associations et d'autres instituts. Voyez aussi la section Systèmes d'information canadiens, qui propose un classement par province.

Europe : Yellow Web Europe Directory

www.yweb.com/home-fr.html
- répertoire incomplet
- mais plutôt intéressant
- disponible en sept langues

Pas un répertoire exhaustif des sites européens, mais un outil malgré tout intéressant, où les sites allemands, irlandais ou hongrois se côtoient sur une même page. Cela donne de très longues listes pour chaque sujet, mais au moins le classement est précis. Idéal pour retracer d'un seul coup tous les médias d'Europe, les annuaires industriels ou les sites de musique classique.

Excite
www.excite.com/

- portail américain très complet
- présentation élégante et efficace
- outil de recherche disponible en français

Le mégasite Excite s'est rallié à la nouvelle vogue d'intégration. Sous une quinzaine de thèmes (*channels*), on y trouve non seulement des sélections de sites, mais aussi les titres américains de l'actualité, des forums de discussion et toute une panoplie de ressources reliées au thème.

Galaxy
doradus.einet.net/galaxy.html

- un des premiers répertoires du Web
- du solide, mais surtout américain
- accès rapide mais style aride

Un autre répertoire qui n'est pas né de la dernière pluie, Galaxy a été dépassé en taille par Yahoo! et d'autres, mais il contient néanmoins d'excellentes références professionnelles et universitaires. Bien fourni également du côté des institutions et des questions sociales. Pas de commentaires, mais un classement adéquat.

Magellan
www.mckinley.com/

- immense répertoire sélectif
- très beau look et des choix professionnels
- gadget amusant : SearchVoyeur

Peut-être le plus sophistiqué des répertoires sélectifs du Web anglophone,

Magellan propose d'excellents choix, toujours accompagnés d'une description et d'une évaluation détaillée. Et pour la détente, un nouveau gadget, Search-Voyeur, affiche en temps réel les termes de recherche employés par d'autres usagers « comme vous ». Très instructif...

Orientation :
The Regional Search Directory
orientation.com/

- répertoire sectaire :
  le monde moins l'Occident...
- inclus : l'Asie, l'Afrique,
  l'Amérique latine
- exclus : l'Europe de l'Ouest
  et l'Amérique du Nord

Basé à Hong-kong, le site Orientation regroupe un ensemble de répertoires régionaux très intégrateurs. Pour chaque région (ou au niveau des pays spécifiques), on y offre une collection de sites Web sélectionnés avec soin, mais aussi des liens vers les forums Usenet propres à ce pays et une revue de presse quotidienne.

REENIC : Russian and East
European Information Center
reenic.utexas.edu/reenic.html

- Europe de l'Est, pays de la Baltique
  et Asie centrale
- couvre tous les domaines d'intérêt
- majorité des sites sélectionnés
  en anglais

Tout comme LANIC pour l'Amérique latine, ce répertoire conçu à l'Université du Texas est une référence incontournable pour qui s'intéresse à la Russie, à ses anciennes républiques et à l'Europe de l'Est. Classement par pays : Albanie, Arménie, Bosnie, Croatie, Hongrie, Pologne, Roumanie, etc.

Yahoo!

www.yahoo.com/

- répertoire le plus couru d'Internet
- normalement très fiable et rapide
- voir aussi Yahoo! Canada
  et Yahoo! France

Le site principal de Yahoo! offre le répertoire le plus complet pour les États-Unis et des liens vers la famille grandissante des sites affiliés (Allemagne, Canada, France, etc.) Une quantité phénoménale de sites inscrits et une belle gamme de services pratiques. Et que signifie Yahoo? Yet Another Hierarchical Officious Oracle. Humour californien...

Yahoo! Canada

www.yahoo.ca/

- le meilleur pour le Canada anglais
- en anglais justement
- du moins pour l'instant

Si vous désirez limiter vos recherches aux sites canadiens, Yahoo! est encore une fois imbattable. Le classement par province permet de retracer près de 3 000 sites en Alberta ou plus de 12 000 en Ontario. Pour le Québec en particulier, ça demeure inférieur à La Toile, et de loin, mais un nouveau projet est paraît-il en gestation.

Répertoires spécialisés/ métarépertoires

About (The Mining Company)

www.miningco.com/

- répertoire de guides spécialisés
- des centaines de collaborateurs
- concept intéressant

Plutôt que de réaliser son propre répertoire, cette entreprise américaine propose une armature générale et elle fait appel aux volontaires qui désirent réaliser et tenir à jour une des sections (contre une part des revenus publicitaires) Résultat? L'ensemble regroupe des centaines de guides, tous composés selon un modèle uniforme.

Argus Clearinghouse

www.clearinghouse.net/

- collection de guides spécialisés
- point de départ pour la recherche
- approche universitaire

Autrefois connu sous le nom de Clearinghouse of subject-oriented guides (de l'Université du Michigan), cet excellent répertoire renvoie, pour chaque sujet, à des guides spécialisés toujours très complets. Un site indispensable aux recherches approfondies.

Infomine: Scholarly Internet Resources

lib-www.ucr.edu/

- répertoire universitaire
- meilleure référence américaine
- du sérieux mur à mur

Un répertoire sélectif d'environ 15 000 ressources préparé par une équipe de bibliothécaires de l'Université de Californie. Méthodique et raffiné. Très complet pour les sciences en particulier, mais aussi pour les sciences sociales et les arts.

Ready Reference Collection (IPL)

www.ipl.org/ref/RR/

- accès aux meilleurs guides spécialisés
- excellent choix, mais surtout américain
- partie de l'Internet Public Library

Une bonne collection de guides spécialisés, et des ressources sélectionnées avec soin. Si vous en avez le temps, prenez la peine de visiter les autres sections de l'Internet Public Library, en particulier l'aile des expositions, où se trouvent notamment des séquences QuickTime VR de nos amis les dinosaures.

≔

The WWW Virtual Library

vlib.stanford.edu/Overview.html

- **carrefour des guides spécialisés**
- **surtout des sources universitaires**
- **page d'accueil un peu nébuleuse**

Parmi les pionniers du W3, ce répertoire est une véritable «fédération» de guides spécialisés (fruit du travail d'équipes diverses). D'un sujet à l'autre, la qualité est donc inégale, mais le niveau général est excellent. Du sérieux.

≔

Ressources : collections, guides, etc.

Abondance : recherche, référencement, promotion

www.abondance.com/

- **l'actualité des outils de recherche**
- **où inscrire votre site**
- **stratégies promotionnelles dans le Web**

Navigateurs, webmestres ou commerçants en ligne, tous les usagers d'Internet ont en commun leur intérêt pour les répertoires et outils de recherche. Pour se tenir à la fine pointe du domaine, ou simplement pour s'initier aux principaux outils, ce site offre en français une information... abondante.

🄵 ≔ 🖾

GIRI-1. Initiation à la recherche

www.unites.uqam.ca/bib/GIRI/index.htm

- **guide intelligent et détaillé**
- **fait par des universitaires québécois**
- **pour tout savoir de la recherche**

La recherche par navigation ou par interrogation, c'est du chinois ? Les universitaires du Québec volent à votre rescousse avec ce guide complet et bien illustré. De quoi faire de vous de véritables experts des bases de données ERIC, Uncover ou Yahoo !

🄵

GIRI-2. Filtre à questions

www.bibl.ulaval.ca/vitrine/giri/giri2/tableau.htm

- **pas un répertoire, un métarépertoire**
- **guide universitaire très bien conçu**
- **très bon classement des outils de recherche**

Que cherchez-vous ? Une adresse, une association, une statistique ou un journal ? Pour chaque type de recherche, le site vous propose une liste d'adresses commentées et des références à d'autres sections du guide. Intelligent et instructif, le Filtre à questions est aussi très pratique lorsqu'on ne sait plus à quel outil se vouer.

🄵 ≔

Internet Tools Summary

www.december.com/net/tools/about-itools.html

- **référence exhaustive**
- **tous les types d'outils de recherche**
- **pour les apprentis sorciers...**

Expert réputé d'Internet, John December publie un répertoire très bien structuré d'à peu près tous les types d'outils offerts pour la recherche d'information et les communications sur le réseau.

≔

Revenge of the librarians

www.webreview.com/96/05/10/webarch/index.html

- **ce que Yahoo ! ne vous dit pas...**
- **ce que AltaVista ne vous dit pas...**
- **mise au point grâce à un spécialiste**

L'auteur, Peter Morville, est un bibliothécaire associé au site Argus Clearinghouse, l'un des meilleurs répertoires
américains. Dans cet article, il fait le tour
des différents types d'outils de recherche
qu'on retrouve dans le Web, en montrant
bien les forces et les faiblesses de chaque
approche. Un survol intéressant et rapide.

Search Engines Watch

searchenginewatch.com/
- derniers soubresauts de la recherche
- documentation encyclopédique
- perspective américaine

Tout comme le site francophone
Abondance, cette section du réseau
Internet.com offre une couverture détaillée
de l'actualité dans le domaine, du moins
du côté des gros «joueurs» américains.
Voyez-y, entre autres, le classement des
outils de recherche selon la presse
informatique et des tableaux comparatifs.

Sites FTP, Gopher, serveurs DNS, Telnet

CA Domain – Canada

www.cdnnet.ca/
- registraire canadien d'Internet
- recherche par domaine
  ou nom d'organisme
- information sur le comité canadien

Il s'agit du site de l'organisme officiel
d'enregistrement du domaine canadien (les
adresses .ca). C'est donc l'endroit tout
indiqué pour faire une demande d'inscription ou vérifier quel organisme a enregistré
un nom du type www.domaine.ca.

Fast FTP Search

ftpsearch.lycos.com/
- passerelle vers les serveurs FTP
- fichiers, logiciels, jeux, etc.
- outil norvégien

De nos jours, qui fait encore de la
recherche dans les serveurs FTP? Des
programmeurs, des chercheurs? Des
maniaques d'ordinateur? Et pour trouver
quoi? Des logiciels, des jeux, des images?
Tant de questions... Enfin, cette passerelle
vous permettra de faire vos recherches via
un serveur Archie, comme si vous y étiez.

Gopher Jewels et Veronica

gopher://cwis.usc.edu/11/Other_
Gophers_and_Information_Resources/
Gophers_by_Subject/Gopher_Jewels
- ancienne capitale d'Internet
- menu Gopher pur et dur
- visitez l'Antiquité (pré-1994...)

En général, les archives Gopher ne sont
plus mises à jour depuis quelques années,
et la plus grande partie des contenus est
maintenant accessible directement dans le
Web. Pour vous satisfaire une fois pour
toutes, allez voir à quoi ressemblait
Internet avant l'arrivée du Web. La visite se
fait par menus thématiques ou par mot clé,
grâce à Veronica, toujours en fonction.

Hytelnet

www.lights.com/hytelnet/
- répertoire et accès aux services Telnet
- services encore utiles...
- ... mais souvent disponibles aussi
  dans le Web

Les connexions Telnet permettent l'accès
à des catalogues de bibliothèque et à des
bases de données ou à des babillards
électroniques (BBS). Vous devez toutefois
disposer d'un logiciel Telnet pour ce faire.
Mais voyez aussi la nouvelle section
WebCats, qui recense les catalogues
maintenant accessibles directement dans le
Web, un service nettement plus convivial.

JEUX, SPORTS ET LOISIRS

Activité physique, plein air

Activités de plein air au Québec

ojori.com/pleinair/

- de la baignade à la spéléologie
- toutes les régions, toutes les activités
- 100 % réussi

L'information la plus complète sur le plein air au Québec. On y énumére... tout ! Les campings, les centres d'équitation, de plongée ou de ski, les clubs de golf, les plages, les sentiers de motoneige... sans oublier le patinage, le vélo et la planche à voile ! Lorsqu'une organisation possède un site Web, un lien est ajouté. 1 500 organismes répertoriés à ce jour.

Activités montagne – Europe

ns1.rmcnet.fr/gazoline/

- tout sur la randonnée en montagne en Europe
- quelques ressources pour le reste du monde
- une bouffée d'air dans les Alpes ?

Une avalanche d'informations sur la montagne, dont la météo, la liste des refuges, des accompagnateurs et des guides de montagne, bref tout ce qu'il faut savoir avant de partir en excursion vers les sommets des montagnes d'Europe. Dans la section Info montagne, on trouve aussi quelques liens choisis et bien classés.

Le site Vélo du Québec : la route verte

www.velo.qc.ca/index.html

- site de Vélo Québec
- itinéraires de la route verte
- informations sur le Tour de l'île

L'organisme Vélo Québec ne diffuse pas encore les contenus de son magazine dans le Web, mais quand même une manne de renseignements pour les mordus du cyclotourisme ou les baladeurs du dimanche. La section consacrée au vaste projet de la route verte (3 000 kilomètres de pistes cyclables au Québec) vaut le détour : on y trouve les cartes régionales des pistes déjà balisées ou en développement.

Les parcs québécois (Sépaq)

www.sepaq.com/Fr/index.html

- parcs et réserves fauniques
- brochures et galerie de photos
- nouveau site

En avril 1999, la gestion du réseau des parcs québécois a été confiée à la Société des établissements de plein air du Québec (Sépaq). Encore un peu « vert », le site de l'organisme offre malgré tout pas mal d'information sur les 19 parcs provinciaux, les réserves et les centre récréo-touristiques. Et un gadget « techno-nature » : un logiciel écran de veille défilant 20 images des attraits naturels !

Magazine Espaces

www.espaces.qc.ca/

- • revue du plein air au Québec
- • à bonne revue, beau site Web
- • cherche canot usagé pas cher...

Site de la revue québécoise *Espaces*, pour les amateurs de plein air. Destinations, tests d'équipement, agenda des activités, reportages, annonces classées, tout y est. Une revue intelligente indexée dans un bien joli site.

Parcs Canada

parkscanada.pch.gc.ca/parks/main_f.htm

- • réseau des parcs nationaux
- • lieux historiques
  (patrimoine canadien)
- • beaucoup d'info et quelques visites
  branchées

Cet organisme fédéral offre de plus en plus d'information détaillée sur les parcs et lieux historiques du Canada, y compris une belle collection d'images (via le projet Rescol). Idéal pour ceux et celles qui désirent préparer une escapade au parc national de la Mauricie... ou en Arctique !

Repères Plein-air

www.geocities.com/Yosemite/Trails/ 8596/

- • répertoire commenté
- • excellent pour la randonnée,
  les sentiers, etc.
- • page personnelle en développement

Michel Auger a regroupé une très bonne collection d'adresses pour les adeptes de la randonnée pédestre, du ski ou du vélo. Les sections ne sont pas toutes aussi avancées, mais c'est très complet en ce qui concerne les sentiers, les équipements et les techniques de la randonnée (Québec et Canada, États-Unis, etc.).

Jeux : carrefours et sites interactifs

Computer games (Yahoo !)

www.yahoo.com/Recreation/Games/ Computer_Games/

- • si c'est la quantité qui compte
- • du bon parmi du moins bon
- • pour les joueurs blasés...

C'est le genre de sujets pour lesquels Yahoo ! est pratiquement imbattable. Dans la seule section des « jeux dans Internet », on compte plus de 150 inscriptions au titre des jeux par courrier électronique et 800 dans la catégorie « MUDs, MUSHes, MOOs, etc. ».

Gamecenter (C|net)

www.gamecenter.com/

- • jeux pour ordinateur
- • nouveautés et logiciels à télécharger
- • action, aventure, stratégie, simulation...

Le mégasite C|net y a mis le paquet dans la section des jeux : nouveautés, démos, dossiers d'évaluation, archives... tout ce qu'on peut imaginer s'y trouve ! Amateurs de WarCraft, de Quake ou de Myst, vous serez comblés. Les autres, vous serez horrifiés...

Jouez ! (Branchez-Vous)

www.jouez.com/

- • guide des jeux dans Internet
- • jeux pour PC, pour consoles et en ligne
- • fait amplement le tour du sujet...

Cette page du réseau Branchez-Vous est sans doute ce qui se fait de mieux au Québec dans le domaine des jeux. On s'y intéresse autant aux jeux pour consoles (Nintendo, Sega, etc.) et aux jeux pour PC qu'aux serveurs en ligne. Les liens sont classés par type de jeux : action, aventure, éducatif, simulation, sport, stratégie.

The Games Domain

www.gamesdomain.com/
- LE répertoire de jeux
- magazines, logiciels, serveurs
- compatible DOS et Windows

Un site de référence pour tout ce qui concerne les jeux sur ordinateur et dans Internet : magazines spécialisés, sites dédiés à un jeu particulier, archives de logiciels, entreprises du secteur, etc. À voir aussi, la section GD Review : des critiques et des comptes rendus des nouveaux jeux.

WebDépart - le coin des jeux

www.webdepart.com/jeux/
- arcade virtuelle (Java)
- liens vers les sites du domaine
- voir aussi la section Jeux quotidiens

Si votre navigateur est compatible Java, faites l'essai des nombreux jeux de patience, de stratégie ou de mots croisés de la section « arcade » du site. À voir aussi, la nouvelle section quotidienne : tous les matins, de nouveaux jeux à résoudre !

Jeux de cartes, de société, de stratégie

Dictionnaire de mots croisés

www.geocities.com/~motscroises/
- pour les cruciverbistes
- ou est-ce les verbicrucistes ?
- des définitions tirées par les cheveux...

Ce dictionnaire contient plus de 5 000 définitions qui peuvent être utiles aux amateurs de mots croisés. Si ce n'est pas votre cas, allez voir malgré tout la sélection, proposée par l'auteur, des définitions les plus tordues. De quoi tester votre perspicacité, sinon votre sens de l'humour !

Échecs : jouez contre l'ordinateur (GNU)

www.delorie.com/game-room/chess/
- attention : adversaire de grand calibre
- peut vous suggérer les meilleurs coups
- parfois difficile d'accès

Jouez en direct contre l'excellent logiciel GnuChess qui roule sur un puissant ordinateur SGI, ce qui en fait un adversaire redoutable, même pour des joueurs avancés. Le site offre aussi des liens vers d'autres serveurs consacrés aux échecs.

Échecs : le serveur ICC

www.chessclub.com/
- joyau de la couronne !
- pour les fanatiques prêts à s'abonner
- parfois des événements gratuits

Le rendez-vous de l'élite des échecs, et aussi de milliers d'amateurs de tous les continents, qui s'y retrouvent pour disputer des parties à toute heure du jour et de la nuit. Il faut s'abonner pour y participer pleinement, mais le site organise à l'occasion des événements gratuits, comme la présentation en direct d'un match de championnat.

Échecs : The Week in Chess

www.chesscenter.com/twic/twic.html
- tournois de la semaine
- actualité internationale et classements
- pour experts ou débutants très curieux

L'actualité des tournois d'échecs, les parties de la semaine (toutes, mais sans annotations) et quelques ragots sur le milieu... Costaud et sans attrait pour les débutants, le site de Mark Crowther est idéal pour qui rêve de détrôner Kasparov ou Polgar.

Go, an addictive game

www.cwi.nl/~jansteen/go/index.html
- tout sur le Go
- pour les débutants et les experts
- comment se brancher au serveur IGS

Pratiqué depuis des millénaires en Asie, le jeu de Go fait désormais des adeptes en Occident, grâce en grande partie à Internet. Le site du Hollandais Jan Van der Steen est de loin le meilleur point de départ dans ce domaine, offrant des liens pour les débutants et un matériel encyclopédique pour les joueurs aguerris : jeu en ligne, logiciels, parties commentées, dictionnaire des Joseki, etc.

Great Bridge Links

www.cbf.ca/GBL/
- bridge : toutes les ressources Internet
- excellent point de départ en anglais
- classées par type et commentées

C'est à Jude Goodwin-Hanson, de Colombie-Britannique, qu'on doit cette magnifique page personnelle sur le bridge. La plupart des ressources Internet qui concernent ce jeu s'y trouvent, bien classées et commentées avec soin. De là, vous pouvez accéder aux cours en ligne, aux forums de discussion et aux serveurs de jeu en direct.

Jeux de stratégie par e-mail

www.islandnet.com/~dgreenin/emg.htm
- quatre jeux de stratégie par courrier
- jeux inspirés de Diplomacy
- information de base, règles, etc.

Échanger les coups par courrier électronique peut sembler archaïque mais, pour les jeux de stratégie, c'est souvent plus efficace. Ce site est une porte d'entrée pour quatre de ces jeux, avec les règles et l'information pour se joindre à un groupe ou en former un nouveau.

Les amuse-gueule

www.interlinx.qc.ca/~mblais/aG.html
- petits problèmes de logique
- pour vérifier si vous raisonnez bien...
- ... ou si vous « résonnez »

Un prof de l'Université de Sherbrooke a rassemblé une foule de petits pièges faisant appel à la logique, ces questions en apparence difficiles, mais qui cachent souvent un vice de construction... Pas besoin d'avoir des connaissances approfondies en algèbre pour découvrir les solutions, mais, par contre, votre « jugeote » sera mise à rude épreuve !

Règles des jeux de cartes (Card Games)

www.netlink.co.uk/users/pagat/
- du sérieux : règles et variantes
- pour vérifier ou pour apprendre
- les tricheurs seront confondus !

Les règles et variantes d'à peu près tous les jeux de cartes au monde sont accessibles à cette adresse (en anglais). On y trouve aussi des liens vers d'autres sites d'information. Un travail sérieux comme le pape à l'égard d'un sujet pris au pied de la lettre. Les règles, ce sont les règles...

The Backgammon Page (Games Domain)

www.gamesdomain.com/backgammon/
- tout sur le backgammon
- salles de jeu en ligne, logiciels, etc.
- aussi les règles et stratégies de base

Site de référence pour le backgammon : les règles de base, les sites de jeu en direct, les logiciels offerts sur le réseau, les clubs et les forums spécialisés, etc. C'est une des pages de l'excellent Games Domain.

Tic-tac-tœ en 3-D

www.hepl.phys.nagoya-u.ac.jp/
cgi-bin/3dttt

- tic-tac-tœ pour les grosses têtes
- leçon de modestie pour les autres
- publication de la liste des vainqueurs...

Contrairement au tic-tac-tœ courant, vous avez de bonnes chances de perdre contre l'ordinateur à ce jeu en trois dimensions... C'est beaucoup plus compliqué, vous verrez ! Conçu par des ingénieurs de l'Université de Nagoya (Japon).

Jeux vidéo, de rôle et d'aventures

Casus Belli : les jeux de rôle

www.excelsior.fr/cb/home.html

- tout sur les jeux « dans la tête »
- très bonne collection de ressources
- mise à jour fréquente

Revue française des jeux de rôle, Casus Belli a mis sur pied un site Web utile pour s'initier à ces jeux d'aventures... imaginaires. On y trouve du matériel d'introduction, un carrefour d'échanges pour les passionnés et surtout une impressionnante collection de liens en français et en anglais. Excellent.

Jeuxvideo.com

www.jeuxvideo.com/

- nouveaux jeux, démos, trucs et astuces
- fichiers à télécharger, babillards, etc.
- haut en couleur, lourd en images !

Un site de référence pour tout ce qui concerne les jeux vidéo pour PC (Windows) et les consoles Playsite, Nintendo ou Saturn. Le site comporte entre autres une encyclopédie des trucs et des astuces (des *cheat* pour Command and Conquer, Myst ou Quake), une zone de téléchargement et

des forums de discussion. Sans oublier les liens vers d'autres sites et des nouveautés tous les jours...

Shockzone (Macromedia)

www.macromedia.com/shockzone/

- vitrine de sites interactifs
- des images en mouvement... quel choc !
- pour s'amuser ou tester Shockwave

Le rendez-vous des nouveaux sites interactifs qui utilisent le logiciel Shockwave de Macromedia. On y trouve des jeux encore assez simples, mais agréables et ingénieux. Un site de choix pour découvrir les nouvelles possibilités d'animation dans le Web.

The 3D Gaming Scene

www.3dgaming.se/index.html

- de Castle Wolfenstein à Terminator
- point de départ très complet
- versions disponibles, tuyaux, etc.

Cauchemars, catacombes et jugements derniers : l'animation 3D est encore le domaine du frisson... Mais bon ! Si c'est là votre tasse de thé, cette page devrait vous combler, avec la description de tous les jeux disponibles, des images, des écrans et de tous les liens qui s'imposent...

L'humour et l'étrange

Fluide glacial

www.fluideglacial.tm.fr/

- éternellement glacial, mais tellement fou
- les bons vieux numéros
- Gotlib et compagnie

Ah ! qu'il est bon le cri de la vache folle, le soir au fond du Net... à l'adresse indiquée ! Le site présente le magazine et ses auteurs.

On y trouve de l'information stratégique puisque le sommaire du numéro suivant (ha, ha!) figure sous la rubrique News. Possibilité de consulter les anciens numéros, en « plein texte » pour l'éditorial.

Gothic Net

www.gothic.net/

- l'horreur sous toutes ses coutures...
- par thème
- ça donne des idées (noires)!

Tout sur le thème de l'horreur et de la littérature « gothique ». Des cimetières à la magie noire en passant par les apparitions, le tout pimenté d'un bel humour... noir, bien sûr! Avec tous les médias imaginables pour faire gicler le sang (livres, films, magazines).

Interesting Devices Connected to the Net (Yahoo)

dir.yahoo.com/Computers_and_Internct/Internet/Interesting_Devices_Connected_to_the_Net/

- innovations et fantaisie
- machines inutiles et surréelles
- des jeunes qui s'amusent...

Depuis des années, les internautes s'amusent à relier toutes sortes d'appareils plus ou moins farfelus au réseau, depuis les fameuses images des caméras fixées (en temps réel!) sur des cafetières ou sur des distributrices de Coke jusqu'aux robots qui vous permettent de contrôler des télescopes à distance.

Les perles de l'assurance

www.cam.org/~gilray/perles_de_lassurance.html

- une voiture invisible est arrivée de nulle part
- j'ai été heurté de plein fouet par un poteau
- ... et autres accidents linguistiques

Telles qu'elles ont été recueillies dans le courrier des courtiers d'assurances, ces « perles » de l'humour involontaire ont été publiées dans *La Presse* il y a quelques années et sont archivées dans le Net. Des *one-liners* à se tordre de rire. « Je conduisais ma voiture depuis 40 ans lorsque, soudain... »

The Official Stupid People Web Site

www.geocities.com/SouthBeach/Sands/7085/index.htm

- stupidités en tout genre
- pour rire de soi
- et des autres

Crimes, lois, patrons, colocataires, conducteurs... Ici tout – et tout le monde – a droit de cité pour peu qu'on puisse lui associer le terme de stupide! Résultat : un site drôle où vous passerez de bons moments à vous régaler de la stupidité de vos congénères. Et comme dans ce domaine personne n'est en reste, on vous invite à raconter vos propres expériences...

Loteries et casinos

Casinos-Quebec.com

www.casinos-quebec.com/

- informations sur les trois casinos du Québec
- visite virtuelle du casino de Charlevoix
- site officiel de la Société des casinos

Des renseignements généraux sur les casinos de Montréal, de Hull et de Charlevoix, agrémentés d'une visite virtuelle de ce dernier (format QuickTime VR). Mais si vous cherchez des renseignements sur les casinos de Monaco ou de Las Vegas, voyez plutôt le répertoire anglophone Casino City (www.casinocity.com/).

Loto-Québec

www.loto-quebec.com/

- tirages quotidiens et autres
- résultats le jour même
- d'autres informations sur les jeux

Selon Loto-Québec, 95 % des Québécois ont acheté un billet de loterie au moins une fois dans leur vie. Ce n'est pas une raison pour continuer... mais vous pourrez toujours dire que vous allez sur ce site pour y lire des informations sur les probabilités, sur les jeux et leur histoire, ou pour y voir une partie des collections d'œuvres d'art de notre riche société d'État.

Passions et collections

Coin Universe

www.coin-universe.com/

- achat et vente de monnaies et de médailles
- liens avec d'autres sites numismatiques
- pour amateurs de monnaies et de médailles

Un site de référence pour les numismates débutants et avertis. Vous pourrez chercher, par pays et par nom, dans les guides des vendeurs collectionneurs. D'autres liens sont établis avec des sites traitant du même sujet. Calendrier des activités.

Galerie des antiquaires

www.antique-quebec.com/

- galerie virtuelle
- ressources
- coin pour les collectionneurs

Un site utile d'abord pour retracer les antiquaires du Québec, mais on y trouve aussi quelques informations intéressantes sur le patrimoine. Enfin, si vous avez une requête de collectionneur, affichez-vous !

Mégafil

www.cam.org/~megafil/

- couture, broderie, tricot, etc.
- mises à jour aléatoires
- mais bien documenté

Si les travaux d'aiguille vous passionnent, vous devriez apprécier les pages de Jocelyne Garneau-Saucier. Vous aurez l'occasion par exemple de vous initier à la dentelle ou d'apprendre des points au tricot, en couture ou en broderie. Bref, un site original à voir pour tous les « doigts de fées ».

MSP – Montréal aujourd'hui

www.mlink.net/~gemme/msp/index.html

- chronique montréalaise
- une femme s'ouvre à vous
- expérience surprenante

« Un billet quotidien, écrit à la volée ou parfois plus lentement, une fenêtre ouverte sur la ville et ses passions, ses déchirures, ses humeurs, et aussi celles de l'auteure... « Depuis le mois de mai 1995, avec son site Montréal, Soleil et Pluie, Brigitte Gemme nous offre chaque jour un peu de sa vie, de ses rêves ou de ses pensées. Un plaisir de lecture.

Page Origami de Vincent

www.multimania.com/osele/origami.htm

- l'art de plier des bouts de papier
- répertoire d'associations
- notions de base et ressources

Le site d'un plieur de papier. En plus des informations sur l'histoire de cet art, vous y découvrirez quelques notions de base indispensables pour transformer un bout de papier en chef-d'œuvre ! Si vous lisez l'anglais, ne manquez pas de voir aussi Joseph Wu's Origami Page (www.origami-.vancouver.bc.ca/).

Philatelic Resources on the Web
www.execpc.com/~joeluft/resource.html
- carrefour des philathélistes
- collection bien organisée
- musées, encans, associations, etc.

Encans virtuels et musées philathéliques, pages personnelles des collectionneurs et logiciels spécialisés... Joseph Luft, un amateur passionné et minutieux, a rassemblé une impressionnante collection de signets en philathélie, classés avec grand soin il va sans dire.

World-Wide Collectors Digest
www.wwcd.com/
- de tout pour les collectionneurs
- passez vos annonces!
- les enfants sont aussi invités

Si vous cherchez des cartes de baseball, de football, de basketball, de hockey, certains *comic books*, ou encore que vous souhaitez démarrer une collection de trains ou de jouets, cette page est pour vous! Il y a de tout pour les collectionneurs. Les liens vers les autres sites sont fonctionnels.

Sports : actualité, magazines, résultats

CNN / SI : Sports illustrated
CNNSI.com/
- revue des gérants d'estrade
- baseball, football, hockey, etc.
- beau site, complet et d'apparence dynamique

Bien connue des maniaques du sport et des bikinis, cette revue américaine s'est associée au réseau CNN dans ce projet de mégasite sportif. Et quel mégasite! Résultats des parties en cours, classements, reportages, statistiques et photos, ils ont pensé à tout!

ESPN
espn.go.com/
- mégasite des sports nord-américains
- certaines sections sur abonnement
- mise à jour à peu près immédiate

Résultats chaque minute, résumés des parties, classements, statistiques, commentaires abondants, ragots de taverne... le site du réseau ESPN donne son 110 %! Une section est réservée aux abonnés, mais la partie publique pourra satisfaire sans difficulté tout amateur normalement constitué.

Le Matinternet – Le sport en bref
www.matin.qc.ca/sports.shtml
- manchettes et résultats sportifs
- le hockey d'abord, le reste ensuite
- en français, mais sans images

Les pages sportives du Matinternet contiennent les manchettes et les résultats des sports professionnels américains, en priorité les nouvelles des équipes de hockey et de baseball de Montréal, et le lot habituel de statistiques mises à jour.

Le réseau des Sports
www.rds.ca
- site de RDS
- tout sur les sports professionnels
- et beaucoup sur les sports amateurs

Le sport sous toutes ses formes et pour tous. Baseball, hockey et football y tiennent bien sûr une large place, mais RDS se fera des amis avec ses pages sur le soccer, le cyclisme, la boxe, le ski, le tennis et le golf! Pour toutes ces disciplines, un peu d'info et une bonne sélection d'adresses pour aller plus loin...

Radio-Canada sport

radio-canada.ca/sports/
- dernières manchettes sportives
- dossiers intéressants
- quelques extraits vidéo

Le site des sports de Radio-Canada utilise à merveille les possibilités du Web. Les extraits vidéo ne vous consoleront pas si vous avez manqué le bulletin de nouvelles télévisé ; par contre, le site offre des dossiers bien documentés (sur les écuries et les pilotes de Formule 1, par exemple) et des hyperliens, classés par sport, qui permettent d'aller plus loin que l'image...

Yahoo ! Sports

sports.yahoo.com/
- dépêches, résultats, statistiques
- basket, hockey, football, etc.
- à la Yahoo ! : rapide et efficace

Manchettes, résultats et calendrier des sports professionnels nord-américains. Comme toujours, Yahoo ! privilégie la vitesse avant tout : peu de photos sur le site, mais des feuilles de pointage révisées toutes les cinq minutes environ et des nouvelles alimentées par l'agence SportsTicker.

Sports : sites spécialisés par discipline

Association montgolfière (Québec)

pages.infinit.net/amq/ballon.htm
- monde des aérostats
- tout savoir sur les grands ballons
- festival de Saint-Jean-sur-Richelieu et autres

Ce site associatif offre des informations sur les événements où les montgolfières sont à l'honneur, quelques belles photos et des renseignements sur l'Association. On y trouve aussi quelques liens vers d'autres ressources Internet consacrées aux grands ballons multicolores.

Fédération internationale de l'automobile (FIA)

www.fia.com/
- la FIA dans toute sa splendeur
- classement dans toutes les séries
- règlements techniques, équipement

Le site officiel de la Fédération internationale : les dernières nouvelles des Grands Prix (en anglais seulement), les règlements et le classement de dizaines de séries de la FIA, des Dragsters à la Formule 1. Et pour les curieux, une histoire des transferts technologiques « de la course à la route ».

Golf Montréal

www.golfmontreal.com/
- parcours de la région de Montréal évalués
- histoires de golf croustillantes
- œuvre d'un passionné

Un amateur vous donne son appréciation des parcours de golf de la région de Montréal, ainsi que des renseignements sur les autres parcours du Québec. En bonus : des petites histoires sur le golf, des récits de golfeurs sur leurs parcours préférés et une liste de liens. D'intérêt surtout pour les Montréalais, mais sympathique pour tous...

Golf Web

www.golfweb.com/index.html
- site à normale 5
- actualité, parcours, équipement, etc.
- forums et Club Tiger !

Tout sur le golf. L'actualité de la PGA, de la LPGA et du circuit des vétérans (*seniors*) y occupe la première place, mais ce méga-site offre aussi un guide des parcours (plus de 1 800 entrées pour le Canada uniquement!), et des liens vers tout ce qui concerne ce sport dont Mark Twain disait qu'il s'agit de *A nice walk... sploiled* (une belle marche... gâchée!)

Le Coq Sportif : Guide to Hockey

www.lcshockey.com/

- tout sur le hockey professionnel
- mise à jour hebdomadaire
- en anglais malgré les apparences

Tout en anglais malgré les apparences, ce carrefour canadien du hockey saura satisfaire autant les amateurs des Rouges que ceux des Bleus, des Jaunes ou des Noirs. Reportages, statistiques et rumeurs, tout y est.

Le nautisme au Québec

www.yachting.qc.ca/

- très bon site sur la voile
- information variée et complète
- à l'abordage !

Marins d'eau douce et vieux loups de mer : hissez ce site à votre navigateur ! Du calendrier des régates aux indications sur la météo et les marées, Jean-Claude Maltais a produit une excellente bouée de navigation... On y trouve aussi des liens, peu nombreux mais bien choisis : la sécurité sur les petits bateaux, les avis de la Garde côtière canadienne, etc.

Martial Arts (Virtual Library)

microbiol.org/vl.martial.arts/

- tous les styles
- de l'escrime au karaté
- révisions fréquentes

Pour les arts martiaux, la Virtual Library est excellente. Le classement par pays d'origine (Chine, Japon, Corée, autres) permet de retracer des liens consacrés à toutes les formes : judo, kung-fu, taï chi , boxe, lutte, tir à l'arc. Vous êtes un apôtre de la non-violence ? Allez à la section *self-defense...* au plus vite.

Onze mondial

www.onze.tm.fr/

- foot, soccer, ballon rond
- actualité en France et Coupes européennes
- entrevues, résultats, forums, idôlatrie...

Magazine français du football (ou soccer, pour les Américains), Onze mondial suit de près les résultats des championnats en France et à l'étranger, et propose également des entrevues et des reportages sur les vedettes de l'heure. Le site offre aussi un peu d'information sur le Mundial et même un forum public où les amateurs font bien peu de cas des entraîneurs !

Parapente

www.decollage.org/parateam/index.html

- machines volantes et autres dangers
- héritiers de Leonard de Vinci
- toute l'info pour se casser la gueule

« Le parapente descend du parachute comme l'homme descend du singe », prétend l'auteur de ce site référence pour les casse-cou. « Le parapente sert à voler, alors que le parachute ralentit simplement votre chute. » Bref, le parachute est nécessaire, alors que le parapente est un sport dangereux. Retrouvez toute l'information sur le site... ou contentez-vous des photos !

Sail Online

www.sail-online.com/v3/

- voile et nautisme
- incontournable
- l'accastillage, vous connaissez ?

Un site que les amateurs de nautisme vont adorer. Non seulement ils y trouveront des informations sur l'actualité des régates ou la météo marine, mais également sur l'histoire de la voile. Vous cherchez des équipiers pour une croisière ou encore un bateau à louer ou à acheter ? Vous êtes à la bonne adresse.

Saumon Québec

www.quebectel.com/saumonquebec/
- pêche sportive au Québec
- tout savoir sur le saumon
- visitez nos rivières

Saumon Québec, comme son nom l'indique peut-être, est une référence en matière de saumon ! On y trouve des pages sur le cycle de vie de ce poisson, et une visite guidée de certaines rivières du Québec agrémentée de renseignements sur leur histoire. Offre aussi des informations sur la gestion des rivières.

SkiNet Canada

www.skinetcanada.com/
- skier au Québec et ailleurs
- magazines et groupes de discussion
- état des pentes et météo

LA ressource pour les skieurs canadiens, et particulièrement ceux du Québec : conditions météo quotidiennes par région et pour près de 70 stations québécoises, forums de discussion (les skinautes) et revues de tous les coins du continent.

Soccer Age

www.SoccerAGE.com/
- LA référence sur le foot
- 120 000 pages dédiées au ballon rond !
- photos et vidéos nombreuses

Un site italien incontournable pour les amateurs de football (soccer). Toute l'information sur les championnats européens et américains, les résultats, les étapes de la Coupe du monde, etc. Grâce aux archives photos et vidéo, vous pouvez

aussi revoir les buts de Ronaldo ou de Zidane autant de fois qu'il vous plaira...

Sports ! Sports !

www.ivic.qc.ca/sports/home.html
- répertoire de sites classés par sport
- de l'athlétisme au volleyball
- présentation agréable

Simple et efficace, ce répertoire québécois regroupe plusieurs centaines de liens bien classés par sport. Les sites sont commentés brièvement, et des icones indiquent s'ils sont offerts en français ou en anglais.

Véloptimum

www.geocities.com/Colosseum/Park/7476/index.html
- guide complet
- cyclisme de A à Z
- une seule page bourrée d'information

Modèle du genre, ce site personnel offre, en une seule page, un guide complet des sites reliés au cyclisme dans le Net. Les adresses sont présentées selon une série de rubriques : comment choisir un vélo et l'entretenir ; rouler au Québec et hors du Québec ; le vélo de montagne, etc. À signaler, l'auteur offre aussi des sites similaires sur le ski et le plongeon.

Télé et showbiz

Mr. Showbiz

mrshowbiz.go.com/
- jet set américain
- entrevues et reportages
- télé, cinéma : *What's up Doc ?*

Des entrevues avec les vedettes, des reportages mondains, ainsi que les nouveautés hebdomadaires de la télé, du cinéma et de la musique. On y apprend entre autres que Bo Derek ne joue pas nue dans son dernier film... Pour ceux et celles qui en redemandent, E Online (http://eonline.com/) est aussi un haut lieu du potinage dans le Web américain.

Séries cultes des années 60 et 70

www3.sympatico.ca/rgosselin/

- les inoubliables du petit écran
- très bien documenté
- bon point de départ

Une petite merveille pour se replonger dans son enfance. Véritable encyclopédie des séries cultes, ce site vous offre des fiches avec un résumé de l'histoire, des informations sur les acteurs ou la production, des extraits musicaux, sans oublier des liens à suivre sur les séries branchées. À voir aussi, La Zone des TV-Boomers (www.Mlink.Net/~internot/ 2/boom2.html).

UltimateTV

www.ultimatetv.com/

- tout ou presque sur la TV
- ressources et infos
- immense

Un véritable paradis pour les téléphages. Les sites Web des stations du monde entier, des nouvelles du petit monde cathodique, une base de données sur plus de 1 000 émissions et séries branchées et aussi, si votre curiosité va jusque-là, tous les horaires du petit écran américain.

POLITIQUE ET SOCIÉTÉ

Actualité parlementaire

Assemblée nationale du Québec – Journal des débats

www.assnat.qc.ca/
- débats de l'Assemblée sur votre écran
- toutes les transcriptions presque en direct
- communiqués de presse, biographies, etc.

Dans le Journal des débats offert ici, l'Assemblée nationale et les commissions parlementaires diffusent la transcription de leurs travaux presque en direct (une heure après leur exposé en Chambre). Sur le site se trouvent aussi des informations sur le rôle et le fonctionnement de l'Assemblée, la biographie de tous ses membres et les récents communiqués de presse.

CPAC en ligne

www.cpac.ca/
- chaîne parlementaire canadienne
- archives vidéo et documentation
- pour revoir Jœ, Kim, John et Pierre...

La chaîne CPAC diffuse sur le câble les délibérations de la Chambre des communes canadienne ou, hors saison, de certains comités permanents. Dans son site Web, on trouve des renseignements sur la programmation, des documents historiques et quelques clips vidéo (format QuickTime) des Jœ Clark, Pierre Trudeau ou Kim Campbell en pleine action...

Débats de la Chambre des communes

www.parl.gc.ca/cgi-bin/hansard/
f_hansard_master.pl
- Parlement du Canada
- débats au jour le jour
- officiel

Accédez au compte rendu officiel des débats de la Chambre des communes. Des textes pétillants qui contiennent le mot à mot de tout ce qui a été dit, marmonné ou crié pendant la séance de la veille... Utile aussi pour connaître les lois votées dernièrement, ou à quelle étape elles en sont (de la première lecture à la sanction royale !).

Le directeur des élections du Québec

www.dgeq.qc.ca/
- documentation officielle
- circonscriptions, financement, etc.
- résultats des courses de chevaux

Tout ce que vous avez toujours voulu savoir sur le découpage électoral au Québec, les sources de financement politique, les scrutins. Vous pouvez consulter les textes officiels de la loi électorale ou revoir les résultats des élections générales ou des référendums de 1980, de 1992 et de 1995.

Today on Parliament Hill

www.informetrica.com/publinet/
public.htm

- programme de la journée
- travaux législatifs et comités
- sur abonnement

Pour les journalistes et les passionnés de politique avant tout, cette publication offre un agenda quotidien des travaux législatifs à la Chambres des communes, des comités parlementaires et enfin des activités politiques à Ottawa et ailleurs (voyages des ministres, conférences, etc.).

Affaires publiques : magazines et forums

Droit de parole (Télé-Québec)

www.telequebec.qc.ca/parole/

- présentation de l'émission et des invités
- archives complètes
- forum de discussion

L'une des rares émissions de télévision à aborder directement les « débats de société », *Droit de parole* est devenu pratiquement une institution dans le paysage québécois. En complément, le site Web offre un forum de discussion pour chacun des sujets traités en ondes, le résultat du sondage et quelques liens choisis.

The Boston Review

www-polisci.mit.edu/BostonReview

- revue de réflexion politique
- grands débats
- politique et poésie y font bon ménage

Si la justice, la paix et la démocratie vous tiennent à cœur, le site de la Boston Review offre des débats de haut niveau sur tous ces sujets. L'orientation éditoriale est plutôt progressiste, ou du moins « libérale » au sens américain du terme. Et puis qu'une touche d'imagination adoucit les mœurs, on trouve aussi de la poésie et des nouvelles dans cette revue.

The World's Smallest Political Quiz

lydia.bradley.edu/campusorg/
libertarian/wspform.html

- jeu questionnaire américain
- découvrez votre idéologie
- ... ou celles des autres

Ce petit sondage ressemble à une visite chez le médecin : quelques questions vite fait pour vous faire diagnostiquer une idéologie de gauche ou de droite, autoritaire ou libertaire, conservatrice ou peut-être même... centriste ! Rien de très sérieux, mais vous y trouverez un peu d'information sur les idéologies en présence et les résultats du sondage.

Monde du travail, syndicalisme

CSN – Confédération des syndicats nationaux

www.csn.qc.ca/

- site syndical très bien structuré
- communiqués, articles, études, etc.
- aussi un répertoire de bonnes adresses

Un site étonnamment riche en contenu, où l'on trouve les communiqués de presse de la centrale et des articles tirés des nouvelles CSN, mais aussi des études et des documents d'analyse plus fouillés ainsi qu'une information très complète sur les programmes du syndicat. Une organisation qui prend le Web au sérieux.

L'Itinérant électronique : le monde du travail

www.itinerant.qc.ca/

- monde du travail et syndicalisme
- actualité, répertoires, dossiers
- par une spécialiste des relations de travail

Site carrefour conçu par une entreprise du Québec. Offre un mégarépertoire de ressources liées aux relations de travail (syndicats et organismes, gouvernements, médias, etc.), un suivi de l'actualité québécoise et d'ailleurs, et enfin de nombreux dossiers thématiques, le syndicalisme et Internet, par exemple, ou le télétravail.

Le repère du salarié

www.chez.com/aland/repere/

- lois du travail
- liens choisis
- chronique périodique

Alain Rodrigue a réalisé ce site de référence pour les travailleurs salariés du Québec. Agences gouvernementales, clubs de recherches d'emploi, droit du travail et autres chartes : tout y est pour nous défendre des abus de nos employeurs !

Organisation internationale du travail

www.ilo.org/public/french/index.htm

- site de l'ONU comme on les aime
- base de données
- rapports et études sur le travail

Si le renforcement des droits des travailleurs ruraux en Amérique centrale vous intéresse, voici la source d'information. Les normes internationales du travail, le magazine de l'OIT, des statistiques : tout pour une ressource Web qui s'avère utile autant pour les employeurs que pour les syndiqués.

Organismes et réseaux communautaires

Association for Progressive Communications (APC)

www.apc.org/

- paix, environnement, justice, etc.
- réseau international des ONG
- informations générales et ressources

L'APC est un réseau de 7 000 ONG et de groupes préoccupés de politique sociale et de développement. L'abonnement auprès d'un organisme affilié (WebNetworks au Canada) donne accès aux forums spécialisés du réseau et à l'excellent service de nouvelles de l'agence Inter Press (IPS).

Carrefour communautaire (Montréal)

www.ville.montreal.qc.ca/vitrine/carrefour/carrefour.htm

- répertoire de ressources communautaires
- par domaine d'intervention ou par quartier
- aussi des informations sur le bénévolat

La Ville de Montréal propose un répertoire bien garni des sites Web de groupes communautaires : alphabétisation, emploi, groupes de femmes, jeunes, loisirs, sports, etc. La ville offre aussi un service d'hébergement à l'intention des organismes sans but lucratif qui désirent se doter d'une vitrine dans le Web.

Carrefour des organismes communautaires et bénévoles du Québec

www.trpocb.cam.org/

- organismes sociocommunautaires – Québec
- regroupements et tables de concertation
- accès rapide et présentation claire

Il s'agit du site de la Table des regroupements provinciaux d'organismes communautaires et bénévoles (TRPOCB). En plus des renseignements sur cet organisme, le site permet de retracer l'ensemble des groupes communautaires du secteur de la santé et des services sociaux, cela par l'entremise des regroupements provinciaux et des tables de concertation régionales.

Centre de référence du grand Montréal

www.info-reference.qc.ca/

- référence pour les problèmes sociaux
- mais le répertoire n'est pas offert sur le site
- faites le (514) 527-1375

Cet organisme montréalais offre (sans frais) des renseignements au téléphone sur les ressources communautaires et oriente vers l'agence appropriée toute personne qui cherche une réponse à ses besoins. Le site offre quelques informations de base, mais on n'y trouve pas, pour l'instant du moins, le répertoire exhaustif des services communautaires que le centre publie annuellement.

NETpop – groupes populaires et communautaires

netpop.cam.org/

- description des organismes, adresses, sites Web
- ressources
- dans Internet depuis 1995!

Ce bottin pratique des groupes communautaires de la région de Montréal contient les coordonnées de plus de 1 000 organismes, classés sous une vingtaine de questions sociales : aide alimentaire, assurance-emploi, environnement, immigration, logement, santé, etc.

Réseau des Aînées et Aînés du Québec

www.comm.uqam.ca/~riaq/

- information et ressources
- encore en développement...
- ... mais les fondations sont solides

La Coalition des aînées et aînés du Québec cherche à regrouper toutes les associations, groupes ou organismes privés ou publics intéressés à fournir de l'information aux aînés. Le site est encore incomplet dans certaines sections, mais des ajouts y sont apportés régulièrement.

Solidarité rurale

www.solidarite-rurale.qc.ca/

- coalition d'organismes québécois
- informations sur le monde rural
- communiqués et bulletin mensuel

« Tant vaut le village, tant vaut le pays. » Ce site riche en contenu à la présentation attrayante témoigne de la vitalité des régions québécoises. Réalisé par la coalition Solidarité rurale, le site présente la mission de l'organisme, ainsi que des dossiers sur les enjeux du monde rural québécois, et enfin quelques liens sur le thème du développement rural.

Webactive

www.webactive.com/

- magazine pour les militants de tous bords
- aussi une radio en direct
- plus de 2 000 inscriptions au répertoire

Un magazine rédigé par des journalistes, des étudiants et autres habitués « des grandes causes ». Des textes, une station radio, mais aussi un excellent répertoire des organisations, du moins pour les États-Unis (à peine 50 entrées pour le Canada).

Partis et mouvements politiques

Conseil pour l'unité canadienne

www.ccu-cuc.ca/

- fédéraliste
- bilingue, évidemment
- un site diversifié et sophistiqué

Le sujet est loin d'être épuisé. Aussi trouve-t-on beaucoup de matériel sur ce site bien charpenté : des articles sur des questions de fond par des personnalités politiques canadiennes, des faits et des statistiques de base sur le Canada, etc. Promotion oblige, le Conseil fait grand cas de ses programmes et activités. Quoi qu'il en soit, une référence utile, comme on dit, « au débat ».

Les Partis politiques du Canada

home.ican.net/~alexng/can.html

- pour un vote éclairé
- tous les partis politiques au Canada
- aussi des liens sur les élections

Une liste complète des sites Web des partis politiques au Canada, qui couvre les niveaux fédéral, provincial et municipal. De tout pour tous les goûts, évidemment, des libéraux et conservateurs dans toutes les provinces, des nationalistes au Québec, des réformistes à gauche et à droite (et surtout au centre...) et même des communistes dans les placards !

The Right Side of the Web (États-Unis)

www.rtside.com/

- la droite américaine dans toute sa fierté
- présente le « site conservateur du jour »
- de Ronald Reagan à Rush Limbaugh

Une multitude de liens vers des sites conservateurs *made in USA* et des forums d'actualité avec des questions du genre « Les deux policiers qui ont tabassé les deux Mexicains avaient-ils raison ? ». Les réponses tournent autour de oui ou oui, mais bon, ils y sont peut-être allés un peu fort...

Unilien – The Unity Link

www.uni.ca/

- question nationale
- fédéraliste
- mais l'information est utile à tous

Le rendez-vous des chasseurs de « séparatisses ». Des textes et des adresses pour ceux et celles qui désirent surveiller la question nationale de près, dans un sens ou dans l'autre d'ailleurs. Voyez la liste des sites souverainistes, probablement la plus complète du genre. Un peu de mauvaise foi dans l'importance attribuée aux différentes formations, évidemment...

Vigile – mouvement souverainiste

www.smartnet.ca/users/vigile/n1divers.html

- souveraineté du Québec, en long et en large
- tout sur la « question nationale »
- sauf la réponse !

L'actualité politique au jour le jour, des « documents chocs » et des dossiers, un site à la fine pointe de la question nationale. Bien sûr, il s'agit d'un site partisan, mais la quantité de textes et d'articles archivés en fait une bonne référence pour tous.

Répertoires et ressources générales

Canadian Politics (ITP Nelson)

polisci.nelson.com/canpol.html

- scène politique au Canada
- liens et glossaire
- présentation simple et efficace

Beaucoup plus riche qu'un répertoire, ce site est un véritable manuel des sciences politiques canadiennes. Truffé de liens vers des textes légaux et vers les sites des institutions, il explique aussi le contexte politique de manière claire et succincte. Un répertoire francophone à consulter sur le même sujet : le Politologue Internaute (pages.infinit.net/ift/scienpo.html).

La Toile du Québec : vie politique

www.toile.qc.ca/quebec/qcsoc_op.htm

- vie politique dans le Web québécois
- officielle et alternative
- pour qui cherche une bonne cause

À la recherche d'informations sur l'environnement, les relations interraciales, les droits de la personne ou les communautés culturelles ? Cette section de La Toile regroupe les associations, les partis et autres groupes d'intérêt branchés.

Le politologue internaute

pages.infinit.net/ift/scienpo.html

- répertoire bien documenté
- du général au particulier
- dossiers d'actualité

Une présentation rébarbative, un classement plutôt touffu : on se découragerait à moins. Pourtant, cette page de liens vaut un détour : la section des ressources politiques du Québec et du Canda est en particulier très complète.

Political Reference Almanac (PoliSci.com)

www.polisci.com/

- gouvernements et personnel politique
- immense base de données
- révisée annuellement

L'éditeur américain Keynote offre un accès gratuit à la version électronique de cet immense almanach politique. Des informations détaillées sur le gouvernement, les agences, le budget et les politiciens américains, mais aussi de 192 pays du monde. Une version plus complète encore, et mise à jour toute l'année, est aussi offerte par abonnement.

Political Resources on the Net

www.agora.stm.it/politic/

- répertoire incontournable
- partis, gouvernements et organisations
- international

Vous cherchez des informations sur un parti, un gouvernement, une organisation politique ? Si cette instance a pignon dans le Web, vous trouverez un lien pour vous y mener à partir de ce répertoire très complet.

Yahoo ! : Politics

www.yahoo.com/Politics/

- bon point de départ
- manchettes américaines
- politique en milliers de sujets !

La politique dans le Web, en général et en particulier. Des rubriques pour s'y retrouver : nouveautés, forums, élections, idées, gouvernements, partis, etc. La politique américaine est bien sûr omniprésente, mais le Canada et le reste du monde y trouvent quand même une petite place...

Sujets sociaux et politiques |

Amnistie internationale (section canadienne francophone)

www.amnistie.qc.ca

- très bien conçu
- campagnes et actions urgentes
- adhérez et agissez par Internet

La section québécoise d'Amnistie internationale présente un site Web complet pour suivre les activités de l'organisme, ses campagnes en cours et ses actions urgentes. Il est aussi possible d'adhérer au réseau par le site. Et les membres peuvent désormais utiliser Internet pour participer aux actions de l'organisme.

Bibliothèque virtuelle sur le développement international

w3.acdi-cida.gc.ca/virtual.nsf

- Centre d'information de l'ACDI
- ressources classées par thème et par pays
- excellent

Projet de l'Agence canadienne de développement international (ACDI). Sans doute l'un des meilleurs points de départ pour trouver de l'information par pays. L'index thématique couvre aussi une multitude de questions aussi pointues que l'assainissement des eaux, les secours d'urgence ou la résolution des conflits.

Country Reports on Human Rights Practices

www.state.gov/www/global/
human_rights/hrp_reports_mainhp.html

- droits humains dans 194 pays
- rapports annuels du gouvernement américain
- très très officiel

Directement du Département d'État américain, les rapports annuels sur les droits humains dans 194 pays bien comptés. Avec, en prime, des informations de base sur chaque pays. Objectivité à toute épreuve, ou presque !

Cybergrrl Webstation

www.cybergrrl.com/

- mégasite américain
- par et pour les femmes
- très interactif : les internautes y ont leur place

Les dédales de ce site sont à prime abord déconcertants, mais on y retrouve des bijoux, tels qu'une chronique acidulée sur les femmes et l'informatique, des récits de voyage, des conseils pour choisir une carrière. Beaucoup de matériel provient des lectrices et la qualité du site n'en souffre pas, bien au contraire !

Encyclopédie virtuelle d'éthique

www.fse.ulaval.ca/dpt/morale/

- questions d'éthique, débats de société
- projet ambitieux et très bien mené
- plus ou moins avancé selon les thèmes

Conçu à l'Université Laval, ce site des plus sophistiqués cherche à rassembler, pour chaque question éthique, une multitude de ressources : description des enjeux, historique et bibliographie, liens aux sites Web et aux forums de discussion. Une vingtaine de thèmes sont ainsi abordés : bioéthique, censure, euthanasie, peine de mort, pornographie, prostitution, sexualité, violence, etc.

EnviroLink

www.envirolink.org/

- carrefour impressionnant
- actualité et ressources thématiques
- univers francophone en moins...

Un grand carrefour de ressources en écologie, avec notamment une couverture intéressante de l'actualité internationale, des liens vers des articles précis émanant d'autres publications et, bien sûr, une tonne de références bien classées.

Environment (Virtual Library)

earthsystems.org/Environment.shtml

• environnement
• métarépertoire
• à fouiller

Environ 1 000 ressources (surtout américaines) classées par thème : développement durable, énergie, lois sur l'environnement, forêts, océanographie... Comme c'est souvent le cas avec la Virtual Library, chacun des sujets abordés est tenu à jour par une équipe différente et la qualité varie d'une section à l'autre.

FeMiNa

www.femina.com/

• répertoire américain
• site par et pour les femmes
• lié au Cybergrrl Webstation

Ce site s'est fixé comme objectif ambitieux de répertorier tous les sites conçus par et pour des femmes (mais surtout aux États-Unis). Dépourvu de graphiques inutiles, il offre une information pertinente et bien organisée. Un outil de recherche permet ainsi d'y retrouver rapidement la perle rare.

Gay and Lesbian Politics : Internet Resources

www.indiana.edu/~glbtpol/

• lois, débats et politiques publiques
• répertoire très complet
• États-Unis et scène internationale

Maintenu à l'Université de l'Indiana, ce site offre une liste sélective et annotée des meilleures ressources reliées aux politiques à l'égard des gais et des lesbiennes. Des sources pour suivre l'actualité, les forums

Usenet et les listes de diffusion du domaine, les sites des organisations et des gouvernements, etc. Très bonne mise à jour.

Gay Départ

www.geocities.com/WestHollywood/32 92/index.html

• communauté gaie
• Suisse, France, Belgique
• et bons baisers du Québec

Ce point de départ offre aux communautés gaie et lesbienne une liste de plus de 100 sites couvrant toute la francophonie. Du côté anglophone, GayZoo (www.gayzoo .com) est à recommander.

Gender-Related Electronic Forums

www-unix.umbc.edu/~korenman/ wmst/forums.html

• féminisme
• listes de diffusion
• la guerre des sexes...

Ce site présente environ 500 listes de diffusion (*mailing lists*) portant sur des enjeux féministes ou destinées aux femmes de façon plus générale. Le sujet de chaque liste est décrit brièvement avec les instructions pour s'y abonner. La page est entretenue par Joan Korenman, professeure à l'Université du Maryland.

Greenpeace International

www.greenpeace.org/

• tout sur Greenpeace et ses campagnes
• documentation multimédia
• site de grande envergure

Greenpeace n'a pas tardé à tirer bénéfice du réseau, et son site regorge d'informations sur les campagnes internationales de cet organisme phare, le tout accompagné de photos, de bandes sonores et de vidéoclips. Captivant. Pour des informations en français, voyez le site de Greenpeace France (www.greenpeace.fr/).

🔗

Handicap international

www.handicap-international.org/

- mines antipersonnel
- information et pétitions
- des « dommages collatéraux »
  qui continuent...

Cet organisme français se bat depuis plus de 10 ans pour mettre fin à la production et à l'utilisation des mines antipersonnel, une lutte qui est encore loin d'être gagnée. L'organisme vient en aide aux victimes et cherche à soulever l'opinion publique pour que cesse ce massacre qui a déjà fait plus d'un million de victimes.

🔗

HateWatch

hatewatch.org/

- racisme et révisionnisme
- sites de propagande
- instructif

Un guide commenté des forums et des sites Web qui utilisent Internet pour véhiculer leur propagande haineuse. Cette page ne collige pas tous les sites du genre, mais du moins les organisations les plus influentes. En contrepartie, le site inclut des liens vers les groupes de défense des droits.

≣

Human Rights Library

www.umn.edu/humanrts/

- droits de la personne
- textes complets des traités
- répertoire de ressources par sujet

De l'Université du Minnesota, un site de référence pour tout ce qui touche aux droits humains, des traités internationaux aux sites d'ONG et aux organisations multilatérales. On y trouve par exemple le texte complet de plus de 90 conventions, dont plusieurs sont disponibles en français.

≣

Index on Censorship

www.oneworld.org/index_oc/

- censure passée à la moulinette
- dossiers internationaux
- correspondants prestigieux

Alimenté par des auteurs aussi réputés qu'Umberto Eco, Nadine Gordimer ou Vaclav Havel, ce magazine britannique traite des atteintes au droit à la libre expression à travers le monde. Très coûteux à l'abonnement, Index on Censorship offre toutefois une sélection intéressante de ses pages sur le Web.

🔗

International Institute for Sustainable Development (IISD)

iisd1.iisd.ca/

- développement durable
- beaucoup de matériel
- du changement climatique
  au libre-échange

Pour être « durable », le développement doit passer par l'amélioration de l'économie, la protection des écosystèmes et l'augmentation du bien-être des gens. Sur ces questions, cet institut canadien offre une information... durable.

Journal L'itinéraire (Montréal)

itineraire.educ.infinit.net/

- Montréal vu par les itinérants
- articles, témoignages, photos
- perspective originale

L'Itinéraire est un « journal de rue » produit par un groupe d'entraide pour les sans-abri de Montréal. Ce site Web reprend désormais une grande partie du contenu du journal, ainsi que des renseignements et des liens au sujet des journaux de rue, de la pauvreté et des groupes d'entraide.

🔗

Kim-spy : Intelligence and CounterIntelligence

www.kimsoft.com/kim-spy.htm
- actualité de l'espionnage !
- affaires militaires
- liens vers des histoires louches...

Ce serveur présente les dernières nouveautés en matière d'affaires louches (espionnage, conspirations, etc.) et les endroits chauds du moment. Le site comporte aussi une longue liste de sites relatifs aux services du renseignement et du contre-espionnage.

L'écologie sur la Toile

alex.union-fin.fr/usr/vannier/ecologie/ecologie.html
- répertoire thématique
- présentation simple et agréable
- mises à jour fréquentes

Ce site personnel offre une excellente couverture des ressources francophones et européennes ayant trait à l'écologie. Présentée avec soin, la page d'accueil regroupe une vingtaine de rubriques : agriculture, air, biodiversité, botanique, déchets, eau douce, énergie, entomologie, etc.

L'écoroute de l'information (UQCN)

ecoroute.uqcn.qc.ca/
- nature, environnement, tourisme d'aventure
- le Québec vert
- 600 liens annotés

Plaque tournante de l'information en environnement, l'Écoroute est une réalisation de l'Union québécoise pour la conservation de la nature. Le site offre une documentation très riche sur les écosystèmes et les entreprises de l'industrie environnementale, mais aussi des informations sur le tourisme ainsi que des ressources éducatives sélectionnées dans Internet.

La piste amérindienne

www.autochtones.com/
- carrefour d'information très complet
- actualité des questions autochtones
- pour découvrir les premières nations

Un site de référence exceptionnel pour tout ce qui concerne les nations autochtones, leurs territoires, leur culture et leurs institutions. Ça va d'une chronologie de l'histoire autochtone à l'information touristique, de l'actualité politique à des forums de discussion et à plus de 600 liens... Un site riche en information et un environnement très bien conçu.

Le Guide de Guerre, Paix et Sécurité

www.cfcsc.dnd.ca/links/indexf.html
- signets de la Défense nationale !
- excellent site de référence
- de l'histoire militaire aux conflits actuels

Un site de référence exceptionnel pour tout ce qui touche aux forces armées, à l'histoire et aux sciences militaires, mais aussi aux conflits contemporains et au contrôle des armements. Navigation par sujet, à partir d'une carte du monde (par pays), ou par mot clé. Huit mille liens bien choisis et bien classés. Les soldats ont travaillé comme des moines...

Le Protecteur du citoyen

www.ombuds.gouv.qc.ca/
- l'ombudsman du Québec, Mᵉ Daniel Jacoby
- communiqués et rapports officiels
- comment porter plainte

Un site bien conçu, où l'on trouve les communiqués de presse et les rapports rendus publics par le Protecteur du citoyen, notamment le rapport annuel déposé à l'Assemblée nationale du Québec. L'organisme offre un recours gratuit contre la violation des droits et la « maladministration »..., et la procédure est simple !

Les Humains Associés

www.ina.fr/CP/HumainsAssocies/
HA.HomePage.html

- pour ceux qui veulent changer le monde
- cercle politique
- idées...

Une déclaration des droits et des devoirs de l'être humain pour le troisième millénaire, un journal et des discussions pour faire évoluer la conscience mondiale... Le site des Humains Associés regroupe des artistes, des psychologues, des scientifiques et des journalistes qui veulent susciter une réflexion sur les valeurs humaines. Ouf !

Native Web

www.nativeweb.org/

- premières nations dans Internet
- répertoire sobre mais très complet
- touche à tous les sujets

Ce répertoire de ressources consacrées aux peuples autochtones touche à tous les sujets, des arts à la condition des femmes, en passant par l'environnement, les langues ancestrales, les lois et les traités. Des ressources documentaires bien classées, mais aussi des liens vers les sites d'information sur l'actualité et les forums de discussion.

NetFemme

www.netfemmes.org/

- Internet au féminin : LA référence
- actualité, organismes, documentation et liens
- conception très soignée

Un point de départ incontournable réalisé par le Centre de documentation sur l'éducation des adultes et la condition féminine (CDEACF). Depuis quelques années, le site est constamment élargi et refaçonné ; et à chaque visite, NetFemmes mérite pleinement sa... Net.Fame !

Organismes de coopération internationale (AQOCI)

www.aqoci.qc.ca/

- carrefour de la coopération au Québec
- lien vers les sites des membres
- actualité et bulletin interne

Le répertoire de cette association est tout indiqué pour retracer les organismes québécois du domaine de la coopération internationale, le Club 2/3 ou Oxfam-Québec, Développement et Paix, Jeunesse Canada Monde ou le CECI. À signaler, des renseignements sur les programmes de stages à l'intention des apprentis globe-trotters !

Pionnières du XXIe siècle

www.nlc-bnc.ca/digiproj/women/
fwomen.htm

- exposition virtuelle
- hommage à des Canadiennes exceptionnelles
- Bibliothèque nationale du Canada

Marie Lacoste Gérin-Lajoie ou Mary Travers, la Bibliothèque nationale du Canada présente les biographies et les luttes de ces femmes qui ont marqué l'histoire politique, culturelle ou scientifique du Canada depuis les débuts du siècle. Une exposition virtuelle bien montée, attrayante et instructive.

Réseau d'accès à la justice (ACJNet)

www.acjnet.org/

- la justice plutôt que le droit
- documents légaux, éducation, liens
- ressources canadiennes

Un carrefour des ressources canadiennes destiné au commun des mortels préoccupé par les enjeux de la justice et du droit. Le site agit comme « métarépertoire » et offre aussi une abondante documentation sur les lois, ainsi que des liens vers du matériel éducatif.

The Nizkor Project

www.nizkor.org/

- l'Holocauste
- masse de documents et d'images
- site antirévisionniste par excellence

Ken McVay a décidé de lutter à sa façon contre les sites «négationistes». Depuis 5 ans, il a numérisé plus de 60 000 documents reliés aux camps de concentration, au tribunal de Nuremberg et aux groupes qui font la lutte aux criminels de guerre. Dédié aux quelque 12 millions de victimes du régime nazi.

Tourisme atomique

www.oz.net/~chrisp/atomic.html

- voyage dans la folie du monde
- visite de musées atomiques
- site destiné aux curieux

Une autre façon de visiter le monde et la folie du monde... Des lieux physiques où des explosions atomiques sont survenues, des musées consacrés aux bombes atomiques et deux liens pour en connaître davantage sur les armes nucléaires.

Witness Foundation

witness.org/

- droits de l'homme
- témoignages et preuves...
- attention : images violentes

Une fondation mise sur pied par le chanteur Peter Gabriel distribue des caméras à des activistes de 40 pays qui veulent témoigner du non-respect des droits humains. Des témoignages et des photographies parfois à la limite du soutenable. Âmes sensibles, abstenez-vous.

Witness Online Documentary Series

www.worldmedia.fr/witness/

- reportages humains
- textes ravageurs, illustrations saisissantes
- parrainé par le Haut-Commissariat des Nations Unies pour les réfugiés

Un site fantastique, qui invite au voyage tout en faisant vibrer la corde humanitaire. Dans le dernier reportage de la série, on découvre par exemple les peuples asiatiques qui vivent le long de la Route de la soie, grâce à un harmonieux mélange de multi-média et de récits. À défaut de vous payer un voyage, visitez ce site !

SANTÉ ET MÉDECINE

Actualité médicale et en santé

Medical Breakthroughs (Ivanhoe)

www.ivanhoe.com/
- échos de la recherche médicale
- reportages et résumés hebdomadaires
- langage accessible au profane

Pour ceux et celles qui suivent la recherche et les innovations médicales de près, le réseau Ivanhoe Broadcast News propose chaque semaine un choix de reportages et plusieurs résumés d'études récentes. Les archives sont aussi disponibles.

New England Journal of Medicine

www.nejm.org/
- journal prestigieux
- résumés, archives, conférences
- textes complets sur abonnement

Hebdomadaire de renommée mondiale, le *New England Journal of Medicine* s'est doté d'une excellente vitrine dans le Web, où l'on trouve les résumés des études publiées dans les numéros récents, les conférences annoncées et les sections d'annonces (postes à combler).

New York Times : Your Health Daily

www.yourhealthdaily.com/
- bonne dose d'actualité médicale
- contenu varié et accessible à tous
- articles récents et archives

Le magazine *Your Health Daily* rassemble des articles récents parus dans le *New York Times*, le *Boston Globe* et d'autres journaux américains. En plus des manchettes de la semaine, on peut consulter les archives classées par sujet (alcool, asthme, cholestérol, diabète, etc.).

Planète santé (Planète Québec)

planete.qc.ca/sante/sante.asp
- communiqués du jour au Québec
- information des organismes du milieu
- côté «politique» de la santé

Pour qui s'intéresse de près au milieu de la santé, ce service de Planète Québec est à recommander : chaque jour, on y trouve les communiqués de l'industrie québécoise, des hôpitaux, du gouvernement et des syndicats du secteur de la santé. Le site offre également une liste des centres de recherche et des liens choisis.

Reuters Health Information

www.reutershealth.com/index.html
- principales manchettes de la journée
- le reste sur abonnement
- pour les professionnels et journalistes

L'agence de presse Reuters offre un service d'information qui s'adresse avant tout aux professionnels des «industries» de la santé, de la recherche médicale ou pharmaceutique. Pour le grand public, le site offre quand même un bon choix de nouvelles quotidiennes.

The British Medical Journal

www.bmj.com/
- tous les articles du magazine
- recherche par mot clé dans les archives
- dossiers spéciaux

Cette revue est maintenant offerte intégralement dans le Web, y compris les archives (depuis mars 1995). Le site est simple d'apparence, mais de navigation rapide et sophistiquée, avec notamment une fonction de recherche d'articles connexes dans la base de données Medline.

The Lancet

www.thelancet.com/
- magazine prestigieux
- sans frais mais inscription obligatoire
- textes complets sur abonnement

Ce magazine couvre l'actualité de la recherche, mais aussi les questions de politique et de santé publique, les tendances en Angleterre et sur le plan international. Les textes complets sont offerts uniquement aux abonnés, mais on peut parcourir sans frais un résumé de l'édition courante et des numéros récents.

Guides, prévention, santé personnelle

CDC – Health Information

www.cdc.gov/
- santé publique, prévention
- conseils aux voyageurs
- beaucoup d'information spécialisée

L'agence américaine de prévention offre une série de guides généraux sur la santé et en particulier des recommandations destinées aux voyageurs (selon les pays). Le site offre aussi un survol de l'actualité, un bulletin de statistiques nationales et des documents plus spécialisés.

Centre d'information sur la santé de l'enfant (CISE)

brise.ere.umontreal.ca/~lecomptl/
- toute l'information en pédiatrie
- meilleurs sites en santé et en médecine
- incontournale

Conçu à l'hôpital Sainte-Justine, ce site fera le bonheur des parents comme des médecins et des professionnels de la santé. Des ressources spécialisées en pédiatrie bien sûr, mais surtout un répertoire de 700 sites médicaux annotés... avec soin !

Dentweb

204.97.191.53/dentweb/
- dents, en détail
- hygiène buccale
- éducatif

Un dentiste français offre ses conseils pour une bonne hygiène dentaire et beaucoup, beaucoup d'informations sur les dents, leur anatomie, leur pathologie, sans oublier les réponses aux questions les plus fréquentes. Il s'agit d'une thèse universitaire, mais illustrée et de style accessible. Mordant !

Docteur vacances : conseils médicaux aux voyageurs

www.lsv.com/docvac/FR/sommaire/
- santé et vacances
- recommandations de base
- vaccins prescrits selon les pays

Pour partir à l'étranger l'âme et le corps en paix. Des indications sur les vaccins obligatoires ou recommandés et des conseils pour réussir votre voyage. Vous pouvez chercher par pays, mais aussi vous informer sur des cas particuliers (femmes enceintes, personnes handicapées, malades cardiaques, etc.).

GlobalMédic

www.globalmedic.com/fr/
- premier diagnostic
- tonne d'informations
- site populaire et pour cause

Consultations gratuites pour adultes ou enfants. Indiquez votre problème et, par une suite de questions-réponses, vous obtiendrez un premier diagnostic. Ça ne vous dispense pas d'une visite chez le médecin, mais c'est un service utile pour se rassurer en cas de bobos mineurs. Le site offre aussi un dictionnaire médical.

Go Ask Alice !

www.cc.columbia.edu/cu/healthwise/alice.html
- réponse à toutes vos angoisses
- questions anodines ou plus « délicates »
- style direct et langage clair

Toutes les semaines, Alice répond aux questions qu'on lui soumet, depuis les risques de la consommation d'alcool à la teneur en gras des bananes... Des textes courts mais nuancés. Une information fiable (Université Columbia).

Mayo Clinic Health Oasis

www.mayohealth.org/index.htm
- contenu varié
- bien adapté pour le grand public
- visuellement attrayant

La célèbre clinique Mayo offre un centre de référence très complet sur les principales maladies, les allergies et la nutrition, sans oublier la santé des enfants et des femmes enceintes. Le volet Actualité (Health-Watch) vaut aussi le coup d'œil.

The Virtual Hospital

www.vh.org/
- pour le public et les professionnels
- sujets variés
- articles et liens sélectionnés

Développé à l'Université de l'Iowa, ce site de référence offre un ensemble d'articles vulgarisés au sujet des principales maladies, de l'allaitement maternel, des problèmes de dos, etc. Bien conçu, le site permet de retracer les guides selon l'organe affecté ou la spécialité médicale.

Information sur les maladies et handicaps

Diabetes, Digestive and Kidney Diseases (NIDDK)

www.niddk.nih.gov/health/health.htm
- vulgarisation pour le grand public
- beaucoup de matériel
- recherche, traitements, statistiques

Ce site du National Health Institute (États-Unis) est le principal carrefour d'information sur le diabète et l'hypoglycémie, les maladies du système digestif et du système rénal, l'endocrinologie, l'hématologie et l'urologie. La qualité des contenus compense largement pour le manque d'attrait de la présentation.

OncoLink Cancer Center

cancer.med.upenn.edu/
- carrefour d'information
- documentation de base et spécialisée
- de l'Université de Pennsylvanie

LA référence américaine pour tout ce qui concerne le cancer. OncoLink regroupe la majorité des sources d'information disponibles en anglais : information de base, dernières nouvelles, liens vers les pages Web d'autres organismes, etc.

Paracelse : toxicologie

www-sante.ujf-grenoble.fr/SANTE/paracelse/paracelse.html
- intoxications : ce qu'il faut savoir
- aide-mémoire pour médecins...
- ... ou pour toxicomanes inquiets

Base de connaissances sur les intoxications aiguës, Paracelse s'adresse aux professionnels de la santé avant tout. Pour chaque substance toxique, on y trouve une information succincte mais claire : risques associés, conduite à suivre, approches. Une réalisation du Centre hospitalier universitaire de Grenoble.

Médecine : ressources spécialisées

Emergency Medicine and Primary Care (EMBBS)
www.embbs.com/
- archives d'images médicales
- radiologie, CT scan, etc.
- en prime : l'électrocardiogramme du mois !

À l'intention des étudiants et des médecins, ce site offre des archives d'images radiologiques et d'autres techniques d'imagerie. Le site n'a plus été modifié depuis quelques temps, mais les collections restent disponibles.

Medical Matrix
www.medmatrix.org/
- à l'intention des professionnels de la santé
- répertoire de très haut niveau
- perspective américaine

Un répertoire à la fois immense et sélectif : tous les sites inscrits ont été évalués et annotés par des médecins spécialistes. Excellent à tous les égards, le site offre aussi un choix de passerelles pour interroger la base de données Medline.

Medlars (ICIST)
www.nrc.ca/cisti/eps/medlar_f.html
- passerelle vers les bases Medline et autres
- renseignements sur la couverture de chacune
- quelques services sur abonnement

Au Canada, c'est l'Institut canadien de l'information scientifique et technique qui coordonne l'accès aux systèmes Medlars (dont Medline). Le site offre des liens vers les services de consultation sans frais offerts par la National Library of Medicine et des informations sur les bases spécialisées qui requièrent un abonnement.

Medscape
www.medscape.com/
- Mecque de l'information médicale
- gratuit, mais avec enregistrement
- Medline est accessible sur place

Un site vraiment colossal, Medscape s'adresse aux professionnels et aux étudiants en médecine avec, entre autres, des programmes de formation continue en ligne (dûment accrédités aux États-Unis) et des sites spécialisés très fouillés pour chaque grande discipline médicale. Dans l'ensemble, une manne de ressources sur la recherche médicale et la pratique clinique.

MedWeb (Université Emory)
www.medweb.emory.edu/
- répertoire maintenu depuis 1994
- infiniment sobre
- utilisez la recherche par mot clé

Un des meilleurs index américains de l'Internet médical, MedWeb couvre toutes les spécialités, mais aussi l'histoire de la médecine, la santé publique, les questions d'éthique, etc. Recherche par sujet ou par mot clé. On y trouve 38 inscriptions de musées, par exemple, ou plus de 500 liens en radiologie.

The Merck Manual

www.merck.com/pubs/mmanual/
- une des bibles de la médecine
- aussi le Merck Manual of Geriatrics
- apprenez-le par cœur

Le *Merck Manual of Diagnosis and Therapy* tient une place de choix dans les bureaux de médecins depuis des générations. L'édition 1992 a été retirée du site, mais les éditeurs annoncent la sortie prochaine d'une nouvelle édition qui sera aussi publiée dans le Web. En attendant, on peut consulter le manuel de gériatrie et quelques dossiers vulgarisés pour le grand public.

Organismes et associations

American Medical Association

www.ama-assn.org/home/
amahome.htm
- mégasite
- journal JAMA et revues spécialisées
- réalisation impeccable

L'association médicale américaine a fait les choses en grand et présente un site Web aux contenus imposants. On y trouve, entre autres, des résumés de *JAMA*, de l'*American Medical News* ainsi que de publications spécialisées. L'accès est public, mais l'inscription est requise pour certaines sections.

Centers for Disease Control (CDC)

www.cdc.gov/
- santé publique : la référence américaine
- information de base et spécialisée
- présentation médiocre

Le célèbre Centre de contrôle et de prévention des maladies d'Atlanta, l'une des meilleures références en matière de santé publique dans Internet. On y trouve de tout, des guides de prévention destinés aux touristes jusqu'aux dernières statistiques nationales sur l'espérance de vie.

L'Association médicale canadienne en direct

www.cma.ca/
- actualité de la recherche
- contenu canadien avant tout
- compétent, mais pas très excitant...

L'Association médicale canadienne rapporte fidèlement les dernières nouvelles de la recherche au Canada, présente des résumés de son journal et offre aussi une panoplie de liens utiles aux médecins. Bilingue.

L'Organisation mondiale de la santé

www.who.int/
- communiqués et documentation
- uniquement en anglais pour l'instant
- consultation facile

L'OMS diffuse beaucoup d'informations sur son site, y compris ses communiqués de presse, un résumé du Rapport sur la santé dans le monde, 1997, l'hebdomadaire relevé épidémiologique et des données récentes sur l'état de diverses maladies par pays. Quelques-uns des documents sont disponibles en français.

La Croix-Rouge

www.cicr.org/
- communiqués de presse
- divers dossiers d'actualité
- information sur l'organisme

Le site du Comité international de la Croix-Rouge offre les communiqués de presse et la description des activités de l'organisme. On y trouve aussi de l'information sur des sujets tels que les mines antipersonnel, les enfants et la guerre, etc.

Répertoires et ressources générales

Aujourd'hui la santé (Québec)

www.sante.qc.ca/

- santé et services sociaux
- actualité quotidienne et revue de presse
- répertoire d'établissements et organismes

Un excellent carrefour d'information sur la santé au Québec. Résumé quotidien des nouvelles, revue de presse, calendrier des événements, etc. On y trouve aussi un répertoire des institutions médicales, des hôpitaux aux CLSC en passant par les ordres professionnels ou les centres d'hébergement et de jeunesse.

Drug InfoBase

pharminfo.com/drg_mnu.html
- information sur les médicaments
- articles d'évaluation et FAQ
- Pharmaceutical Information Network

Une base de données sur les médicaments, classés par appellation générique ou marque de commerce, et accompagnés de notes d'évaluation. Sur ce site du Pharmaceutical Information Network, on trouve aussi une Foire aux questions sur les médicaments et des communiqués de l'industrie américaine.

Glossaire multilingue de la médecine

allserv.rug.ac.be/~rvdstich/eugloss/welcome.html
- 1 800 termes médicaux en 8 langues
- équivalences en langage populaire
- définitions en anglais seulement

Une idée de la Commission européenne, ce glossaire contient la traduction d'environ 1 800 termes médicaux dans 8 langues différentes, y compris les appellations populaires correspondantes. Les définitions (succinctes) ne sont données qu'en anglais toutefois.

MedHunt (Health On the Net Foundation)

www.hon.ch/HomePage/Home-Page_f.html
- carrefour d'information médicale
- actualité et répertoires (classification MESH)
- en français malgré les apparences

Site d'une fondation suisse, MedHunt intègre une couverture de l'industrie de la santé (via Newspage) et un excellent répertoire de sites médicaux qu'on peut parcourir selon le système de classification MESH. En complément, le site offre des archives multimédia et un calendrier des conférences annoncées.

Sites médicaux dans le monde (Université de Rouen)

www.chu-rouen.fr/ssm/watch.html
- meilleur répertoire en français
- surtout de l'information spécialisée
- mise à jour fréquente

Le répertoire du CHU de Rouen (France) propose des listes de ressources classées par spécialité et par type (hôpitaux, revues et journaux électroniques, listes de diffusion, etc.). Une section particulière regroupe les sites francophones.

Six Sense Review : le Top 5 en médecine

www.sixsenses.com/
- sites choisis et commentés
- très sélectif
- prouvé en laboratoire

Six Sense Review se définit comme un programme d'évaluation des sites Web en médecine et en santé. En clair, on y trouve un bon choix de ressources (mais uniquement américaines) avec des commentaires et un système de notation élaboré.

SCIENCES ET TECHNOLOGIES

Actualité

Agence Science-Presse

www.sciencepresse.qc.ca/

- actualité scientifique et liens
- perspective québécoise
- bon point de départ

Un site dynamique, qui colle à l'actualité des sciences au Québec et à l'étranger. Des chroniques et des capsules renouvelées chaque semaine (extraits d'*Hebdo-Science*), une bibliothèque de liens, etc. À signaler: le répertoire (définitif!) des centres de recherche du Québec.

CNN : Science-Tech

cnn.com/TECH

- plusieurs nouvelles par jour
- textes brefs
- documents sonores à ne pas négliger

Plusieurs médias américains offrent une section «Science et technologie», mais celle de CNN est de loin la plus complète. On y trouve chaque jour une série de nouvelles brèves accompagnées de photos et parfois de bandes sonores ou vidéo. Un aperçu bien fait de ce qui s'est passé la veille.

Cybersciences (Québec Science)

www.cybersciences.com/

- magazine *Québec Science*
- actualité, dossiers, répertoires, forums
- vulgarisation... raffinée

L'un des meilleurs sites élaborés par un média québécois, toutes catégories confondues. Un aperçu du magazine, mais aussi de grands dossiers (biotechnologies, nouvelles technologies de l'information), des nouvelles quotidiennes du front scientifique et des liens choisis. Voyez le plan du site pour vous faire une idée de l'ensemble avant de vous y perdre...

Découverte (Radio-Canada)

radio-canada.ca/tv/decouverte/

- décor magnifique et matériel abondant
- vulgarisation à son meilleur
- textes, illustrations, son et vidéo

Les dossiers de l'émission *Découverte* portent sur des sujets scientifiques variés, de la géologie des Îles-de-la-Madeleine à l'astrophysique, en passant par les secrets du sirop d'érable! Magnifiquement illustrés, ces dossiers sont aussi agrémentés d'extraits multimédia tirés des reportages de l'émission.

Discover Magazine

www.discover.com/

- vulgarisation
- simple vitrine qui tend à s'améliorer
- partenariat avec le réseau Discovery

Un très bon magazine de vulgarisation, dont le site a fait pas mal de progrès depuis ses débuts dans le Web. En plus du sommaire et de quelques textes complets par numéro, on tente d'en faire un point de départ pour le passionné de science.

Info Science

www.infoscience.fr/index.phtml
- actualité scientifique et dossiers
- section sur l'histoire des sciences
- site immense et magnifique

Exceptionnel, ce site français offre à la fois une couverture quotidienne de l'actualité scientifique dans tous les domaines de recherche, des dossiers fouillés et illustrés, et une section historique qui à elle seule vaut le déplacement. Ne manquez pas non plus les rétrospectives périodiques, les archives, la galerie de portraits, les forums, les ressources pour l'éducation...

La Recherche (magazine)

www.larecherche.fr/
- quelques articles au complet
- résumé des autres
- vaut mieux avoir une base en science!

Cette excellente revue française offre une partie de son contenu dans le Net, quelques textes au complet et des résumés pour le reste. Ça manque d'images et de mise en pages, mais on y trouve des échos de la recherche, depuis la vie sur Mars jusqu'à la «théorie des catastrophes qui durent».

Nature

www.nature.com
- magazine de grand prestige
- contenu spécialisé
- dernières nouvelles en recherche

Site incontournable. Contient le sommaire (section *What's New*) des derniers numéros de cette revue-phare pour la recherche scientifique, avec un résumé pour chaque article, les nouvelles de la semaine, des dossiers exclusifs au site, etc. L'enregistrement est requis pour avoir accès à tous les contenus, mais sans frais.

Nova Online (PBS)

www.pbs.org/nova/
- l'une des meilleures séries télévisées du monde
- site qui lui fait honneur
- dossiers étoffés

Un site qui fait honneur à ce qui constitue peut-être la meilleure série documentaire télévisée du monde. Et un site, de surcroît, qui ne se contente pas d'annoncer l'émission de la semaine (diffusée à PBS), mais qui fournit une documentation étonnamment abondante sur les thèmes abordés. Un modèle à suivre.

Science Daily

www.sciencedaily.com/
- grande variété de sujets
- regard américain
- textes brefs

De l'astrophysique à la zoologie, des nouvelles brèves tous les jours de la semaine, avec un accent sur les découvertes américaines. Mais attention: il s'agit de communiqués de presse des firmes et des centres de recherche, pas toujours les sources les plus «neutres» qui soient.

Science Magazine

www.sciencemag.org/
- contenu abondant
- spécialisé
- excellents résumés d'articles

Un hebdomadaire célèbre dont le site offre un résumé de tous les articles (depuis juin 1995) et quelques textes de fond. Pas de vulgarisation ici, mais la lecture des résumés est souvent fascinante. Publié par l'Association américaine pour l'avancement des sciences. Textes complets sur abonnement.

Sciences in the Headlines

www2.nas.edu/new/newshead.htm
- dernières études américaines
- du National Research Council
- fréquentes mises à jour

Ce recueil des manchettes et des rapports scientifiques offre un contenu éclectique, alors que des textes portant sur la protection du consommateur en côtoient d'autres traitant de la lutte antiterrorisme ou relatant les dernières études sur le sida, l'éducation, voire la séismologie.

Scientific American

www.sciam.com/
- très bon magazine américain en ligne
- du contenu...
- et quelques originalités

Le site de ce célèbre magazine offre des articles et des dossiers tirés de sa version papier, des entrevues, des informations mises à jour toutes les semaines et des liens choisis dans le Web. On peut même lancer des questions à un groupe d'experts qui se feront un plaisir de tenter d'y répondre. Excellent.

The New Scientist

www.newscientist.com/
- science pour tous
- montagnes d'informations
- nombreuses idées originales

Ce site fait honneur à l'un des meilleurs magazines scientifiques du monde. On y trouve des extraits du dernier numéro et des archives, ainsi qu'un contenu inédit où les textes spécialisés se mêlent à des textes grand public.

Agriculture, botanique, foresterie

Internet Directory for Botany

www.botany.net/IDB/
- pour le jardinier en vous
- répertoire immense
- moteur de recherche

Si vous êtes botaniste ou jardinier, ce répertoire d'adresses devrait faire votre bonheur. Il compte des milliers de liens répartis en 20 sections classées par sujet, des jardins aux musées en passant par les universités, les soins à donner aux plantes ou encore les images et les magazines spécialisés.

L'inforoute de la forêt canadienne

www.foret.ca/
- forêt et foresterie au Canada
- vaste répertoire de ressources
- section de ressources éducatives

Parrainé par le ministère des Ressources naturelles du Canada, ce point de départ est surtout intéressant pour qui s'intéresse à l'industrie canadienne de la foresterie. Pour le grand public, c'est aussi une bonne source d'information de référence sur les forêts au Canada, et la section éducative vaut le coup d'œil.

Réseau canadien pour la conservation de la flore

www.rbg.ca/cbcn/
- contenu semi-spécialisé
- informations canadiennes
- bons répertoires

Le site de ce réseau contient notamment une liste des espèces de végétaux en voie de disparition dans chaque province, l'information sur les jardins botaniques au Canada et un répertoire des ressources dans le Web. La version française est en progression, mais demeure toutefois incomplète.

Sylva w3

sylva.for.ulaval.ca/index.html

- climatologie, environnement et foresterie
- répertoires et ressources éducatives
- à voir : la forêt virtuelle

Jean-Robert Thibault, professeur à l'Université Laval, entretient un site exceptionnel sur le climat et la forêt. Le site offre des répertoires pour la recherche dans ces domaines ; mais, surtout, Syva w3 offre ses propres ressources éducatives, sur la coloration des feuilles à l'automne, par exemple, ou l'anatomie du bois. Et pour la détente, voyez le diaporama des paysages majestueux !

Astronomie

Astronomie et astrophysique (Virtual Library)

webhead.com/WWWVL/Astronomy/astro.html

- répertoire imposant
- sites classés et commentés
- visuellement rebutant

Le plus complet des répertoires en astronomie, mais aussi l'un des plus arides. Les sources sont classées par thème et la plupart sont commentées. Un point de départ obligé, mais il faut y mettre de la patience. À noter : le site est disponible sur de nombreux serveurs miroirs.

Centre canadien des données astronomiques

cadcwww.dao.nrc.ca/CADC-homepage_fr.html

- contenu spécialisé mais captivant
- orientation difficile pour les novices
- nombreuses images

Ce centre propose un fascinant catalogue des images provenant de Hubble et d'autres

télescopes. Pour ceux qui ont la patience d'y chercher à l'aveuglette... ou qui s'y connaissent en cartographie stellaire. Le site donne aussi accès à des revues spécialisées.

Hubble : les photos récentes

oposite.stsci.edu/pubinfo/latest.html

- images, extraits vidéo
- explications
- coin des amateurs

Toutes les images obtenues par le télescope Hubble et rendues publiques. Des textes explicatifs permettent de se faire une idée du contexte et de bien comprendre ce que représentent ces photos ou ces extraits vidéo. Les images sont numérisées sous plusieurs formats (TIFF, JPEG et GIF, ainsi que MPEG pour la vidéo).

Images & animations astronomiques (Université de Bordeaux)

graffiti.u-bordeaux.fr/MAPBX/roussel/astro.html

- images et vidéos en abondance
- phénomènes célestes, planètes et galaxie
- contenu exceptionnel

Des images de l'espace en quantité... astronomique ! « Quatre gigaoctets », est-on fier d'annoncer. Pour tout savoir sur tous les phénomènes de l'univers. Avec des textes en français, un cadeau rare. Et des clips vidéo, un cadeau pesant...

L'espace et les météorites

dsaing.uqac.uquebec.ca/~mhiggins/MIAC/MIAC.html

- vulgarisation scientifique
- contenu varié
- navigation agréable

Une fascinante introduction aux météorites, aux différents types de rochers tombés du ciel et à ce qu'on appelle, à tort, des étoiles filantes. Les illustrations sont

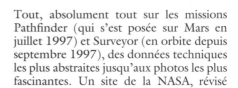

nombreuses et on a même droit à un récit de l'impact de Saint-Robert, en juin 1994. Site lié à l'Agence spatiale canadienne.

La NASA

www.nasa.gov/

- contenu abondant
- présentation attrayante
- souci de vulgarisation

Le site de l'inévitable NASA, l'Agence spatiale américaine, contient des montagnes d'informations sur une foule de sujets et des liens vers à peu près tout ce que l'agence possède comme archives photographiques de la Terre et du ciel. Pour suivre en direct les voyages des navettes et des sondes spatiales, vous êtes également à la bonne adresse. Patientez juste un peu...

Les neuf planètes

www.seds.org/billa/tnp/

- planètes, lunes et autres poussières
- photos récentes en quantité
- les dernières découvertes y sont

Une très belle présentation des planètes de notre système solaire, de leurs lunes et du reste. Grâce à ses photos récentes et surtout à ses textes de présentation remis à jour régulièrement, y compris sur les plus obscurs des astres de notre système solaire, ce site est la meilleure ressource du genre.

Mars Exploration : Pathfinder et Surveyor

mpfwww.jpl.nasa.gov/

- à inscrire sans hésiter dans ses signets
- information en (sur)abondance
- pour les Terriens qui rêvent aux Martiens

Tout, absolument tout sur les missions Pathfinder (qui s'est posée sur Mars en juillet 1997) et Surveyor (en orbite depuis septembre 1997), des données techniques les plus abstraites jusqu'aux photos les plus fascinantes. Un site de la NASA, révisé quotidiennement, voire plusieurs fois par jour lorsque les circonstances l'exigent.

SETI : recherche d'une intelligence extraterrestre

setiathome.ssl.berkeley.edu/ home_french.html

- analyse des données de radiotélescopie
- participez à la recherche
- que du bruit jusqu'à maintenant...

Projet fascinant mené à l'Université de Berkeley, SETI exploite la puissance combinée de centaines de milliers d'ordinateurs de volontaires. Vous pouvez participer en téléchargeant sur votre ordinateur un logiciel qui analysera les données du plus grand radiotélescope du monde. Peut-être serez vous le premier à détecter le lointain murmure d'une civilisation du cosmos ?

Space News

www.sat-net.com/spnews/

- actualité de l'espace
- de quoi lire pendant des heures
- en français

C'est loin d'être le seul site à suivre l'actualité spatiale, mais celui-ci est en français malgré le titre (provient de Belgique, en fait). Un peu bric-à-brac, mais l'abondance d'information saura satisfaire les affamés de navettes et d'explorations extrasolaires !

Biologie, chimie, sciences de la vie

Access Excellence (biologie)

www.gene.com/ae/index.html
- biologie : sujets variés
- surtout pour les profs
- forums intéressants

Un lieu d'information et d'échange pour les profs de biologie, avec des forums de discussion assez animés sur la biologie et l'enseignement. Le programme Access Excellence organise en outre de nombreuses activités pour garder les biologistes à jour sur ce qui se passe chez eux. Le survol de l'actualité vaut le détour.

Biosciences (Virtual Library)

www.vlib.org/Biosciences.html
- bon point de départ
- navigation facile
- pas trop lourd

Un répertoire assez complet et facile à comprendre des ressources du Net liées de près ou de loin à la biologie : ça va de l'entomologie à la médecine en passant par les poissons. La plupart des liens conduisent en fait à des répertoires spécialisés dans chacune des disciplines.

BioTech Resources & Dictionary

biotech.icmb.utexas.edu/
- point de départ impressionnant
- navigation simple et agréable
- de tout pour tous

Immense mégaressource, comprenant notamment un dictionnaire des biotechnologies (4 000 entrées), des ressources populaires et spécialisées en biologie et en biotechnologie, une page de ressources professionnelles et des répertoires des magazines spécialisés et de l'industrie. Le tour guidé est à faire.

Chemistry Resources

www.anachem.umu.se/eks/pointers.htm
- incontournable
- tous les sites commentés
- mises à jour régulières

Les profs et les étudiants de chimie sont choyés par ce site de référence exceptionnel. Des centaines de ressources accessibles, sélectionnées et annotées avec soin. Matériel de référence, listes de discussion, cours et matériel pédagogique en ligne, magazines et forums de discussion... l'Internet à son meilleur.

Chimie (Cégep Saint-Laurent)

www.cegep-st-laurent.qc.ca/depar/chimie/
- bon point de départ
- tableau périodique et autres ressources
- liens vers les sites éducatifs en chimie

Le site du professeur Claude Abraham, du Cégep Saint-Laurent, est un bon point d'entrée dans le domaine de la chimie ; on y trouve un tableau périodique, la liste des lauréats du prix Nobel de chimie et diverses ressources pour les étudiants. Un lien vous conduira aussi au serveur (français) répertoriant les ressources francophones en chimie.

Genethon : centre de recherche sur le génome humain

www.genethon.fr/genethon_fr.html
- maladies génétiques
- centre de recherche
- un peu de vulgarisation aussi...

Il s'agit d'une création du Centre de recherche sur le génome humain, un organisme qui récolte notamment des fonds pour accélérer les recherches sur les maladies génétiques, en particulier la myopathie. Le site est destiné en partie au grand public et en partie aux chercheurs qui peuvent y suivre les dernières découvertes dans la lutte contre cette maladie.

Glossaire de biochimie

www.ulaval.ca/fmed/bcx/default.html

- mots en -ide, -ase et -ate...
- définitions et renvois croisés
- apprenez ce qu'est un gène récessif

Offert par le Département de biochimie de l'Université Laval, un glossaire en français du vocabulaire de la biochimie. Si on peut appeler ça du vocabulaire et si on peut appeler ça du français... Hexokinase, Pyruvate, Riboflavine : pas surprenant qu'on ait besoin d'une définition !

Institut Pasteur

www.pasteur.fr

- vulgarisation scientifique
- vitrine pour l'Institut
- pour amateurs de biologie

Il aurait pu s'agir d'une banale vitrine pour l'Institut Pasteur, mais les concepteurs ont fait l'effort d'inclure de l'information pour le grand public sur des sujets tels que la rage et la thérapie génique, et surtout une longue et intéressante description de la vie et de l'œuvre de Louis Pasteur. Le site comporte en outre un excellent répertoire des ressources en biologie.

Tableau périodique des éléments

mwanal.lanl.gov/CST/imagemap/
periodic/periodic.html

- information de base sur l'univers
- toujours aussi nébuleux
- présentation attrayante, du moins

Si c'est vraiment ce que vous cherchez, voici sans doute le plus attirant des tableaux périodiques offerts dans le Net. Contenu sans surprise : ce sont les données de base sur chacun des 109 éléments connus dans l'univers. En anglais, mais surtout en chinois.

The Scientist

www.the-scientist.library.upenn.edu/

- contenu impressionnant
- débats scientifiques pointus
- spécialisé mais fascinant

Un bimensuel pour scientifiques, qui offre une quantité impressionnante d'articles : analyses, commentaires, dernières nouvelles et même la caricature... Ça devient parfois très pointu, mais on peut s'y mettre à jour sur les débats qui secouent les milieux scientifiques.

The Talk.Origins Archive

www.talkorigins.org/

- débat sur les origines du monde
- sciences, religion et philosophie
- création ou évolution ?
  Telle est la question

Un forum célèbre, Talk.Origins s'est doté d'un site d'archives, où l'on trouve des textes de référence pour suivre ce débat à la croisée de la science et de la foi. On peut y lire une introduction à la théorie de l'évolution, des critiques et des questions adressées par ses tenants aux créationnistes, ou encore des points de vue scientifiques sur les théories « catastrophistes » qui rôdent...

The Tree of Life

phylogeny.arizona.edu/tree/
phylogeny.html

- contenu prometteur
- vulgarisation scientifique
- navigation pas toujours facile

Un projet aussi original qu'ambitieux, visant à construire l'arbre généalogique de toutes les espèces vivantes, en fournissant à l'internaute de l'information sur chacune des branches. Seules les premières pages sont actuellement complétées, mais elles procurent déjà de quoi s'instruire pendant des heures.

Génie, sciences appliquées |

Électronique grand public : les bases de la télévision

www.multimania.com/bftel/

- comment ça fonctionne
- conseils pour réparer un poste
- aussi un forum pour poser ses questions

Vous voulez réparer un poste de télé ou simplement comprendre comment fonctionne un écran cathodique ? Ce site personnel français offre un véritable cours d'électronique grand public, de la loi d'Ohm aux schémas des circuits d'un téléviseur. Vous vous débrouillez, mais avez un pépin avec une chaîne hi-fi ? Le forum de discussion vous ouvre grand ses oreilles...

Engineering Electronic Library (EELS)

www.ub2.lu.se/eel/eelhome.html

- génie et technologies appliquées
- environ 1 500 ressources
- très bonne mise à jour

Ce répertoire conçu en Suède est sans doute le plus complet pour le domaine du génie. Couvre tout un ensemble de domaines spécialisés : génie civil, génie électrique, génie mécanique, génie minier, etc.

Engineering Virtual Library

www.eevl.ac.uk/

- carrefour international du génie
- semi-spécialisé
- présentation assez morne

Bases de données, listes de ressources dans le Web, etc. Le point de départ obligé de tout ingénieur-internaute qui se respecte. Visuellement, c'est nul, mais la matière est abondante et la navigation demeure efficace.

Popular Mechanics

popularmechanics.com/

- magazine américain
- abondamment illustré
- contenu diversifié

Ce magazine américain consacré à l'automobile et aux technologies s'est doté d'un site Web de grande envergure, intitulé PM Zone. Il offre un contenu diversifié, très riche et accompagné de nombreuses illustrations. Attention aux délais de transfert...

Géographie, sciences de la Terre |

Atmospheric and Oceanic Sciences (McGill)

www.meteo.mcgill.ca/

- articles semi-spécialisés
- répertoire spécialisé
- remises à jour irrégulières

Une vitrine promotionnelle pour ce centre multidisciplinaire de l'Université McGill qui s'intéresse aux changements climatiques. On y trouve de nombreux articles de fond et une foule de liens spécialisés. Mais le tout n'est pas souvent remis à jour.

Centre canadien de télédétection

www.ccrs.nrcan.gc.ca/ccrs/homepg.pl?f

- Canada vu de l'espace
- contenu abondant
- présentation attrayante

Un site étonnamment intéressant et dynamique pour un sujet a priori aride. L'information est abondante : le bulletin spécialisé (trois publications par an) n'est pas trop rebutant, et les quelques images RADARSAT, le satellite d'observation de la Terre, méritent le détour.

Earth Sciences & Map Library

www.lib.berkeley.edu/EART/

- point de départ en géographie
- répertoire facile à suivre
- présentation agréable

Gigantesque répertoire des ressources en géographie et en cartographie – incluant le catalogue de la section Géographie de la bibliothèque de Berkeley, le seul élément inutile pour nous sur ce site. Impeccablement rangé et facile à suivre, mais un peu long à télécharger.

Earthrise

earthrise.sdsc.edu

- la Terre vue de l'espace
- bien classé et bien organisé
- palmarès des plus belles prises de vue

Une collection de 100 000 photographies de la Terre prises au cours des 15 dernières années par les astronautes américains. Vous pouvez choisir d'y accéder par continent, par pays ou par mot clé. Ce site est régulièrement mis à jour.

Geographic Information systems

www.engin.umich.edu/library/
SUBJECTGUIDES/GIS/GISNR.html

- géographie numérique
- sérieux
- complet

L'Engineering Library de l'Université du Michigan offre ce répertoire de ressources sur les systèmes d'information géographique. Sans aucun artifice, un site sérieux pour usage rationnel... ou pour les très curieux.

L'Odyssée : encyclopédie des sciences de la Terre

www.elf.fr/odyssee/

- du géant français Elf Aquitaine
- du big bang à l'industrie pétrolière !
- site vraiment exceptionnel

« Encyclopédie des sciences de la Terre », c'est un peu exagéré ; néanmoins ce site offre une mine d'informations sur la géologie, la formation des sols et toutes les étapes de la production pétrolière, depuis la prospection jusqu'au raffinage. Très sophistiqué, le site utilise notamment des animations pour illustrer les mouvements sédimentaires !

Les noms géographiques du Canada

GeoNames.NRCan.gc.ca/francais/

- retrouver un village perdu
- sans oublier la toponymie
- 500 000 repères géographiques du Canada

Vous cherchez un village ou un lac perdu dans le Grand Nord ? Entrez son nom dans le moteur de recherche de ce site et vous obtiendrez ses coordonnées (latitude et longitude), plusieurs cartes pour mieux le situer et même la distance qu'il faut parcourir pour y arriver.

Musée canadien de la nature

www.nature.ca/

- bonne documentation
- manque d'images
- quelques liens inactifs

Ce site est d'abord une vitrine pour ce musée des sciences de la Terre, mais il offre aussi du matériel adapté pour le Web, tiré de l'abondante documentation du musée : les espèces animales et végétales menacées au Canada, ou le journal de voyage d'une spécialiste des fonds marins sous les glaces du pôle Sud.

National Geographic Online

www.nationalgeographic.com/

- site à la hauteur du magazine
- contenus très riches et variés
- superbe

Sur le site de ce prestigieux magazine, découvrez des espaces géographiques tantôt insolites, tantôt tout près de vous, mais toujours présentés avec grand soin, accompagnés de cartes et bien sûr des photos qui font la réputation du magazine. Un site très bien conçu et constamment enrichi de nouveaux volets.

Séismologie des tremblements de terre – Canada

www.seismo.emr.ca/NEHP/
nehpintro_f.html

- contenu attirant
- bel effort côté présentation
- cartes utiles et instructives

Il faut jeter un œil sur la carte de l'activité sismique récente pour se rendre compte que la terre tremble pas mal plus souvent qu'on ne l'imagine... Ce site fournit de l'information sur les séismes au Canada et une description de chacun des tremblements de terre majeurs des dernières années.

Si la Terre m'était contée...

www.inrs.uquebec.ca/cgq/terre/
index.html

- site éducatif en géologie
- histoire de la Terre
- formation des sols, glaciers, minéraux

Adapté d'une brochure du Centre géoscientifique de Québec, ce site offre une introduction complète aux sciences de la Terre, expliquant notamment les grandes étapes du «temps géologique», la formation des sols, des glaciers et des mines. Chaque thème est accompagné d'illustrations et de tableaux. Agréable et instructif.

U.S. Globec: Global Oceans Ecosystems

www.usglobec.berkeley.edu/usglobec/
globec.homepage.html

- contenu semi-spécialisé
- abondant et varié
- présentation terne

Le programme américain pour la sauvegarde et la protection des océans offre de l'information sur les écosystèmes marins et les changements climatiques. Si le graphisme laisse à désirer, le contenu est accessible au commun des mortels et des liens permettent de rejoindre les répertoires spécialisés du domaine.

Volcano World

volcano.und.nodak.edu/vw.html

- sujet... brûlant
- information variée
- site attrayant pour les profanes

Un site dynamique et coloré offrant pas mal d'informations sur les volcans partout dans le monde, une carte de l'activité volcanique et des récits – plutôt techniques, avec des liens vers des informations supplémentaires et des photos – des éruptions récentes. Pour les amateurs de flammes et de feu!

Histoire, musées, expositions

Air and Space Museum (Smithsonian)

www.nasm.si.edu/

- contenu varié
- bon choix de photos
- nombreux liens hypertextes

Ce musée offre quelques expositions en ligne qui valent le coup d'œil, notamment sur les systèmes de positionnement «globaux» et les images satellites de la Terre. On y présente aussi des photos sur l'histoire de l'aviation et de la conquête de l'espace qui plairont aux nombreux amateurs.

Alchemy Virtual Library

www.levity.com/alchemy/home.html

- histoire des sciences
- avec un parfum de pseudo-science
- à prendre avec des pincettes

L'alchimie est-elle vraiment une science ? Des chercheurs y ont consacré leur vie pendant des siècles, et plusieurs aimeraient nous faire croire qu'elle en est encore une... Quoi qu'il en soit, ce site est une véritable encyclopédie sur le sujet, d'une grande richesse de contenu et d'illustrations (1 700 images), et il offre aussi des liens vers du matériel francophone.

Hands-on Science Centers

www.cs.cmu.edu/~mwm/sci.html

- répertoire international de musées
- bon point de départ
- critiques de certains musées

L'intérêt de ce répertoire, en plus de sa richesse, c'est qu'il renvoie le plus souvent à des critiques des musées qu'il recense, critiques tirées du superbe magazine *Spectrum*, publié par l'Institute of Electrical and Electronics Engineers.

History of Astronomy

www.astro.uni-bonn.de/~pbrosche/astoria.html

- histoire de l'astronomie
- musées et centres de recherche
- pour les passionnés

Ce carrefour n'est pas très attrayant, mais tout indiqué pour les amateurs d'astronomie. Son contenu est imposant et établit des liens avec à peu près tout ce qui touche l'histoire de l'astronomie, notamment les musées et les expositions. Une petite visite au Ole Rømer Observatory de Copenhague peut-être ?

History of Mathematics : MacTutor archive

www-groups.dcs.st-and.ac.uk/~history/

- navigation facile
- contenu pas trop complexe
- information en abondance

L'histoire des cycloïdes, des paraboles et des ovales de Cassini, de la trigonométrie et de la relativité générale, d'Archimède et de Ptolémée, de Feynman et d'Einstein... Pour tout savoir sur les mathématiques, leur passé et leur présent. Un site solidement documenté, pas trop lourd et facile à explorer.

History of Mathematics : Timeline

aleph0.clarku.edu :80/~djoyce/mathhist/time.html

- visuellement original
- contenu accessible à tous
- bon outil de recherche

Une façon originale de faire l'histoire : un tableau chronologique, genre de flèche du temps sur laquelle sont situés les noms de ceux et celles qui ont marqué l'histoire des mathématiques. Chacun ayant évidemment droit à un court article et un choix de liens pour les plus importants.

L'Exploratorium

www.exploratorium.edu/

- beau musée à San Francisco
- variété de thèmes scientifiques
- souci de vulgarisation

Site destiné aux amateurs de sciences et aux jeunes, ce musée de San Francisco offre un aperçu de ses collections, de l'information générale sur une foule de sujets et les dernières nouvelles-chocs de la recherche. À signaler en particulier : une excellente section de dossiers sur la science et les sports.

Musée d'histoire des sciences (Oxford)

info.ox.ac.uk/departments/hooke/

- information complète sur l'exposition
- images du catalogue
- contenu semi-spécialisé

Le musée britannique offre le texte complet de l'exposition en cours et une grande variété d'images tirées de son catalogue, mais sans aucun commentaire. Le site inclut également le bulletin du musée. Pour se rincer l'œil.

Ontario Science Centre

www.osc.on.ca/Frenchweb/frhomepage.htm

- beau mais un peu vide
- de bonnes idées dans la zone interactive
- nécessite un ordinateur puissant

Une vitrine promotionnelle pour ce Centre voué à l'éducation scientifique, qui s'est améliorée depuis l'an dernier, quoiqu'il y manque encore un peu de contenu. Il y a par contre de bonnes idées ici et là, notamment dans la zone interactive. Surtout pensé pour les jeunes.

Science Museum of London

www.nmsi.ac.uk/

- belle vitrine
- information en quantité
- visite agréable

Ce musée scientifique peu connu présente une vitrine de ses collections et de quelques-unes de ses expositions, avec en prime des explications détaillées. La visite est agréable et peut s'avérer instructive. Ne ratez pas l'exposition portant sur l'aviation.

Women Mathematicians

www.agnesscott.edu/lriddle/women/women.html

- contenu accessible
- information unique
- présentation attrayante

Une étudiante en mathématiques compile les biographies de chacune des femmes qui ont marqué les mathématiques au cours des deux derniers millénaires, et il y en a plus qu'on ne l'imagine! Les biographies complètes sont fascinantes, mais les autres ne contiennent pour l'instant que quelques brefs commentaires.

Innovation et recherche

21st (e-journal)

www.vxm.com/

- publication dynamique
- articles de fond
- parfois lourd

Ce mensuel électronique se consacre depuis deux ans aux nouvelles technologies, notamment à la convergence de l'informatique, de la musique et de la génétique. Certaines des questions posées sont fascinantes, mais les articles ne sont pas toujours faciles à lire.

ACFAS – Association canadienne-française pour l'avancement des sciences

www.acfas.ca/

- sommaire et résumé des publications
- banques d'experts
- pour chercheurs et journalistes avant tout

Le site de l'ACFAS offre de nombreux volets d'information utiles aux universitaires ou aux journalistes : banques d'experts, actes du congrès annuel, publications, etc. Pour le grand public, ça demeure un peu aride, mais on peut jeter un coup d'œil aux sommaires et aux résumés de la revue *Interface* et d'autres publications : cela donne une idée des recherches actuelles.

Cambridge Scientific Abstracts
www.csa.com/ids.html
- service payant
- spécialisé
- impressionnante base de données

Ce service n'est offert qu'aux abonnés. Il s'agit d'un outil permettant de réaliser des recherches par mot clé dans plus de 35 bases de données scientifiques (médecine, biologie, environnement, informatique, etc.).

Centres de recherche américains (NSF)
www.nsf.gov/home/external/start.htm
- utile aux chercheurs
- répertoire, publications, nouveautés
- exclusivement américain

Le site de la National Science Foundation offre des informations détaillées sur ses programmes, ses études et ses rapports statistiques sur l'état de la recherche aux États-Unis. Le répertoire des projets et des instituts subventionnés se transforme, du fait de l'importance de la NSF, en un guide des principaux centres de recherche américains.

Community of Science
www.cos.com/
- experts et brevets
- bases de données spécialisées
- pour chercheurs et journalistes

Il s'agit d'une base de données d'experts américains et canadiens travaillant dans les universités ou centres de recherche et à laquelle seuls les abonnés ont accès. En revanche, on peut consulter librement les données sur les inventions brevetées et les services de plus de 125 universités nord-américaines.

ICIST (Canada)
www.cisti.nrc.ca/cisti/icist.html
- vitrine du CNRC
- documentation officielle
- information pour scientifiques

L'Institut canadien de l'information scientifique et technique diffuse l'information du Conseil national de recherche du Canada. Il s'agit de documents destinés aux chercheurs professionnels avant tout : liste des bases de données accessibles en ligne et des périodiques reçus, programmes, etc.

Le Carrefour du futur – Joël de Rosnay
194.199.143.5/derosnay/index.html
- sites Web du futur
- futurologie, prospective
- penser le troisième millénaire

Il s'agit de la page personnelle de l'auteur Joël de Rosnay. Il y présente évidemment ses ouvrages (*Le Macroscope*, *L'Homme symbiotique*, etc.), mais il nous offre également des liens vers les sites d'experts en planification stratégique, de médias ou instituts de recherche qui s'intéressent tout comme lui au futur. Et le futur, on y est !

Research News from American Universities
unisci.com/
- recherche universitaire
- effort de vulgarisation
- articles de fond

Les dernières nouvelles de la recherche aux États-Unis. Le contenu est étonnamment accessible, même si ce n'est pas, en théorie, un site destiné au grand public. Chaque recherche – en cours ou terminée – a droit à un texte assez élaboré.

Source (ICIST)

www.nrc.ca/cisti/eps/swetscanf.html
- 14 000 périodiques indexés
- tables des matières et textes complets
- abonnement annuel seulement

Une immense base de données proposée par l'Institut canadien de l'information scientifique et technique (ICIST). Plus de 14 000 périodiques internationaux, dans toutes les disciplines, de la littérature à la physique. Commandez les articles en appuyant simplement sur quelques touches. Si vous en avez les moyens...

Mathématiques et physique

Books On-line : Mathematics and Computer Science

www-cgi.cs.cmu.edu/cgi-bin/book/subjectstart?QA
- environ 250 bouquins digitalisés
- mathématiques et programmation
- refaites vos maths... d'université !

Cette section de l'archive Books On-Line regroupe environ 250 manuels et essais de mathématiques (surtout) et de sciences de l'informatique. Il s'agit pour la plupart de textes digitalisés en mode image à l'Université Cornell : algèbre, calcul différentiel, géométrie, etc.

CAMEL – Mathématiques Canada

camel.math.ca/maison.html
- Société mathématique du Canada
- site pratico-pratique
- pour trouver rapidement une ressource

Bon carrefour canadien pour les mathématiciens, et en français pour une fois. Liens vers les autres sociétés de mathématiciens dans le monde, les départements universitaires de mathématiques, etc. Pour les spécialistes.

Chance Database

www.dartmouth.edu/~chance/welcome.html
- probabilités, hasard, statistiques
- les maths rendues agréables
- contenu abondant

Un cours universitaire sur la chance ? Et une base de données sur le hasard ? C'est bel et bien ce qu'offrent quelques chercheurs américains intéressés aux sciences du hasard. Ils publient même un bulletin hebdomadaire dont les archives depuis 1992 sont accessibles.

Concise Encyclopedia of Mathematics

www.astro.virginia.edu/~eww6n/math/math0.html
- lettres pour les amateurs de chiffres
- dictionnaire semi-spécialisé
- vulgarisation qui laisse à désirer

Impressionnant. Un genre de dictionnaire virtuel, digne de figurer sur un CD-ROM, de tous les termes et noms propres susceptibles d'être rencontrés par un étudiant en mathématiques. C'est uniquement en anglais, et pas toujours très bien vulgarisé, mais le travail, réalisé par une seule personne, est monumental.

Favorite Mathematical Constants

www.mathsoft.com/cgi-shl/constant.bat
- curiosité mathématique
- pas toujours clair pour le profane
- contenu spécialisé mais attirant

Tous les nombres ne sont pas créés égaux, disent les mathématiciens. Mais pour un «pi» qui émerge dans le monde réel, et pour une constante de Feigenbaum dont quelques initiés ont entendu parler, il y en a des centaines qui restent enfouis dans les livres. Des curiosités mathématiques, qui fascinent depuis des siècles.

Fermi National Accelerator Laboratory

www.fnal.gov/

- contenu assez spécialisé
- vitrine promotionnelle
- présentation attirante

Un mélange de vitrine promotionnelle et d'introduction à la physique : tout en vantant les recherches en cours, on en profite pour glisser quelques notions sur la physique des hautes énergies et les accélérateurs de particules. L'effort côté visuel est louable, mais le contenu n'est pas à la portée du premier venu.

Fractales : Mandelbrot/Julia Set

nis-www.lanl.gov/~mgh/mand.shtml

- petit jeu amusant
- découverte par l'exploration
- pas d'information

À défaut d'apprendre ce qu'est une fractale, vous pouvez en explorer, voire en créer une : attendu qu'il s'agit d'une figure géométrique qui s'étend à l'infini, quel que soit l'endroit d'où on la regarde. Ce site, dès le moment où on clique sur une partie de la figure, peut donc s'étendre à l'infini...

Frequently Asked Questions in Mathematics

www.cs.unb.ca/~alopez-o/math-faq/math-faq.html

- bel effort de vulgarisation
- site facile à explorer
- pas toujours simple à suivre...

Du « Qu'est-ce qu'un nombre » jusqu'au théorème de Fermat, cette foire aux questions tente de faire le tour des mathématiques, ce qui constitue tout un programme. Le résultat ? Un site très bien ordonné, où on sait tout de suite où aller. Mais les mathématiques ne sont pas plus faciles pour autant.

Geometry Center

www.geom.umn.edu/

- site spécialisé
- vitrine pour un centre de recherche
- exercices multimédia en géométrie

Vous « trippez » sur la géométrie ? C'est le minimum requis pour naviguer sur ce site. Il n'a l'air de rien à première vue, et il n'offre pas grand-chose aux néophytes non plus, parce qu'il s'agit avant tout d'un outil pour les chercheurs et étudiants. Mais le matériel est tout entier sur le site et comprend des documents et des exercices multimédia uniques en leur genre.

Les mathématiques amusantes

carredas.free.fr/

- bonne idée pour les jeunes
- apprendre tout en s'amusant
- pourrait contenir davantage d'exercices

Une approche ludique des mathématiques, pour inciter les plus jeunes à résoudre des problèmes et les amateurs de logique à se creuser la tête... Il y a des jeux de tous les niveaux. Le tout nécessite par contre que vous utilisiez un navigateur de version récente.

Mathematics Archives Server

archives.math.utk.edu/index.html

- tout sur les mathématiques
- du sérieux
- moteur de recherche

Une base de données impressionnante pour tout ce qui concerne les mathématiques. Les informations sont classées en cinq catégories (incluant logiciels, matériel éducatif, etc.) et on peut y faire des recherches par mot clé. Les ressources sont mises à jour quotidiennement.

Physical News Update

www.aip.org/physnews/update/

- nouvelles brèves
- très spécialisé
- présentation morne

Un bulletin sans prétention, dénué de tout attrait visuel, mais indispensable à qui veut se tenir à jour en physique. Contient trois ou quatre nouvelles brèves chaque semaine, provenant de tous les secteurs de la recherche et de tous les coins du monde.

Physics Around the World (PAW)

physicsweb.org/TIPTOP/paw/

- excellent point de départ en physique
- tous les types de ressources
- facile de s'y retrouver

Un autre répertoire impressionnant hébergé en Suède : les ressources sont classées – et bien classées – par catégorie (conférences, instituts, éducation, nouvelles, etc.). On parvient même à en faire un site agréable à regarder. Mais la physique, elle...

Physique : Voyage au cœur de la matière

marwww.in2p3.fr/voyage/

- grandes lois de la physique
- à la portée de tous !
- parcours illustré de schémas et de photos

Un parcours éducatif, rapide et bien écrit, des grands thèmes de la physique des particules. La matière et l'antimatière, les atomes, la force gravitationnelle, toutes les notions sont présentées en quelques pages bien ramassées. Un historique accompagne le texte : voyez quand tout cela a été découvert, puis remis en question...

The Largest Known Primes

www.utm.edu/research/primes/largest.html

- curiosité mathématique
- débats ésotériques et amusants
- pour les amateurs de chiffres faramineux

Pour tout savoir sur les nombres premiers et surtout sur la recherche continuelle du plus grand nombre premier. Le dernier en lice a été obtenu en juin 1999 et comporte 2 098 960 chiffres... Pour le découvrir, il a d'ailleurs fallu la collaboration de plus de 1 200 internautes.

Répertoires, points de départ

Infomine : répertoires scientifiques

infomine.ucr.edu/search/bioagsearch.phtml

- mégarépertoire universitaire
- impressionnant
- agriculture, biologie, médecine, physique, etc.

Si la biologie, la médecine ou l'agro-alimentaire font partie de vos domaines de prédilection, vous ne pourrez vous passer du répertoire Infomine de l'Université de Californie. Liens vers 2 000 ressources, dont un nombre étonnant de bases de données. Aussi d'excellentes sections sur la physique et les mathématiques.

Réseau Franco-Science

www.franco-science.org/

- répertoire de sites scientifiques en français
- aussi un palmarès des plus populaires
- univers en expansion...

Éric Noël, de la région du Saguenay, entretient un répertoire des sites scientifiques francophones. Tous les grands domaines y sont, de A à Z (astronomie, associations, biologie, chimie... jusqu'à zoologie) et, de plus, le répertoire est réalisé avec soin et clarté. Le classement pourrait être plus détaillé, mais cela demeure une belle collection de sites à explorer.

SciCentral

www.scicentral.com

- **répertoire impressionnant**
- **de l'actualité... spécialisée**
- **navigation claire et nette**

Un répertoire hypermassif des meilleures ressources en sciences. Avec une particularité : chaque section, correspondant à un thème, a ses propres « nouvelles », des dépêches piquées à gauche et à droite, ce qui permet de suivre l'actualité dans son domaine de prédilection.

Science Direct (Elsevier)

www.sciencedirect.com/

- **revues scientifiques de Elsevier**
- **spécialisé**
- **abonnement requis pour les textes complets**

Initiative importante pour les chercheurs, une porte d'entrée vers 1 000 revues scientifiques et techniques ultra-spécialisées publiées par la maison d'édition Elsevier et ses partenaires. Une fois abonné, il est possible de consulter les textes complets directement sur le site.

Science Surf (William Calvin)

faculty.washington.edu/wcalvin/

- **vulgarisation et style personnel**
- **nouveautés dans le Web**
- **articles de fond**

Une sympathique publication électronique créée au début de 1996 par l'auteur américain William Calvin, qui l'alimente en comptes rendus de livres et en articles de fond sur les sujets scientifiques les plus divers. L'auteur y ajoute aussi ses découvertes en matière de sites Web sur la science.

The Discovery Channel Canada Online

exn.ca/

- **vitrine du réseau Discovery (TV)**
- **manchettes et articles de vulgarisation**
- **site entièrement remanié**

Bien plus qu'une simple vitrine des émissions diffusées au petit écran, le nouveau site du réseau Discovery propose une sélection de manchettes scientifiques et un choix éclectique de dossiers abondamment illustrés. Forums de discussion en prime.

The Last Word

www.last-word.com/

- **le quotidien et la science**
- **questions parfois inusitées**
- **amusant et instructif**

Pourquoi le ciel est-il bleu ? Pourquoi l'eau de mer est-elle salée ? Réalisé par le *New Scientist*, l'un des meilleurs magazines de vulgarisation, ce site offre une anthologie de la page « The Last Word » publiée dans chaque numéro du magazine. Plus de 400 questions-réponses archivées à ce jour.

The Why Files

whyfiles.news.wisc.edu

- **vulgarisation scientifique**
- **un ou deux articles par mois**
- **colle à l'actualité**

Qu'est-ce que la maladie de la vache folle ? Et une comète ? C'est à ce genre de questions toutes simples ou exaspérantes que tente de répondre ce magazine de vulgarisation sans prétention. Avec quelques *cool science images* pour compléter le tout.

Sciences et société

CSICOP : Scientific Investigation of the Paranormal

www.csicop.org/
- pour sourire devant la bêtise humaine
- pionniers des sceptiques
- inclut le magazine *Skeptical Inquirer*

Ce regroupement constitue le modèle dont se sont inspirées toutes les associations de sceptiques du monde. Publie *The Skeptical Inquirer*, un autre modèle en matière de magazine scientifique. Le site offre beaucoup d'articles tirés du magazine, des communiqués et un outil de recherche pour s'y retrouver.

Dictionnaire du sceptique

skepdic.com/
- dictionnaire du scepticisme
- sujets controversés à souhait
- articles amusants

Un fascinant dictionnaire du scepticisme, depuis les enlèvements par des extraterrestres (*alien abductions*) jusqu'aux zombis, en passant par l'Atlantide, le père Noël... et les X-Files. Chaque terme fait l'objet d'un article détaillé avec liens hypertextes et références bibliographiques. Original et instructif.

Foresight Exchange : la bourse des idées

www.ideosphere.com/ideosphere/
- paris sur l'avenir
- idée originale
- mi-sérieux, mi-cabotin

Des paris sur les questions scientifiques et sociopolitiques de l'heure. Joueur ou pas, consultez l'état actuel des cotes (*going odds*) pour vous faire rapidement une idée de ce que pense la communauté virtuelle à propos de telle ou telle innovation plus ou moins imminente.

Les Sceptiques du Québec

www.sceptiques.qc.ca/
- articles de fond
- pour lancer la discussion
- vitrine pour l'association

Médecine douce, astrologie, etc., ce site reprend plusieurs articles parus dans le magazine *Québec Sceptique* (archivés par thème). Moins fourni que son équivalent américain, mais le seul du genre en français. Offre aussi des liens vers les sites Web pertinents.

Skeptical Information

www.primenet.com/~lippard/skeptical.html
- répertoire de ressources Web
- thématique intéressante
- visuellement nul

Un impressionnant répertoire des ressources privilégiées par les sceptiques. La présentation est nulle, mais le grand choix a de quoi rassurer ceux qui craignent la « mauvaise influence » du Net sur les esprits faibles...

Zoologie

Electronic zoo (Net Vet)

netvet.wustl.edu/e-zoo.htm
- site de référence
- infos vétérinaires
- on parle d'animaux sauvages aussi

La référence américaine en ce qui a trait aux animaux et à la médecine vétérinaire. Une véritable arche de Noé et des infos sur tout ce qu'il faut savoir sur nos amis à poils, à plumes et autres écailles... mais également sur des animaux plus sauvages. Pas bête !

Gorilles

www.imaginet.fr/~moncada/gorilles.html
- gorilles des plaines et des montagnes
- liens vers d'autres sites parlant de la bête
- site sentimentaliste, mais de bon goût

Pour apprendre bien des choses sur l'histoire de ce lointain cousin de l'Homme et de sa fiancée, et comment il a pu en arriver à être menacé d'extinction. Explication de la différence entre les gorilles des plaines et ceux des montagnes, en plus de liens pour aller les chasser virtuellement et pacifiquement dans les recoins inexplorés d'Internet.

Insect World

www.insect-world.com/
- bébites : les connaissances de base
- introduction à quelque 500 000 espèces
- peu d'images, mais tous les records…

Information vulgarisée : anatomie, taxonomie, évolution, ordres, etc. Bien présenté mais peu d'images. Inclut un lien vers le Book of Insects Records (Université de Floride) qui passionnera les entomologistes amateurs et les différentes espèces de curieux normaux.

Insectcyclopedia

www.inscyclo.com/
- insectes d'Amérique du Nord
- classées en fonction de leur nom savant
- site très coloré !

Les petites bébites qui maculent la page d'accueil se font heureusement plus discrètes par la suite. Vous aurez donc du plaisir à naviguer dans ce site à la recherche des espèces les plus connues en Amérique du Nord. Vous y découvrirez, pour des dizaines d'espèces, leur habitat de prédilection, ce qu'elles mangent, leur taille, etc.

Les baleines du Saint-Laurent

www.fjord-best.com/baleines/
- baleines et cétacés
- du fleuve
- site joliment illustré

Nataly Brisson, qui habite la Côte-Nord, nous présente les mammifères marins du fleuve Saint-Laurent. Vous pourrez admirer quelques photos, mais surtout en apprendre plus sur les baleines que l'auteure appelle « ses bedis ». Quant aux amateurs de belles dents, ils apprécieront leur visite chez les requins ! (www3.sympatico.ca/lise.brassard/)

Les oiseaux du Québec

www.ntic.qc.ca/~nellus/
- paradis de l'ornithologue amateur
- oiseaux du Québec et d'ailleurs
- répertoire très bien tenu

Pour les ornithologues amateurs du Québec, le site de Denis Lepage est un vrai régal, avec beaucoup d'information sur les activités et les associations régionales, les sites d'observation de la province ainsi qu'un immense répertoire spécialisé (3 000 liens).

Muséum national d'histoire naturelle

www.mnhn.fr/
- histoire naturelle
- d'abord et avant tout une vitrine
- beaucoup de textes… et quelques images

Un genre de gigantesque dépliant pour présenter ce musée parisien, ses conférences et ses publications. Ce n'est pas inintéressant, mais si vous ne prévoyez pas y aller prochainement, vous y trouverez peu de choses utiles, à l'exception du « monde des animaux », une visite virtuelle instructive.

National Zoo (Smithsonian Institute)

www.si.edu/organiza/museums/zoo/nzphome.htm

- visite virtuelle du zoo national américain
- multitude de photos
- site impressionnant

Plus besoin d'aller à Washington pour découvrir tous les animaux hébergés au Zoo national américain. L'album photo, le matériel vidéo disponible sur le site (format Vivo), et même les caméras reliées en direct, vous transportent littéralement sur place !

Parc Safari

www.parcsafari.qc.ca/

- site très soigné
- pour les grands et les petits
- 900 animaux et des passerelles avec la jungle

Si vous souhaitez inviter vos enfants à naviguer avec vous, visitez le parc Safari et sa rubrique « Animaux ». Vous y trouverez, entre autres, de superbes photos et entendrez les cris des 80 espèces d'animaux vivant dans le parc. Site très plaisant. À explorer !

Veterinet Québec

www.Mlink.NET/veterinet/somme.html

- pour tout savoir sur les animaux
- information de base et excellent répertoire
- chiens, chats, chevaux, cochons, furets !

Le principal carrefour francophone dédié aux animaux. On y trouve de tout : des informations sur les différentes espèces de toutous, des statistiques, et même des liens directs vers des caméras *live* installées dans certains zoos. Bref, un répertoire très complet : associations, sites commerciaux, forums de discussion, médias, sites de santé vétérinaire, etc.

VIP for animal

www.vip-for-animals.ch/

- site d'information générale sur les animaux
- histoires d'animaux agréables
- conseils et réponses à vos questions

VIP for animal nous vient de Suisse et propose des petites annonces, des renseignements généraux, de belles histoires d'animaux racontées par des internautes. Il y a aussi une galerie d'art, des livres. Ici, on n'accueille pas un chien, on l'attend... et on y réfléchit à deux fois...

ZooNet Image Archive

www.mindspring.com/~zoonet/gallery.html

- photographies d'animaux
- manque de texte, toutefois
- aucun lien externe

La présentation est rudimentaire, mais ce site personnel offre environ 150 images d'une grande variété d'espèces : les oiseaux, les pachydermes, les reptiles, les rongeurs, etc.

SCIENCES HUMAINES

Anthropologie, démographie, ethnologie

Anthropology in the News
www.tamu.edu/anthropology/news.html
- **revue de presse**
- **liens vers les articles récents**
- **dernières nouvelles du passé...**

L'Université du Texas offre une liste de liens directs vers des articles traitant d'anthropologie dans les médias américains. La page d'accueil regroupe les articles de la dernière semaine et des archives sont aussi disponibles (un an).

Archæology Magazine
www.he.net/~archaeol/index.html
- **vitrine du magazine**
- **sélection de manchettes et d'articles**
- **sites en anthropologie, expositions, musées, etc.**

Le site du magazine de l'*Archæological Institute of America* contient le sommaire du numéro courant, des nouvelles brèves sur la recherche en archéologie et une sélection d'articles. La liste des nouvelles expositions vaut le détour. Pour la recherche, le répertoire est un bon guide d'orientation.

Archéologie : répertoire
www.culture.gouv.fr/culture/int/
- **ressources archéologiques**
- **section du Guide culturel de l'Internet**
- **bon choix de sites à voir**

Pour l'archéologie, le guide du ministère français de la Culture est un point de départ efficace. Les ressources sont peu nombreuses, mais bien choisies et classées avec soin : répertoires, bases de données et centres de recherche, expositions et musées, actualité, publications et films.

ArchNet Virtual Library
archnet.uconn.edu/
- **répertoire complet**
- **recherche par sujet, région, mot clé**
- **pour trouver un musée**

De l'Université du Connecticut, un autre site exceptionnel de ressources archéologiques, très complet et doté d'un moteur de recherche. La liste des musées est particulièrement impressionnante et conduit vers de nombreuses expositions virtuelles.

Arctic Circle
arcticcircle.uconn.edu/index.html
- **Grand Nord tous azimuts**
- **d'une beauté surnaturelle**
- **par un familier du cercle polaire**

Site remarquable logeant sur le serveur de l'Université du Connecticut, Arctic Circle vise à susciter l'intérêt des visiteurs pour cette région, ses ressources, son histoire, sa culture, les conditions sociales et l'environnement. Un très beau musée virtuel.

Démographie et études des populations
coombs.anu.edu.au/ResFacilities/DemographyPage.html
- **excellent point de départ**
- **pour dénicher une ressource**
- **150 liens relatifs à la démographie**

Un répertoire d'environ 150 liens hypertextes, indispensable à qui veut se servir du réseau pour dénicher des ressources en la matière. Encore un guide de la WWW Virtual Library, mais peut-on s'en passer ?

Encyclopaedia of the Orient

i-cias.com/e.o/index.htm

- de Abdullah à Zarathoustra
- culture arabe
- petite encyclopédie deviendra grande

Un projet intéressant que cette encyclopédie des termes de la culture arabe, chacun donnant lieu à une petite explication sur un aspect de cette civilisation. Illustré de très belles photos, ce site de référence sur la culture arabe provient... de Norvège. Vous avez dit interculturel ?

Ethnologue Database

www.sil.org/ethnologue/ethnologue.html

- 6 700 langues répertoriées
- site scientifique remarquable
- accessible aux profanes

Une base de données exceptionnelle contenant des informations sur plus de 6 700 langues parlées dans pratiquement tous les pays du monde (228 pour être exact). Pour chacune d'entre elles, des renseignements sur le nombre de locuteurs, l'aire géographique, les relations avec d'autres langues, etc. De quoi satisfaire enfin l'ethnolinguiste qui dort en vous !

Institut du monde arabe

www.imarabe.org/

- monde arabe, histoire et devenir
- présenté par cet institut français
- site magnifique, mais armez-vous de patience

En banlieue de Paris, cet institut se trouve dans un édifice d'une architecture remarquable et son site Web est tout aussi raffiné. Au-delà du seuil, toutefois, les articles sur chaque pays et le survol

historique sont livrés sans grande recherche visuelle. Dommage, car les quelques illustrations offertes font saliver davantage que les textes mornes.

La grotte Chauvet (Ardèche)

www.culture.fr/culture/arcnat/chauvet/fr/gvpda-d.htm

- dans les grottes françaises
- reproductions fascinantes
- art paléolithique

Le 25 décembre 1995, des archéologues français découvraient, en Ardèche, un vaste réseau souterrain orné d'un très grand nombre de peintures et de gravures de l'époque paléolithique. Photos, descriptions et liens avec d'autres découvertes du genre en France.

Les carnets d'archéologie (France)

www.france.diplomatie.fr/culture/france/archeologie/index.html

- visites virtuelles des sites archéologiques
- nouveaux dossiers ajoutés fréquemment
- site du gouvernement français

Un tour d'horizon des sites de fouilles archéologiques auxquelles participent des chercheurs français. De magnifiques dossiers sur les recherches en Égypte, au Mexique, en Israël et dans un sanctuaire d'Apollon en Ionie.

Musée maritime du Mary Rose

www.maryrose.org/

- archéologie marine
- musée d'une épave...
- c'était le navire préféré d'Henri VIII

Le *Mary Rose*, un navire de guerre construit en 1510 sur l'ordre de Henri VIII Tudor, a été coulé par les Français en 1545. Des archéologues ont récemment découvert les restes de l'épave et les ont installés dans un musée à Portsmouth, en Grande-Bretagne. Une visite virtuelle vous est proposée et elle vaut le détour.

Oriental Institute

www-oi.uchicago.edu/OI/default.html
- • musée à voir en particulier
- • offre aussi le répertoire ABZU
- • est-ce là qu'enseignait Indiana Jones ?

Rattaché à l'Université de Chicago, cet institut est célèbre, à juste titre, pour ses collections d'art et d'objets archéologiques (Égypte, Mésopotamie, etc.). Le site offre un parcours virtuel des salles du musée en format QuickTime VR, et aussi un aperçu des collections sous forme d'archives photo. Pour la recherche, voyez ABZU, un répertoire des sites Internet sur les civilisations de l'Antiquité.

Réseau Archéo-Québec

www.mcc.gouv.qc.ca/reseau-archeo/
- • ministère de la Culture
  et des Communications
- • vitrine de l'archéologie au Québec
- • toutes les adresses utiles

Lieu de convergence pour les étudiants et chercheurs, ce site propose également un tour d'horizon « grand public » des centres de recherche régionaux et des centres d'interprétation, des musées et des sites de fouilles au Québec. Des visites virtuelles plus complètes vous attendent dans certains cas.

Ressources en anthropologie (Université Laval)

www.bibl.ulaval.ca/ress/ant.html#8
- • point de départ utile
- • tous les liens regroupés sur une page
- • ressources internes et sites externes

La bibliothèque de l'Université Laval maintient une liste pratique de signets

pour la recherche en anthropologie, à la fois les bases de données offertes sur place et des points de départ dans le Web. Outre les ressources générales, la liste inclut des liens plus détaillés au sujet des nations autochtones et du monde nordique.

Bibliothéconomie, sciences de l'information

Bibliothéconomie et sciences de l'information

www.bibl.ulaval.ca/info/scinfo.html
- • signets des bibliothécaires
- • pour étudiants et chercheurs avant tout
- • ouvrages de « meta » référence...

La bibliothèque de l'Université Laval propose plusieurs excellents guides des ressources Internet, chacun sur une seule page sans fioritures, mais bourré d'adresses utiles. Dans le domaine des sciences de l'information, cette page regroupe les sites d'associations et d'écoles, de documentation, de projets liés aux nouvelles technologies, etc.

Carrefours des sciences humaines

Social Science Information Gateway – SOSIG

sosig.esrc.bris.ac.uk/
- • sciences sociales en général
- • de Grande-Bretagne
- • 25 catégories

De Grande-Bretagne nous vient ce répertoire général couvrant tout le champ des sciences sociales, de l'anthropologie à la sociologie en passant par la démographie et les études féministes. Une des meilleures références en la matière.

The Voice of the Shuttle

humanitas.ucsb.edu/
- site exceptionnel
- ratisse large
- complet et bien structuré

Une page Web de recherche en sciences humaines logeant à l'Université de Californie à Santa Barbara. Bien présentée, la liste couvre tous les champs et elle est mise à jour très fréquemment.

Économie

WebEc : Resources in Economics

www.helsinki.fi/WebEc/
- immense répertoire en économie
- description suffisante des ressources
- classement très complet

La Cadillac des répertoires économiques réside pour l'instant sur ce serveur finlandais. L'envergure et l'austérité du classement n'ont rien pour séduire les visiteurs pressés, mais la qualité de l'information devrait satisfaire les spécialistes tout comme les économistes du dimanche.

Histoire et généalogie

1492 : An ongoing Voyage (Library of Congress)

sunsite.unc.edu/expo/1492.exhibit/Intro.html

- vitrine d'une exposition remarquable
- judicieuse utilisation de l'hypertexte
- nombreuses illustrations

Une exposition organisée par la bibliothèque du Congrès sur le contexte historique, économique et culturel ayant entouré la venue en Amérique de Christophe Colomb. Un accent est mis sur les contacts entre les Européens et les peuples des Amériques de 1492 à 1600.

American History Outline

odur.let.rug.nl/~usa/
- histoire des États-Unis
- grandes lignes et détails
- très beau site

Une visite guidée de l'histoire des États-Unis, de la préhistoire à nos jours, avec des escales dans les épisodes marquants et des références pour aller plus loin. Un site néerlandais submergé de prix et de récompenses. Bien mérité !

American Memory (Library of Congress)

rs6.loc.gov/amhome.html
- culture américaine
- beaucoup de matériel
- mine d'information

Extraordinaire collection de matériel d'archives sur la culture et l'histoire des États-Unis. Provient de la bibliothèque du Congrès, dont c'est, en quelque sorte, la contribution à la bibliothèque numérique. Beaucoup de documents relativement accessibles.

Argos – Ancient and Medieval Internet

argos.evansville.edu/
- point de départ pour les études classiques
- de la préhistoire à l'invention de l'imprimerie
- excluant tout le reste !

Ce site de l'Université d'Evansville est devenu la capitale Internet du monde antique. Tout pour naviguer «gréco-romain» ou se vautrer dans les légendes du Moyen-Âge. Plusieurs ressources : un moteur de recherche limité au champs des études classiques (Argos) et des collections exposées sur le site (Exploring Ancient World).

Canadiana : notre mémoire en ligne

www.canadiana.org/
- histoire du Canada
- vaste projet institutionnel
- près de 600 000 pages numérisées à ce jour

Projet imposant, cette bibliothèque virtuelle donne accès à plus de 3 000 documents numérisés en mode image. Les points forts sont la littérature, les voyages et l'exploration, l'histoire des femmes, les études autochtones et l'histoire du Canada français.

Chronologie de l'histoire du Québec

pages.infinit.net/histoire/index.html
- grandes dates
- de la Nouvelle-France...
- ... au dernier référendum

Claude Routhier, un amateur d'histoire, a compilé une bonne chronologie du Québec, de 1534 à nos jours. À noter : l'importance particulière accordée à l'histoire récente, et notamment les dernières péripéties de la saga constitutionnelle, dans le détail. À voir aussi : une chronologie historique des femmes du Québec.

Europe occidentale : documents historiques

library.byu.edu/~rdh/eurodocs/
- collection de documents historiques
- Europe de l'Ouest
- l'histoire dans toutes ses dimensions

Une collection de documents de nature historique sur l'Europe de l'Ouest. Comme ils sont du domaine public, ils peuvent être copiés et reproduits. Couvre l'histoire dans toutes ses dimensions : politique, sociale, économique et culturelle.

Francêtre

www.cam.org/~beaur/gen/index.html
- généalogie québécoise
- textes d'information
- références bibliographiques

Indispensable pour qui s'intéresse à la généalogie dans la francophonie, le site de Denis Beauregard comprend de brèves introductions historiques, une bibliographie très complète et surtout des hyperliens vers les pages consacrées à différentes familles ou à la généalogie en général.

Genealogy Links for Historians

www.ucr.edu/h-gig/hist-preservation/genea.html
- point de départ en généalogie
- sobre mais très clair
- liens vers d'autres répertoires

Un excellent répertoire des ressources généalogiques en anglais, indispensable pour faire des recherches à partir de ce qu'Internet peut offrir. En plus de ses propres sélections d'adresses, cette page vous conduira à d'autres points de départ plus spécialisés.

GeneaNet

www.geneanet.org/index.html.fr
- généalogie
- base de données internationale
- pour professionnels et amateurs convaincus !

Ce projet vise à constituer une base de données de l'ensemble des ressources généalogiques existant dans le monde, qu'elles soient accessibles ou non dans Internet. La recherche par mot clé dans la liste des noms de famille renvoie à une adresse Web, e-mail ou postale, qui permet d'accéder aux travaux complets. Un service de référence auquel les généalogistes de partout sont appelés à contribuer.

Histoire Québec
www.histoirequebec.com/
- chroniques historiques variées
- biographies de personnages célèbres
- nouveau dossier chaque mois

Réalisation conjointe de trois entreprises québécoises, ce site offre un bel assemblage de textes courts et bien illustrés sur différents aspects de la grande et de la petite histoire du Québec.

Il était une fois l'Acadie
personal.nbnet.nb.ca/yoyo/index.html
- survol historique, cartes, documents d'époque
- liens vers d'autres sites de la culture acadienne
- initiative personnelle, agréable

Robert Duguay a conçu ce site afin de présenter un résumé de l'histoire de l'Acadie, depuis sa fondation en 1603 jusqu'au Traité de Paris (1763). On y découvre les principaux événements et personnages de la colonie et, bien sûr, l'auteur a joint ses signets pour parcourir la toile acadienne.

La France à travers les âges
www.as.wvu.edu/mlastinger/ages.htm
- liste de sites à vocation historique
- site personnel, style bric-à-brac
- beaucoup de matériel

Les sites consacrés à l'histoire de France sont de plus en plus nombreux, comme en témoigne cette page personnelle de plus en plus bordélique. Enfin... Beaucoup de signets substantifiques, c'est ce qui compte, du Moyen-Âge au XXᵉ siècle, en passant par la Renaissance, l'Âge classique et le siècle des Lumières.

LacusCurtius : le monde romain
www.ukans.edu/history/index/europe/ancient_rome/F/Roman/home.html
- civilisation romaine
- près de 2 000 sites répertoriés
- centaines de photos prises par l'auteur

Bill Thayer, de l'Université du Kansas, offre un site exceptionnel sur le monde romain. On y trouve un album photographique, avec commentaires, de villes et de monuments romains. Et, dans la section Répertoire, près de 2 000 liens vers des sites d'histoire, d'art et de littérature. Étonnant le nombre de sites où l'on peut admirer aqueducs, ponts et autres ouvrages du génie romain.

Le Moyen-Âge
www.cssh.qc.ca/projets/carnetsma/index2.html
- Jeanne d'Arc dans Internet
- personnages célèbres, musique, langues
- à signaler : les ressources médiévales au Québec

Caroline du Pré est l'instigatrice de très beaux sites à vocation historique, notamment de celui-ci consacré à la période médiévale. Du matériel d'initiation et des hyperliens sur les événements marquants, la musique, les langues, etc. Côté insolite : un petit traité de tératologie et les recettes de cuisine d'Hugues Capet.

Les Capétiens et les Croisades
philae.sas.upenn.edu/French/french.html
- histoire de France
- courts textes en français
- document multimédia

Réalisé par une spécialiste américaine, ce site propose une passionnante incursion au temps de la dynastie des Capétiens, ces rois de France de l'époque des Croisades. Reproductions, textes et extraits sonores. Tout en français.

Musée de la bombe atomique d'Hiroshima
www.csi.ad.jp/ABOMB/
- contenu vulgarisé
- illustrations et témoignages
- musée célèbre, et pour cause

Un musée japonais de la tragédie d'Hiroshima, dont le site se veut aussi un plaidoyer pour la paix. On y trouve de nombreux documents sur le contexte historique en août 1945, des informations précises sur la bombe et son impact, et enfin – ou peut-être surtout – des témoignages des survivants.

Musée virtuel de la Nouvelle-France
www.mvnf.muse.digital.ca/
- images et récits de la Nouvelle-France
- cartes, chronologies, glossaire, etc.
- site du Musée canadien des civilisations

Le Québec sous le règne français comme si vous y étiez. Contexte historique, population, événements petits et grands, rien n'y manque pour faire revivre Samuel de Champlain et Marguerite Bourgeoys. Le matériel est présenté sous forme de parcours illustrés ou de ressources documentaires. Excellent.

Soviet Archives Exhibit (Library of Congress)
sunsite.unc.edu/expo/soviet.exhibit/soviet.archive.html
- quand les Américains...
- ... présentent les archives du KGB
- à la bibliothèque du Congrès!

Une parcelle des archives du KGB est accessible dans Internet, grâce à la bibliothèque du Congrès américain qui consacre une exposition permanente à cette organisation. Espionnage et propagande, histoire des rapports entre les États-Unis et l'URSS, de quoi revivre la guerre froide.

The History Index
kuhttp.cc.ukans.edu/history/index.html
- plus de 4 000 liens
- une seule page, ordre alphabétique
- guide de la Virtual Library

Énorme répertoire de ressources en histoire, toutes regroupées en une seule page de plus de 300 K. Malgré cette présentation pour le moins rudimentaire, le site demeure un excellent point de départ. Utilisez la fonction de recherche de votre fureteur pour y faire des recherches par mot clé.

The Labyrinth : Medieval Studies
www.georgetown.edu/labyrinth/labyrinth-home.html
- tout sur le Moyen-Âge
- classement par sujet et pays
- recommandé

De l'Université de Georgetown, un excellent répertoire de ressources sur les études médiévales dans le monde. Très bien construit, bien garni et facile d'accès. Hautement recommandé.

The World of the Vikings

www.pastforward.co.uk/vikings/
index.html
- les Vikings, mon Dieu !
- répertoire de liens commentés
- histoire et culture des Vikings

On trouve ici une liste commentée d'à peu près tous les sites qui ont quelque chose à voir avec ce peuple qui a traversé l'Atlantique et découvert le continent américain bien avant Christophe Colomb. Une liste de ressources sur les Vikings, donc, pour en savoir plus sur leur histoire et leur culture.

World History Chart

www.hyperhistory.com/
- chronologie sur trois millénaires...
- pour mettre l'histoire en relief
- section « Hyperhistory » à voir

Un site original, où l'on se promène dans une chronologie à plusieurs niveaux, en passant d'un siècle à l'autre au gré de la souris... Tout n'est pas encore accessible, mais ne ratez pas les biographies : des centaines de scientifiques, de philosophes, d'artistes, d'hommes politiques et d'autres têtes couronnées y figurent déjà.

Langues et littérature, philosophie

Éclat : Comparative Literature and Theory

ccat.sas.upenn.edu/Complit/Eclat/
- études littéraires
- ressources savantes... ou éclatées
- universitaire, un peu

Des étudiants de l'Université de Pennsylvanie vous proposent un répertoire de ressources sur la littérature comparée et la théorie littéraire. Pour tout savoir des universités qui offrent un programme dans ce domaine, mais aussi pour partir à la recherche de la postmodernité ou de la « déterritorialité ».

Encyclopedia Mythica

www.pantheon.org/
- mythes, folklore et légendes
- dieux, demi-dieux, héros...
- ... simples mortels, moins que rien...

Réalisé en Hollande, ce site offre une encyclopédie d'environ 5 000 définitions des dieux et déesses, des princesses et des sorciers d'une bonne quinzaine de traditions culturelles : mythologies grecque, chinoise, romaine et égyptienne, dieux aztèques, mayas, hindous... En complément, une galerie d'environ 250 illustrations.

Fabula : théorie littéraire

www.fabula.org/
- critique littéraire et théorie
- réseau de chercheurs francophones
- si la littérature vous intéresse, profondément

Vous voulez tout savoir sur la théorie des genres, la théorie de la réception et la critique génétique ? Eh bien, vous êtes sans doute un étudiant, un professeur ? Un malade de littérature ? Tant de questions. Heureusement, vous êtes ici en un lieu de colloques, de conférences et de forums... de fabulation.

Forum sur la philosophie (fr.sci.philo)

news:fr.sci.philo
- groupe de discussion
- philosophie en français
- posez vos questions existentielles

Un forum pour ceux qui ne se contentent pas de la célèbre maxime « je pense, donc je suis », mais ressentent le besoin de partager leurs réflexions philosophiques avec d'autres amateurs. Attention : les opinions sont souvent tranchées et moins philosophiques que politiques !

Hippias : Limited Area Search of Philosophy

hippias.evansville.edu/
- recherche par mot-clé en philosophie
- aussi un répertoire thématique
- l'Être, excluant l'Étang du Web...

En philosophie comme en études classiques, le site de l'université d'Evansville est LE centre névralgique de l'Internet anglophone. Hippias est un moteur de recherche par mot clé limité aux sites accrédités du réseau. À quelques clics de là, vous trouverez également NOESIS, un répertoire thématique de haute volée.

Literary Resources on the Net

andromeda.rutgers.edu/~jlynch/Lit/
- point de départ en littérature
- sites Web, listes, archives
- d'un professeur de l'Université Rutgers

Jack Lynch a dressé une impressionnante collection de pointeurs littéraires, soigneusement répartis en une quinzaine de sections thématiques. Les adresses sont listées sans aucun commentaire, mais le choix témoigne d'une grande compétence et de bien courtes nuits...

Philosophy at Large

www.liv.ac.uk/Philosophy/philos.html
- site universitaire (Liverpool)
- présentation monotone
- mais ratisse très large

Stephen Clark, du Département de philosophie de l'Université de Liverpool, nous offre un répertoire simple, mais très bien garni selon le point de vue d'un expert. S'adresse aux étudiants, aux chercheurs et aux curieux courageux ou complètement égarés !

Sean's One-Stop Philosophy Shop

www.cearley.com/philosophy/phil.html
- répertoire spécialisé
- indispensable
- tout savoir sur les « ...ism »

La page de Sean Cearley offre des liens vers les publications électroniques du domaine, les sites universitaires et les pages consacrées à des philosophes particuliers. L'excellente section sur les courants (les « ...ism ») conduit à des guides spécialisés sur le bouddhisme, le nihilisme ou le postmodernisme.

The Human-Languages Page

www.june29.com/HLP/
- langues, littératures, linguistique
- 4 000 ressources inscrites à ce jour
- site primé

Répertoire multilingue des ressources sur les langues, la littérature, l'apprentissage des langues étrangères, etc. Comprend 4 000 ressources touchant plus d'une centaine de langues. Le site a reçu de nombreux éloges, avec raison.

Women in Philosophy (NOEMA)

billyboy.ius.indiana.edu/
WomeninPhilosophy/WomeninPhilo.html
- 5 000 auteures inscrites
- base de données originale
- innovateur et exemplaire

NOEMA : The Collaborative Bibliography of Women in Philosophy est un modèle du genre. Comprend plus de 5 000 auteures inscrites au répertoire, le titre des publications connues, la collection, l'année, etc. Qui et combien de philosophes ont écrit sur la postmodernité en 1994 ? La moitié de la réponse est ici...

Musées des civilisations, expositions

Le Musée de la civilisation du Québec

www.mcq.org

- culture du Québec
- aperçu des expositions
- informations pour les visiteurs

Le Musée de la civilisation offre un avant-goût attrayant de ses collections et, fréquemment, des expositions et des jeux interactifs conçus expressément pour le site. Bien sûr, l'Amérique française est à l'honneur, mais les sujets sont des plus variés : les chats, le monde du hockey, les kimonos... il faut de tout pour faire une civilisation !

Library of Congress – Exhibitions

lcweb.loc.gov/exhibits/

- liste des expositions virtuelles
- histoire des États-Unis et autres thèmes
- parcours très bien documentés

Cette page regroupe toutes les expositions virtuelles présentées depuis quelques années par la bibliothèque du Congrès. Des heures et des heures d'une navigation qui frise l'érudition parmi les archives du Kremlin, l'histoire de l'Indépendance américaine ou l'architecture de Frank Lloyd Wright.

Musée canadien des civilisations

www.civilization.ca/

- grandes expositions virtuelles
- inscription gratuite
- site immense...

Une visite virtuelle originale : à partir d'un ascenseur, on peut atteindre six niveaux et se promener dans différentes salles thématiques. On y découvre une multitude d'informations et d'illustrations sur l'histoire du Canada, bien sûr, mais aussi sur les Mayas, l'archéologie, l'art ou les paysages arctiques.

Musée McCord Museum histoire de Montréal

www.musee-mccord.qc.ca/

- patrimoine montréalais
- archives photographiques
- base de données en ligne (500 objets)

Ce musée offre une visite virtuelle de ses collections qui font revivre l'histoire sociale depuis le XVIIIᵉ siècle. Estampes et dessins d'époque, art décoratif, pièces archéologiques. À signaler : les archives du photographe Notman. Revoyez le port de Montréal en 1884.

The Smithsonian Institution

www.si.edu/

- site de prestige
- botanique, histoire, technologie, etc.
- fascinant

La porte d'entrée vers les multiples facettes de ce prestigieux institut muséologique américain. Des tonnes d'informations sur le vaste éventail de domaines couverts par le Smithsonian et de nombreux aperçus des collections et des jardins. À voir et à revoir.

World Cultures

www.wsu.edu:8080/~dee/ WORLD.HTM

- encyclopédie de la culture
- de la préhistoire à l'époque moderne
- demeurée en chantier...

Projet ambitieux lancé par des universitaires américains (Washington State University), ce site n'est plus développé depuis quelque temps. L'ensemble offre malgré tout un parcours intéressant des « univers » culturels anciens et modernes.

Psychologie et sciences du comportement

Carl Jung

www.cgjung.com/cgjung/

- tout sur Jung
- psychologie analytique
- attrayant

Site du Colorado à la gloire du grand théoricien de la psychologie. Pour tout savoir sur Jung, sa vie, ses écrits, son influence. Un incontournable si l'on s'intéresse à la psychologie.

Criminologie Online

www.vif.com/users/blaisal/

- tout sur le crime !
- corps policiers, centres de recherche, etc.
- par un étudiant en criminologie

Un bon point de départ pour tout ce qui a trait au crime, à la prévention et à l'étude de la criminalité. La liste des sections donne froid dans le dos : crime organisé, crimes informatiques, drogue, délinquance sexuelle, crimes politiques, terrorisme... En face, les forces de l'ordre, les gouvernements, les statistiques...

Élysa

www.unites.uqam.ca/~dsexo/elysa.htm

- consultation sur la sexualité
- sexologues de l'UQAM
- réponses archivées

Un groupe d'enseignants du Département de sexologie de l'Université du Québec à Montréal a créé ce site dans le but de fournir des informations et des conseils sur la sexualité humaine. L'on soumet ses questions, et l'équipe d'Élysa répond. Les réponses sont archivées et peuvent être consultées.

Freudnet

plaza.interport.net/nypsan/

- Freud et la psychanalyse
- biographie, textes et musées...
- ... et actualité en psychologie

Pour tous ceux et celles qui s'intéressent à la psychologie en général ou qui aiment ou détestent Sigmund Freud en particulier. Vous trouverez ici les sites Web consacrés à l'inventeur de la psychanalyse, sa biographie, des liens vers les textes et musées. Offre aussi un bon jeu de références pour en découvrir plus sur la santé mentale ou l'actualité en psychologie.

Gleitman's Psychology

web.wwnorton.com/norton/grip.html

- extension d'un livre
- belle exploitation de l'hypertexte
- astucieux

Complément électronique d'un manuel de psychologie de Henry Gleitman, ce site innovateur propose un parcours rapide de l'ouvrage, agrémenté des schémas résumant les expériences et concepts de base. Riche et astucieux. Donne au livre une tout autre dimension.

Infosexo Web

www.ntic.qc.ca/~blaf/

- composé d'info générale et spécialisée
- quelques articles de base
- et la thèse du mois !

Deux sexologues de Montréal (l'un de l'UQAM et l'autre de l'hôpital Saint-Luc) proposent un site spécialisé sur la sexologie. On y trouve des chroniques, des articles d'information scientifique et clinique en sexologie et en sexualité humaine, et même des thèses sur le sujet ! Le site n'est pas très joli, mais il est fonctionnel.

La psychanalyse

www.odyssee.net/~desgros/index.html

- je est un autre
- psychanalyse passée au peigne fin
- introduction, portraits et ressources

Deux parties, comme toujours : les grands courants (les « écoles ») et les grandes figures, de Freud à Lacan en passant par Adler, Jung et Françoise Dolto. Les descriptions, parfois lapidaires, pourront surprendre les plus férus, mais le site offre une bonne introduction à cette science de l'inconscient et inclut des liens pour qui veut aller plus loin en ce sens ou en ce non-sens...

Online Psychology

www.onlinepsych.com/

- très complet
- pour professionnels
- et grand public

Un des plus complets en la matière, ce service d'information s'adresse aussi bien aux professionnels (certaines sections leur sont réservées) qu'au grand public. On y trouve en particulier une très bonne compilation de ressources en santé mentale et un assortiment de forums de discussion.

Popular books on psychology

www-personal.umich.edu/~tmorris/goodbook.html

- quoi lire en psychologie ?
- les conseils du professeur Morris
- résumé des livres suggérés

Charles G. Morris, de l'Université du Michigan, propose une bibliographie des best-sellers populaires ou scientifiques ayant un rapport avec la psychologie : alcoolisme, maladies mentales, rapports parents-enfants, couples, confiance en soi, etc. Vous trouverez également, pour chaque livre, un court résumé de son contenu.

Psycholoquy

www.princeton.edu/~harnad/psyc.html

- actualité de la recherche
- contenu abondant et varié
- plus difficile que l'horoscope...

À la fois revue spécialisée et expérience d'édition électronique, *Psycholoquy* se donne pour mission de publier les textes des chercheurs en psychologie et les critiques de leurs pairs plus rapidement que ne le permettent les éditions papier. Un projet soutenu par l'Association américaine de psychologie.

Psychomédia

www.psychomedia.qc.ca/

- conseils et réponses à vos questions
- par des psychologues du Québec
- information de base et dossiers

Psychomédia s'est donné pour objectif de fournir de l'information de qualité sur les questions psychologiques. Le site se développe en réponse aux questions des visiteurs et comporte aussi des renseignements de base sur les troubles psychologiques, le travail du psychologue ou les distinctions à ne pas oublier entre un(e) psychologue, un(e) psychiatre et un(e) psychothérapeute !

Société canadienne de psychanalyse

home.ican.net/~analyst/indexfr.htm

- revue de psychologie canadienne
- bottin des membres
- version française incomplète

Cette association diffuse des informations utiles, notamment le bottin de ses membres, des résumés d'articles parus dans la *Revue canadienne de psychologie*, le plus souvent en version bilingue, et une petite liste des principaux sites du domaine.

Société canadienne de psychologie

www.cpa.ca/

- psychologie au Canada
- site bilingue
- association professionnelle

Cette association diffuse sa revue trimestrielle, la *Revue des sciences du comportement*, sur un site en partie bilingue dont l'accent porte sur les ressources canadiennes. Toutes les sections ne sont pas encore actives, mais on trouve quand même une liste substantielle de liens canadiens dans le domaine.

Religion et spiritualité

Éditions du Cerf – bibliothèque

www.cerf-editions.com/

- Bible de Jérusalem et écrits chrétiens
- consultation en ligne
- recherche par mot clé

Les éditions du Cerf rendent disponibles plusieurs textes en version intégrale dans ce site Web, dont la Bible de Jérusalem (édition de 1973) et d'autres écrits théologiques, de saint Thomas d'Aquin par exemple. Présentation agréable.

Judaism and Jewish Resources

www.shamash.org/trb/judaism.html

- religion juive
- excellent point de départ
- documents et calendrier

Point de départ pour dénicher des ressources sur la religion juive. Très complet, ce site comprend une longue liste de liens commentés vers des ressources variées : de la Torah à une introduction au judaïsme en

passant par Israël et son actualité, le calendrier juif et les musées.

Monastery of Christ in the Desert

www.christdesert.org/pax.html

- moines dans le cyberespace
- experts en illustration
- vie monastique en photos

Ce monastère américain nous ouvre ses portes et propose une très belle introduction à la vie monastique, avec photos des moines en contexte, si l'on peut dire : travaux d'enluminures, chants, prières, etc. La visite du scriptorium, en particulier, vaut le détour.

Mysticism in World Religions

www.digiserve.com/mystic/

- original
- compare les religions
- très bien documenté

Ce site compare les grandes religions, à partir de leurs livres sacrés respectifs. Pour tout savoir des différences entre le bouddhisme, le christianisme, l'hindouïsme, le judaïsme, l'islam et le taoïsme. Un contenu original et informatif de quelque 300 pages.

Partenia, évêché virtuel

www.partenia.org/

- évêché virtuel
- défense des exclus
- pas toujours d'accord avec le Pape...

Monseigneur Gaillot, ancien évêque d'Évreux (en France), a été muté par le pape Jean-Paul II, en janvier 1995, dans un évêché perdu en plein milieu du désert du Sahara ! Un an après, il s'est créé un diocèse virtuel dans Internet. Tous les mois, il y publie une lettre sur ses dernières réflexions et commente l'actualité.

Religions (Galaxy)

galaxy.tradewave.com/galaxy/
Community/Religion.html

- répertoire américain
- toutes les religions
- à méditer...

Cette page du répertoire Galaxy regroupe les ressources Internet ayant trait aux religions et à la spiritualité. Du bouddhisme au vaudou en passant par la méditation et le paganisme, vous trouverez ici toutes les religions « branchées »...

Spirit Web

www.spiritweb.org/Spirit.html

- spiritualité
- mysticisme
- « conscience » dans le Web...

Selon l'auteur de cette page, les religions « établies » ont perdu une bonne part de leur dimension mystique. Partant de cette constatation, il a dressé une grande toile de liens vers tout ce qui se rapporte au mysticisme, de la métaphysique à la réincarnation, à la méditation ou encore à la théosophie. Une réflexion sur la place de la spiritualité dans la société moderne. Spécial.

Vatican

www.vatican.va/

- message de l'Église
- textes en plusieurs langues
- saint site

Le site officiel du Vatican nous livre les discours et les écrits du Pape en plusieurs langues (dont le français), des informations diverses sur la curie romaine ou le jubilé de l'an 2000 et le service de manchettes du Vatican Information Service.

Sociologie et sciences politiques

Alternative Press Center

www.altpress.org/

- presse « alternative » des États-Unis
- liste des publications et liens vers les sites
- des publications savantes aux « zines » anarchistes

Répertoire conçu à l'usage des bibliothécaires, l'Alternative Press Index se spécialise dans les périodiques américains « radicaux » ou « de gauche », des publications universitaires pour la plupart, et quelques magazines plus connus. L'index comporte des liens vers les sites des publications présentes dans Internet.

CTheory

www.ctheory.com/

- impacts sociaux des technologies
- contributions internationales
- haute voltige ou fabulations ?

Revue internationale qui s'intéresse à la théorie, à la technologie et à la culture. Parrainée par le *Canadian Journal of Political and Social Theory*, on y trouve par exemple des articles de Kathy Acker, de Jean Baudrillard ou d'Arthur Kroker.

Dead Sociologists' Society

www.runet.edu/~lridener/DSS/
DEADSOC.HTML

- grands sociologues
- histoire de la sociologie
- d'un prof d'université

Un professeur de l'Université Baylor a créé ce remarquable site sur les grands théoriciens de la sociologie. Auguste Comte, Émile Durkheim ou Max Weber, ils y sont tous, avec leur personnalité, leur vie et leurs œuvres expliquées de façon claire et concise. Contenu original.

La revue canadienne de science politique

info.wlu.ca/~wwwpress/jrls/cjps/cjps.html

- politique prise au sérieux
- table des matières, résumés des articles
- choix de liens en science politique

Publication conjointe de l'Association canadienne de science politique et de la Société québécoise de science politique, cette revue est la plus importante dans le domaine au Canada. Bilingue.

Les théories politiques (Yahoo!)

dir.yahoo.com/Social_Science/Political_Science/Political_Theory/

- anarchie, communisme, fascisme, etc.
- sites dédiés aux grands théoriciens
- simple et efficace

Yahoo! a regroupé cette liste de pointeurs vers des sites ou des pages consacrés aux principaux théoriciens des sciences politiques. De saint Thomas d'Aquin à Marx en passant par Descartes, Hegel, Kant et Machiavel, une liste complète d'accès rapide.

Sciences politiques (Université de Lyon)

iep.univ-lyon2.fr/Science-Politique.html

- site universitaire
- liste de ressources
- accent sur les sites en français

Proposé par l'Institut d'études politiques de Lyon, ce guide recense plus de 2 000 ressources intéressantes du point de vue des études en sciences politiques. La liste des sujets est très complète : actualité internationale, droit, économie, histoire, sociologie, etc.

Sociology Links

www.princeton.edu/~sociolog/links.html

- de l'Université de Princeton
- accès rapide
- présentation terne

Le Département de sociologie de l'Université de Princeton propose son répertoire de ressources. Sites Web, forums de discussion, bases de données, journaux et institutions, toutes des adresses utiles pour la recherche.

Socioroute

www.geocities.com/CollegePark/Classroom/7612/index.html

- excellent point de départ
- classement efficace
- mise à jour régulière

François Bergeron a construit ce site destiné aux étudiants et aux enseignants de sociologie. Il offre une liste impressionnante de liens vers des départements de sociologie en Amérique et les ressources thématiques du réseau.

The Marx/Engels Internet Archives

www.marx.org/

- documents et photos de ces deux géants
- textes en version intégrale
- traduits en anglais

Ce site rassemble des textes et des photos de ces deux géants de la pensée politique. Tous les documents peuvent être téléchargés pour une lecture... ultérieure.